U0097341

古典詩歌研究彙刊

第二七輯

龔鵬程 主編

第 17 冊

陳曾壽詩歌研究

曾慶雨 著

國家圖書館出版品預行編目資料

陳曾壽詩歌研究／曾慶雨 著 — 初版 — 新北市：花木蘭文化
事業有限公司，2020〔民 109〕
目 4+280 面：17×24 公分
（古典詩歌研究彙刊 第二七輯；第 17 冊）
ISBN 978-986-485-987-0（精裝）
1. 清代詩 2. 詩評
820.91　　　　　　　　　　　　　　　　109000194

ISBN-978-986-485-987-0

古典詩歌研究彙刊
第二七輯　第十七冊　　　ISBN：978-986-485-987-0

陳曾壽詩歌研究

作　　　者	曾慶雨
主　　　編	龔鵬程
總 編 輯	杜潔祥
副總編輯	楊嘉樂
編　　　輯	許郁翎、張雅淋　美術編輯　陳逸婷
出　　　版	花木蘭文化事業有限公司
發 行 人	高小娟
聯絡地址	235 新北市中和區中安街七二號十三樓
	電話：02-2923-1455 ／傳真：02-2923-1452
網　　　址	http://www.huamulan.tw 信箱 hml810518@gmail.com
印　　　刷	普羅文化出版廣告事業
初　　　版	2020 年 3 月
全書字數	211473 字
定　　　價	第二七輯共 19 冊（精裝）新台幣 32,000 元

版權所有 • 請勿翻印

陳曾壽詩歌研究

曾慶雨　著

作者簡介

曾慶雨，女，祖籍河北永清。2006 年在天津南開大學中華古典文化研究所獲文學碩士學位，研究方向爲詞與詞學。2017 年在上海華東師範大學中文系獲文學博士學位，研究方向爲中國文化詩學。2018 年至今，在華東師範大學圖書館古籍部工作。著有《末代遺民陳曾壽及其詠花詞》一書；先後發表《試析義山詩的詞化特質》、《迴腸千載較誰多：從李商隱詠腸詩到朱彝尊詠腸詞》、《論雷峰塔之倒掉與文化意象之歧義》、《舊月簃詞選探論》等論文。散文《遇蝶》發表於《文匯報》「筆會」欄目；若干詞作發表於《詞學》，另有詩詞三十餘首收入《二十一世紀詩詞文獻彙編》。

提　　要

　　陳曾壽是晚清民國詩壇上一位非常重要的詩人，被稱爲「海內三陳」之一，亦曾被視爲繼散原、海藏而起的同光體後勁。諸多因緣造成其人獨特的性情，特殊的性情與遭際使其詩歌呈現出獨造之境與特異之美。結合陳氏性情、思想、交遊等因素綜合探討其詩學觀及詩歌創作，具有突出的研究意義。

　　本文共分七章。第一章分析由家族、地域及師承等諸多因緣所造就的陳氏之特殊性情及其變通與固守相統一的思想觀念。第二章概述陳曾壽之交遊，並重點介紹他與同光體兩位前輩詩人陳三立與鄭孝胥的交往，在此基礎上比較詩風差異。第三章主要從詩學取徑及審美追求兩方面探討陳曾壽之詩學觀，其詩學觀念直接影響了他的詩歌創作。第四章按照時代順序，有側重地介紹陳曾壽對歷代名家的繼承與拓展，並擇取某些風格類似的詩人，比較其異同，進一步分析之所以有如此異同的原因。第五章介紹蒼虬閣詩的題材分類，並重點分析其中寫景、詠物、紀夢及贈答幾種題材詩歌的特點。第六章主要從深隱之美與表達技巧兩方面介紹蒼虬閣詩的藝術特色。蒼虬閣詩的深隱之美正是其「深婉有味」之詩學觀在個人創作方面的體現；雖然在藝術技巧方面頗有特色，但蒼虬閣詩真正佳處卻並不在技法本身，而是技法與情意的渾然一體，所謂得之於「語言文字之外」，這是蒼虬閣詩能以獨特風貌自立於晚清民國詩壇的一個重要原因。第七章通過對陳曾壽內涵頗爲豐富的兩組落花詩之文化意蘊的分析，探討清遺民在晚近社會空前變局中的時代感受、個體感受以及尋求自我安頓的努力。

目

次

緒　論

一、本文的研究意義

　　清遺民是我國文化傳統的歷史沉積以及當年新舊嬗蛻的社會環境中必然出現的一個悲劇性群體。晚清社會遭遇千載未有之奇變：新舊嬗遞的凌亂無序，個人出處的矛盾彷徨，特殊的時代背景造成了他們比往代遺民更加曲折的人生經歷和更加複雜的心路歷程，也使得他們的文學作品具有了深廣的情志內涵和突出的研究意義，晚清民初的遺民文學理當在文學史上占一應有的位置。

　　陳曾壽（1878～1949），字仁先，號蒼虬，他不僅是晚清遺民群體中去世較晚的一位，而且有跟隨溥儀關外十載的特殊經歷。更爲深刻的矛盾痛苦使其作品頗能反映那一代遺民的普遍心態，特殊的遭際與獨至的性情又使其詩歌呈現出獨造之境與特異之美。其詩歌在晚清民國詩壇極爲人所稱道，論者有將蒼虬與散原、弢庵合稱爲「三陳」者：如沈兆奎《蒼虬閣詩續集・跋》曰：「近代稱詩，海內三陳，詞林並重。滄趣、散原與師，雖蹊徑不同，而各有獨至，未可以嗜好爲軒輊也」〔註1〕；沈其光《瓶粟齋詩話》曰：「蒼虬閣詩，……與滄

〔註1〕陳曾壽著，張寅彭、王培軍校點：《蒼虬閣詩集》附錄二，上海：上海古籍出版社，2009年版，第499頁。本文註引同一著作，首次註釋標明著者、校點（箋注、翻譯）者、書名、卷數、出版社、出版年、頁碼等信息，此後再引同書，版本信息從略，以節省篇幅。

趣、散原並稱，故時有『三陳』之目。三人者皆遺老，志趣相同，而詩徑各異。滄趣宗杜、韓，散原師黃、陳，蒼虬則復出入韓、孟」〔註2〕；汪辟疆《光宣詩壇點將錄》引程康《題蒼虬閣詩》曰：「懷賢一代推晞髮，抗手詩雄祇二陳」〔註3〕，「二陳」謂滄趣與散原。亦有將蒼虬視爲繼散原、海藏而起的同光體後勁者，如《石遺室詩話》載潮安石銘吾《讀石遺室詩集呈石遺老人八十八韻》詩曰：「蒼虬起後勁，陳鄭觀彷徨。」〔註4〕胡先驌《評胡適五十年來中國之文學》曰：「陳曾壽亦後起詩人，視陳三立、鄭孝胥爲少，而其詩卓然大家，爲陳、鄭之後一人。」〔註5〕又《樓居雜詩》其二曰：「近詩亦充棟，陳鄭爲世師。後起有蒼虬，鼎峙成三奇。」〔註6〕錢仲聯《夢苕盦詩話》曰：「陳仁先曾壽《蒼虬閣詩》爲陳、鄭後一名家。」〔註7〕還有將蒼虬與海藏、觚庵並舉者，如吳眉孫詩云，「蕭瑟澄泓俞恪士，清剛雋上鄭蘇庵。若論悱惻纏綿意，惟有蒼虬鼎足三」〔註8〕。散原、海藏、弢庵、觚庵皆爲晚清民國詩壇的一流詩人，能在名家輩出的晚近詩壇獲得如此定位，則蒼虬閣詩之價值可知矣。

　　陳曾壽詩歌的卓異成就同其本人特殊的遭際與獨至的性情密不可分，故評其詩者往往兼及其性情本質，蒼虬同時代熟識其性情之師友親朋尤其著眼於此。陳衍1912年爲《蒼虬閣詩存》作序，開篇即揭出詩人之性情對詩歌之工拙的重要影響：「唐宋以還，能持不律屬字句者，殆無不爲詩，然可稱爲工者，實不多有。工爲詩者，非獨其詩之不屑乎

〔註2〕陳曾壽著，張寅彭、王培軍校點：《蒼虬閣詩集》附錄三，第544頁。

〔註3〕汪辟疆《汪辟疆文集》，上海：上海古籍出版社，1988年版，第342頁。

〔註4〕陳衍著，鄭朝宗、石文英校點：《石遺室詩話》，卷二十九，北京：人民文學出版社，2004年版，第453頁。

〔註5〕胡先驌著，熊盛元、胡啓鵬編校：《胡先驌詩文集》下冊，合肥：黃山書社，2013年版，第446頁。

〔註6〕《胡先驌詩文集》上冊，第205頁。

〔註7〕錢仲聯《夢苕盦詩話》，濟南：齊魯書社，1986年版，第27頁。

〔註8〕陳曾壽《和吳眉孫》自註，見《蒼虬閣詩集》續集卷下，第334頁。

眾人，必其人之不屑乎眾人也。其結想欣戚，無以稍異於眾人，其有所言，謂之能屬字句也足矣。」繼而略述蒼虬生平及詩歌取徑，並列舉唐代以來湖北著名詩人，指出蒼虬同於這些前輩詩人者，正在於「負異於眾，不屑流俗之嗜好」〔註9〕。陳寶琛1919年《題蒼虬閣詩卷》詩曰：「性情於古差相近，世界疑天特與開」〔註10〕，著眼於蒼虬特異之性情所造成的別開生面之藝術世界。陳三立1921年序《蒼虬閣詩集》曰：「余與太夷所得詩，激急抗烈，指斥無留遺。仁先悲憤與之同，乃中極沉鬱，而澹遠溫邃，自掩其跡。嘗論古昔丁亂亡之作者，無拔刀亡命之氣，惟陶潛、韓偓，次之元好問。仁先格異而意度差相比，所謂志深而味隱者耶？嗟乎！比世有仁先，遂使余與太夷之詩，或皆不免為傖父。則仁先之宜有不可及，並可於語言文字之外落落得之矣」〔註11〕，則著眼於蒼虬閣詩由內而外的整體氣質。石遺、弢庵與散原年輩皆長於蒼虬，而一致對蒼虬青眼有加，並且均注意到蒼虬之性情對其詩歌的影響。

蒼虬平輩之友人及兄弟論其詩，亦多著眼於蒼虬其人之內在本質方面。袁思亮序《蒼虬閣詩集》曰：「蓋詩之高下，恒以其人性情、識度、志節為衡，而才與學猶後焉」，他認為正因蒼虬其人「蹇蹇始終持一心，蘊蓄深摯，淳涵清明」，故發之為詩，方成其「至音絕詣」〔註12〕。蒼虬二弟陳曾則序《蒼虬閣詩集》，亦認為蒼虬「忠愛悱惻」，「志潔而行芳，故發之於詩，沉思孤往，醞郁淒馨，讀之往往令人感動於中，而不能自已也」，並認為蒼虬其人性情之深厚乃可視為其「詩之質」。〔註13〕

性情、襟抱等內在方面之外，陳衍、陳三立、汪國垣、錢仲聯諸

〔註9〕《蒼虬閣詩集》附錄二，第493頁。

〔註10〕陳寶琛著，劉永翔、許全勝校點：《滄趣樓詩文集》卷八，上海：上海古籍出版社，2006年版，第179頁。

〔註11〕《蒼虬閣詩集》附錄二，第487頁。

〔註12〕陳曾壽著，張寅彭、王培軍校點：《蒼虬閣詩集》附錄二，第488頁。

〔註13〕陳曾壽著，張寅彭、王培軍校點：《蒼虬閣詩集》附錄二，第490～491頁。

家亦曾就蒼虬閣詩之師承及風格等方面有所論及，然而由於這些評論或出於提綱挈領的序文，或出於點到為止的詩歌，或出於簡明扼要的詩話，雖多有深辨甘苦，愜心貴當的獨得之見，終究精警有餘而詳明不足，有待於進一步展開及引申。可見，結合蒼虬其人之性情遭際等因素全面具體地探討其詩歌之獨特價值，當是一個極有意義的課題。

二、以往研究成果回顧

陳曾壽的詩歌雖曾以獨特的藝術感染力為其同時及稍後之諸多名家所激賞，然諸家所論，多為傳統詩話及評點形式的隻言片語。直至1924 年，胡先驌發表《評陳仁先〈蒼虬閣詩存〉》〔註14〕一文，方對蒼虬其人其詩做出較為全面的評價，該文主要觀點為：蒼虬閣詩不拘門戶與成法，嚴密而不晦澀，悲憤而不刻露。其人狷介，其詩謹嚴，可謂人、詩統一。諸題材中，蒼虬尤其善於寫景及詠物，二種題材均能遺形取神，筆補造化，有獨來獨往、超然物表之概。其山水詩所透出的閒雲野鶴之襟懷，頗近於僧祇；其詠物詩尤其是詠松、菊之作，直如寫作者心目中獨具之松菊，故能迥異俗流，別具自家面目。該文尤其強調蒼虬立身之大節在其詩中的呈現，指出其繫心君國、勇於擔當、但求盡其在我的品質。此外，該文還指出蒼虬性情方面深於哀樂、多幽憂之思的特點以及其詩作中深邃的理境。最後，該文在總結了蒼虬閣詩不同體式的成就之後，直推蒼虬為未來之「桂冠詩人」。胡先驌屬於南社中傾向於同光體的一派，對陳曾壽等遺民詩人頗具瞭解之同情，其文亦多能點到關鍵之處。雖個別處仍或可商，總體來說可謂立論公允。儘管該文寫於二十年代，未能涉及陳氏中年以後詩歌的評析，但該文仍可以說是蒼虬閣詩的接受史上一篇極為重要的開山之作。

陳曾壽於 1949 年去世，此後人事代謝、時運交移，研究者對蒼虬等遜清「遺老」身份的人既多存成見，蒼虬本人又確曾有過策劃丁巳復辟與追隨遜帝到關外的屈辱經歷；加之傳統文化的衰微，白話逐

〔註14〕《學衡》第二十五期，1924 年。

漸取代文言而成爲文學的主流話語,《蒼虬閣詩》這幾卷深深植根於
傳統文化土壤之中的遺民詩歌遂在歷史的煙塵中漸被掩蓋了。上世紀
八、九十年代以後,研究者逐漸將目光移向晚清。在詩歌研究方面,
與陳曾壽同時而稍早的陳三立、沈曾植及文廷式等人的詩歌都已被學
界逐漸關注,但對陳曾壽及其《蒼虬閣詩》的研究卻依舊無人問津。
直到 1996 年,陳邦炎先生之《陳曾壽及其〈舊月簃詞〉》〔註15〕一文
的發表才打破了這種局面。該文從蒼虬的生平、詞論、詞作三方面入
手,對其人其詞做了頗具概括性的介紹,讀者循此可獲得對陳曾壽及
其詞作的整體認識。稍後,姚白芳女士寫成題爲《末代遺民陳曾壽及
其〈舊月簃詞〉》的長文(未刊稿),從對歷代遺民詞的概述過渡到陳
曾壽其人其詞,比較偏重於介紹陳氏一生的不同階段以及對具體詞例
的賞析。關於蒼虬的時代生平部分,她對當時變亂的時局以及一些重
大的歷史事件介紹得頗爲詳細,可對陳氏身處「新舊時代之交的悲
劇」、對其內心眞實隱痛的體會還有待深入。而且,無論陳邦炎先生
還是姚白芳女士,均只關注到陳曾壽及其《舊月簃詞》,未對蒼虬閣
詩進行研究。

　　筆者從 2004 年開始關注陳曾壽的作品,至 2006 年 6 月寫成題爲
《末代遺民陳曾壽及其詠花詞》的碩士論文,將介述作者的生平與評
析具體的作品兩相銜接,在生平介紹部分,我將重點放在對新舊之
間、出處之際作者極端矛盾的心態進行剖析之上,尤其是被後人所譏
議的就職僞滿一事,其前前後後的眞實隱痛更是心態剖析的重中之
重。內心矛盾的錯綜激蕩是使其詞具有多重意蘊與特殊美感的主要原
因,所以文章第二部分緊承第一部分,過渡到作品(擇取其中詠花詞)
的評析與主要內容的概括。在將前一部分具體化的同時,又從具體而
微的分析中歸納出屬於末代遺民共有的情感與屬於作者自己的獨特
情感。第三部分承接前兩部分,將蒼虬詠花詞置於詠物詞史中,通過

〔註15〕陳邦炎《臨浦樓論詩詞存稿》,上海:上海古籍出版社,2008 年版,
　　　　第 334～362 頁。

與一些有代表性的大家進行比較，指出其詞的獨特之處。只是受時間所限，我只重點研究了《舊月簃詞》中的詠花之作，亦未能對《舊月簃詞》的其他作品及《蒼虬閣詩》做更為全面的研讀和論述。

2009 年 1 月，由張寅彭、王培軍校點的《蒼虬閣詩集》由上海古籍出版社正式出版，張寅彭先生所寫的「前言」〔註16〕部分是繼胡先驌《評陳仁先〈蒼虬閣詩存〉》一文之後，有關《蒼虬閣詩》的又一篇重要的論述。該文從晚清民國詩壇的大背景著眼，分四部分論述：第一部分在肯定蒼虬「出處大節」之「操守」的基礎上，又將陳曾壽與陳三立、陳寶琛、鄭孝胥等人的出處之「分際」作了比較，得出蒼虬不擅從政，卻成為好詩人的結論。第二部分結合具體作品論蒼虬詩之淵源，歸納出蒼虬閣詩乃主要「糅融淵明、義山和山谷三家神形，再運以自家氣質色彩」的觀點。第三部分略論蒼虬與陳三立及鄭孝胥等人的交遊，指出蒼虬詩不同於散原之「奧博」及海藏之「清勁」、自能樹立的特點在於「直樸而兼絢爛」。第四部分總括全篇，指出蒼虬等人的作品是「古代文學史最後的嫡傳」，是真正意義上的「現代的古代文學」。蒼虬閣詩「以哀樂過人的性情而能守住孤寂之生活」，「借助於佛學之義諦，來體認儒學理想主義的悲劇性質」，是審美地表現了「人生探求努力的至誠至艱的全過程」，因其「接近於今人實行的社會現實條件」，故使今人讀之，仍有「親近之感」。最後，張寅彭先生概括了蒼虬閣詩美感形成的原因，即身處晚清民國變局之中，當忠君之「倫理操守的正當堅持必然地落至現實政治謬誤的結局」時，便產生了「悲劇性」。而此種「堅持的誠意」與「悲劇的程度」成正比。此時「加入藝術的因素」，則此種「悲劇性格」便有可能「超越其現實性而昇華為美感」。該文分析全面，立論深刻，只是篇幅所限，對蒼虬之詩歌淵源、詩風概括及美感成因等方面仍有可以補充及展開之處。

〔註16〕張寅彭先生該文寫成於 2008 年，原名為《陳蒼虬與晚清民國舊體詩壇》，曾收入張寅彭主編《文衡》2008 卷，上海：上海大學出版社，2009 年版。

　　2009 年 6 月，朱興和的博士論文《超社逸社詩人群體研究》〔註17〕中第七章第四節專論陳曾壽及其詩歌。竊以爲該節最值得注意處有兩點：一，關於蒼虬其人，朱興和指出其性情中的「殉道精神」以及這種精神的普世意義。二，關於蒼虬之詩歌淵源，朱興和特別強調了蒼虬對其曾祖陳沆「清蒼」詩風的繼承以及蒼虬故鄉之山川地域對其詩歌的影響，皆爲獨到之見。

　　2006～2011 年之間有幾篇研究近代宋詩派的博士論文亦提及陳曾壽，如 2006 年蘇州大學賀國強的《近代宋詩派研究》、2007 年復旦大學葛春蕃的《古今之際：晚清民國詩壇上的同光派》、2007 年復旦大學楊萌芽的《清末民初宋詩派文人群體研究──以 1895～1921 年爲中心》、2011 年蘇州大學孫豔的《同光體代表人物心路歷程研究》等。因爲是群體研究，對陳曾壽多爲泛泛介紹，而且有些觀點仍有待商榷，如葛文中將陳曾壽列入陳衍所說的「生澀奧衍」一派，甚至認爲陳曾壽爲同光派內「生澀奧衍」詩風的「代表」人物之一〔註18〕，揆之蒼虬論詩宗旨及蒼虬閣詩，似未能相符。

　　關於蒼虬閣詩的專題研究，近年來有兩篇碩士論文：一是 2011 蘇州大學楊曦的《陳曾壽詩歌研究》，二是 2013 年吉林大學王曉琳的《陳曾壽及其詩歌研究》，兩篇文章雖然在文獻梳理方面各下了一番工夫，所論也各有自己的心得體會，然而在立論上似缺乏十分值得注意的創新點，在材料搜集上也未能有新的發現，且篇幅所限，對文本的分析亦有待進一步深入。

　　學位論文之外，程翔章在《新文學評論》2014 年第 2 期發表《陳曾壽詩歌創作簡論》一文，主要從詠物、懷人、寫景等幾種題材概括蒼虬閣詩的特點。雖然文章第三部分指出蒼虬閣詩「各體皆備」，「形式」「頗爲多樣」以及「組詩特別多」，然這些方面似均不能視爲蒼虬閣詩頗具個性之特點。此外，2015 年謝永芳於《詞學》第 35 輯發表

〔註17〕朱興和《超社逸社詩人群體研究》，華東師範大學 2009 年博士論文。
〔註18〕見該文 108、113 頁。

《陳曾壽年譜》，較之陳邦炎先生最初編訂的《陳曾壽年譜簡編》更為詳細。

綜上所述可見，陳曾壽其人及其詩歌仍有很大的研究餘地。結合蒼虯本人之性情與遭際來進一步深入探究其詩歌的獨造之境與特異之美，並對其詩歌在詩史中的地位做出盡可能客觀切當的評價，正是本文所致力的目標。

三、研究思路及方法

本文儘量詳他人所略、略他人所詳。對於陳曾壽生平部分，不再按不同階段專門詳細介紹，而是擇取另一角度，從陳氏其人之特殊性情以及影響其性情形成之諸多因緣談起。這些因緣既屬於作者生平的有機組成部分，又是其生平中對其個性之養成起到關鍵作用的部分，如此既可突出重點，又可避免疊床架屋的研究。對於陳曾壽之交遊，因其朋友眾多，本文先按照不同類別擇取其生平重要師友做一概括性的總論，然後重點介紹他與同光體最重要的兩位詩人陳三立與鄭孝胥的交往。對於蒼虯閣詩的淵源部分，本文著重於縱向比較，旨在分析蒼虯與歷代相關大家的異中之同與同中之異，不但關注其然，亦關注其所以然，進一步指出造成這種異同的多重原因。關於蒼虯閣詩的藝術成就部分，本文結合筆者自己詩詞創作的切身體悟，對蒼虯閣詩的深隱之美、用字之妙、句法章法之妙以及聲情之美進行分析。同樣的立意，表達成功與否直接影響到一首作品的品質格調的高低，本文分析蒼虯佳句之時，有時故意嘗試在同樣的立意下換另外一種表達方式，比較中更易直觀體悟到蒼虯閣詩在藝術表達方面的高明之處。

文獻方面，本文除充分利用已經公開發表的既有資料之外，還整理出陳氏未公開發表的詩話片段手稿及《古今戰史圖說》一書的序文。此外，尚有一些散見於舊報刊而未被關注的資料，也是本文的關注對象。書面資料之外，尚有一些有關蒼虯其人的口述資料，有助於更加立體生動地瞭解其人。

　　陳曾壽的生平遭際等各種因緣形成其特殊的性情,其性情影響到
其詩學觀,並進一步影響到其詩歌創作,其詩歌創作是其詩學觀的具
體體現,其詩歌之情感意蘊與藝術表達亦爲一有機整體。本文注意到
各部分的獨立與銜接,前有伏筆,後有照應;介述作者部分深入到作
者的情感世界,避免年譜式的泛泛之談,評析作品部分既有感性的細
讀與吟味,又有理性的概括與昇華,儘量多方位多角度地進行論證,
以期對蒼虯閣詩做一具體深入、愜心切理的專題研究。

第一章　陳曾壽之性情及思想

第一節　諸多因緣所造就的特殊性情

　　《文心雕龍・體性》曰：「夫情動而言形，理發而文見；蓋沿隱以至顯，因內而符外者也」〔註1〕。作品之風貌與作者之性情密不可分，而作者性情之形成必然受多重因緣之影響，故欲論其詩，當先知其人、先論其世。人所生活之社會時代世相紛紜，萬象森羅；所經歷之悲歡離合曲折複雜，難以盡述。但言其梗概，易流於浮泛；詳述其本末，易失於細瑣。故論其生平，當把握其一生最具個性特徵之性情；論其時代，當理清與其性情關聯最深之背景。況性情形成之因緣絕非一端，時代之外，更有家族、地域及師友等多重影響，知人論世，亦必兼及這些方面。關於陳曾壽其人生平，筆者在《末代遺民陳曾壽及其詠花詩》〔註2〕一文中已論其大要，故本文擇取另一角度，從陳氏其人之特殊性情以及影響其性情形成之諸多因緣談起。

一、陳曾壽之情感本質：深情與超逸的統一

　　蒼虬論及學佛與作詩，曾有「學佛以解脫為貴，作詩以不解脫、

〔註1〕 劉勰著，周振甫註：《文心雕龍注釋》，北京：人民文學出版社，1981
　　　　年版，第 308 頁。
〔註2〕 曾慶雨：《末代遺民陳曾壽及其詠花詞》，南開大學 2006 年碩士論文。

極沾滯爲貴」〔註3〕之說，所謂「不解脫、極沾滯」云云，當指用情執著、往而不返、纏綿往復一類詩人的作品風格，而深情執著也正是蒼虬本人性情之最本質的特點。

關於蒼虬其人其詩之深情，其朋輩及兄弟多有道及。

對於其人之深情，如胡先驌謂其「善於幽憂」、「哀樂過人」〔註4〕；蔣國榜嘗與蒼虬結鄰西湖，謂其「雒誦新詩，剝膚存液，哀樂逾恒，其聲動心」〔註5〕。而蒼虬二弟曾則所論最具體：如在《蒼虬閣詩集序》中謂其天性「忠愛俳惻，又喜交遊談讌之樂，沉酣日夜而不厭」〔註6〕；在《舊月簃詞序》中謂「兄之爲人，情感最深，其所感遇，每與人異」〔註7〕等等。

對於其詩之眞摯，如陳散原在《蒼虬閣詩鈔》題識中以「沉哀入骨」評其卷上，以老杜《柟樹爲風雨所拔歎》詩中「淚痕血點垂胸臆」句贊其卷下，謂其《河坪上冢》一詩「深摯語，讀之動魄」，謂其《擬義山》詠淚之詩「刳肝剔髓」〔註8〕；鄭海藏謂其「哀樂過人，加以刻意」〔註9〕；梁節庵謂其「細看有何物？心血成一丘」〔註10〕；汪辟疆謂其「深醇俳惻，輒移人情」〔註11〕，凡此種種，皆可見蒼虬用情有非同尋常之深摯。

蒼虬用情之深，可從其事君、奉母、交友三方面來看。

〔註3〕 見趙樸初《君適寄示〈蒼虬閣詩選注〉稿，奉題》一詩之原註，《趙樸初韻文集》卷七，上海：上海古籍出版社，2003 年版，第 490 頁。

〔註4〕 《胡先驌詩文集》下冊，第 466 頁。

〔註5〕 見蔣國榜《〈蒼虬閣詩存〉跋》，陳曾壽著，張寅彭、王培軍校點：《蒼虬閣詩集》附錄二，第 500 頁。

〔註6〕 《蒼虬閣詩集》附錄二，第 490 頁。

〔註7〕 《蒼虬閣詩集》附錄二，第 495 頁。

〔註8〕 以上所引散原評語均見於陳三立手批《蒼虬閣詩鈔》。

〔註9〕 陳衍《石遺室詩話》，卷二十五，北京：人民文學出版社，2004 年版，第 391 頁。

〔註10〕 見梁鼎芬《題耐寂詩》，《蒼虬閣詩集》附錄三，第 504 頁。

〔註11〕 汪辟疆《汪辟疆文集》，上海：上海古籍出版社，1988 年版，第 342 頁。

對於遜帝，「其貞心姱節，始终不貳」。遜帝出關前他固曾極力反對，後來奉召出關，外受日方淫威之挾制，內受小朝廷「群臣」之傾軋，加之天性極不善逢迎，屢次上疏言去，徒以遜帝一次次溫語挽留，竟「徒以忠愛之固結依戀，而不忍去」〔註12〕，不惜爲此付出降志辱身的代價〔註13〕。

蒼虬事親以孝聞，其母周太夫人曾患咳血癥至於危殆，「中西醫治無效」，蒼虬「率諸弟禱於神祖，焚香叩拜」，後竟轉危爲安，人皆以爲此乃其「誠孝之心所感格」〔註14〕。周太夫人痊癒後，「仁先將祖母若父之素衷，謀所以調護太夫人者，遂築屋湖山佳處，居太夫人於此……與諸弟復番侍不去側……於是太夫人體益適，神明益聰強，過者類指爲酥醪鮑姑之流也」〔註15〕，可見蒼虬事親，不但善養親之口體，更善養親之心志。及至雙親去世，孤露之哀，不能自己，託之於詩，「益激楚悲憤」〔註16〕，而詩風竟爲之一變〔註17〕。

對於兄弟及友人，蒼虬性喜交遊，「所至之處，賓客滿座，皆引以爲相契，而無逆虞傲物之心」；「於兄弟子侄親戚，則友慈之意，

〔註12〕《蒼虬閣詩集》附錄二，第491頁。

〔註13〕可參陳曾壽《溫語》一詩，詩曰：「主憂臣辱分何辭，溫語真成入骨悲。敢向天恩論去就，難從羿彀較安危。……」，見《蒼虬閣詩集》卷八，第 212 頁。此外，陳曾壽，陳曾矩《局外局中人記》對此亦多有記載，《文史資料選輯》第十九輯，中國文史出版社，1999 年 6 月。

〔註14〕陳曾則《蒼虬家兄傳》，《蒼虬閣詩集》附錄一，第436頁。

〔註15〕陳三立《南湖壽母圖記》，陳三立著、李開軍校點《散原精舍詩文集》下冊，上海古籍出版社 2003 年版，第 897 頁。

〔註16〕陳曾則《蒼虬家兄傳》，《蒼虬閣詩集》附錄一，第437頁。

〔註17〕蒼虬懷母之作，如《四月返湖廬》曰：「平生幽夢尚依依，不待他年事已非。繞砌猶爭新竹長，辭枝空對落花飛。湖山信美宜爲蔫，鷗鳥寥翔可有機？從此飄蓬任天地，小人無母尚何歸」；《擬孟郊》曰：「世味有酸辛，酸辛殊昔今。有母酸在口，無母酸在心。我於失母年，無語已成瘖」，均極淒惻動人。此外，不止直接懷母之作，蒼虬母喪後很多作品均染上不同程度的悽愴色彩。上引二詩分別見《蒼虬閣詩集》卷四，第 154、157 頁。

老而彌篤；於朋友故舊，則情益眞切而深厚」〔註18〕；蒼虬曾養人
之孤，「同祖兄曾祚病故，遺子二人，女二人，居鄉甚苦」，蒼虬將
四人「迎至杭州」，撫養以至成人〔註19〕，不啻己出；「或約知己相
對，而往往終宵無一語」〔註20〕，可見其深層默契；蒼虬重情義而
輕財物，隨侍遜帝於長春「所得俸錢，盡以散之昆弟親友，而不爲
己毫髮計留也〔註21〕。」

　　僅舉以上諸例，則蒼虬用情之深摯可見一斑矣。蒼虬之深情，
既關乎其個人天性，亦與地域文化尤其是楚騷文化之影響不無關聯。
自屈子以其特殊性情與遭際創造出兼有南方浪漫之「想像」及北方「肫
摯之感情」的楚辭〔註22〕，其充滿「詩學激情與生命騷動」的「生命
詩學」〔註23〕對後世影響極爲深遠。作爲楚人，蒼虬浸淫於楚騷文化
既久，楚辭文化早已積澱爲其生命中最根本的質地；況以家世及個人
因緣，於清朝既有累世之休戚，於遜帝又有切身之知遇，亦必令其對
屈子有極深刻的心靈共鳴。個人天稟、文化薰陶與後天際遇相互影
響，造就了蒼虬其人熱烈深沉的情感本質，也進一步影響到他的詩歌。

　　繆鉞先生論詩人之用情方式，有「入而能出」及「往而不返」兩
種類型，前者「超曠」如莊子而後者「纏綿」如屈子，並認爲古來詩
人「率不出此兩種典型」，只不過「或偏近於莊，或偏近於屈，或兼
具莊、屈兩種成份，而其分配之比例又因人而異」〔註24〕而已。就蒼

〔註18〕陳曾則《蒼虬閣詩集序》，《蒼虬閣詩集》附錄二，第490～491頁。
〔註19〕陳曾則《蒼虬家兄傳》，《蒼虬閣詩集》附錄一，第437頁。
〔註20〕見巢章甫《陳蒼虬畫松》一文，載於《子曰叢刊》1948年6月第二
　　　　輯之「藝海珠叢」。
〔註21〕陳曾則《蒼虬閣詩集序》，《蒼虬閣詩集》附錄二，第491頁。
〔註22〕參看王國維《屈子文學之精神》一文，王國維著，謝維揚、房鑫亮
　　　　主編，胡逢祥分卷主編：《王國維全集》第十四卷，杭州：浙江教育
　　　　出版社，2009年版，第97～101頁。
〔註23〕楊義《楚辭詩學》導言，《楊義文存》第七卷，北京：人民出版社1998
　　　　年版，第6、17頁。
〔註24〕見繆鉞《論李義山詩》，《詩詞散論》，上海：上海古籍出版社 1982
　　　　年版，第24～25頁。

虬而言，熱烈深沉、纏綿往復之情固爲其性情最根本之質地，但深情執著的另一面則表現爲特立獨行的超逸氣質。

蒼虬之超逸，一方面體現爲越世獨出的山林隱逸之思。

蒼虬平生有濃郁的山水情懷，集中游山林蕭寺之作甚多，有超逸絕塵的氣質。這種氣質的養成與其家族傳統、地域文化及個人因緣均有或隱或顯的關聯。就家族傳統而言，蒼虬曾祖陳沆即曾寫有多首經典的山水之作，魏源1822年跋《簡學齋詩》曰：「空山無人，沉思獨往，木葉盡脫，石氣自青。羚羊掛角，無跡可求，成連東海，刺舟而去。漁洋山人能言之而不能爲之也，太初其庶幾乎」〔註25〕。一連串清逸出塵的山林意象雖是在渲染秋舫詩境，卻也烘托出秋舫其人迥出塵寰的山林氣質。蒼虬祖父陳廷經亦如此，「既通籍而澹於仕進，樂江南山水，徜徉木瀆之間，至五十始入都供職」〔註26〕。就地域影響而言，蒼虬故鄉蘄水位於巴河流域，北鄰大別山而南鄰揚子江，山川形勝，鍾靈毓秀，此其山水情懷得以養成的搖籃〔註27〕。蒼虬自幼既得家族傳統及故鄉山川之浸潤，年長後不但曾「往遊天目、匡廬諸名山」，使得「千巖萬嶂，幽諡險奇」〔註28〕駐於胸中，而且棲隱西湖達十年之久，其素之山水情懷與棲隱山林之經歷相互映發，使得其胸中丘壑愈加水深林茂，行諸文字而成爲一種特有的超逸氣質。李審言論蒼虬詩曰：「亂頭粗服體中佳，家學能承簡學齋。不作秋衾銅輦夢，探山翠蘇潰青鞵」〔註29〕，也是著眼於蒼虬這種翛然獨往如孤雲野鶴般的山林氣質。

〔註25〕陳沆著：《白石山館詩》，沈雲龍主編：《近代中國史料叢刊續編》第二輯，臺北：文海出版社，1974，第9～10頁。

〔註26〕見陳曾則《先大父行狀》，《海雲樓文集》，紐約：柯捷出版社，2012年版，第44頁。

〔註27〕關於巴水流域地域文化對蒼虬其人其詩的影響，朱興和《現代中國的斯文骨肉──超社逸社詩人群體研究》一書中闡述甚詳，上海：上海三聯書店，2014年版，第293頁。

〔註28〕陳曾則《蒼虬閣詩集序》，《蒼虬閣詩集》附錄二，第490頁。

〔註29〕見王揖唐《今傳是樓詩話》，張寅彭主編：《民國詩話叢編》第三冊，上海：上海書店出版社，2002年版，第485頁。

　　蒼虬之超逸，另一方面體現為超越世俗的淡泊功利之心。

　　人之所以不能淡泊，無外乎功利二端。對於功名，早年蒼虬為官京華時，陳衍即曾特別指出其迥異於常人之熱衷競進而自甘「荒寒之路」的性情：「仁先弱冠登甲科，特科又入高等，為部郎，以言官待補，公卿大夫多器之。稍有甘利達、樂高職之意，與同時年少之子並驅先登矣，皆棄不顧，獨肆力為淒惋雄摯之詩。……余以謂詩者荒寒之路，羌無當乎利祿，仁先精進之詣，乃不在彼而在此，可不謂嗜好之異於眾歟？」〔註30〕；清亡後寓居滬上，全家「生計益困，惟賣舊藏字畫以度日」〔註31〕。艱困如此，蒼虬仍然拒絕了袁世凱請其出任提學使的徵召；直至遜帝出關，他雖應召前往，然而始終不肯接受實職，這與小朝廷內其他一些因偽職而相互傾軋之輩當然不可同日而語。至於利祿方面，蒼虬之臨財不苟、重義輕利之風亦廣為人知，除上文提到曾將遜帝所贈「俸金」悉數贈與親朋之事外，北平淪陷時，擔任華北偽政務委員長的故舊王揖唐送他一筆款子作為生活補助，被他原封退還五次後存入銀行，直到王下臺時仍將原存摺送去〔註32〕，可見無論對於功名還是利祿，蒼虬其人之真淡泊可知矣。

　　蒼虬之淡泊與其家族傳統及早年所受教育密切相關。

　　蒼虬曾祖陳沆即以生性淡泊為朋輩所稱道，吳嵩梁稱其「萬古居然迴腕底，一魁曾不介胸中」〔註33〕，龔自珍稱其「榮名知自鄙，聞道以自任」〔註34〕：狀元為科舉制度下士子功名之最高榮譽，「大

〔註30〕陳衍《蒼虬閣詩存敘》，《蒼虬閣詩集》附錄二，第493頁。

〔註31〕申君《清末民初雲煙錄》，成都：四川人民出版社，1984年第1版，第71頁。

〔註32〕周君亮《憶蒼虬老人》，《墜塵集》，臺北：臺灣商務印書館，1973年5月初版，第177頁。

〔註33〕吳嵩梁《題陳秋舫殿撰詩後即送出都》，宋耐苦、何國民編校《陳沆集》，湖北教育出版社，2002年5月第1版，第503頁。

〔註34〕龔自珍《二哀詩》其二，龔自珍著《龔自珍全集》，上海人民出版社，1975年02月第1版，第477頁。

魁」之榮名尚且不以爲意，則餘事可知矣。他年長於龔、魏等人，亦先於龔、魏等人而成就科第功名，卻与諸友交久彌親，相與忘形，毫無身份地位之優越感。入翰林後，他依舊「恬於進取」，且常有思歸之念。世人汲汲，多爲名利奔波，秋舫《曲江聞劉芙初前輩死耗哭之以詩》詩曰：「一自成名後，長爲失意人」〔註35〕，只此一語，便非尋常人所能夢見。秋舫憂慮世風，嘗有「道誼既輕功利重」〔註36〕之句，先祖之高風垂範，其事蹟爲後人所津津樂道，傳承下去也便成爲綿延恒久的家風。

　　祖輩之外，蒼虯所受母教亦不容忽視。蒼虯之母周保珊爲清漕運總督周恒祺之女，能詩詞，善繪事，工書法，她除在才藝方面影響蒼虯之外，更主要是在品節爲人方面。據蒼虯三弟陳曾矩回憶，蒼虯幼時聰明狂傲，其母恐其「走入狂妄一路」，常爲「說剖道理」，並爲之尋覓良師益友。平日奉行「委曲求全，捨己從人」之道，視「不義之財」如「蛇蝎」，「常恐子弟羨慕時俗之所爲，走入邪路」〔註37〕。蒼虯之友袁思亮亦曰：蒼虯奉母居南湖時，「（周太夫人）常論諸子曰：『家世清門，食貧舊矣，不幸罹崩坼，爾曹愼毋以養親故自污。』以故，曾壽鬻書畫，曾則以技擊，曾矩以講學授徒自給，其他亦各役力取傭值而已。而曾壽急故君之難，冒險阻，始終不渝，遺名利而同憂危，制行尤孤立特出，識者謂微太夫人無以成之」〔註38〕，這種甘貧自守、輕財好義的言傳身教，滲透於母子日常交流中，勢必如春風化雨，移人於不自知之間。袁氏將蒼虯超越名利而特立

〔註35〕陳沆《簡學齋詩存》卷四，《續修四庫全書》集部・別集類，第1512冊，上海：上海古籍出版社2002年版，第252頁。

〔註36〕陳沆《揚州城樓》，《簡學齋詩存》卷三，《續修四庫全書》集部・別集類，第1512冊，第246頁。

〔註37〕陳曾矩《強志齋隨筆》，《強志齋詩文存稿》自印本，第49～50頁。

〔註38〕袁思亮《陳母周太夫人墓誌銘》，袁思亮著，袁榮法編：《湘潭袁氏家集・蘉菴文集》，沈雲龍主編：《近代中國史料叢刊續編》第二十一輯，臺北：文海出版社，第212～213頁。

獨行之品格歸因於母教，可謂有識。

　　蒼虯之淡泊還與來自於師教的影響有關。蒼虯啓蒙師爲江漢名儒關季華先生，季華祖父嘗與蒼虯高祖陳秋舫、江夏陳芝楣「同赴公車，獨報罷，遂攖疾不起」，其子弟輩「引爲深憾，畢生不赴場屋」〔註39〕，這種科場悲劇導致的家族隱痛對關氏家族影響至爲深遠，某些弟子「畢生不赴場屋」正是爲避免碰觸此傷痕的有意逃避。然而同樣是這種隱痛，反而使得關季華超越了祖輩乃至歷代士人難以超越的功名情結，獲得前所未有的心靈解放，故其雖不刻意迴避功名，而此心卻已不再爲之所攖，無論對生前之名還是身後之名均十分淡然〔註40〕，人生小幼，精神專利。季華爲蒼虯啓蒙師，他對生前身後名的超然態度，也勢必影響到蒼虯人生價值觀的形成。

　　由以上所述可知蒼虯兼有深情與超逸的個性。二者看似相互矛盾：超逸出塵者往往因看淡世事而漸冷深摯之情，深情執著者往往因耽溺太深而缺乏超逸之致。然此尚非情之至者，情至極處，必可超越個人得失榮辱之凡情而達到一種與天地相貫通之精誠，精誠所至若能與天地貫通，則至情本身即是超越，塵海當下即是仙源。即深情即超越，心光閃爍徘徊於深情與超越之間，正是蒼虯其人其詩最本質的特點。

〔註39〕徐世昌輯：《晚晴簃詩匯》卷一百七十五關棠條，民國退耕堂刻本。

〔註40〕對於生前功名，其《丙戌下第》可證，詩曰：「山雲遙待片雲回，四月清和未熟梅。滄海萬重天萬里，乘風破浪我歸來。」此詩氣魄不凡，極耐尋味：蓋海外更有滄海，天外更有青天，宇宙既無窮，人生亦絕非科舉一途可限，故此日落第不過極尋常事，正如四月梅子尚青，不過因緣未熟耳。古人云「長風破浪會有時」，是仍有待也；今我以無待之心而應有爲之事，則落第亦不能抑我飛揚飄舉之心，故今日歸來，如雲之歸岫，況青山已待我多時也。該詩寫落第歸來卻如高中還鄉之瀟灑，則其人對科場得失之超然態度可知也。至於關氏之淡於身後之名，可舉二事。彭芍庭撫鄂，倡修省志，延主其事，張劭予、趙翼之編集《湖北文徵》及叢書，「多出其手，然未嘗列名」；「此外雖時有所作，隨作隨棄」而不留稿，故蒼虯嘗曰：「（先師）絕意於身後之名」，參考徐世昌輯《晚晴簃詩匯》卷一百七十五關棠條及關棠《師二宗齋遺集》後陳曾壽及關綱之跋，民國四年鉛印本。

二、陳曾壽之理想構成：用世與出世的統一

　　如果說深情與超逸的統一是蒼虬其人之情感本質，出世與用世的統一則是其理想構成。蒼虬雖以詩名世，於詩道亦致力甚深，然詩歌在其生命中並非佔據最重要的位置。貫穿其一生最重要的理想，一是儒家康濟之志，二是融合儒家內聖之學與佛家明心見性為一體的成道嚮往。

　　蒼虬之用世抱負為其兄弟及朋輩所普遍稱道。在其二弟曾則憶及蒼虬弱冠之年與同學少年競騎郊外的往事，即謂其「慨然有用世之志」〔註41〕；蒼虬之友陳祖壬亦謂蒼虬早年京華為官時期「論議風采傾一時，物望翕然赴之」，而他亦「隱用澄清康濟自任，雖篇什流播人口，意弗屑也」，甚至於令陳祖壬視如唐之陸贄、明之張居正一類頗有作為的名臣〔註42〕。清亡後蒼虬回憶自己早年理想，亦曾有「初年耿志事，千仞癉冰雪」〔註43〕的自評。蒼虬用世理想的養成既與其家族傳統有關，亦與其早年師友的影響有關。

　　蘄水陳氏為累世簪纓之族。蒼虬高祖陳光詔，字金門，乾隆己亥舉人，授巴陵知縣。先署酃，值大水，賑卹災民有加。至巴陵，諸生張某為人誣陷，罪至死，光詔亟力平反之得釋。歷長沙、湘陰、永定等縣，調知平江，倡建書院、均平賦役、平定教匪，善政甚多，人情大安。遷武岡州知州，卒〔註44〕。蒼虬曾祖陳沆，字太初，號秋舫，嘉慶己卯一甲一名進士，授修撰，後歷任廣東學政、禮部會試同考官、四川道監察御史。慎所與友，與魏源、龔自珍、賀長齡、陶澍、董桂敷、姚學塽等人為至交。其學從詞章入，而中年銳治朱子學，著《簡學齋詩》、《詩比興箋》、《近思錄補注》等。蒼虬祖父陳廷經，字執夫，號小舫，少從學於魏源，明經世大略。道光甲辰進士，授編修。

〔註41〕陳曾則《蒼虬家兄傳》，《蒼虬閣詩集》附錄一，第435頁。
〔註42〕陳祖壬《蒼虬閣詩集序》，《蒼虬閣詩集》附錄二，第489頁。
〔註43〕陳曾壽《南湖晦夜寄懷散原先生》其四，《蒼虬閣詩集》卷二，第73頁。
〔註44〕據呂調元、劉承恩修：《湖北通志》卷一百三十九，人物志十七，列傳七，民國10年刻本。

遷監察御史，諍直敢言，直聲震朝野，所陳奏者，如採用洋人長技以壯軍旅、各邊仿趙充國屯田以資餉儲等等皆關天下至計，晉內閣侍讀學士，著有《夢迦葉山房詩賦》二卷〔註45〕。

　　由上引傳記資料可知，儒家經世濟用的傳統對蘄水陳氏影響頗深。自蒼虯高祖陳光詔任湖南地方官時，即頗重濟世惠民之實與長治久安之策。蒼虯曾祖秋舫自幼隨父仕宦來到湖南，耳濡目染，勢必影響到他用世濟民之志的養成。況湖湘文化自宋代之胡安國、張栻，歷明代之葉性、郭金臺、王船山等人，再到清代嘉道年間的陶澍、魏源、賀長齡兄弟，經世致用始終為其鮮明特色，而陶、魏、賀等人皆為秋舫摯友。如此文化氛圍薰陶下，可以想見秋舫所受影響之巨。至蒼虯祖父小舫又以魏源為師，其所陳奏如「師夷長技」、加強沿海團防等思想皆洞燭機先，師承有自。自其高祖四傳而至於蒼虯，值內憂外患遠甚於疇昔的晚清民國之交，家族精神傳統兼以世變之激發，憂世之襟抱、濟世之理想自與其先祖一脈相承，而且更為迫切。蒼虯集中第一首詩即為緬懷先祖之作，他乘舟途經其高祖舊治湘陰、武岡等地，有感於高祖「遺愛在民，至今父老猶能言之」〔註46〕的真實所見，蒼虯讚歎先祖遺澤之厚的同時，又自傷空懷踵武先人之願，卻生當王朝末運而難以有所作為。「酬恩敢替先臣澤，負國常存未死哀」〔註47〕：世代傳承的家風世澤造成沉重的責任感與使命感：既是鼓舞他奮發有為、報效君國的精神動力，也常使他處於唯恐辜負君國、愧對先人的焦慮中。胡先驌謂「仁先家承閥閱，早歲登甲科為部郎，其關心於家國之休感，自異於流輩」〔註48〕者，正以此故。

〔註45〕陳曾則《先大父行狀》，《海雲樓文集》，紐約：柯捷出版社，2012年版，第44～45頁。

〔註46〕陳曾壽《乙巳二月赴湘長沙湘陰武岡為先高祖金門公舊治遺愛在民至今父老猶能言之時先曾祖秋舫公宦京朝常忽忽不樂明發之懷形諸篇什舟夜不寐感懷先德夢中得長歌明發篇浩歎京國年十字醒成之》，《蒼虯閣詩集》卷一，第1頁。

〔註47〕陳曾壽《次韻弢庵師傅見贈》，《蒼虯閣詩集》卷三，第119頁。

〔註48〕胡先驌《評陳仁先〈蒼虯閣詩存〉》，《胡先驌詩文集》下冊，第462頁。

　　家族影響之外，師友對蒼虬早年經世思想形成的影響也不容忽視。蒼虬啓蒙師漢陽關季華先生雖淡泊功名，卻十分「留心經世之學」〔註49〕，蒼虬十四歲除夕有句云：「詩成兩歲乘除裏，春在萬家歡喜中」，關先生極爲歡賞，以爲此乃「他日立朝事業所在」〔註50〕，即有見於此二句中隱隱流露出以天下之樂爲樂的弘濟襟抱，於是倍加鼓勵，希望弟子將來能將此思想萌芽進一步擴充發揚。這種鼓勵也果然使少年蒼虬深受觸動，以至於五十年後羈留冰天塞外的風燭殘年，仍憶及此事，感慨耆年一夢，盡負初心。朱強甫亦是關季華先生弟子，爲蒼虬少年時期的至交。強甫爲人「踔厲風發，意氣絕壯」，勤勉精修，冀能「大有爲於世」〔註51〕，而竟天不假年，三十二歲齎志以歿。蒼虬惜其才，哀其志，亦必有完成故友未嘗完成之理想的宏願。其《嘉興弔強甫》詩之「塵劫有心元不滅，滄瀾終古可曾迴？冤禽敢負平生志，自袵冰霜沒世哀」〔註52〕幾句可證。關季華先生渡海詩曰：「狂瀾世終迴，斯文天不喪」〔註53〕，而今天下滔滔、道喪文弊之世，即使此心精誠不死，歷劫不渝，果能挽回末世頹波乎？即使不能，亦當如塡海之精衛，獨自擔負並承受起無望之局中孤軍奮戰的悲哀。此「平生志」者，既爲蒼虬本人固有之志，亦不排除兼以亡友遺志自任之意；「敢負」者，既不願自負亦不敢負人也。肩負先師及亡友的雙重期待，蒼虬知其不可爲而爲之，其用世之心沉重且蒼涼。

〔註49〕陳衍《石遺室詩話》，卷二十五，北京：人民文學出版社，2004年版，第390頁。

〔註50〕陳曾壽《十四歲除夕有句云詩成兩歲乘除裏春在萬家歡喜中先師關季華先生極爲歡賞以爲他日立朝事業所在也今老矣一無所成感賦一絕》詩曰：「詩成兩歲乘除裏，春在萬家歡喜中。回首耆年眞是夢，雪燈影裏一衰翁。」《蒼虬閣詩集》卷十，第296頁。

〔註51〕陳曾則《朱強甫文集序》，《海雲樓文集》，第23頁。

〔註52〕《蒼虬閣詩集》卷一，第3頁。

〔註53〕關棠《己丑十九日由吳淞北行海中遇風雪二十四日大沽候潮用東坡出峽韻同伯晉蘇生作》，徐世昌《晚晴簃詩匯》卷一百七十五關棠條，民國退耕堂刻本。

　　上文簡要介紹了蒼虬家族傳統及早年師友對其用世抱負之形成的影響，然而此用世理想在蒼虬一生中曾遭遇兩度挫折與幻滅：一次為清亡而成為勝國遺民，一次為丁巳復辟的失敗。兩次挫折均使其內心遭受極大創傷，但這種創傷並非因個人利達與前程受挫所致，而是由於他與清王朝有一種近乎「國身通一」的感情。同時需要注意的是，入世抱負與兼濟理想只是蒼虬最高理想之一個側面，其另一側面，乃是學道成道的出世理想。

　　蒼虬為人雖有越世獨出、超然物表之概，然其出世傾向主要在清亡後、尤其是丁巳復辟失敗之後纔有比較鮮明的流露。蓋早年懷入世之偉抱，自無暇慮及此身之終極歸宿與形而上等命題；清亡使其入世之理想落空，然昔日同僚聚集青島、上海等地，仍懷伺機恢復之心。丁巳復辟失敗後大抵已知復清無望，於是心灰意冷，奉母棲隱於南湖清深幽邃之地，始有逃禪忘世之思。自此「日誦《金剛經》、《普賢行願品》，數十載不輟。」〔註54〕入世抱負之落空固然是引發蒼虬出世之思的直接原因，然陳氏與佛教之因緣卻遠非由於現實刺激無法承受轉而逃避現實這麼簡單被動，其「寂寞禮空王」〔註55〕更有其他來自於家族及其個人特異生命體驗等方面的更為隱微的因緣。蒼虬高祖之母曾「夢月入懷」而生其高祖陳沆〔註56〕；蒼虬祖父陳廷經雖以名御史身份蜚聲於咸同朝野，然天性「澹於仕進」，「嘗感異夢，悟前生事，因自號『夢迦葉居士』，日課《金剛經》一卷，數十年未嘗輟」，臨終竟能「預知歿之時日」〔註57〕；至於蒼虬，亦曾多次夢到似曾相識之蕭寺，夢見有僧人指月而道其前身〔註58〕，甚至夢中誦普賢偈，猛自

〔註54〕陳曾則《蒼虬閣詩續集序》，《蒼虬閣詩集》附錄二，第492頁。
〔註55〕陳曾壽《八聲甘州》，《蒼虬閣詩集》，第371頁。
〔註56〕陳沆《三十生日都門自述》其一有「夢月是何祥？前生了不記」之句，並自註曰：「母夫人夢月入懷而生沆。」陳沆《簡學齋詩存》卷二，《續修四庫全書》集部·別集類，第1512冊，第233頁。
〔註57〕陳曾則《先大父行狀》，《海雲樓文集》第45頁。
〔註58〕陳曾壽《臨江仙》詞序曰：「三月十六夜，夢至一寺，殿前廣潭，月光皎潔。有人告予曰：『此明月寺也。』」陳曾壽著，張寅彭、王培

懺悔，而親受菩提記〔註59〕，諸如此類近乎神秘的家族記憶及個人
體驗，在今人看來或許純屬巧合，然對蒼虬而言，必然深受感染並
引發對三千大千世界與生死輪迴等超現實命題的無盡遐思，也使得
他對注重因果輪迴的佛教有一種與生俱來的親近；就個人傾向而
言，蒼虬性好深思，而佛家深微透徹之理境恰可使其遊心其中，暫
釋塵勞；此外，大乘佛教之出世思想並非主張逃避現實、出離世間
而別尋淨土，而是在了悟世間之空苦無常的基礎上放下一切貪著，
以慈悲之心濟世度人，這與蒼虬原有之儒家內聖理想及兼濟之志本
自相通。正因以上因緣，蒼虬於清亡後之幽居奉佛與其說是爲解脫
亡清失志之痛而被動選擇的權宜之計，毋寧說是志不獲騁後回轉內
心而與更深隱之自我的重新照面。出世的襟懷使蒼虬很多作品籠罩
上一層超逸的形而上色彩。

　　出世與入世看似矛盾，實則亦可相輔相成。蒼虬之理想，可以
說是用世理想與出世理想的統一，這從他所向慕的理想人格類型中
可以窺知。中國自魏晉以降，老莊思想與儒家思想混合，於是「以
積極入世之精神，而參以超曠出世之襟懷，爲人生最高之境界。」
〔註60〕而且，自漢末佛教傳入中國，與本土文化逐步融會並影響士
階層，使得儒道互補、儒禪互補成爲傳統士人思想的主要特徵，而
儒家用世志意與道家曠觀精神、佛家解脫理念的圓滿融合，則成爲
中華民族傳統文化中特有的「理想人格」，蒼虬所向慕之歷史人物，
無論是晉之王猛、唐之李泌還是宋之張詠、明之王守仁等等，也大
多屬於這種互補型人格。

　　軍校點：《蒼虬閣詩集》，第 378 頁。蒼虬表任周君亮在其《紀蒼虬
　　老人》一文中也曾提及該詞寫作因緣，但與此序略有出入。周文曰：
　　「他（指蒼虬）曾夢至一寺之山門，仰見一匾額，是明月寺，光激
　　大地。後面有月，僧指月告訴他說：『此汝前身也』。」周君亮《墜
　　塵集》，臺北：臺灣商務印書館，1973 年 5 月初版，第 183 頁。
〔註59〕陳曾壽《紀夢》，《蒼虬閣詩集》卷九，第 257 頁。
〔註60〕繆鉞《論辛稼軒詞》，繆鉞著《詩詞散論》，第 79 頁。

江陵李家臺 4 號楚墓虎座飛鳥

　　楚之先祖祝融任火正之官，有昭顯天地光明〔註61〕之責。荊楚先民篳路藍縷，崛起於春秋戰國之際，尚火尚赤並以鳳為圖騰。今日楚墓出土之鳳鳥，幾乎無不矯首天外、引頸長鳴。更有背插鹿角之虎座立鳳，立足於踞虎之上以增其穩固，展翅向九天之外以恣其飄舉；雙翅猶嫌不足，更添以更具發散形狀與指向意味之鹿角，鹿角與雙翅一併成為主體飛揚生命精神之外化與延伸，指向無盡虛空，如欲有無窮天問；鳳心赤色，銳端向上如烈焰升騰。楚人多性烈情深者，亦多高舉遠引者，背插鹿角之紅心立鳳幾乎可視作此二種精神之原型。

　　蒼虬懷用世之深情而兼有出世之超逸，其黃河大橋詩曰：「橫身與世為津渡，孤派隨天入杳冥」〔註62〕，前句言大橋橫貫黃河，卻隱然可使人有獻身濟世之聯想；後句寫黃河流入天際，亦可給人以奔赴無窮之遠思，其生命本質正與楚文化精神最核心處相貫通。

〔註61〕《國語‧鄭語》曰：「祝融亦能昭顯天地之光明，以生柔嘉材者也。」
　　　　王雲五、朱經農主編，葉玉麟選注：《國語》，上海：商務印書館，
　　　　1934 年版，第 122 頁。
〔註62〕陳曾壽《八月乘車夜過黃河橋甫築成明燈綿互無際洵奇觀也》，《蒼
　　　　虬閣詩集》卷一，第 32 頁。

第二節　陳曾壽之思想觀念──變通與固守的統一

時有常變，道有經權。「經立大常，權應萬變」〔註63〕。守常與通變相反相成，成爲中國文化要義之一，影響士人至爲深遠。近代士人遭遇空前變局，固有信仰受到巨大衝擊，趨無定向，志無特操，各是其所是，各非其所非，何者當變、何者當守等問題令人倍覺困惑，而變與守的抉擇尤其艱難。陳曾壽身處其中，雖亦曾在變局中進退失據，然考其平生思想軌跡，仍大致體現出變通與固守的統一，這可從其政治、軍事及學術三方面來看。

一、陳曾壽之政治思想

雖然身處「帝制必將廢除，社會必將轉軌」〔註64〕的晚近時代，蒼虬在政治上始終固守清遺民之本位。清亡後不仕民國、參加丁巳復辟以及後來奉召出關等等皆是基於這種遺民立場的出處抉擇。這不止在今天看來早已不合時宜，即使在當時亦頗受非議。其之所以抱定所謂「君臣之義」而矢志不渝者，可從三方面溯其因：其一，從中國歷史傳統中儒家倫常觀的深遠影響來看，君國一體、三綱六紀之說作爲具有「抽象理想之通性」〔註65〕的觀念早已深入人心，積澱於士階層集體無意識之中，即使其所依託之社會制度根本變遷之後，一些爲此類觀念所凝聚之士人亦常爲思想定勢所左右而難以改變固有之信仰；其二，就家世背景而言，作爲累世簪纓之族，蘄水陳氏自蒼虬高祖即仕宦清朝，數世爲臣，其家族早與清廷建立起休戚與共、命運相關的認同感；其三，從蒼虬本人與清廷之特殊因緣來看，其早年即懷用世之偉抱，中進士後任職京華七載之久，後半生又因種種因緣與溥儀建立起頗爲深厚的私交。由是可知其始終堅守遺民立場，固爲勢有

〔註63〕熊十力《讀經示要》，《熊十力全集》第三卷，武漢：湖北教育出版社，2001 年版，第 590 頁。
〔註64〕陳邦炎《臨浦樓論詩詞存稿》，第 342 頁。
〔註65〕陳寅恪《王觀堂先生輓詞·序》，見陳寅恪著，陳美延、陳流求編：《陳寅恪詩集》，北京：清華大學出版社，1993 年，第 10 頁。

必至之果。非僅被「無所逃於天地之間」(《莊子‧人間世》) 的「君臣大義」所約束而不得不如此，更因非如此不能得其心之所安也。

蒼虬雖在政治上一貫固守遺民立場，卻非冥頑不化之人，而是固守之中又有變通，這從他對近代重大事件及歷史人物的看法中可見一斑。

戊戌變法作為有清最大一次自上而下的改革，對其贊成或反對往往成為政治上區分維新或守舊的一個標準，然而事實上，新與舊的具體情況十分複雜，絕非壁壘森嚴，判然可分。由於其生也晚，蒼虬未嘗親預戊戌變法，但作為事後旁觀者，對此卻有十分冷靜的認識。早在 1908 年為光緒帝所寫挽詩中即有「待蓄三年艾，旋停八表雲」〔註66〕之語，「三年艾」語出《孟子》之「猶七年之病求三年之艾也」〔註67〕，此為古典；另外，變法之初，光緒帝曾問康有為需多久方能扭轉局面，康答以「三年」，此為今典。恰如「三年之艾」不能醫「七年之病」，晚清社會多年所積成的「痼疾」，自難用畢其功於一役的激變速變之「藥」所能解救。「八表雲」取淵明《停雲》詩「八表同昏，平路伊阻」之意，喻指變法不但未能救國，變化失敗導致后黨強力圍攻反而全面阻遏了近代中國改革之路的生機，此近代有識之士所深為痛惜者。更為難得的是，蒼虬不但對戊戌變法本身進行了深刻反思，而且將其置於中國近代史的整體鏈條中進行觀照，寫於變法失敗後三十年的《後劇》即是如此：

> 後劇增前劇，相尋且未休。固知窮有變，未省發能收。
>
> 患氣看全伏，遺黎可盡劉。卅年念終始，一著覆神州。〔註68〕

如上引詩中「三年艾」之典所寄寓之意，蒼虬認為康梁變法不但「操之過急」，而且「事機不密」〔註69〕，結果一發不可收拾，致

〔註66〕陳曾壽《恭輓德宗景皇帝用李商隱昭肅皇帝輓詩韻》其一，《蒼虬閣詩集》卷一，第 15 頁。

〔註67〕《孟子‧離婁》，朱熹撰《四書章句集注‧孟子集注》，北京：中華書局，1983 年版，第 281 頁。

〔註68〕《蒼虬閣詩集》卷六，第 172 頁。

〔註69〕周君適《偽滿宮廷雜憶》，成都：四川人民出版社，1981 年版，第 12 頁。

使帝后兩黨固有矛盾嚴重激化，其後光緒被幽禁，新政被扼殺，頑固派佔據政治中心，鉤鎖連環地導致了後來一系列禍端，而且一次比一次劇烈，推究其始，康梁等人難辭其咎。謂其「一著覆神州」或責之太過，然「後劇增前劇」之說卻十分形象地概括出在變法失敗的「墨菲效應」〔註70〕之下，中國近代一步步陷入危機深淵的過程，反應了蒼虬其人對歷史的通觀認識。

蒼虬苛責康梁等人變法策略上的失誤，但並非反對變法本身，其早年襄助張之洞廢科舉，興學校，與康梁倡議罷四書改試策論等政見亦大體一致，可見他絕不似頑固派那樣思想僵化，不知變通，上詩中「固知窮有變」句即說明這一點，而另一首寫於 1912 年的《詠懷》亦可作爲旁證：

　　　　周易著通變，老氏慎明愚。大哉文武道，張弛在我弧。
　　山川有崩決，寒暑有怒瑜。物變極繁蕪，造化難爲樞。任
　　覺伊何人，終始煩馳驅。早取新法新，晚同迂叟迂。毀既
　　有不辭，譽亦有不虞。九原如可作，精爽徒悲吁。〔註71〕

揆其詩意，此詩當爲懷念張之洞而作。蒼虬早年得張氏欣賞，思想亦不免受其影響，贊同其折衷新舊的「中體西用」之說。首句「周易著通變」與前引《後劇》詩中「固知窮有變」同旨，均取《繫辭》「易窮則變，變則通，通則久」〔註72〕之意，溯源傳統經典以說明近代社會變革的必然性。然而這種變革當張弛有度，徐圖進展，以避免如康梁變法那樣危言激行，發而難收，所謂「張弛在我弧」顯然與《後劇》詩之「未省發能收」相對待而言，去彼取此之意甚明。道理雖如

─────────────────────

〔註70〕蕭功秦先生認爲，甲午戰爭失敗是中國墨菲效應的開始。此戰的亡國危險使中國變法精英陷入焦慮感與激進心態，戊戌變法的失敗使極端保守派佔據政治中心，引發了庚子事變與聯軍入侵，自此陷入危機深淵，可一併參考。蕭功秦《從中日兩場戰爭中汲取歷史警示》，《同舟共進》2014 年第 12 期。

〔註71〕《蒼虬閣詩集》卷二，第 35～36 頁。

〔註72〕李道平撰，潘雨廷點校：《周易集解纂疏》，北京：中華書局，1994年版，第 626～627 頁。

此，實際卻極難做到，「物變極繁蕪，造化難爲樞」二句極言近代大變局之錯綜複雜而難以把握。正因傳統思想文化盤根錯節，新與舊之間不可能短時間內水乳交融，於是在某些改革先行者身上反而出現一種新舊之間的悖論：「早取新法新，晚同迂叟迂」。在蒼虬看來，張之洞早年無論倡導洋務運動還是興辦新學，「取新」非在標新，勢有不能不求革新者也；後期著《勸學篇》反對新法，若迂而非同眞迂，理有不能不守故常者也。其所著眼處乃在因時因地之宜新宜舊，而非借新舊之名以裝點門面或自我標榜。蒼虬挽張詩中所謂「濟時新貫舊」即或有感於此。執常御變，守經行權，正因內心原有一定之衡，故能不計外在之毀譽而行其所當行。由此可見，在新舊交替亂象紛呈的近代社會，若僅從表面來看，即使同一個體亦會因前後主張之異而出現新與舊的悖論，故評價人物，簡單冠以或新或舊之名稱故屬淺薄，遽然判以非新即舊之定論尤其武斷。蒼虬這種觀念，與陳散原謂其父陳右銘「獨知時變所當爲而已，不復較孰爲新舊，尤無所謂新黨舊黨之見」及散原 1894 年寄范肯堂《衡兒就滬學須過其外舅肯堂君通州率寫一詩令持呈代柬》一詩所謂「若論新舊轉茫然」之意若合符節〔註73〕。故知蒼虬所主張者，乃是在內心一定之衡下「張弛在我」的通變觀，是變通與固守的統一。

蒼虬之通變思想，還體現於他對重要政治人物的評價中窺知一二。

袁世凱爲晚清民初政壇舉足輕重的人物。早在蒼虬任監察御史時，即擬上疏彈劾袁世凱〔註74〕，稿尚未定而清帝遜位。清亡後袁氏果然就任民國總統，不但如此，竟於三年後冒天下之大不韙而有稱帝之謀。1915 年深秋，蒼虬赴寶應視劉樸生疾，途徑北洋軍駐地之鎮江，有詩一首當爲袁氏而發：

〔註73〕胡曉明先生《陳三立陳寅恪海棠詩箋證》一文嘗引散原此二句說明
右銘父子湖南新政與康梁變法之異，《詩與文化心靈》，中華書局，
2006 年版，第 319 頁。
〔註74〕周君適《僞滿宮廷雜憶》，第 4 頁。

　　霜嚴風急夜淒淒，踏影微行月向低。北府兵屯殘角冷，
寄奴巷陌曉烏啼。熏天可待揚灰盡，學道終慚到死迷。明
滅龕燈愁外遠，不眠心拾上方梯。〔註75〕

　　頷聯以謝玄鎮守京口之北府兵暗指北洋駐軍，以篡晉之權臣劉裕
比袁氏均甚切，「殘角冷」及「曉烏啼」渲染出一派衰敗蕭條氣象，
暗指梟雄勢力已成強弩之末，僅維持殘局而已。頸聯前句用《南史・
侯景傳》中侯景事敗後被昔日受其禍者「焚骨揚灰」事，承接上聯，
謂袁世凱縱然曾經權傾一時，氣勢熏天，然衰敗之象既已露端倪，灰
飛煙滅只是早晚，其亡可待也。「揚灰」已是恨極之語，「揚灰」而必
盼其「盡」，可以想見積怨之深，幾近於咬牙切齒。袁氏之行既為恪
守君臣之義如蒼虬者極為憤慨，然而這種激憤並沒有導致偏激，影響
蒼虬對袁氏本人之理性認識，尤其隨著時間的推移與時局的變化，這
種認識愈顯客觀。寫此詩後不到一年，袁世凱即在眾叛親離中死去。
1916年秋，蒼虬與散原同登六和塔，再寫一詩：

　　當年建塔鎮江潮，萬弩難勝一柱標。昔覽烽煙愁飲馬，
今荒榛莽任棲鴉。老懷憑遠餘悲健，寒籟迴空振悴凋。欲
向簷前問鈴語，冀州喪後更蕭條。〔註76〕

　　昔吳越王錢鏐以弓弩射江潮，復建六和塔以鎮之，千年之後，該
塔亦已破敗荒涼。該詩前半首通過一塔之今昔對比而見古今形勢之
異：蓋古時禍患來自胡人南侵者居多，近代禍患則遠為多端且複雜，
失去主宰之神州陸沉，百年丘墟，只能任群小橫行，正如古塔破敗後
只能任群鴉棲止。尾聯用《晉書・佛圖澄傳》之典：「（石）勒死之年，
天靜無風，而塔上一鈴獨鳴，澄謂眾曰：『鈴音云：國有大喪，不出
今年矣。』既而勒果死。」蓋晉惠帝之後，冀州淪沒於石勒。此二句
「冀州喪」明指石勒之死，暗指袁世凱之死。袁籍貫為項城，又以小

<hr>

〔註75〕陳曾壽《往寶應視樸生疾過鎮江作》，《蒼虬閣詩集》卷二，第77～
　　　　78頁。
〔註76〕陳曾壽《同散原老人登六和塔》，《蒼虬閣詩集》卷二，第84頁。

站練兵發展壯大而成爲北洋軍首領，故以「冀州」擬之甚切。蒼虬認爲，袁生前雖趁人孤兒寡婦之危竊取政權，此後又倒行逆施而稱帝，然袁死後更是群龍無首，各路軍閥中並無一人可及袁之勢力與威信，故國事亦將愈加蕭條不可問也。

由此可見，蒼虬對政治人物的認識雖因主觀感情與立場之異而有過激之語，但隨著時間推移與進一步反省思索，其見解也會發生轉變，得出較爲客觀全面的認識。對袁世凱如此，對國民黨及其領袖人物蔣介石亦然。

清朝亡於民國，故對於清遺民而言，無論對袁世凱還是孫中山乃至於繼起之蔣介石，均有根本立場原則之異。同爲遺民之鄭孝胥即始終以民國爲「敵國」，臨終前一年（1937）贈蒼虬畫松小幀中，尚以「不畫天」寄寓與民國「不共戴天」之意〔註77〕。蒼虬對民國之態度也不例外，其 1915 年所寫《南湖晦夜寄懷散原先生》其二曰：「相逢海枯年，行見豕零尊」〔註78〕，用《莊子‧徐无鬼》所謂「雞雍也，豕零也，是時爲帝者也」之意，借藥草之「迭相爲帝」喻清亡後政壇之混亂；1929 年 1 月所寫《感憤》一詩前半首曰：「今日猶爲國有儒，奄奄氣息李曹無。薰天時見苓通帝，抱義眞傷咫尺孤」〔註79〕，「苓通」出自荊公《登小茅峰》「人間榮願付苓通」之句，李壁註曰：「馬矢爲通，豬矢爲苓。」蒼虬借用此意，亦以污穢之物輪番作「帝」——「主藥」，諷刺民國政壇群龍無首、各自稱王的亂局。而此時國民黨北伐戰爭已取得勝利，蔣介石已就任南京國民政府主席，中國也已在東北易幟後取得形式上之統一。可見，此時之蔣介石及國民政府不但遠不能得到蒼虬一輩清遺民心悅誠服的認同，而且往往遭到很不屑

〔註77〕 周梅泉《仁先以海藏畫松移贈楊无恙並加題記余從无恙假懸齋中泱月朝夕坐對肅然如見師友死者九原生者萬里感賦長句不知涕泗之何從也》詩曰：「所南畫蘭不見土，海藏畫松不見天。此天豈可與共戴，毒痛四海流腥羶。」，見周達《今覺盦詩續》，民國間鉛印本。
〔註78〕 陳曾壽《南湖晦夜寄懷散原先生》其二，《蒼虬閣詩集》卷二，第 72 頁。
〔註79〕 《蒼虬閣詩集》卷六，第 169 頁。

的審視甚至調侃〔註 80〕。

　　然而自蔣抗戰以後，蒼虬態度逐漸發生變化。抗戰進入相持階段的 1940 年，蒼虬寫有《書憤》二詩，其二有「不妨殘局支青骨，但痛神州化赤眉」〔註 81〕之句。「青骨」用鍾山蔣子文之典暗點蔣介石，此句有二層含義：半壁江山強自支撐，付出的是國軍將士浴血奮戰累累白骨的代價，此骨為尸骨之骨，著眼點在連年抗戰敵我懸殊所造成國軍慘重傷亡的悲壯性；雖然山河破碎，已成殘局，然畢竟有國軍將士不屈不撓之精神的支撐，此骨為風骨之骨，著眼點在國軍抵禦日寇侵略的正義性。「非族心必異，況為梟鴟鸝。但求隆二伯，不問黨與讎」〔註 82〕，面對共同的強敵外寇，蒼虬並未拘執於固有的清遺民立場與狹隘的黨派恩怨，而是在堅持一貫原則的前提下因時變通，可謂圓融。

　　蒼虬之通變思想，還體現於其本人的政治抉擇中。其平生有兩次大的政治抉擇：一是清亡後選擇了遺民身份；二是九一八事變後「奉召出關」追隨溥儀。兩次抉擇均基於他一貫堅守的「君臣大義」，然後一次之所以備受爭議者，乃在於牽涉到「君臣大義」與「民族大義」相矛盾的問題。早在羅鄭等人為溥儀出關之事積極策劃時，蒼虬固曾極力反對；待溥儀果然秘密出關以後，奉召前往成為他無可選擇的選擇。「他年史筆誰能諒」〔註 83〕，選擇既難為人諒，則所能做到者不過但求此心之稍安。然而「事仇難苟同，銜恩敢獨異？坐視良不忍，

〔註 80〕此處還可舉 20 年代末北伐時期散原對蔣介石的態度為例，據申君《清末民初雲煙錄》所載：「在抗日戰爭發生前，陳三立曾一度寄居廬山。蔣介石慕陳之名，派專人前往羅致。陳故意問來人：『蔣現在做什麼官？』來人答：『現任軍事委員會委員長。』陳又問：『相當前清什麼官？』來人說：『委員長的地位實際等於前清的皇上。』陳假裝驚訝道『喲！咁大的官！』」奚落調侃意味甚明。見該書第 41 頁。

〔註 81〕《蒼虬閣詩集》卷十，第 298～299 頁。

〔註 82〕陳曾壽《夜起看牽牛花寒氣凜然不可久立慨然有作》其二，《蒼虬閣詩集》卷十，第 291 頁。

〔註 83〕陳曾壽《十月廿三日夜夢節盦師來長春寓一小園中往詣語次涕泗橫集嗚咽而醒紀之以詩》，《蒼虬閣詩集》卷十，第 303 頁。

輕去慚大義。茫茫天壤寬，我行獨無地」〔註84〕，無可立足的兩難處境中，惟盡力避開求個人榮利之嫌方可勉強爲內心尋一支撐點，故蒼虬始終堅持兩個原則：首先是不接受僞滿政府的任何實職。在出關之前，他既與胡嗣瑗約定若不得已必須接受任命時，但「白衣侍從左右」而已；僞滿政府成立，在得知被任命爲執政府秘書後，他連上兩道奏摺辭去該職；直到溥儀專門成立「內廷局」，並明確傳諭該局只管祭祀、陵廟等所謂「家事」而不與執政府相涉時，蒼虬才勉強就任內廷局長之職。其次是不接受任何不義之財。日本關東軍爲籠絡人心，加官進爵外，另發給特任官數量不等之「建國金」，蒼虬稱之爲「賣國金」而固辭，只接受溥儀從「內帑」中所撥之薪俸〔註85〕。「饕餮窮奇難並世，去留生死總辜恩」〔註86〕，煎迫於日寇淫威與少主私誼之間，在民族大義與君臣大義的兩難困境中努力爲自己尋一既不負故主又不違初衷的兩全之策固不易得，權宜之下，勞悴有所不辭，毀譽有所不恤，而所遵從者仍是但求心之所安的原則。

二、陳曾壽之軍事觀念

蒼虬嘗於軍事學頗爲留心，其軍事思想集中體現於其早年所編纂的《古今戰事圖說》一書中。

（一）《古今戰事圖說》之寫作背景

晚清危機的加劇，尤其是戰爭中屢屢挫敗於西方列強的慘痛事實，使清王朝一些有識之士試圖從軍事方面尋求挽回危機之道。甲午一役，昔日天朝大國慘敗於蕞爾小國之東鄰日本，繼而簽訂喪權辱國的辛丑條約，極大刺激民族自尊與自信之餘，更使得軍事救國的願望愈發迫切，並成爲君臣上下的一致訴求。是年光緒帝在廷試策問中，

〔註84〕陳曾壽《題李木公肥遯廬圖》，《蒼虬閣詩集》卷七，第206～207頁。
〔註85〕以上諸事，陳曾壽、陳曾矩《局外局中人記》、陳曾壽《戊子除夕感述》及周君適《僞滿宮廷雜憶》均有詳細記述。
〔註86〕陳曾壽《繁冤》，見陳曾壽、陳曾矩《局外局中人記》，《蒼虬閣詩集》附錄一，第468頁。

列舉古來治兵以卓有成效而載諸史冊之事例，繼而問與試諸人，凡此種種，「見諸施行，果能確有成效否？」〔註 87〕顯然試圖從傳統資源中尋求能夠古為今用的良方。這種努力也正代表了當時深受傳統影響兼懷救國之心的士人所共同思索的方向，陳曾壽即是其中之一。

「我昔東遊何所睹，山川步步傷甲午」〔註 88〕，甲午戰敗之事令青少年時期的陳曾壽受到極大刺激，以至於十年後東遊日本，猶為當年事心折神傷。陳氏早年嘗與同學朱強甫等人在湖北老家「競騎郊外，學軍陣步伐射擊」，同時「注重軍學家言」，留心古今治兵方略，在實踐與理論兩方面做了初步的準備後，「取胡文忠《讀史兵略》及正、續《通鑑》、《聖武記》、《湘軍志》等書，編為《古今戰事圖說》」，命其二弟曾則「繪為詳圖，考歷代地名沿革、行軍戰略，標以五色兵線，乃軍事最精之作也」〔註 89〕。

（二）《古今戰事圖說・序》之內容介紹

《古今戰事圖說》今可見者，有《平定粵匪之部》六卷，藏於北師大圖書館，根據卷前蒼虬之序，可知是書纂成於光緒二十五年。該序大體可分為六部分，集中體現了陳曾壽的軍事思想，茲錄其原文並分別概括其大意如下：

> 聞西國講求武事，其將領教偏裨之法，有戰圖一門，取西國古今大戰事，詳繪為圖，以推究其成敗之故。自來言兵事者，恒苦其拘於時地，習見一家之言，不能求之上下左右而皆通。獨此立法用意，求已事之權略，知當前之措注，猶為制變無方，有以宏益神智而無膠執之蔽也。

此為第一部分，由西方列強在軍事方面頗重戰圖之事談起，寫戰圖在戰爭中的重要性。蒼虬認為，自來言兵事者往往「拘於時地」而

〔註 87〕引自葛兆光《中國思想史》第二卷，上海：復旦大學出版社，2001年版，第 678 頁。
〔註 88〕陳曾壽《甲辰歲日本觀油畫庚子之役感近事作》，《蒼虬閣詩集》卷一，第 11 頁。
〔註 89〕陳曾則《蒼虬兄家傳》，《蒼虬閣詩集》附錄一，第 435 頁。

不知變通，而戰圖一門借直觀之圖像以推究古今大戰「成敗之故」，正可補此「膠執之蔽」。

　　曾壽因思我中國自有紀述以來，其間治亂興亡戰伐攻取之故，千變萬態，各異其局：鹿駭龍戰，震盪六合。若能表其經營神武之跡，宜視西國戰事，尤爲切近而可觀。且自古雄傑用兵，莫不講求戰圖，以收決勝千里之效。若趙充國之擊羌戎，圖上方略；張千秋擊烏桓歸，大將軍霍光問以戰鬥方略，山川形勢，千秋則口對戰事，畫地成圖；唐張仁愿監察軍事還，輒繪戰圖以進，凡斯之類，未可枚舉。至若我朝，我聖祖仁皇帝親征準噶爾，手繪戰圖，發縱指示；我高宗純皇帝，平定金川回準諸藩，每詔將軍等，於用兵山川形要之處，繪得勝圖，以彰武成盛典。咸同以來，曾胡諸公，百戰以建中興之烈，而攷其遺書，莫非據圖以謀進取。王壯武用兵，接仗之前一夕，將校列坐，暢論賊情地勢，袖中出地圖十餘張，以預定如何進兵及分支設伏之計。然則我中國雖未著戰圖之名，而未始無其意。

此爲第二部分，列舉中國古來用兵講求戰圖的事例，得出中國歷代兵家「雖未著戰圖之名」卻「未始無其意」的結論。

　　輒乃不揣固陋，推本此誼，近採泰西之成法，遠發古人之遺蘊，取古今大戰事，可以攷見地利形勢，而又富於長謀勝算者爲圖，而別爲副本，綜其事實本末，以證明之。自漢唐宋明，代圖一二，其有雖大兵事，而無戰地可詳與戰略可紀者，皆所不取。至於割據偏安之際，則詳列而不遺。蓋戰爭之間，一統爲略，而列國爲盛，故當天下大亂，四分五裂，豪傑並起，乘機赴會，顯據暗襲，而非一致。其立國也，犬牙相錯，各異形而殊勢。攻守之局，亦有以盡天下之變而不窮，移步易形，利害輒見。故其運謀之籌算無遺，而山川之形勢皆見。此圖於三國之際，東晉南北朝之際，隋唐之際，宋遼元金之際，凡於其兵緒萬端，群相牽掣倚伏之間，皆設法爲圖以表明之。分觀之而可詳一事之本末：合觀之而可知全局之形要；次第觀之而可悉先

後反覆之故：參伍錯綜觀之而可盡終始得失之數。欲知其
情，莫此為便。

　　此為第三部分，寫《古今戰事圖說》一書的編寫宗旨、體例及選
繪標準。鑒於無論西方還是中國皆有利用繪圖以助戰的傳統，該書之
編纂宗旨即在於「近採泰西之成法，遠發古人之遺蘊」。體例上，該
書在繪製戰圖之外「別為副本，綜其事實本末」，使圖、文相互發明。
至於編纂原則標準，當然是從古今大戰事中選取有參考價值的範例，
主要從兩方面考慮：一要選擇既「可以考見地利形勢」，又「富於長
謀勝算」者繪製成圖，進一步說，要有具體的作戰地點及明確的戰略
記錄作為依據；二是著重選取割據偏安、四分五裂、易代之交的亂世
之戰，因為此類戰爭「兵緒萬端，群相牽掣」，遠比天下一統時期的
戰爭複雜，因此更具有參考價值。

　　　　國朝武功遠隆前古，然用兵之地，多在藩屬，惜無詳
　　圖以徵。其用兵內地之可圖者，僅指可數，惟咸同之際，
　　粵寇之難，侵掠十六省，綿延十五載。其事最近，其說亦
　　最詳。乃求曾胡諸公大功之所以告成，而克殲巨寇之所在，
　　於其窾要關係之處，得圖十餘幅，復博求諸公疏奏書札之
　　遺，反覆攷求，擇錄於後，而後諸公精心默運審機決策之
　　宜，行軍用人堅苦曲折隱微之際，胥由散而聚，由微而顯，
　　曾胡二公，共兵者最久，建策發議，必相商謀。每有異
　　同，皆為並列，以見天下之大，經事非一轍，用兵非一途，
　　行或異而成功不殊，是非得失未可因成敗而定，尤為足以
　　開拓心胸而練達識見。戰事愈近而愈詳，戰圖愈詳而愈精，
　　有固然也。

　　此為第四部分，特別標出《平定粵匪之部》一書的主要內容及特
殊價值。該書主要擇錄了曾國藩、胡林翼等人平定太平天國運動時的
一些疏奏書札，其特殊價值在於：其一，太平天國運動波及範圍之廣
與綿延時間之長均屬空前，而最終仍被曾、胡等人剿滅，則其之戰略
戰術必有過人之處；其二，曾、胡二人不但共兵事者最久，而且「建

策發議，必相商謀」，對比觀照二人用兵之謀，可使讀者明其殊途同歸之旨，「開拓心胸而練達識見」；其三，因年代比較近，其戰事尤詳而戰圖尤精。

> 是故覽此圖者，則知有天下之戰，有列國之戰，有千里之戰，有百里之戰，有數里之戰。有王者起，芟夷群雄，渾一宇內，此天下之戰。即當前之形勢而籌之，則知定創業之基，必有其深謀固本，可進可退，以制天下之謀，審加兵之處，必有其兼攻取侮，緩急先後之序也。列強相敵，熊踞虎峙，伺隙而動，此列國之戰。即當時之形勢而籌之，則知必有其力爭固守之地，分合取捨交功之宜也。或亂起於一方，或禍連乎數省，命將出師，聲罪致討，此千里之戰。即當時之形勢而籌之，則必有數路可以進取之師，而或為直搗之師，或為牽綴之師，或為游擊之師，或為圍攻之師，必有其宜也。何地據為根本，何地宜為接濟，何以拊其背而扼其吭，何以抵其隙而乘其虛，必有其宜也。或攻一城，或取一邑，此百里之戰也。即當前之形勢而籌之，或分數路以相次，或不攻而使其自求戰，而何以阻其援兵，何以斷其糧運，何以防其突逸，必有其宜也。勝負決於須臾，死生判於咫尺，此數里之戰，即當前之形勢而籌之，凡山川林屋險易之處，所以用偏用正，宜騎宜步，一進一退之間，必有其宜也。凡此皆理有固然，勢有必至。

此為第五部分，將古今之戰分為天下之戰、列國之戰、千里之戰、百里之戰、數里之戰五種，並分述其一貫之道乃在於各「即當前之形勢」而制「其宜」。

> 英雄之所見略同，有人地時事之殊，而無措施應付之異者也。然而此非一定之兵，而無定之兵也；非有形之兵，而無形之兵也。今夫潼關，天下之險也，然論之於由唐而前，由宋而後，則其輕重有不可同年而語矣；今夫邾城，長江之要也。然吳人屯之而遂為重鎮，晉人戍之而轉致胡兵，則其棄取有不可膠柱而求矣。是故蜀連吳以伐魏，雖

茹恥而爲長策；宋合元以滅金，雖復仇而爲錯計。苟其泥
古昧權，拘而不化，則論和於建炎紹興之間，論戰於嘉泰
開禧之世，鮮不一誤再誤，而宗社以隳者矣。是故自古惟
西北可以兼東南，而宋武帝之興，明太祖之帝，得地利而
後動，則東南亦可以兼西北。自古爭武昌者，多由荊襄而
下，而湖北三次之克復，乃得力於江西之師；自古爭浙江
者胥由徽寧以趨獨松，而左文襄公之平浙，乃得力於衢嚴
之師。然則半渡而擊之謀，用之於淝水則失機；死地後生
之說，施之於街亭則必敗。然則地利者，因國勢敵情而變
者也。顧氏祖禹有言曰：不變之體，而爲至變之用；一定
之衡，而爲無定之準。陰陽無常位，寒暑無常時，險易無
常處。嗚呼！知此誼者，可與言之一助乎？

此爲第六部分，承接上部分所列各類戰爭皆「必有其宜」之理，
進一步申說變通之道。

（三）《古今戰事圖說・序》所體現出的軍事思想價值及
　　　侷限

《古今戰事圖說・序》一文集中體現了陳曾壽的軍事思想，其價
值可從以下幾方面探討。

蒼虬早年曾得張之洞欣賞，其軍事思想亦與廣雅頗多相合。張
氏《勸學篇・兵學第十》中即曾將「未戰先繪圖」列爲「臨戰之善」
三條之首，指出「欲與敵國有戰事，先於一兩年前詳繪敵境地圖」[註
90] 的重要性。此外，《兵學第十》最後，廣雅以《漢書・賈誼傳》中
「不習爲吏，視已成事」之語勉勵時人當虛心學習東洋西洋「已成」
之經驗。蒼虬在《古今戰事圖說》之序文開始即說明戰圖之重要性，
謂可借之「求已事之權略，知當前之措注」。故知蒼虬《古今戰史圖
說》一書之創作緣起，雖與中國近代戰爭屢屢挫敗於列強而導致軍事
救國思潮的大背景密不可分，亦不排除私人方面曾受到廣雅軍事思想

〔註90〕 張之洞著：龐堅點校，《張之洞詩文集》增訂本，下冊，上海古籍
　　　　出版社，2015 年版，第 833 頁。

之啓發的因素，可以說是對張氏某些軍事觀念更爲深入詳明的發揮。

蒼虬所分五類戰爭中，所謂「天下之戰」著眼於「渾一宇內」，所謂「列國之戰」著眼於「列強相敵」，均已不侷限於中國傳統意義上的戰爭，而是具有了世界戰爭的性質，這是晚清士人軍事視野拓展的一種反映。由於這種國際視野乃是國門被列強之利炮轟開後、在接二連三的戰爭挫敗中逐漸形成，所以激發出部分士人在軍事上學習借鑒西方的迫切心理；同時，由於這些士人受中國傳統文化影響甚深，所以他們在借鑒西方的同時也試圖從傳統文化資源中發掘出有裨於當代中國軍事發展的因素。這既是由於濡染本民族文化既久後的情感認同與思維習慣，也是通過中西文化比較後得出的理性判斷。即以蒼虬此序爲例，其所列舉中國古來用兵講求戰圖之事例徵諸史冊既班班可考，則中國歷代兵家「雖未著戰圖之名而未始無其意」的結論也就不是盲目自許的無稽之談。這種在實事求是的文化自省基礎上所建立起的文化自信與張之洞《勸學篇》中所批評的那種「藉口於漢家自有制度」來掩飾自身之「怠惰粗疏」〔註91〕而其實對於「漢家制度」和西學皆無深刻瞭解的信口雌黃顯然不同。蒼虬所謂「近採泰西之成法，遠發古人之遺蘊」的編書宗旨，正是建立在對本民族文化的理性反思基礎上而欲探求古爲今用、洋爲中用之道的意圖。在文化傳統中尋求突破，在中西交會中培養新知，在一定程度上代表了晚清士人放眼看世界後仍不離民族文化之本位者的共同傾向。

有所堅守並不意味著不知變通。蒼虬在序文第一部分即謂善用戰圖可對治言兵事者所易蹈的拘執之弊。第五部分將古今之戰分爲五種，並分述其一貫之道乃在於各「即當前之形勢」而各制其宜，所謂制其宜，即在一定人、地、時、事等條件制約下只能採取於其相宜的一定之道，此爲勢有必至之理，而有識之士心當此境時心所同然者。然而時移勢異，當人、地、時、事等條件發生變化時，若仍泥古昧權，拘而不化，勢必南轅北轍，適得其反，故第六部分乃通過中國歷史上

〔註91〕《張之洞詩文集》增訂本，下冊，第 836 頁。

大量實例以說明用兵「無定」、「無形」之道。「無定」、「無形」者，因「國勢敵情」之變而相應變通之道也，此就其大體而言變通，若就具體人物而言，如該序第四部分論曾國藩、胡林翼用兵之道，言二人共兵事最久，持論「每有異同」，「用兵」亦「非一途」，然往往殊途同歸。故對比觀照二人用兵之謀，參其異同及所以異同之理，便可逐漸培養起看待歷史事件與歷史人物的長遠目光與整體意識，而不至因一時之成敗論英雄，因一事之得失論功過。「是非得失未可因成敗而定」：蒼虬此論極爲宏通，想世間多少悲劇乃因當事人目光短淺、心胸狹窄所致，於是各執一隅之見，是其所是而非其所非，嫌隙因是而生，禍機由是而起。故蒼虬此論已非用兵一道所能限，而擴展到歷史哲學的範疇。該序最後，蒼虬引顧祖禹「不變之體，而爲至變之用；一定之衡，而爲無定之準」云云作爲全文之總結，這種遠紹周易的通變觀，實亦爲對自己軍事思想乃至於所奉之人生哲學的總結。

　　蒼虬軍事思想之價值已如上所述，然而受時代及個人經歷所限，蒼虬雖在「中學」方面修養深厚，西學方面則未能極深研幾，故其在理想中雖欲貫徹「近探泰西之成法，遠發古人之遺蘊」的宗旨，而實際卻並未能眞正貫通中西之學。況且該書成於清王朝大勢已去的庚子年間，一兩劑緩藥固不能救膏肓之疾，十年後清朝滅亡，故此書既未能廣泛流通，亦未產生作者期望達到的實際影響，更未能「翻殘局」而「作勝勢」〔註92〕。不過，世情雖有不同，而古今原有通理，蒼虬《古今戰史圖說》一書以及其中所體現的圓融通變之思想，在今天仍有可供借鑒的意義。

　　李商隱《城上》詩曰：「賈生遊刃極，作賦又論兵」，是視談兵爲儒生風雅之餘事也；而胡林翼則謂「兵事爲儒學之至精」〔註93〕，將兵事與儒學貫通起來。蒼虬生於晚清末運，重重危機中已失去賈

〔註92〕陳曾壽《甲辰歲日本觀油畫庚子之役感近事作》一詩有「誰翻殘局作勝勢，氣盈脈償酣醲醪」之語。《蒼虬閣詩集》卷一，第11頁。
〔註93〕胡林翼《復李少荃觀察鴻章》，《胡文忠公遺集》卷七十六，清同治六年刻本。

生談兵那樣的雅逸從容，而其談兵之思想主旨則仍是其深厚的儒學修養與史學積澱的自然流露，這也正是其《古今戰史圖說》之序文最耐人尋味之處。

三、陳曾壽之學術思想

蒼虬之啓蒙師關季華先生著有《讀易劄記》一書，「兼綜漢宋，時見已意」[註94]，對其思想有深刻影響的張之洞在學術上亦主張折衷漢宋、不偏不倚，而蒼虬本人之個性也較爲圓融通達，故其學術思想除受嘉、道以來以今文經學經世致用爲主流的思潮影響之外，大抵主張打破藩籬、調和漢宋，只是實際上更重宋學，這主要有以下幾點原因：其一，清代學者鑒於明末學術之浮薄無根，相率趨於務實，窮畢生精力於以考證、訓詁爲主的樸學。其末流日益脫離現實，此時清王朝內憂外患加劇，一些士人回轉頭來，試圖從宋明義理之學中尋求救世及自救之道。蒼虬曾祖陳沆即致力於性理之學甚深，寫有《近思錄補注》一書，此爲蒼虬偏重宋學的家族背景。其二，蒼虬一生對曾國藩服膺備至，不乏私淑的成份。曾氏奉行程朱理學，重振桐城家法，而桐城派正以程朱理學的道統自任；此外，蒼虬啓蒙師關季華先生爲江漢名儒，亦精於宋儒之學，此爲蒼虬偏重宋學的師承背景。其三，蒼虬不但曾與桐城派殿軍馬其昶「共居京曹」，而且與馬氏弟子袁思亮、李國松、陳祖壬、周梅泉等人均交誼甚深，自不免互爲影響，此爲蒼虬偏重宋學的交遊背景；其四，就稟賦性情而言，蒼虬好學深思且頗重修身，自然易接受以「義理」及「成德」爲核心的宋學，此爲蒼虬偏重宋學的個人因素。

蒼虬既崇尚經世之學，反對空談名理，故其推崇宋學，更關鍵的因素，乃是由於時代變亂刺激下試圖以宋學拯救危機的願望。《寄君任》一詩曰：

[註94] 楊鍾羲撰集，劉承幹參校：《雪橋詩話續集》，北京：北京古籍出版社，1991年版，第550頁。

> 太傅當年序贈歐，桐城風義足綢繆。斯文誰任中流柱？
> 家學重看太乙舟。此事百年關喪亂，瞽儒幾輩墮溝猶。功
> 言一手湘鄉盛，莫遣蟲魚徇白頭。〔註95〕

該詩旨在勉勵君任踵武前賢、莫但以書生終老之意。君任即陳祖壬，為文宗尚桐城派，為桐城派殿軍馬通伯弟子。在蒼虬看來，身處亂世，滔滔者天下皆是，而為「斯文」所化之人應作為滄海橫流之世的「中流砥柱」，雖不見得能力挽狂瀾，卻可使人心有所守，而不至於放辟邪侈，失去本根，故學術隆替實關乎百年來治亂興亡。此非故意誇大學術之責，曾湘鄉以一書生而兼立言立功之不朽，正賴學能致用之故。

此意在寫於 1930 年的《挽馬通伯》一詩中體現得更為具體：

> 世亂贅腐儒，斯文極天柝。厄年逢在巳，碩果仍見奪。
> 京曹昔共居，滄海氛已惡。果然大軸翻，含生化毛角。決
> 去我何成，強留翁豈樂。舊京再相見，溫偉驚索寞。逃禪
> 鬱苦悲，精氣遂銷鑠。區區整齊志，片紙重山嶽。向來桐
> 城宗，所尚義理學。乾隆四庫開，紀戴侈通博。抑揚漢宋
> 間，持世失扃鑰。惜抱示異同，百鶩見一鶚。湘鄉用緒餘，
> 乾坤再清廓。飲鴆雖群甘，救死豈無藥。惟翁潒不食，辛
> 勤守衣缽。驗方信昭昭，後起誰寄託。〔註96〕

該詩中，蒼虬先是有感於時代文化危機，深痛哲人其萎與斯文之墮。繼而回顧平生與馬通伯的交往。然後由對馬氏學術成就的高度肯定轉入對百年來義理之學興衰的感歎：蓋桐城派以孔、孟、程、朱以來之道統自任，以「義理之學」而與當時重考證的「漢學」者互相軒輊，紀昀、戴震等重漢學之人以淹通博學的四庫館臣身份「抑揚漢宋間」，而使得思想界紛然淆亂，世道之維繫失去根本。姚鼐以理學立場調和漢宋之爭，提出義理、考據、辭章之說，以一當百；曾國藩一生奉行宋明心性之學，師從桐城方、姚等人而強調經世致用，終能以宋學「緒餘」戡

〔註95〕《蒼虬閣詩集》卷八，第 228 頁。
〔註96〕《蒼虬閣詩集》卷七，第 194 頁。

平洪楊之亂，開出同治中興的新局面。正因如此，蒼虬認爲宋學或可爲拯救當代社會危機及文化危機的一劑良藥——「飲鴆雖群甘，救死豈無藥」：前所未有的亂局中，眾人對各種未經消化的新思潮趨之若鶩，競相宗尚，如飲鴆止渴，卻對自身文化傳統中原可資以救世之藥熟視無睹，遂使道術裂而人心散。任何文化思想，託諸空言不如見諸行事而深切著明，曾國藩在實踐上的成功已足以驗證宋學在近代社會仍有其不可磨滅的價值。蒼虬在極力稱賞馬通伯不爲亂世紛紜之說動搖而固守桐城衣缽的同時，也流露出對道喪文弊之世未來後繼乏人的隱憂。

由此可見，蒼虬對宋學實寄予厚望。若以今日之眼光觀之，曾國藩之所以能用宋學「緒餘」而使清王朝轉危爲安，固然與宋學本身的不朽價值有關，也與彼時清王朝尚未到劫盡變窮的最後關頭有關。當危機進一步加深之後，昔時昭昭可驗之方亦可能失去效力，是以曾國藩能以名教爲號召，作爲治軍之本而維繫軍心，拯救了危在旦夕的清王朝；張之洞同樣以名教爲號召，卻未能遂其初衷、將湖北新軍訓練成忠君保清的現代武裝力量，反而最終成爲清王朝的掘墓人。蓋時移世易，內外條件改變後，類似的初衷與行動卻未必有達成類似的期望結果而已，只是並不能因此否認所藉思想文化本身的價值。

無獨有偶，比蒼虬小十二歲的史學家陳寅恪先生亦對宋學情有獨鍾，並在作品中屢屢言及，如：

> 歐陽永叔少學韓昌黎之文，晚撰五代史記，作義兒馮道諸傳，貶斥勢利，尊崇氣節，遂一匡五代之澆漓，返之淳正。故天水一朝之文化，竟爲我民族遺留之瑰寶。孰謂空文於治道學術無裨益耶？〔註97〕

> 華夏民族之文化，歷數千載之演進，造極於趙宋之世。後漸衰微，終必復振。〔註98〕

〔註97〕陳寅恪《贈蔣秉南序》，陳寅恪著《陳寅恪集·寒柳堂集》，北京：生活·讀書·新知三聯書店，2001年版，第182頁。

〔註98〕陳寅恪《鄧廣銘宋史職官志考證序》，陳寅恪著《陳寅恪集·金明館叢稿二編》，北京：生活·讀書·新知三聯書店，2001年版，第277頁。

　　不但「爲中國文化所化」之人如此看待宋代文化，西洋人亦有類似之見，如法國漢學家謝和耐即認爲宋代是中國的第一次「文藝復興」〔註99〕。可見，宋文化之價値爲有識之士所共睹，只是無論其衰其復，皆關乎一定的因緣時節，未來宋文化的眞正復興、新宋學的眞正建立，也必是經過與時推移的轉化更新後方可。當然，身處劫盡變窮之時代漩渦中的陳曾壽並未說到這一層：「驗方信昭昭，後起誰寄託？」——其對固有文化的信心如此堅定，對未來的希望卻又如此渺茫。然而正是這種堅定的信心與渺茫的期待，成爲蒼虬一代文化遺民在絕境中的唯一支撐。

　　總之，時代、家族、地域及師友等諸多因緣造成陳曾壽其人獨特的性情，深情與超逸的統一是蒼虬之情感本質，出世與用世的統一則是蒼虬之理想構成。蒼虬用情之深在事君、奉母、交友三方面均有所體現，其超逸的個性主要表現爲翛然世外的山林隱逸氣質與超越世俗的淡泊功利之心。蒼虬早懷兼濟之志與用世之心，入世理想的破滅刺激並強化了他固有的出世嚮往。心光閃爍徘徊於深情與超越、用世與出世之間，正是蒼虬其人其詩最本質的特點。一方面入乎其內，深情投入香色有情的世間；另一方面出乎其外，超逸於萬象紛紜之表，蒼虬之生命本質原與楚文化之精神核心相貫通。

　　陳曾壽之思想觀念主要體現爲變通與固守的統一。在政治方面，蒼虬始終固守清遺民之本位，然固守之中又有變通：無論對近代重大事件及歷史人物，其看法均未因其遺民立場而拘泥不化，而是不斷因時因境而推移；影響到其本人的政治抉擇，也體現爲在保持心之所安前提下適當的變通。蒼虬軍事思想集中體現於其早年所編纂的《古今戰事圖說》一書中，該書遠紹《周易》之通變觀，試圖在文化傳統中尋求突破，在中西交會中培養新知，在一定程度上反映了晚清士人放眼看世界後仍不離民族文化之本位者的共同傾向。其「是非得失未可

〔註99〕　〔法〕謝和耐著《中國社會文化史》卷五全章介紹宋代，該章之名
　　　　　即爲「中國的『文藝復興』」，長沙：湖南教育出版社，1994 年版。

因成敗而定」的觀點雖由談兵所引發，卻遠遠超越談兵而擴展到歷史哲學與人生哲學的範疇，這種價值取向在其評論歷史人物及現實人物時亦常有流露，並體現於他的詩歌創作中。蒼虬之學術思想大體在曾國藩與張之洞之間，在調和漢宋的基礎上偏重宋學，並試圖以宋學拯救近代空前的危機。蒼虬雖未提出復興宋學的具體說法，卻隱隱已有這方面的思想萌芽，與陳寅恪復興天水一朝之文化的理想遙相呼應。

第二章　陳曾壽之交遊

第一節　陳曾壽交遊概述

　　陳曾壽嘗不無自豪地說：「予所友幾盡天下之賢豪」〔註1〕，事實也的確如此。他不但性喜交遊，而且頗有知人之明，這使得其交遊多而不濫，極一時之選。蒼虬一生有過交集之人不勝枚舉，若僅列舉關係較爲密切之人，年輩長於蒼虬者有關季華（棠）、張廣雅（之洞）、梁節庵（鼎芬）、沈乙庵（曾植）、左笏卿（紹佐）、劉樸生（鍾琳）、周沈觀（樹模）、劉幼雲（廷琛）、勞玉初（乃宣）、胡瘦唐（思敬）、王病山（乃徵）、馮蒿庵（煦）、陳弢庵（寶琛）、陳石遺（衍）、陳散原（三立）、鄭海藏（孝胥）、俞觚庵（明震）、馬通伯（其昶）、李梅庵（瑞清）、朱彊村（祖謀）、何梅生（振岱）等人；平輩者有朱強甫（克柔）、謝復園（鳳孫）、傅治薌（岳棻）、徐苕雪（思允）、胡愔仲（嗣瑗）、許巢雲（寶蘅）、夏劍丞（敬觀）、周立之（學淵）、袁伯夔（思亮）、周梅泉（達）、李拔可（宣龔）、陳病樹（祖壬）、陳詒重（毅）、郭嘯麓（則澐）、諸眞長（宗元）等人；年輩晚於蒼虬者有蔣蘇庵（國榜）、黃公渚（孝紓）、沈羹梅（兆奎）、汪辟疆（國垣）、周君亮、周君適兄弟、王開節等人。僅舉過從較密者，已不難發現蒼虬師友輩之

〔註1〕　《蒼虬詩話》手稿。

卓犖不凡，茲分類述之。

一、陳曾壽與師長一輩的交往

（一）三位師長——關季華、梁節庵、沈乙庵

年輩長於蒼虬諸人中，蒼虬對關季華、梁節庵、沈乙庵三人執弟子禮，但師事之因緣又有不同：關季華爲蒼虬啓蒙師，梁節庵爲蒼虬壬申科鄉試之「受知師」，沈乙庵則是蒼虬辛亥後避地滬上時尊爲師長之人，三位師長對蒼虬一生均有深遠影響。

關棠，字季華，湖北漢陽人，嘗慕郭林宗、阮嗣宗之爲人，名其居曰「師二宗齋」。光緒乙酉科（1885）舉人，以名孝廉爲羅田教諭。爲人則天性淡泊，介石自守，「絕意於身後之名」；爲學則鑽深研幾，用力於幽獨，「凡事思所以然而歸於求實」〔註2〕。陳右銘賞其學識人品，專摺保薦，得旨之日而不幸棄世。懷經世之學卻未用而卒，士論惜之。因所作從未留稿，諸門人曾撿得其師棄稿若干收藏累年，後由蒼虬校錄整理，外加記憶所及，成上下二卷以付梓，名爲《師二宗齋遺集》。漢陽關氏與蘄水陳氏有世交之誼：季華之祖父嘗與蒼虬之曾祖秋舫爲輔仁之友，以名孝廉「同赴公車」〔註3〕；蒼虬祖父小舫居京華時，曾延請季華爲「授館課」，教育子弟，及小舫去世，季華仍與陳家人「相依歸武昌，結鄰而居，朝夕往還，如一家人」〔註4〕。蒼虬幼時濡染於明師言傳身教，爲人爲學均受關先生影響甚深，主要體現爲淡泊之懷、經世之志與幽獨之思。

梁鼎芬（1859～1920）字星海，號節庵，廣東番禺人。光緒庚辰（1880）進士，授編修。中法戰爭時因疏劾李鴻章被降五級，後入張之洞幕，襄助其推行新政，興教辦學，深受倚重。從武昌知府遷湖北布政使、按察使。1906 年入覲，因奏劾慶親王奕劻及直隸總督袁世

〔註2〕陳曾壽《師二宗齋遺集·跋》，民國四年鉛印本。
〔註3〕關絅之《師二宗齋遺集·跋》，民國四年鉛印本。
〔註4〕陳曾則《漢陽關先生傳》，《海雲樓文集》，第47頁。

凱而再被降職。清亡後以遺臣身份自請留守光緒陵寢，並於崇陵廣植嘉木，旋應宣統召爲毓慶宮行走。1917 年參與張勳復辟。失敗後三年卒於京，諡文忠。著有《節庵先生遺詩》、《款紅樓詞》等。作爲蒼虬兄弟三人同科中舉之「受知師」，節庵對蒼虬十分欣賞。蒼虬倡辦普通中學，成就人才甚重，節庵聞之「大嘉許」，聘蒼虬爲「方言文普通二校倫理教授」〔註5〕。節庵集中有多首贈蒼虬之作，《憶仁先》有「閉門正字知相憶，辛苦爲詩寄未成」及「耐冷閉門詩就未，奉親北望夢何如」等句，皆以蒼虬比作安貧樂道、閉門苦吟之陳後山，可謂知人；《菊爲仁先作》之「人間猶有陳御史，義熙花稌淚成水」、《題耐寂種菊圖》之「惟憑千斛淚，澆此一畦花」皆流露出對蒼虬種菊背後所蘊含的遺民之悲情苦心的深切認同；而《失題》一詩中「吾心四海一仁先」之語，更流露出此高弟在其心中無可替代之地位，推崇與愛重無以復加。至於節庵對蒼虬的影響，一爲不隨利害轉移、不因生死阻隔的堅貞臣節，二是不畏權貴、不計個人安危的直言進諫精神〔註6〕。而節庵易簀前那句「人心死盡，我輩心不可死，盡一分算一分」的遺囑，更被蒼虬視爲不可磨滅的「傳心一語」〔註7〕，成爲他日後雖久歷磨難而能維持此心不墮的重要精神支撐。

　　沈曾植（1850～1922）字子培，號乙庵，又號寐叟、東軒等。浙江嘉興人。光緒庚辰進士，居刑部多年，鑽研古今律令。戊戌前曾贊助康有爲，「觥觥爲維新之魁」〔註8〕。庚子事變中與盛宣懷等人倡東南互保。後任安徽提學使、布政使等職。1910 年辭官南下，居滬上

〔註5〕陳曾則《蒼虬兄家傳》，《蒼虬閣詩集》附錄一，第 435 頁。

〔註6〕這兩點乃從蒼虬贈節庵諸作及蒼虬本人一生行履中得出，蓋贈人之作，凡屢屢道及者，雖意在稱頌對方品節，卻亦當爲自己最受觸動之處。

〔註7〕陳曾壽《書梁文忠公遺詩後》有「傳心一語終難滅，病榻微聞細似絲」之句，並自註曰：「易簀前，（節庵）謂曾壽曰：『人心死盡，我輩心不可死，盡一分算一分』，聲細如絲。」《蒼虬閣詩集》卷九，第 256 頁。

〔註8〕王雲五主編，王蘧常著：《清末沈寐叟先生曾植年譜》，臺灣商務印書館股份有限公司，1982 年版，第 61 頁。

海日樓。清亡之後，恐文化亦淪亡，每念及國事未嘗不欷歔流涕，故由維新派轉為復辟派。袁世凱屢次徵召而不出。張勳復辟，乙庵親預其事，失敗後仍回滬上，益加多哭善感，幽憂以終老。乙庵於學兼綜漢宋，無所不窺，主張內外貫通、本末兼賅，尤深於遼金元三史及西北輿地之學，為同時代公認之通儒。詩歌亦被認為同光體浙派代表人物。蒼虹久慕乙庵「無際涯」〔註9〕之學，居滬時尊乙庵為師，曾多次問學於海日樓，集中第一首贈乙庵之作即有「東軒一老人，啟我開徑路」〔註10〕之語。乙庵亦頗賞識蒼虹，師徒相見，往往「密語恒移時」，分別時常意猶未盡，絮語不止，甚至打破「送客惟及扉」〔註11〕的慣例而送弟子下樓，可見師生相得之非同尋常。丁巳復辟時乙庵不顧暮年衰病之身而北上，被任命為學部尚書，蒼虹則任學部右侍郎，師徒原以為可以共襄「大舉」，不料十餘天後即告失敗，復辟也便成為師徒二人共同的痛切記憶，蒼虹此後贈乙庵之作中所謂「排闥豈真夢，臣袖香煙浮」〔註12〕及「埃風闒闓迥，昔昔夢同攀」〔註13〕均流露出對當初復辟之短暫成功的無限追懷。由此可見，蒼虹與乙庵之契合，一在志同道合：有類似的政治理想與文化理想；二在共同記憶：有過丁巳復辟大喜大悲的共患難之經歷；三在特殊知賞：乙庵對蒼虹非同尋常之禮遇，令蒼虹銘感終身。此外，乙庵不但學無涯際，在性情方面亦有深摯過人處：蒼虹二弟曾則謂其「粹乎其容，藹乎其言」，使人「可親而易近」〔註14〕，蒼虹三弟曾矩謂其「真摯之味，感人

〔註9〕 陳曾壽《紀夢》寫到乙庵，有「師學無際涯，浩浩萬派馳。鈍根未嘗學，寸隙何由窺」之句。《蒼虹閣詩集》卷五，第158頁。

〔註10〕 陳曾壽《沈乙庵先生以新刻陵陽倚松二集見贈索詩》，《蒼虹閣詩集》卷二，第50～51頁。

〔註11〕 陳曾壽《紀夢》，《蒼虹閣詩集》卷五，第158頁。

〔註12〕 陳曾壽《散叟復園先後來湖上同作富春之遊過滬與石欽下榻海日樓旬日別後皆有詩至作感懷六首寄答》其五，《蒼虹閣詩集》卷三，第105頁。

〔註13〕 陳曾壽《乙老六十九歲生日祝詞》其一，《蒼虹閣詩集》卷三，第109頁。

〔註14〕 陳曾則《沈乙庵先生七十壽序》，《海雲樓文集》，第34頁。

入骨」〔註15〕，蒼虬亦極富感情之人，性情之相得，當爲二人相契
之另一重要原因。

（二）師友之間——陳弢庵、朱彊村、陳散原、鄭海藏

年長一輩中，與蒼虬交往時間跨度大且唱和之作亦多者，主要
有陳弢庵、朱彊村及陳散原、鄭海藏數人。弢庵之外，其餘三人均於
避地滬上時訂交。

陳寶琛（1848～1935）字伯潛，號弢庵，別署聽水老人、滄趣樓
主等，福建閩縣人。同治七年（1868）進士，改庶吉士，授編修，累
官至內閣學士兼禮部侍郎。直言敢諫，與張之洞、張佩綸、寶廷等號
稱「清流」，後因事被降五級，回故鄉築滄趣樓閒居二十餘年。宣統
元年（1909）起復原職，三年任溥儀漢文師傅，授讀毓慶宮，兼弼德
院顧問大臣。宣統大婚後晉封爲「太子太傅」。入民國後守其孤忠，
不離溥儀左右。直至溥儀潛往東北，然仍以殘年之身，幾度赴關外面
見溥儀。1935 年病逝於北京。著有《滄趣樓詩集》、《聽水齋詞》等。
陳弢庵以太傅之尊，膺師保之重，身歷三朝，年高德劭，爲人嚴肅矜
莊，不苟言笑，晚輩雖極敬之，卻不免因敬生隔。但二人在清亡後的
遺民立場固然相同，在九一八事變後對局勢的看法也並無二致，故二
人交誼始終未出現過分歧，集中過從之作亦未嘗間斷。弢庵對蒼虬之
認同，與政治傾向、時局認識及詩歌成就有關。其《題仁先圍城中畫
冊》有感於蒼虬借繪蘇軾《大風留金山兩日》中「明日顛風當斷渡」
詩意所寄寓的時代風雨飄搖之感，後半首曰：「瀛海即今誰樂土？江
天何日不顛風。故山雨露清明近，等是孤兒痛轉蓬」〔註16〕，斥日方
控制下的所謂「王道樂土」之虛妄，悲國無寧日而無處遁逃，共同的
孤臣孽子之痛使他深以蒼虬爲同調。政治傾向及時代感受類似之外，
弢庵對蒼虬之詩歌成就亦頗爲稱道，他曾請蒼虬爲其校訂詩集，不可

〔註15〕陳曾矩《強志齋隨筆》，《強志齋詩文存稿》自印本，第 48 頁。
〔註16〕陳寶琛著，劉永翔、許全勝校點：《滄趣樓詩文集》卷九，上海：上
　　　海古籍出版社，2006 年版，第 213 頁。

謂不信任；其《題陳仁先詩卷》一首論蒼虬詩亦極具宏觀視野與獨到眼光，這與他本身即爲一流詩人有密切關係。蒼虬詩中對弢庵之讚美，除極言其年輩之尊及晚遇之隆外，亦主要從其品節及詩歌兩方面著眼，贊其品節者如「巖香一樹晚應開」〔註17〕、「晚節世猶持」〔註18〕等，贊其詩歌者如「玄素迴天願，端明大雅詩」〔註19〕，將之比作張玄素及蘇東坡，同時對其復清之志及大雅詩篇深致贊許。

　　朱祖謀（1857～1931）原名孝臧，字古微，號漚尹，又號彊村，浙江歸安人。光緒九年（1883）進士，改庶吉士，授編修，歷官至侍講學士。戊戌前與維新派之劉光第交好。庚子（1900）事變，與袁昶等人均以爲義和團不可用，屢次上疏直言，並在一次廷諍中觸怒慈禧而幸免於死。兩宮還京後擢任禮部侍郎，光緒三十年（1904）出任廣東學政，旋辭職至蘇州，與詞友鄭文焯等人來往。清亡後主要居滬上著述，以遺民終老。卒後蒼虬爲之請謚，並舉庚子抗言廷諍事，予「文直」。朱氏工詞且精於校勘，有詞集《彊村語業》，嘗與王鵬運同校夢窗詞，並校刻《彊村叢書》及《滄海遺音集》等書。彊村作爲晚清民國之一代詞宗，與蒼虬之交多與詞相關。二人於滬上相識，《舊月簃詞》中唱和最多之詞友即爲彊村，而《彊村語業》中居滬後唱和最多之詞友即爲蒼虬。二人切磋詞藝之外，更因性情之相投而互許爲同心之友，並有「心魂老去須相守，辦歲寒、尊酒平生」〔註20〕之約。1930年蒼虬赴津後，南北兩隔，彊村日日盼其南下〔註21〕，蒼虬因事未果，而彊村於次年病逝，蒼虬爲此始終難以釋懷，詩詞中幾次提及。彊村曾將蒼虬《舊月簃詞》輯入其《滄海遺音集》中，雕版甫竟而彊村遽逝，蒼虬在彊村挽詩中有「百年

〔註17〕陳曾壽《次韻弢庵師傅見贈》，《蒼虬閣詩集》卷三，第119頁。
〔註18〕陳曾壽《挽陳弢庵年丈》其二，《蒼虬閣詩集》卷九，第241頁。
〔註19〕陳曾壽《挽陳弢庵年丈》其二，《蒼虬閣詩集》卷九，第241頁。
〔註20〕朱祖謀《渡江雲·望蒼虬不至，倚此致懷》，朱孝臧著，白敦仁箋注：《彊村語業箋注》，成都：巴蜀書社2002年版，第421頁。
〔註21〕上引《渡江雲》一詞有「倚樓倦睫，雁外數南程」之語可證。

多苦相，滄海感遺音」〔註22〕之言，即雙關此事。

　　蒼虬與散原、海藏二人亦爲避地滬上時訂交，交往至一方去世方止，二十餘年間屢有過從，情誼非同尋常，但具體分際又有不同，這一點將在下文詳述。

　　以上所舉數人之外，張廣雅任兩湖總督時，蒼虬曾爲其幕賓，深得知賞；左笏卿、劉樸生、周沈觀等爲蒼虬早年任職京華時相與唱和之前輩；劉幼雲、勞玉初、胡瘦堂等亦爲丁巳復辟共事之人；蒼虬與李梅庵之過從主要集中於清亡後滬居數載之間，與俞觚庵則主要集中於湖居爲鄰的數載之間，均得地利之便；何梅生與蒼虬有贈琴之緣，王病山與蒼虬曾同作蘇杭之遊，二人與蒼虬交往時間頗久，但蒼虬集中涉及二人之作多集中於二十年代之前；陳石遺與蒼虬相識特早，前期交往頗多，後來卻幾不通音問。關於這些交往，雙方集中歷歷可考，此處不再一一詳述。

二、陳曾壽與平輩之交

（一）江漢故友──朱強甫與謝復園

　　平輩諸友中，朱強甫、謝復園爲蒼虬早年知交，三人均爲關季華先生弟子。

　　朱克柔，字強甫，浙江嘉興人。爲關季華先生所器重，臨終書「男兒到此是豪雄」貽之，寄望甚厚。強甫「痛師之亡，如失怙恃」，於是「淬厲學業，求所以繼先生之志事者，與同學交勉切至，見時事日非，慨然抱匡濟之願」，爲梁節庵所賞識，薦於張文襄，文襄召至鄂，主《正學報》，時與蒼虬兄弟「劇飲大醉，沈酣淋漓，同馳馬於白沙洲堤，半日往返飄忽數十百里」〔註23〕，其意氣之豪邁可知矣。然居鄂數載，實未得志。三十二歲時染疫卒於滬上，有《朱強甫集》三卷。

〔註22〕陳曾壽《補作朱文直公挽詩》其二，《蒼虬閣詩集》卷八，第229頁。
〔註23〕以上所引分別見陳曾矩《強志齋詩文存稿》自印本第49頁；陳曾則
　　　　《朱強甫文集序》，《海雲樓文集》，第24頁。

　　謝鳳孫，字石卿、石欽，號復園，湖北漢川人，光緒壬寅科（1902）舉人。科舉廢，以保送考試分發貴州知縣。未幾，辛亥革命爆發。入民國遂不復出，生計極艱困，然不敢有絲毫苟且，曾至滬鬻書爲生。「晚年尤喜寂靜，習道家導引之術，終日趺坐」，抗戰期間卒於滬。復園工書，曾師沈乙庵，極爲乙庵稱道；亦工詩文，梁節庵閱其課卷，嘗以「文如水，人如玉」〔註24〕贊之。

　　同爲關先生得意弟子，強甫才高氣傲，踔厲風發，近乎狂；復園耿介自守，隱晦韜光，近乎狷。強甫神雋似龍麟，乍見即覺其靈奇；復園淵默如木石〔註25〕，歷久方知其厚重。蒼虬兼能賞之，其寫強甫則曰「後村集內方孚若，介甫詩中王廣陵」〔註26〕，其寫復園則曰「平生四海論交後，耐久方知謝復園」〔註27〕，所擬不但切合二友之性情，亦切合自己與二友之關係。強甫英年早逝，故蒼虬集中涉及強甫者，皆爲追懷或紀夢之作，如《嘉興弔強甫》、《夢強甫》等；復園後來與蒼虬結爲親家〔註28〕，1917年復園至杭，與蒼虬同作會稽、富春之遊，蒼虬集中《大雨後同復園至雲林寺》、《同復園遊雲林寺聞鐘聲》、《九月十九日同復園謁禹陵登會稽山頂》、《洗心閣中菊花開時復園來住一月將別爲詩四首》、《散叟復園先後來湖上同作富春之遊過滬與石欽下榻海日樓》等詩皆作於此時。

〔註24〕此處及上處均見於陳曾則《謝復園文集序》，《海雲樓文集》，第42頁。

〔註25〕蒼虬《復園以詩寫贈次韻》：「同居類木石，異處有餘思。」《蒼虬閣詩集》卷一，第30頁。

〔註26〕見陳曾壽《懷人四首》其一，該詩蒼虬自註引後村《挽方孚若》詩：「使君神雋似龍麟，行地飛空不可馴。」《蒼虬閣詩集》卷九，第255頁。蓋後村以孚若爲不世出之「英雄」「奇才」（劉克莊《沁園春‧夢孚若》），介甫以廣陵爲「可以任世之重而有功於天下者」（《王逢原墓誌銘》），且廣陵早辛令介甫有喪「質」之悲（王安石《思王逢原三首》其一有「便恐世間無妙質，鼻端從此罷揮斤」之語），均與強甫平生自許及蒼虬、強甫二人之關係類似。

〔註27〕《懷人四首》其二，《蒼虬閣詩集》卷九，第255頁。

〔註28〕復園之女謝學瑜爲蒼虬長子陳邦榮之妻。

（二）「廿年愁隔春明夢，晚遇仍同侍從班」——傅治薌、徐苕雪、許巢雲

傅治薌、徐苕雪、許巢雲三人均爲蒼虬舊京同僚，而晚年復共事於關外之友。

傅岳棻（1877～1951），字治薌，晚號娟淨，湖北江夏人。光緒壬寅科（1902）舉人，清亡前曾任山西撫署文案、山西大學堂教務長及代理總監督，京師學部總務司司長等職。清亡後歷任北洋政府國務院銓敘局僉事，教育部司長、次長、代理部務。1919 年後，歷任北京大學、北京師範大學、東北大學國文教授。1920 年參加編修《湖北文徵》，抗日戰爭爆發停頓。1947 年《湖北文徵》復修，傅任總纂。晚年曾任僞滿洲國政府宮內府秘書官。著有《遺芳室詩文集》等。

徐思允（1876～1950），字愈齋、裕齋，號苕雪，江蘇武進人。光緒舉人，清亡前曾任學部主事。工詩，蒼虬極稱道其「詩才詩學」，謂之「深婉有味蹊徑甚正」〔註29〕。清亡後改行學醫，晚年曾任僞滿洲國宮內府侍醫。蒼虹有「未信鈔方老敬輿」〔註30〕之句，惜其才未得盡用。1945 年僞滿洲國潰敗，小朝廷君臣四散奔逃。蘇軍入長春前，苕雪曾陪伴婉容等人流亡。1949 年回北京，次年病逝。

許寶蘅（1875～1961），字季湘，號巢雲，浙江仁和人。1902 年應浙江鄉試中舉。1906 年捐內閣中書，先後任學部爲主事、軍機章京等職；入民國後任總統府秘書、國務院秘書、銓敘局局長、內務部考績司長、國務院秘書長等職；1927 年北京故宮博物院圖書館副館長兼管掌故部，出版《掌故叢編》；東北易幟後，任遼寧省政府秘書長等職；1932 年先後任僞滿執政府秘書、官內總務處處長；中華人民共和國成立後，曾於 1956 年被聘任爲中央文史研究館館員。工書法、通文史、重考證，著述多散佚，今有《巢雲籍詩稿》、《巢雲籍詞

〔註29〕見《蒼虬詩話》手稿。
〔註30〕《苕雪六十初度》，《蒼虬閣詩集》卷九，第 240 頁。

稿》、《詠籬仙館別集》等。

蒼虬與傅、徐、許三人年齡相仿，均曾供職於舊京學部，詩酒過從幾無虛日。1910年共建詩社，各有《和昌黎感春詩》傳誦一時〔註31〕。及蒼虬南下，傅、徐、許三人仍留舊京，此後交往稍疏。直至暮年出關後，再次與三人共事，此時徐為侍醫，傅、許為秘書。蒼虬於是與三人過從復密，與傅、徐二人往來尤多。集中《苕雪治薌作諸葛武侯詩余有感於當時人才之乏亦擬一首》、《與蘇堪苕雪治薌夜飲各成三首》、《東坡生日約治薌苕雪嵩儒鯉門曼多酒集鯉門詩先成以公在儋耳時歲為戊寅今歷十五甲子矣持較身世婉而多諷予亦繼作》等詩均寫於此一時期。值得注意的是，因傅、徐均為舊京同僚，三人曾經結鄰而居，有數載共同記憶——共同的青春年華、共同的理想事業與未及充分展開的京華一夢，故蒼虬贈二人之作多有濃重的今昔之慨，塞外的一切均因久已失落的舊京記憶之投影而格外令人難以為懷。如《苕雪於內苑見菊花感舊有詩予亦繼作》一詩下半首曰：「秋色重看真夢裏，冷懷何處不天涯。自憐蕭索今如許，無復心情到菊花」〔註32〕：見關外「內苑」之菊自易聯想及舊京之菊，對在朋輩中素以愛菊成癖著稱的蒼虬而言，菊無疑是貫穿七載舊京生涯之最明麗的背景，今見此而憶彼，相形之下，樂境亦成愁地。治薌六十生日，蒼虬有「廿年愁隔春明夢，晚遇仍同侍從班」〔註33〕之語：春明夢破二十年後再續舊夢，故人雖在而韶華難再，世事全非而心境亦非，塞外荒寒中的傀儡小朝廷已再不同於昔時之青瑣朝班，而朝班舊友的朝夕相見卻偏偏不時勾起舊京生活的鮮活記憶，時時殘酷提醒局中人當下生活的種種不堪，則其今昔之感慨何如也。

〔註31〕陳衍《石遺室詩話》，卷十，北京：人民文學出版社，2004年版，第155頁。
〔註32〕《蒼虬閣詩集》卷九，第252頁。
〔註33〕陳曾壽《治薌同年六十生日》，《蒼虬閣詩集》卷九，第263～264頁。

（三）「交久晚彌真」──袁伯夔、陳病樹、周梅泉、 李拔可

袁伯夔、陳病樹、周梅泉、李拔可等皆為蒼虬相識雖早而晚歲過從始特密之友，四人中年以後均居滬上，除伯夔於 1939 年去世外，其餘三人去世較晚，而病樹及拔可皆晚於蒼虬去世，故蒼虬生命的最後幾年與陳、周、李三人交往最多。

袁思亮，字伯夔，號蘉庵，湖南湘潭人。山東巡撫、兩廣總督袁樹勳長子。光緒二十九年（1903）舉人。一試禮部不第，朝廷罷科舉，乃援例為道員候選。尋以斥資興學，賜冠服一品。農工商部立，奏調除郎中丞參上行走，監督農事試驗場。入民國，曾任印鑄局長。已而籌安會策劃袁氏復辟，遂棄官歸滬上，奉母閒居，終不復出。師事散原二十餘年，深得賞愛。著有《蘉庵文集》《蘉庵詩集》等〔註 34〕。袁伯夔為蒼虬晚歲至交，從二人往還詩作及袁氏為《蒼虬閣詩集》所寫序文中可以梳理出二人交往之大致線索：蒼虬與伯夔早年同官京師時即有過從，然不過「飲啖博塞為樂」，實未深交；清亡後袁仕民國而陳為遺民，二人「蹤跡遂闊疏」，地理距離外，亦不能排除出處宗旨之分歧；待伯夔憤慨於洪憲稱帝及民初亂局而辭職以後，二人始恢復交往，此時蒼虬居杭，伯夔每至杭，輒訪蒼虬湖舍；江浙交惡，蒼虬挈家避兵滬上，與伯夔結鄰而居，二人「蹤跡乃復密」。此時二人各歷滄桑，憂患中年，蒼虬對伯夔民初之政治抉擇早已諒解，而伯夔對民初政局徹底失望後益加認同蒼虬「不二之節」，對蒼虬詩之理解也進一步加深，故二人交往性質與當年同官京師時已有了質的不同；正因這種深層相知，此後蒼虬離滬赴津，離津出關，二人「蹤跡雖益乖隔」，而「書疏往還不絕」，以心魂相通之故也；1933 年，散原移居北平，自 1934 年之後，蒼虬與伯夔

〔註 34〕見李國松《湘潭袁君墓誌銘》，袁思亮著，袁榮法編：《湘潭袁氏家集‧蘉菴文集》，沈雲龍主編：《近代中國史料叢刊續編》第二十一輯，第 3～5 頁。

相約每歲一集，各由長春、上海出發赴舊京看望散原。散原本即為老輩之魯殿靈光，更被陳、袁視為精神嚮導，況且因此前二十年相過從之感情積澱，散原對陳、袁兩位晚輩亦格外垂青，亂世師友間非同尋常之相得給他們的憂患餘生帶來極大的心靈安慰，「俳俳散原翁，碩果此尊宿。溫燖吾與子，期約歲相續。北南會舊京，歡笑洗慘黷。頗疑天壤間，嘉會惟此獨」〔註35〕，蒼虬如是說；「斯文所在關元氣，此會能常即太平」〔註36〕，伯夔如是說。在他們看來，散原所在處，即亂世中維持斯文不墮之元氣所凝聚處，以散原為精神核心的巨大凝聚力使二人之情誼更加深篤。然而僅僅三年，中日釁起，散原「憂憤發疾卒」，二人如失怙恃，一年一度共沐春風的美好經歷旋即成為揮之不去的永憶沉哀。原以為慘澹餘生尚可與伯夔分擔此不可承受之痛，豈料僅隔二年，伯夔亦逝。此後兵禍經年不解，蒼虬念散原則必及伯夔，念伯夔則必及散原，旋踵而至的雙重沉痛幾令蒼虬生意盡失。這位「交久晚彌真」的故友，最終留給蒼虬的卻是生命未盡而生意先盡的枯槁餘年。

袁伯夔之外，蒼虬晚年交往較多的其餘三位居滬友人是陳病樹、周梅泉及李拔可。陳祖壬，字君任，號病樹，江西新城人。初從馬其昶學古文，後與同門李國松再拜於散原門下，與袁思亮、李國松合稱「陳門三傑」。為人狂放不羈，中年後貧至無以為生，至滬上與友人周梅泉、袁伯夔相過從〔註37〕。嘗為居停所逐，寄居斗室，幾貧無立錐之地〔註38〕。蒼虬與病樹早年相識於鄂中，時辛丑條約簽訂後不久，病樹居夏口，而蒼虬為文襄高弟，然彼時二人交往並不多。蒼

〔註35〕陳曾壽《伯夔挽詩三首》其一，《蒼虬閣詩集》卷十，第292～293頁。

〔註36〕袁思亮《南歸道中懷義寧師蒼虬翁兄弟並平津同遊諸公》，袁思亮著，袁榮法編：《湘潭袁氏家集・蘉庵詩集》，沈雲龍主編：《近代中國史料叢刊續編》第二十一輯，臺北：文海出版社，第142頁。

〔註37〕參考陳巨來《安持人物瑣憶・記陳病樹》，上海：上海書畫出版社，2011年版，第141～143頁。

〔註38〕蒼虬《和病樹》一詩稱其「貧到錐無」，《蒼虬閣詩集》續集卷下，第332頁。

虹集中第一首贈病樹之作（《寄懷君任》）寫於 1930 年，時病樹爲生計奔走四方，蒼虹亦由滬至津，二人數得「相遇於津滬舊京之間，少年意氣都盡，亦惟以愁苦之辭相往復」〔註39〕，此後交往遂多，蒼虹居關外十年，與病樹常有詩札往來；回舊京探望散原時，亦偶得與病樹一聚。待蒼虹 1948 年南下依二弟曾則居滬上永嘉路時，陳病樹幾乎成爲雙桐一桂軒每天必至之客。病樹與伯夔同爲義寧門下，二人兼與蒼虹友善，伯夔逝後，病樹益彌足珍貴，蒼虹《和病樹》有「再來先友失朱袁，斷夢難尋臘子存」〔註40〕之句，「朱袁」即指朱彊村與袁伯夔而言。

　　周達，字梅泉，一字美權，號今覺，安徽至德人。清兩廣總督周馥之孫。早年嗜六書九數之學，兼通西文，廣羅泰西新著，與古法校勘同異，得其會同之旨，爲前輩名家華蘅芳等人所推重。入民國後避地海上，從東南諸老遊，始學詩，與鄭海藏過從尤密。又以善集郵聞名。有《今覺盦詩》、《今覺盦詩續》傳世〔註41〕。蒼虹集中第一首贈梅泉之作寫於 1928 年，乃爲賀梅泉五十初度而作；梅泉集中第一首贈蒼虹之作寫於 1930 年，爲《題仁先廬山詩草並寄訊散原》。次年彊村病逝於滬上，蒼虹南下弔喪，與梅泉相聚，臨行，梅泉作長句贈別。此後，梅泉數度寄詩關外以慰蒼虹。因海藏、伯夔皆爲梅泉及蒼虹之故交，兩位友人先後於 1938、1939 年去世，故梅泉及蒼虹集中多有同哭故友之作，共同的傷逝之懷使二人交誼進一步加深。1940 年，梅泉自刊其《今覺盦詩》，並出重資助刊《蒼虹閣詩》，蒼虹爲梅泉集題簽，並寫詩致謝，中有「佳處何由望端叔，幸同坡句一時編」〔註42〕之句，謙稱自己詩才固不敢望李之儀項背，卻幸而能與梅泉詩一同付梓，如同當年李之儀與蘇軾同刊詩集一般。1946 年，梅泉刻其

〔註39〕陳祖壬《蒼虹閣詩集序》，《蒼虹閣詩集》附錄二，第 489 頁。
〔註40〕《蒼虹閣詩集》續集卷下，第 332 頁。
〔註41〕見周達撰：《今覺盦詩》陳詩序、陳祖壬序及自序，民國二十九年（1940）鉛印本。
〔註42〕陳曾壽《梅泉重貲助刊拙集感賦》，《蒼虹閣詩集》卷十，第 302 頁。

《詩續》一卷，中多寄蒼虬之詩，蒼虬十分感念，然自己數年來心苦悲深，幾廢吟詠，徒然感歎「臏餘掛名字，一集爲蒼虬」[註43] 而已。1948 年蒼虬南下，原以爲可以常相聚首，然是年梅泉謝世，蒼虬挽詩中有「餘生緣若限，相厚意何窮」[註44] 之語。二人交情晚而益厚，雖被生死大限所限，然亦足慰也。

李宣龔，字拔可，號觀槿，又號墨巢，福建閩縣人。光緒二十年（1894）舉人，官江蘇候補知府，宣統元年（1909）引疾去。民國時曾供職於商務印書館，居滬上以終老。著有《碩果亭詩》、《碩果亭詩續》、《碩果亭文臏》等。拔可早年與林旭爲至交，後與海藏交好。海藏策劃溥儀出關事導致眾多故人與之絕交，拔可與梅泉則對其始終如一。海藏居滬時，拔可曾贈其桰樹四株；既赴長春，故居斥賣，桰還舊主；海藏逝後，桰樹亦枯，拔可乃作《還桰圖》徵題，蒼虬寫五古二首贈之，是爲蒼虬與拔可過從轉密之始 [註45]。此後則屢有酬贈之作，如《和拔可招飲話舊之作》、《拔可病中園花欲開矣感成七言古詩一章視病樹及余次韻和之》、《贈墨巢一首》、《和拔可九日詩》、《拔可贈菊一首》、《拔可約同病樹雲甫鑑資龍華看江景》等等，其中多由當前情境而引發懷舊之思，而所懷之舊多與二人共同之友海藏相關。除題《還桰圖》一首之外，其餘作品多寫於蒼虬生命的最後三年間，可知與伯夔、病樹、梅泉等人類似，拔可亦爲蒼虬「交久晚彌眞」的友人。

以上所舉皆蒼虬平輩之重要友人，然而三十年代之前，平輩中與蒼虬交誼最深者原本是胡惜仲。二人同生於戊寅年（1878），同爲壬寅（1903）舉人、癸卯進士（1904），同預丁巳復辟（1917），同居

[註43] 陳曾壽《梅泉書索近詩爲賦一律》，《蒼虬閣詩集》續集卷下，第 330 頁。

[註44] 陳曾壽《挽梅泉》，《蒼虬閣詩集》續集卷下，第 351 頁。

[註45] 此前二人雖久已相識，然過從甚少。拔可集中第一首寄蒼虬之作寫於二十年前《寄艕齋湖上別業兼懷仁先侍御艕齋清溪有樓避地以來不歸者兩年矣》。見李宣龔著：《碩果亭詩》，沈雲龍主編：《近代中國史料叢刊》第九十一輯，臺北：文海出版社，第 105 頁。

杭州多年、1931 年之前同寓天津「行在」、此後同應召出關，居長春多年，最後同以乙卯年（1949）謝世，可謂因緣甚深，卻於赴長春後逐漸出現裂痕，未能相與始終。關於陳、胡交道不終一事，陳曾壽、陳曾矩兄弟二人的《局外局中人紀》及周君適《僞滿宮廷雜憶》中記述甚詳，此處不再贅述。

　　至於年輩晚於蒼虬之人，或曾有同遊及唱和之緣如黃公渚、汪辟疆，或曾得地利之便如蔣蘇庵，或有師生之誼如沈羹梅，或既爲親戚復能相得者如周君亮、周君適兄弟，或爲朋輩子弟如王開節等等。此外，清宗室中，蒼虬與溥心畬交誼較深，集中有數首贈心畬之作。然集中唱酬最多者，仍以平輩及長輩爲主。而其中的核心人物，乃是散原及海藏二人。

第二節　「平生風義兼師友」——陳曾壽與陳三立的交誼

　　晚清詩壇有所謂「海內三陳」之說，其中一陳，或曰陳寶琛，或曰陳衍〔註46〕，而另外二陳則是陳三立和陳曾壽。二陳詩集均以編年爲序，前後交往歷歷可考。其詩歌往還始於 1912 年，自此至 1937 年散原去世，二人過從或疏或密，酬唱或多或寡，卻從未間斷。二十餘年的交往留下數十首詩篇，對於取友不苟、下筆審愼如散原及蒼虬者，即使未見其詩，亦足可想見這些作品絕非點綴風雅的虛文應酬之篇，更足以見證這段情誼在各自生命中所佔的分量。以二陳交往前後時間跨度之大、所涉及作品之多，皆非一篇文章所能盡述。篇幅所限，本文暫擬在概述二人交往始末的基礎上，先僅就二人相契的原因，做

〔註46〕關於「海內三陳」，一般認爲是陳寶琛、陳三立、陳曾壽三人，如前文緒論部分曾舉汪辟疆、沈兆奎、沈其光之說均如此，然周君適則曰：「他（指蒼虬）擅長詩詞書畫，詩名與江西義寧陳三立、福建閩侯陳衍並稱『海內三陳』，當時頗有一些名氣」，是爲對「三陳」的另一種說法。見周君適《僞滿宮廷雜憶》第 1 頁。

一番嘗試性的探討。

　　早在清帝遜位次年，一些前朝故老避地滬上，散原與蒼虬亦在其中。二人居所相距不遠，故時相過從。彼時蒼虬閣中所植菊花多為「舊京」移來之奇葩異種，散原常去閣中觀花飲酒，共話興亡。二人亦曾偕同其他友人，赴鎮江而遊焦山。某次散原夜過蒼虬，蒼虬出示其啟蒙師關季華及故友朱強甫的遺稿，而關先生正是散原之父右銘先生當年在湖南宣導新政時曾經舉薦過的人物〔註47〕，同一話題，牽引起雙方身世中最痛切深沉的記憶，二人誦遺文，追往事，互傾肺腑，而此夕傾談無疑使得二人交誼更深化了一層。寓居滬上的幾年中，不時聚飲夜談之外，二人還曾幾度去橫板橋看水步月，橋底層層逝去的流水正如紛紜變局中無可挽回的時代〔註48〕。此後，散原來往於滬上與金陵之間，而蒼虬也於幾年之後在杭州西湖上營建南湖新居。有時仍回滬上，或專程去金陵探訪散原。而散原也曾幾度前往杭州，與蒼虬等友人同遊西湖、富春諸名勝。大抵而言，相攜遊賞時多有同題吟詠，相隔兩地後不絕魚雁傳詩，如是者十年有餘。1929 年初冬，散原就次子隆恪奉養於廬山牯嶺，不久，蒼虬亦因視長女邦巽之疾而攜家人來到廬山蘆林，留寓二十餘日，冰天曠宇中相與過從，唱和達十餘首之多。臨下山之際，二人依依惜別，散原贈蒼虬詩中有「萬緣盡一別」〔註49〕之句，直若永訣，此語令蒼虬至深銘感，以至於在八年之後為散原所寫的挽詩中再次提及〔註50〕，回思往事，肝膽欲絕。廬山別後不久，蒼虬奉召赴津擔任婉容之師。九一八事變爆發，鄭孝胥、

〔註47〕見陳曾壽《散原先生夜過觀先師關先生及強甫遺稿感而有詩奉答一首》，《蒼虬閣詩集》，第 54 頁。

〔註48〕散原曾寫有《寒夜過仁先步歸偕立橫板橋看水》、《橫板橋步月偕仁先李道士》等詩，另有《清道人遺集序》一文曰：「往者余與陳君仁先卜居，鄰道人，每乘月夕，相攜立橋畔觀流水，話興亡之陳跡……」，見陳三立著、李開軍校點《散原精舍詩文集》，第 384、387、1034 頁。

〔註49〕見散原《仁先護女疾出山還滬居惆悵話別贈一首》，《散原精舍詩文集》第 694 頁。

〔註50〕陳曾壽《散原先生挽詩》其二，《蒼虬閣詩集》卷十，第 272 頁。

羅振玉等人與日本軍閥勾結，送溥儀潛往東北，企圖藉手日本而再次
復辟，但復辟未成，大違初衷，只建立了完全受日本人操縱的僞滿洲
國。此後，蒼虬幾次奉召關外，在溥儀再三懇請下，接受了專管陵廟
等「私事」而不涉僞政權「國務」的內廷局長之職。1933 年，散原
自廬山遷居北平，依三子寅恪而居。次年，蒼虬自長春來拜，此後數
載，蒼虬往來榆關道上，「歲必一再往省」〔註51〕，二人俱有待他年
人事從容後結鄰爲伴之願，然而散原於盧溝橋事變後憂憤而卒，此願
竟成虛話。即使如此，這段情誼並未因一方長逝而終結，蒼虬幾度專
程去北京長椿寺散原停柩處探訪，所作諸篇，皆爲出自至性的血淚之
作〔註52〕。交情若此，謂之超越生死可也。

　　談到人之相契，葉嘉瑩先生曾將「人與人之間的情誼」分爲「理
性的責任」、「情感的感動」和「心靈的吸引」三種，並認爲前二種
皆爲一定條件所限定，只有第三種才能泯滅表象且超越有待，而「全
出於心靈的某種呼召應求的本然之能力」〔註53〕。筆者認爲，朋友
之誼若達到心靈相互吸引的境界，當具備一種同中有異的特點，非
「同」則不能在對方身上照見自己，產生一種與子同懷、忘形爾汝
的深度契合，故相似點越多，心靈契合也越深。但同非全同，亦不
可能全同，一定程度的相異可以造成適度的距離和神秘的懸念，尤
其是當這種異處恰爲對方心嚮往之卻難以企及之時，由相異可以產
生相互的吸引，乃至於恒久的傾慕。同中有異，復能以同心知其所
異，是可謂眞相知。

　　散原與蒼虬恰是這樣的相知相契之友。其「同」首先體現爲二
人性情的相近。散原早年佐父行新政於三湘，戊戌政變受牽連得罪，
父子革職放廢，自此卓然介立，曾前後數次堅拒了當權者的薦舉徵

〔註51〕見袁思亮《蒼虬閣詩集序》，《蒼虬閣詩集》488 頁。
〔註52〕可參看陳曾壽《長椿寺拜散原先生殯所》、《請急之析津君任自滬來
　　　　會將更往舊京視散原先生殯所》等詩，《蒼虬閣詩集》，278、307 頁。
〔註53〕葉嘉瑩《說杜甫夢李白詩一首》，《迦陵文集》第三卷《迦陵論詩叢
　　　　稿》，石家莊：河北教育出版社 1997 年版，第 207～208 頁。

召。散原善寫碑銘傳志之文，然倘非其人，雖潤筆千金而不與隻字〔註54〕。海藏原為散原之文字至交，散原曾請海藏刪定其詩並代為寫序，後鄭氏策劃遜帝前往東北成立偽滿洲國，散原遂與之不通音問。事不苟為，財不苟取，交不苟合。散原如此，蒼虬與之略同。執節守度，直行不枉，方之古人，可謂耿介之士。故散原謂蒼虬「耿介天使獨」〔註55〕，蒼虬亦謂散原「耿介是騷魂」〔註56〕：一語道及對方性情之關鍵，可謂知人。

細味二人之語，或可對其「相知」挖掘出更深一層的意蘊。蓋耿介者性近狂狷，有所不取且有所不為，故多獨立不倚、超越俗流之輩。胡先驌謂蒼虬胸次狷介，有「獨來獨往、超然物表之概」，並引其詠菊詩「落落隱逸圖，凜凜獨行傳」〔註57〕之句以為蒼虬其人其詩之寫照，可謂能傳其神。蒼虬答散原詩亦自道曰：「波流萬人海，弔影彌孤子」〔註58〕，大有落落寡合、眾裏身單之感。無獨有偶，正如胡先驌之評蒼虬，蒼虬亦稱散原為「狂狷之士」〔註59〕，而散原為人亦有「落落寡合」、「離群孤往」〔註60〕之姿，由此看來，「耿介天使獨」，非僅以道蒼虬性情，亦可視為散原之夫子自道；而蒼虬自謂「有歡非世同」〔註61〕，謂散原「支離非世質」〔註62〕，正復有同調相憐之意。耿介不隨，孤標獨立，原為二人性情相似的一面。

〔註54〕吳宗慈《陳三立傳略》，國史館館刊（創刊號）1947年；另：胡先驌《四十年來北京之舊詩人》中載張學良以二萬金為其父乞墓表而被散原拒絕事，見《胡先驌詩文集》，下冊第646頁。
〔註55〕陳三立《仁先席看菊》，《散原精舍詩文集》上冊第383頁。
〔註56〕陳曾壽《贈散原先生》，《蒼虬閣詩集》卷二，第44頁。
〔註57〕《胡先驌詩文集》下冊，第458〜459頁。
〔註58〕陳曾壽《散原先生夜過觀先師關先生及強甫遺稿感而有詩奉答一首》，《蒼虬閣詩集》卷二，第54頁。
〔註59〕陳曾壽《讀廣雅堂詩隨筆》，《蒼虬閣詩集》，第426頁。
〔註60〕徐一士《談陳三立》，《散原精舍詩文集》下冊，第1204頁。
〔註61〕陳曾壽《散原先生夜過觀先師關先生及強甫遺稿感而有詩奉答一首》，《蒼虬閣詩集》卷二，第54頁。
〔註62〕陳曾壽《贈散原先生》《蒼虬閣詩集》卷二，第44頁。

散原與蒼虬不但性情相近，好尚亦復相投。其相與往還之作，多紀遊之篇。關於散原之遊興，徐一士稱其「高年而步履甚健，登山臨水，終日不疲」〔註63〕，而散原寫於1932年的《王家坡聽瀑布記》一文，更是津津敘述了自己不辭踰山越谷、凌危履險去尋一光景奇絕卻鮮為人知的瀑布的經歷。此時散原已年近八旬，平生遊興之濃可以想見。蒼虬之遊興不減散原，集中多有山水紀遊之作，曾出入天目、三臺諸峰，吐納煙嵐以助其繪事。自結識散原後，尋幽覽勝，往往偕行，足跡遍布金焦白下、西湖富春諸名勝，遊畢多以詩記之。散原詩中嘗特別提及二事：一為某次三友同遊六和塔，一友不敢同登，唯徘徊塔下，而散原與蒼虬登上塔頂，俯瞰澄江帆影，頗有凌雲自得之意〔註64〕；二為某次遊靈隱，蒼虬沿小路獨行時偶然發現一竹樹環合、幽夐絕塵的所在，於是獨引散原循舊徑前往其處，二人徜徉其中而不願離去〔註65〕。諸如此類同遊的經歷，無疑給二人都留下了極其珍貴難忘的回憶。同時亦可推知，二人不但俱有登山臨水的逸興，而且尤其鍾愛那種人所罕至而為我獨得的幽奇之境，這與上文所提及二人之「超然物表」、「離群孤往」等個性正自互為表裏。

性情相近、好尚相投之外，散原與蒼虬對紛紜變幻之時局的認識也多有共鳴。晚清民國之際變亂更迭，禍不旋踵，從甲午海戰的失敗到戊戌新政的夭折，再到庚子之變、清帝遜位、袁氏稱帝、軍閥混戰等一系列變故，二人多有所見略同之處，集中詩文可互相印證，本文第一章亦稍有提及，此處不再一一列舉。

行文至此，可知散原與蒼虬頗多同心相契之處，這是二人成為摯友的前提。但二人之間也存在某些相異的特點，而這些特點恰為對方所衷心嚮慕，於是相異不但沒有造成隔閡與分歧，反使二人相

〔註63〕徐一士《談陳三立》，《散原精舍詩文集》下冊，第1206頁。
〔註64〕陳三立《同仁先登六和塔》，《散原精舍詩文集》上冊，第527頁。
〔註65〕陳三立《距靈隱二里許有隙地高竹環列濃翠成幄光景勝絕裙屐所不　　　　至獨仁先步循側徑偶得之遊諂光還途復導余抵其處徘徊不能去追憶　　　　前賢補述茲篇》，《散原精舍詩文集》上冊，第549頁。

知益深而相交益篤。

　　散原與海藏幾乎被公認爲晚清詩壇執牛耳的人物，蒼虬後起而成爲陳、鄭後的又一名家，然詩風與陳、鄭迥異。散原對自己的詩歌創作未嘗沒有自負之心，但他極其欣賞蒼虬詩「志深而味隱」的特點，甚至不惜將自己及海藏譏爲激切伉直、缺乏餘韻的「傖父」〔註66〕，推崇到無以復加的地步。這當然不排除自我謙抑及勉勵後學的成分，但也說明他確實看到蒼虬詩中有自己心所向往卻力有未逮之處。散原論詩，源出西江而不被西江所囿〔註67〕，頗能欣賞異量之美。而一般情況下，識同體之善易，賞異量之美難。不諱言個人之短而眞賞他人之長，不僅可見其人胸襟之博大，亦可見心地之眞淳，唯其如此方能有融七彩而納萬川的氣度。散原於晚清詩壇有矜式群倫之概，能吟詠者以得其一字之褒爲榮〔註68〕，對於散原非同尋常的推重，可以想見蒼虬內心非同尋常的感動。所謂「醇懷異趣融」〔註69〕，正是出自他對散原能包容之個性由衷歡賞。

　　同時值得注意的是，散原抑己以揚人，非僅自抑，且拉上與自己齊名之另一詩壇翹楚並抑之，而未計較海藏是否介懷，這一則或因彼時三人交誼深厚，彼此各無嫌隙，故無需多慮，再則可見散原率眞磊落的個性——不因私心成見而妄加軒輊，則受者不怨。胡先驌謂散原「獎掖後進，惟力是視」，「評騭人物，雖至友不假借」〔註70〕，蒼虬謂散原「磊磊蒼松姿」，「純天絕機事」〔註71〕，均有感於

〔註66〕陳三立《蒼虬閣詩序》，《散原精舍詩文集》下冊，第1139頁。
〔註67〕汪辟疆《近代詩派與地域》引散原論詩之語：「詩必宗江西，靖節、臨川、廣陵、誠齋、白石皆可學，不必專下涪翁拜也」，《汪辟疆文集》第301頁。又錢仲聯《近百年詩壇點將錄》陳三立條亦謂散原「不抱江西偏見」，見《夢苕盦論集》，北京：中華書局1993年版，第358頁。
〔註68〕胡先驌《四十年來北京之舊詩人》，《胡先驌詩文集》下冊，第646～647頁。
〔註69〕陳曾壽《壽散原先生八十生日》其三，《蒼虬閣詩集》卷八，第222頁。
〔註70〕胡先驌《四十年來北京之舊詩人》，《胡先驌詩文集》下冊，第647頁。
〔註71〕陳曾壽《散原先生挽詩》，《蒼虬閣詩集》卷十，第272頁。

散原這種忠於本心而略於世故的性格。天懷澹宕之人，其行止語默
自異於尋常之輩，亦不當以世俗標準來衡量，這與上文所言的「耿
介孤標」正是一以貫之。

除欣賞蒼虬詩「志深而味隱」的特點之外，散原還非常欣賞其
詩其人的超逸色彩。某次聚談，他有感於蒼虬妙語紛呈的談吐，擬之
以仙班人物〔註72〕。散原閱他人詩「工爲短評」，且能「各如其分際」
〔註73〕，他曾對《蒼虬閣詩鈔》的二十六首詩一一做過簡潔精到的批
識，其中多處流露出對其超逸之境的稱賞：如謂《淚》「眞摯超妙」，
《一日》「越世獨出」，《小樓十日》「氣逸格渾」，《題馮君木逃空圖》
「超逸脫常境」〔註74〕等等。范肯堂爲散原爲數不多的知交之一，他
認爲散原詩雖已「雄偉精實，眞力彌滿」，然而「所欠者自然超脫之
一境」〔註75〕。個人以爲，沉摯而能超逸、深摯超逸且能自然恰是蒼
虬詩的一個重要特點。散原其人其詩之沉摯均不讓蒼虬，憂憤之深廣
或有過於蒼虬，卻在表達方面因避俗避熟而稍有刻意處，故於自然超
逸之境則略遜於蒼虬，「沉哀入骨」而能出以「深微澹遠」，這種「孤
詣」也正是散原心所嚮往的一種異量之美。

蒼虬之於散原存在著令對方嚮慕的異量之美，散原之於蒼虬亦
然。如果說蒼虬在散原心目中是一位志趣相投、心靈相契且別具個性
魅力的摯友，散原在蒼虬心目中則在摯友之外，兼有可爲引領迷途的
精神嚮導形象。

蒼虬之啓蒙師爲漢陽關季華先生，關先生爲江漢名儒，其思想
對蒼虬影響甚深，但早在蒼虬青年時期即已去世。此後，蒼虬以師事
之者共有二人，一爲梁節庵，一爲沈乙庵，對後者感情尤其深厚，寓
居滬上時，曾侍坐沈氏海日樓累歲之久。待老成之輩漸次凋零，節庵、

〔註72〕陳三立《過仁先宅同李道士》，《散原精舍詩文集》上冊，第 335 頁。
〔註73〕陳衍《石遺室詩話續編》卷六，《石遺室詩話》，第 786 頁。
〔註74〕以上所引散原評語均見於陳三立手批《蒼虬閣詩鈔》。
〔註75〕范當世《近代諸家詩評》，《散原精舍詩文集》下冊，第 1251～1252 頁。

乙庵相繼去世後，散原更是被蒼虬視為靈光獨耀、碩果僅存〔註76〕的人物，雖未在口頭上以師稱之，卻在心靈上視之為足堪仰止的師長〔註77〕。散原之令蒼虬仰止者固非一端，而散原之文章行誼早為當世推重，仰止者亦絕非蒼虬一人。然凡稱知己者，必能以其會心獨賞而區別於眾人浮泛之賞，知己獨賞之處，亦必為對方生命中最本質之處。正如散原獨賞蒼虬「志深味隱」及「沉摯」而能「超逸」等個性，恰是蒼虬其人其詩別具異彩之處，蒼虬對散原之仰止嚮慕，亦關乎散原身心性命之最關鍵處。

關於散原之出處，泛泛言之，仍為傳統儒家「窮則獨善其身，達則兼善天下」的舊途。只是在晚清社會前所未有的變局中，這條路較之於古，愈加艱辛。戊戌政變為散原平生最大轉折，此前為贊畫新政之先行者，此後為棲老衡門之袖手人。蒼虬曾將右銘父子的湖南新政比作北宋的熙寧變法，但也是著眼於二者局部的相似性，其實，在中央集權、部族統治、帝后之爭、內憂外患等多重壓力之下的變法，已大不同於王安石「得君行道」式自上而下的改革，對於推行者也提出更高的要求與更嚴峻的挑戰。散原深明此理，在《書史記屈原賈生列傳後》一文中，他認為《史記》之所以將異代之屈子、賈生並為一傳，乃是太史公有鑒於亂極之世種種禍患積久愈烈的特點，「意非有如孟子所推天民大人名世者出，不足掃除更張敝法」，於是「曠世低徊」，獨默許屈、賈二人為能「醫國病」〔註78〕者，這顯然流露出散原自己的時代感受，而內心亦未嘗不曾隱然以屈、賈之後繼者自命，慨然有澄清天下之志。其後變法夭折，父子放廢，信而見疑，忠而被謗，憂

〔註76〕陳曾壽提及散原時每有此意，如《贈散原先生》曰「百年容繼見，一代數公存」；《散原先生挽詩》其三曰「碩果惟此翁，歲晚矢婉孌」，《伯夔挽詩三首》「悱悱散原翁，碩果此尊宿」等等。分別見《蒼虬閣詩集》卷二第44頁、卷十272頁、292頁。

〔註77〕陳曾壽《奉和散原先生二首》其二有「冰霜剝盡求真面，正要先生作導師」之句，直以散原為精神嚮導矣。《蒼虬閣詩集》卷六，第186頁。

〔註78〕《散原精舍詩文集》下冊，第842頁。

愁幽思，正如屈子。蒼虬贈散原詩中不止一處提及對方與屈子精神的相通之處〔註79〕，其著眼或許正在於此。

散原名為「三立」，其「功」因政變而未得立；蒿目時艱，國憂家難，伊鬱佗傺之懷——託於詩文，得立其言；至於其德，更是極為世人所稱道。或許，事功之未遂反而彰顯了其德與其言。錢穆先生在其《如何研究歷史人物》的講座中認為：人生衰亂世，更無事業表現，此人乃能超越乎事業之外，在事業之外表現出他自己。在中國歷史上，正有許多偉大人物如伯夷、叔齊、顏回、嚴光等等，其偉大正因其能無所表現而見，而中國歷史的大命脈正在此等人身上。胡曉明先生曾以嚴光為例，並引黃山谷《題伯時畫嚴子陵釣灘》一詩，稱這類人為時代的「重器寶鼎」與「定海神針」〔註80〕。晚清社會綱維馳壞，價值失序，士人進退失據，尤難自處。散原於兼濟之志落空後，自此隱於朝市，清節自勵，雖屢被徵召，然卓然介立，以不變應萬變，不降其志，不辱其身，徹始徹終以保其純潔之質，可謂晚清天荒地變之世中稀有的全德之人。蒼虬正是看到這一點，在詩中屢屢稱其為「德人」〔註81〕，在為散原八十壽辰所寫的一首詩中，更引山谷稱美子陵「能令漢家重九鼎，桐江波上一絲風」之句以稱美散原曰：「當無豈無用，九鼎繫風絲」〔註82〕，「當無」句出自《老子》之「無之以為用」〔註83〕，這與錢穆所謂「無所表現而見」意旨相通：蓋賢人君子退藏於密，蓄德養氣於無可為之世，即使無所表現於當時，其遺風亦

〔註79〕如「耿介是騷魂」；「悱惻散原翁，湘纍通一脈……孤寮起騷魂，使我寒灰熱」；「精誠屈騷通」等等。分別見《蒼虬閣詩集》卷二第44頁、第54頁、卷十第272頁。

〔註80〕胡曉明《歷史上那些無所表現的人物》，胡曉明《唐宋詩一百句》，上海：復旦大學出版社，2007年版，第137頁。

〔註81〕如《南湖晦夜寄懷散原先生》其三曰：「德人妙天游」；《長椿寺拜散原先生殯所》曰：「德人泉下夢難回」，《蒼虬閣詩集》卷二第73、卷十第278頁。

〔註82〕陳曾壽《壽散原先生八十生日》其二，《蒼虬閣詩集》卷八，第222頁。

〔註83〕王弼注：《老子注》，北京：中華書局1954年版，第6頁。

將垂範於後世，引而不發反使得眞力益加彌滿。穩控釣竿於煙波之上，裊裊釣絲之輕，卻牽繫了九州山嶽之重。

蒼虬此詩可謂一語道出散原生命最核心之價值，至於他自己，則是在仕隱進退各方面都遭遇困境而兩頭落空之人。與宣統一朝的甚深因緣使他失去了如散原那樣做「袖手人」的自由，但參與其中卻注定了徒勞無益且自取其辱的結局。「全德」對於蒼虬來說只是一個遙不可及的夢想，但他本人偏偏又有高潔好修的完美理想。而散原達到了他心所嚮往卻不能企及的境界，於是成爲一種精神的象徵，一個足堪師表的榜樣。

綜上所述，散原與蒼虬二人不但因性情好尚等具有諸多相似點而能深相契合，且能互相欣賞各自不同的異量之美，其心靈之相互吸引正賴於此。細數古來詩人之相得，太白、子美之間未免此輕彼重，退之、子厚之間未必眞正知心，而宋代之山谷與後山，不但互相推重，頗多投契，而且亦師亦友，全始全終。山谷之里籍地近義寧，後山之姓氏同於蒼虬，更有巧合者，散原得力處多在山谷，蒼虬於後山獲益良多。蒼虬或亦有感於此，有詩悼散原曰：「舊踪何限深明閣，刻骨前塵苦未灰」〔註84〕：恍然之間，時空交疊。情至深處，原可隔千秋相視一笑，亦可齊生死而相期冥漠也。

第三節　「觀過知仁風義在」——陳曾壽與鄭孝胥　　　　　　的交往

陳三立與鄭孝胥一向被認爲同光體贛、閩二派之魁傑，蒼虬則被視爲二人繼起之後勁。散原長蒼虬二十五歲，海藏長蒼虬十八歲，同爲久負盛名的前輩詩人，同有多年過從的密切經歷，蒼虬對陳、鄭二人的態度卻有很大不同。僅從稱謂來看，他主要稱陳爲「散原先生」，偶稱「散原老人」或「散叟」，視之爲亦師亦友、可親可敬的長者；稱鄭則但呼「蘇堪」，甚至還曾爲之取過「鄭重九」的雅號，不但看不出年

〔註84〕見陳曾壽《長椿寺拜散原先生殯所》，《蒼虬閣詩集》卷十，第278頁。

輩之隔，有時甚至不乏相互戲謔的成份。〔註85〕這固然與散原較海藏年
輩更長有關，但也因二人性情爲人本自有很大不同，因而造成蒼虬對二
人的心理定位亦有不同之故。若就整個交往經歷來看，蒼虬與散原、海
藏俱有二十餘年的交往經歷，與散原之交堅如金石，久而彌親，始終未
有絲毫芥蒂；與海藏則一度出現嚴重分歧，雖未至絕交，卻相互疏遠數
年之久，直至海藏去世前幾年纔有所恢復，其中是非曲直頗耐人尋味。
蒼虬與海藏皆爲同光體傑出人物，皆有追隨溥儀關外數載的經歷。探究
二人交往始末，不但有助於瞭解同光體主要詩人之間互動切磋的情況，
也有助於進一步認識九一八事變後清遺民出處抉擇之分歧的複雜性。

　　陳鄭之交以九一八事變爲轉折點，可分爲前後兩個階段。前一階
段相處甚爲融洽，這既是基於二人同爲一流詩人的惺惺相惜，也是基
於二人同爲遜清遺民的政治認同。

　　《鄭孝胥日記》中第一次提及蒼虬是在 1911 年 3 月，是時蒼虬
任職舊京學部，海藏籌辦東北錦璦鐵路等事受阻，赴京小住，二人稍
有過從，並無唱和。其後武昌兵變，清室顛覆，蒼虬挈家避地海上，
鄭氏亦於滬上建海藏樓，二人過從漸密。1913 年 2 月，蒼虬先後攜
自己所繪《種菊圖》、《天寧寺聽松圖》請海藏題識，海藏爲題《陳仁
先聽松圖》及《陳仁先種菊圖》二詩，並曾回訪蒼虬，寫有《蒼虬閣
觀吳仲圭畫松》一詩。

　　《陳仁先聽松圖》曰：

　　　　颯颯尋徐至，颭颭久未停。崩騰赴空闊，蕭灑出沉冥。
倚石夢初覺，推窗酒欲醒。勸君勤洗耳，凡響不須聽。〔註86〕

〔註85〕張寅彭先生《蒼虬閣詩集・前言》中亦從蒼虬對散原、海藏稱謂之
　　　　不同談到蒼虬與二人交往之分際，認爲散原在蒼虬心目中是「仰之
　　　　彌高而又交之彌親的一位藹藹長者」，與海藏則「基本持一種平交的
　　　　態度」，並認爲蒼虬之所以「獨尊散原」，說明他「不論友古人還是
　　　　友今人，一貫秉持的仍是首重人品大節的原則」。見《蒼虬閣詩集・
　　　　前言》，第 18～19 頁。
〔註86〕鄭孝胥著，黃坤、楊曉波校點：《海藏樓詩集》卷八，上海：上海古
　　　　籍出版社，2003 年版，第 236 頁。

《陳仁先種菊圖》曰：

其一

　　鞠族多異姿，幽人好佳色。年年我有秋，寄興在籬側。
凄風風始馨，凝霜霜作魄。翦苗資勤灌，迸蕊務細摘。忽
然吐殊妙，誰信出心得。白黃誠高清，紺紫尤奇特。一時
美所鍾，未免愛而溺。君能輕世事，正賴有菊癖。菊亦何
負君，何云奈岑寂？仁先別號耐寂。

其二

　　惟菊有騷心，對菊宜自醉。看君留菊影，畫手遠不逮。
淵明魂難起，菊意誰能會？蕭蕭天地秋，獨秀霜風外。海
濱菊最盛，種類極繁碎。時事莫掛口，刻意徇所愛。可憐
才未盡，哀怨出天籟。餘生依草木，聊復娛晚歲。〔註87〕

　　蒼虬之「菊癖」及「輕世事」的個性原爲其朋輩之共識，海藏
獨到處在於將二者關聯起來，視蒼虬之「菊癖」爲其「輕世事」之
因，亦即因耽於審美而超然物外，其二中「時事莫掛口，刻意徇所
愛」亦有類似之意。但海藏同時看出二者之間的悖論：「菊癖」既爲
「輕世事」之因，眞耽「菊癖」自當能眞「輕世事」，而蒼虬之「菊
癖」雖眞，「輕世事」卻未必盡然，於是海藏借蒼虬另一別號「耐寂」
小作調侃曰：「菊亦何負君，何云奈岑寂？」——若眞愛菊成癖，
人與花即可構成一獨立自足的世界，因之樂以忘憂，即使身處岑寂之
境卻不生岑寂之感，甚至以岑寂爲樂。既無從云「寂」，又何「耐」
之有？蒼虬其人其詩一向給人以超逸印象，海藏雖亦有見於此，卻從
蒼虬別號及其詩歌的哀怨氣質中看出蒼虬之超逸的不徹底，他將這種
「哀怨」歸因於蒼虬之「才未盡」——襟抱未及充分施展即遭遇清
亡之變而成爲遺民的不甘。

　　蒼虬愛菊成癖，在京爲官時曾買菊數百種，「室中院外，布列皆滿」
〔註88〕，其中不乏佳種異品。辛亥秋倉促南奔，待生事稍定，方將舊

〔註87〕《海藏樓詩集》卷八，第236頁。
〔註88〕陳曾則《菊軒記》，《海雲樓文集》第61頁。

京菊種移根海上，先寄養於鄰圃，後寄養鄭氏園中，並託之以詩曰：

> 辛苦微根北海移，春深無地插新枝。何緣庭下依高密，為愛詩中有義熙。托命孤芳能幾許，招魂終古與為期。使君不惜階盈尺，儻待秋來一展眉。〔註89〕

海藏答之曰：

> 杜門藝菊冷京曹，海上覉吟類楚騷。詩卷惟應書甲子，高齋想已沒蓬蒿。試尋乾淨半畦土，與寄沈冥一世豪。珍重殘株好將護，秋來還擬酒中逃。〔註90〕

蒼虬詩首聯寫舊京菊種移根後重新擇地之艱難，可使人聯想到故國臣子鼎革後出處進退之艱難，為頷聯寫託身得所之欣幸做鋪墊。頷聯上句借「高密」鄭氏之郡望照應海藏姓氏，下句「義熙」為晉安帝年號，《南史‧陶潛傳》謂淵明所著文章「義熙以前明書晉氏年號，自永初以來惟云甲子」，以寄不忘故國之意。蒼虬將此典與淵明愛菊事相結合，其另一詩中稱菊為「義熙花」，亦是借淵明故實以自明遺民立場，傳統隱逸色彩之外，又賦予菊遺民色彩的政治內涵。此詩亦然，頷聯二句一問一答，直抒自己將移菊寄養鄭氏園之緣由乃是「為愛詩中有義熙」——二人兼有詩人、遺民雙重身份認同之故。蒼虬此聯以菊為媒介，將淵明之古典與清遺民之今事相貫通，於是淵明、菊、自己與海藏之間儼然形成一種休戚相關的契合。海藏顯然對此心領神會，由其頷聯「詩卷惟應書甲子」句用同一典故稱美蒼虬詩可知。不但如此，他在頸聯中更用山谷懷淵明詩中「沈冥一世豪」〔註91〕之句以況蒼虬，山谷原意旨在感慨淵明徒抱豪情猛志卻因時運不濟、事無可為而一世隱淪，海藏借用此意為蒼虬惋惜，亦不免有自惜之感。其同期之作有「攜孥海上成遺子，縱步田間即陸沈」〔註92〕之句，其海藏樓取自蘇

〔註89〕陳曾壽《以京師菊種寄養蘇堪園中托之以詩》，《蒼虬閣詩集》卷二，第48頁。

〔註90〕鄭孝胥《答陳仁先寄栽菊種詩》，《海藏樓詩集》卷八，第244頁。

〔註91〕黃庭堅《宿舊彭澤懷陶令》，黃庭堅撰，任淵等註，劉尚榮校點：《黃庭堅詩集註》，北京：中華書局，2003年版，第57頁。

〔註92〕鄭孝胥《先考功生日歸虹橋路》，《海藏樓詩集》卷八，第250頁。

軾「萬人如海一身藏」之句,弦外皆似有成爲遺民後沉埋人海、爲世所遺之失落存焉。此詩頸聯,海藏謂「試尋乾淨半畦土」,就現實本事而言,不過指海藏在自家園中別闢菊圃以安頓蒼虬所託之舊京移菊,而「試尋」之努力意味,「淨土」之象喻色彩,與二人之遺民身份綜合觀照時,此句便具有了亂世遺子尋覓可供安身立命之所的深層含義,如此則「與寄沈冥一世豪」之所寄,更難分是人是花、爲己爲彼也。蒼虬對此「沈冥一世豪」句極有共鳴,他不但自刻有「沈冥一世豪」的閒章,在爲海藏六十生日所寫絕句其六中,亦重拈此句以況海藏:

> 種松日夜望松高,滄海沉冥一世豪。領取十年眞實意,
> 與君洗耳聽松濤。〔註93〕

可見,「沈冥一世豪」頗能概括蒼虬與海藏等人清亡後的一種共同心結,即遭受清亡挫折後不得不自我沉埋的隱遁生涯與原有宏圖偉抱之間無法調和的矛盾。含生之類莫不有發抒彰顯自我的生命本能,一般人尙不甘於自晦,有修能之豪傑尤難息用世之心。「種松日夜望松高」正與淵明「種桑長江邊」一首意旨類似,所謂「業成志樹,而時代遷革,不復可騁」〔註94〕之悲慨,原爲多少遺民之共慨。海藏看出蒼虬未能眞正「耐寂」,蒼虬亦深知海藏未能眞正「沉冥」,二人推己及彼,互有瞭解之同情。

清亡後類似的政治立場與出處抉擇使得二人情誼進一步加深,並以詩人特有的方式傳達。同寓滬上數載,二人互動頻繁。朋輩聚飲、詩歌贈答之外,日常過從也常爲詩情浸潤,並多與草木爲緣。海藏日記中曾偶然記錄下這樣一些瞬間:

> 陳仁先來,以菊花二十盆使花工挑送其宅。—1913 年
10 月 28 日

> 陳仁先來,折丁香一枝去。—1914 年 3 月 30 日

〔註93〕陳曾壽《蘇堪六十生日》,《蒼虬閣詩集》卷三,121～122 頁。

〔註94〕陶淵明《擬古九首》其九湯漢註,袁行霈撰《陶淵明集箋注》,北京:中華書局 2003 年版,第 337 頁。

　　　曉霧甚重。雷雨。以菊花送仁先、拔可。仁先冒雨來談，示杭州新作二十首。晚，作《重九雨中》詩。——1914年重九（10月27日）

　　　雨……陳仁先送七言古詩一篇及泉二瓶。——1914年重九後二日（10月29日）〔註95〕

　　雖然只是隻言片語的簡單記錄，一種清新的詩意仍然穿透百年滄桑撲面而來。自癸丑秋至甲寅冬，海藏為蒼虬寫有《愛菊二首簡陳仁先》、《答陳仁先看花》、《陳仁先自杭州歸見示詩卷且餉山泉二瓶》、《陳仁先南湖壽母圖》等詩，僅看題目，即能感受到其中濃郁的草木芬芳與山水清音。「最難風雨故人來」，「風雪」亦然，海藏對雨雪天朋友造訪格外感動，上引日記中對蒼虬冒雨來訪事特別提及之外，另一次朋輩的冒雪來訪更令其振奮，甲寅臘月二十四的日記寫道：「雪甚大……伯嚴、仁先冒雪來訪，共飲勃蘭地，至暮乃去。」〔註96〕並鄭重記以詩曰：

　　　倚樓三士送殘年，有酒無肴雪滿天。薄醉愈知寒有味，放言自覺道彌堅。收身遺子離人外，歷劫沈靈奈死前。便欲將君比松竹，離披相對轉蒼然。〔註97〕

　　該詩頸聯之「歷劫沉靈」與前文「沉冥一世豪」感慨類似：命定沉埋卻不甘沉埋，於不甘中為沉埋處境尋得道義支撐，亦不失為一種自我安頓。該詩尾聯大有歲寒三友相期共勉、相看不厭且歷苦彌堅的意味，這種認同也正是基於三人類似的遺民立場。

　　清亡後寓居滬上的幾年是陳、鄭過從最密的一個階段。待南湖新居建成以後，蒼虬舉家遷杭，此後奉母幽居，與滬上諸友來往稍疏，但仍不時往返於滬杭兩地。至滬輒與朋輩聚飲傾談，海藏自在必見之列。1925年海藏奉宣統召赴津進講。蒼虬每次北上謁見宣統，均得

〔註95〕鄭孝胥撰，勞祖德整理：《鄭孝胥日記》，北京：中華書局1993年版，以上所引，分別見該書第三冊第1488、1511、1536頁。

〔註96〕《鄭孝胥日記》，第三冊，第1549頁。

〔註97〕鄭孝胥《十二月廿四日伯嚴仁先冒雪見訪》，《海藏樓詩集》卷九，第262頁。

與海藏相聚。後蒼虬離開西湖遷居上海，授徒鬻畫爲生。海藏每次乞假返滬，亦多與蒼虬相聚。1929 年春，蒼虬爲海藏作《夜起圖》，並寫五古一首祝其七十初度，稱其應召北上爲「主憂臣分辱」的分內之責。1930 年，蒼虬亦應召北上，擔任婉容教師，兼任清室駐天津辦事處顧問，於是舉家移津，二人過從復密。然而十餘年過去，此日之津門已不同於當年之滬上，時局翻覆，二人從昔日邊緣化的遺民再次捲入政治漩渦中心，政治分歧的緊張極易折損詩人相得的默契，九一八事變成爲二人交誼從融洽到危機的轉折點。

　　九一八事變後，東北局勢發生變化，復辟之議再起。溥儀去留問題使在津遺民出現分化：鄭孝胥、羅振玉等人認爲藉助外力「光復舊業」的時機已到，機不可失；陳寶琛、陳曾壽、胡嗣瑗等人則認爲在不徹底摸清日本政府確切意圖之前，絕不可輕易冒險。對蒼虬、憺仲等曾親身參與丁巳復辟的遺民而言，十四年前的慘痛失敗記憶猶新，遇事自然格外謹慎，唯恐再蹈覆轍，蒼虬奏摺中所謂「赴機若不得其宜，則其害有甚於失機」〔註98〕云云，或即針對羅、鄭等人機不可失之說而發。對於海藏而言，丁巳復辟既未嘗親預，復辟失敗後自可處一超然立場譴責舉事諸公；同時也正因其未嘗參與，以海藏一貫之狂傲自負，譴責他人「無謀」「躁妄」〔註99〕之餘，自不免有我主其事必不至此的遺憾與憤慨，如此壓抑多年，一旦再遇時機，哪怕有一線希望，亦當不願輕易放過。況且此時羅振玉也在積極爲復辟事奔走，唯恐他人先我的居功好勝之心與多年鬱勃之氣相互鼓蕩，急求成功的躁進壓倒理智旁觀的清明，從此也便不再安於「沉冥」，誤判形勢在所難免。加之此時的遜帝也正爲狂熱的復辟幻想所左右，並因接連受到恐嚇〔註100〕而對自身安全充滿擔憂，去意已決，於是君臣一拍即合，在鄭氏父子策劃下潛往東北也便成爲不可避免之事。因蒼虬等人

〔註98〕陳曾壽，陳曾矩《局外局中人記》，《蒼虬閣詩集》附錄一，第 443 頁。
〔註99〕《鄭孝胥日記》，第三冊，第 1672 頁。
〔註100〕指恐嚇信及炸彈事件，可參看周君適《僞滿宮廷雜憶》，第 67 頁。

極力反對遜帝貿然出關，鄭氏父子便通過戒嚴日租界且不發通行證的方式避免蒼虬等人干涉，待其知曉，木已成舟。其後陳曾壽與胡嗣瑗遵溥儀行前所留手諭之命前往東北，鄭氏父子又阻止陳、胡與溥儀見面。蒼虬稱海藏此舉為「貪天」「居奇」〔註101〕，「挾外人以劫上」〔註102〕，陳、鄭之交出現裂痕。

1932 年 2 月，羅、鄭赴瀋陽開會，事先，溥儀擬定八項條款，蒼虬在此基礎上增補四條，申明「正統系」、爭主權之必要。溥儀將此十二條交與羅、鄭並囑其會上擇時提出。鄭雖一口允諾，會議中卻始終「一字不提」，反向日人宣稱自己可包辦溥儀任何事，其子鄭垂甚至有「皇上是一張白紙，由你們軍部愛怎麼樣畫均可」之語〔註103〕。不但如此，鄭氏也果然包辦溥儀之事，未徵得溥儀同意，即已與關東軍簽下出讓東北多項權利的密約，雖暫結日方歡心而取得總理之位，卻盡失故舊之心而眾叛親離。此在鄭氏，或以此舉為假手強鄰以圖復辟而不得不做出讓步的權宜之計，但蒼虬等人則視此為「賣主求榮」之舉，甚至將鄭氏父子比作專權嘉靖朝的嚴嵩父子。陳、鄭之交至此而跌至低谷。激憤之下，蒼虬寫有《縶冤》、《豎子》、《四月五日》諸詩，雖於詩題中刻意隱晦主旨，然細味全篇，仍可看出與對鄭氏父子之憤慨有關。此後三年間，除有限幾次聚會及兩次受親朋之託向鄭求職之外，二人再不像此前那樣切磋詩藝、奇文共賞，更無詩歌酬唱往還。此一階段蒼虬對海藏父子之態度，可舉《豎子》一詩為例：

> 諓諓顏胡厚，偑偑疾已沉。天公饒惡劇，豎子定何心。
> 雖有饒朝策，其如后勝金。王明能受福，淒絕楚騷吟。〔註104〕

首聯之「諓諓」出自《國語・越語》，指花言巧語，亦指淺薄之言。「偑偑」疑為「俍俍」之誤寫，《禮記・仲尼燕居》曰：「治國而

〔註101〕 陳曾壽《將之大連留別伯庵年丈》曰：「貪天已罪況居奇」，《蒼虬閣詩集》卷八，第 208 頁。

〔註102〕 陳曾壽、陳曾矩《局外局中人記》，《蒼虬閣詩集》附錄一，第 446 頁。

〔註103〕 陳曾壽、陳曾矩《局外局中人記》，《蒼虬閣詩集》附錄一，第 460 頁。

〔註104〕 陳曾壽、陳曾矩《局外局中人記》，《蒼虬閣詩集》附錄一，第 468 頁。

無禮，譬猶罄之無相與，侲侲乎其何之？」有無所適從之意。二句似暗指鄭氏父子巧言取媚於日本軍方，實數寡廉鮮恥，彼等心無定守，故舉措失當，而不知自己連帶滿洲國已漸入不可救藥之危險境地。頷聯分別用陳與義「天公惡劇遂番新」〔註105〕詩句及《史記・項羽本紀》中范增計謀被項羽等人所誤後之忿詈語，言造化撥弄，清王朝百年來厄運頻頻，清亡後兩次復辟又每況愈下；天命已是如此不堪，彼等謀「國」者偏又自招人禍，究竟是何居心？真令人有「豎子不足與謀」之歎。與該首寫於同日的《繁冤》一詩中「饕餮究奇難並世」之句與此命意類似，只是語氣更為激烈；而蒼虬此前為辭去偽執政府秘書所上奏摺中亦有「臣不忍與此輩共立於庭」〔註106〕之語，亦可作為此句注腳。頸聯「饒朝」當為「繞朝」之誤，《左傳・文公十三年》載，晉大夫士會奔秦，晉患士會為秦所用，遣人誘士會返晉。計得逞而士會將行，秦大夫繞朝贈之以策曰：「子無謂秦無人，吾謀適不用也。」蒼虬曾多次為溥儀獻策，再三申明以退為進、爭取主權之旨〔註107〕，然鄭氏父子汲汲求進、一再妥協，令蒼虬計不得施，此句借繞朝事以自抒雖有先見之明卻絲毫無補於事的遺憾。「后勝金」出自《戰國策》，齊王建之相后勝因「多受秦間金玉」，故屢「勸王朝秦，不修攻戰之備」，終致齊亡。此或指關東軍為收買滿洲國官員而發給「特任官」每人一筆「建國金」之事，蒼虬曾怒稱此「建國金」為「賣國金」〔註108〕。海藏為滿洲國總理，不但身份與后勝切合，且亦曾在受金之列。蒼虬三弟強志1932年正月二十八上蒼虬、愔仲書亦曰：「惟願兩兄堅持素志，壁立萬仞，使天下萬世知秦猶有人，非盡糊塗狂謬、不惜廉恥、苟且以圖一時之利者」，所謂「知秦猶有人」云云，亦用

〔註105〕 陳與義《火後借居君子亭書事四絕呈粹翁》，陳與義撰，白敦仁校箋：《陳與義集校箋》卷二十，上海：上海古籍出版社，1990年版，第567頁。
〔註106〕 陳曾壽、陳曾矩《局外局中人記》，《蒼虬閣詩集》附錄一，第466頁。
〔註107〕 陳曾壽、陳曾矩《局外局中人記》，《蒼虬閣詩集》附錄一，第450頁。
〔註108〕 周君適《偽滿宮廷雜記》第83頁。

繞朝之典，而「不惜廉恥、苟且以圖一時之利者」，或暗指鄭孝胥等人對日方妥協退讓，不過求當前之利，可與此聯併參。尾聯用《史記‧屈原賈生列傳》，司馬遷寫楚懷王之不知人，其後曰：「《易》曰：『井渫不食，為我心惻，可以汲。王明，並受其福。』王之不明，豈足福哉！」蒼虬此句明寫「王明」，卻暗含唯恐「王之不明」的隱憂，由「淒絕」二字可知。蒼虬楚人，故「楚騷」於此處有雙關意。此時鄭氏父子一任偽滿國務總理，一任總理秘書官，正春風得意，蒼虬擔憂溥儀被其父子蒙蔽誤導，認為偽滿政局無可收拾的局面與鄭氏父子一味妥協退讓有直接關係，極度憤慨而形之於詩，一反其一貫的深婉隱秀風格，而有了「劍拔弩張」的色彩。

　　然而冷靜下來蒼虬也意識到，自出關之日起，便注定了人為刀俎我為魚肉的傀儡處境，鄭氏父子之一味妥協固令人憤慨，自己之極力爭取亦無異與虎謀皮。至於溥儀，無論其「明」還是「不明」，既已受制於人，則「並受其福」不過一句空言。偽滿洲國正如一艘駛向絕望之海的破船，同舟君臣皆無法避免共同沉沒的結局。1933 年 3 月，鄭垂突發惡疾，蹩躄而死；1935 年 5 月，鄭孝胥因抱怨日方總不肯放手滿洲國之言〔註 109〕被日方得知後，被迫辭職離開國務院。落拓失意，以詩酒自遣。是年冬，蒼虬借東坡生日之機戲贈海藏一首五律，起句曰：「平生鄭重九，還記我東坡」〔註 110〕，儼然又恢復到昔時同道口吻，海藏隨即和詩一首，此後交往漸多。詩人身份的復歸最終解凍了陳、鄭三年來因政治分歧造成的緊張，二人自此又重續當年以詩歌交流為紐帶的往還。1936 年春天，在與蒼虬等舊友約聚的前一天晚上，海藏於枕上得詩三首，其二曰：「天道曾聞說好還，廿年回首舊江山。冰消雪解春何在？應在詩人一笑間。」〔註 111〕都說

〔註 109〕　周君適《偽滿宮廷雜憶》第 131 頁。
〔註 110〕　陳曾壽《聞蘇堪作東坡生日戲贈一詩》，《蒼虬閣詩集》卷九，第 254 頁。
〔註 111〕　鄭孝胥《闕題》，《海藏樓詩集》附錄一，第 468 頁。

否極泰來，剝極必復，然而自清亡後二十年來，時局幾經翻覆，冰雪
幾度消融，自然界的春天如期而至，關外遺民卻始終沒有迎來他們心
心念念所期待的復辟之春。對鄭氏而言，也許只有在脫離政治漩渦後
與舊友前嫌冰釋的一笑中方能找回些許已經失落的春天，亂局中被政
治異化而充滿裂痕的舊誼，在溫潤的詩意中得以彌縫。

　　某次夜飲，席間話及晚清重臣沈葆楨、劉坤一、李鴻章、張之洞
諸人，海藏詩曰：「諸老銷沉等可哀，酒餘話舊苦低回。新京殘客能
相見，喚起同光百感來。」〔註112〕傀儡政權之「新京」已大不同於
當年之舊京，「殘客」自難收拾殘局。緬懷昔日人才之盛，恰襯托出
老輩凋零後難以為繼的悽惶。慣以澄清天下、扭轉乾坤為己任、自負
自許如海藏者，今自降為「殘客」之列，其心餘力絀之落寞頹唐可知。
蒼虯和曰：「往往聞歌鼓市中，朝朝入直對哦松。不須更說同光事，
風味行園可再逢？」〔註113〕且不論尚有中興氣象的同光時代，即便
可以自由聽曲吟詩的津門「行在」歲月也一去不復返。這與陳氏1932
年2月致胡嗣瑗書中所謂「錯在離天津，此後乃必至之果」〔註114〕
同旨，只是語氣緩和亦含蓄了許多。離津潛往東北原為鄭氏父子一手
策劃、且為溥儀所認同之舉，即所謂「君臣孤注」〔註115〕的結果。
蒼虯初不忍責其君，彼時但以鄭氏父子為媚日求榮、陷遜帝於圈套的
幫兇，後來發現二人亦不過是受制於日方的棋子，且鄭垂既已蹊蹺暴
死，海藏暮年喪子，二年後又因不滿於小朝廷的傀儡處境而終被免
職，故其父子所作所為雖難辭其咎，其最終動機仍在復辟故清，這與
大多數清遺民的根本立場原無不同。故此時蒼虯對舊事雖仍心懷耿

〔註112〕　鄭孝胥《與陳仁先傅治薌徐愈齋會飲》其二，《海藏樓詩集》卷
　　　　　十三，第434頁。
〔註113〕　陳曾壽《和蘇堪夜飲三首》其二，《蒼虯閣詩集》，卷九，第257頁。
〔註114〕　陳曾壽，陳曾矩《局外局中人記》，《蒼虯閣詩集》附錄一，第454、
　　　　　461頁。
〔註115〕　陳曾壽《十月廿三日夜夢節盦師來長春寓一小園中往謁語次涕泗橫
　　　　　集嗚咽而醒紀之以詩》曰：「家國萬端償一淚，君臣孤注博沉冤」。
　　　　　《蒼虯閣詩集》卷十，第303頁。

耻，對海藏卻已不忍深責。海藏擔任僞滿國務總理期間身敗名裂，然解職後終能取得少數故交如蒼虬等人所諒解者，正以此故。

　　海藏自然極爲珍惜這失而復得的友情，在其生命的最後三年，常招二三故友聚飲。而每年歲末的東坡生日，更是眾人絕境中狂歡的節日。1936 年臘月的東坡生日會飲中，海藏有「世已波難挽，心如井不瀾。杯行春又入，聊共抗餘寒」〔註116〕之句，欲復舊京的「宏圖大願」幻滅後，惟借所剩無多的幾位故人之間跼駏相依來抵禦失路之悲。酒間海藏誦東坡《寒食雨》及《蒼梧道中寄子由》二詩，聲情激壯，令蒼虬情爲之移，特以詩記之。〔註117〕東坡流放海南而遺民飄零塞北，其爲飄零雖一，然東坡有道義支撐，身縱遭放逐而心猶有所寄，故其《蒼梧道中》雖處殊鄉翻似故鄉，心安則無入而不自得之故也；與東坡不同，彼關外遺民不同程度降志辱身，身心俱被放逐，如《寒食雨》中爲泥所污的海棠，內心失去平衡點，則惟剩窮途之哭〔註118〕。併參東坡二詩，一曠達一悲涼，正如海藏等人欲借曠達掩悲涼卻終不能掩之矛盾內心的寫照。蒼虬詩中「故作達語掩悲涼」云云雖寫東坡，實亦有感於自己與海藏類似的窮途困境，海藏於酒酣耳熱之際選東坡此二詩吟詠並非偶然，其吟詠能令蒼虬等人深有共鳴亦非偶然。

　　1937 年 9 月蒼虬六十生日，海藏以畫松小幀及茄楠香串爲壽〔註119〕。是月散原逝於北平，二十三年前大雪中共飲海藏樓的「三士」之首凋零，海藏「悵惘久之」，寫挽詩並親自赴京弔喪；蒼虬之感傷

〔註116〕　鄭孝胥《東坡生日和仁先韻》其二，《海藏樓詩集》附錄一，第476 頁。

〔註117〕　見陳曾壽《東坡生日酒間蘇堪誦寒食雨及蒼梧道中寄子由詩聲情激壯爲作此詩》，《蒼虬閣詩集》卷九，第 265 頁。按，蒼虬所謂《蒼梧道中寄子由》，當指蘇軾《吾謫海南子由雷州被命即行了不相知至梧乃聞其尚在藤也旦夕當追及作此詩示之》一詩。

〔註118〕　蘇軾《寒食雨》其一曰「臥聞海棠花，泥污燕脂雪」；其二曰「也擬哭途窮，死灰吹不起」。

〔註119〕　《鄭孝胥日記》第五冊，第 2686 頁。

更不待言，染病數月而不愈。是年重九，海藏強約蒼虬登高，實不過借登高排遣窮途失路之悲，蒼虬以病辭。1938 年 3 月，海藏暴卒於長春。是年重陽將至，蒼虬蕭齋獨臥，數盡昏鴉，惟聞寒蛩凄切，再不見故人來訪。「當時豈意無來歲」〔註120〕，他未能料到那竟是「平生鄭重九」最後一次登高之約，深悔當時未能忍病同遊。

蒼虬寫有《蘇堪挽詩》二首，大概可見他對這位頗有爭議之故友一生的評價：

> 移國屬大盜，決蕃自名流。罪首張與湯，倒行覆神州。惟君揭大義，革管霄壤侔。海隅始相見，世外深綢繆。憶與散原翁，衝雪憑高樓。三士共殘年，冷啜酒一甌。君意極凜烈，信道無疑猶。沉霾甘死前，已自堪千秋。

> 會合非力能，緣分天所判。行在同入直，昔昔對几案。閒暇極溫燖，因急賴助援。繫馬終一馳，適遘風雲變。一名我所爭，假手君所擅。斷斷持異同，公言異私怨。年來我杜門，戢影絕酬宴。數蒙過高軒，旬日必相見。深談移日影，歷久無怠倦。奮憒固殊趣，意外垂婉孌。俯仰數陳迹，作惡供慨惋。毀譽膜外事，慊餒由自斷。來日非所期，一瞑倘無憾。〔註121〕

第一首寫辛亥後避地滬上時期與海藏的交往。「張與湯」指張謇與湯壽潛。二人皆曾以名翰林而興實業，為海藏早年知交。且曾共同為清末立憲等活動積極奔走，並成為核心人物。辛亥革命後，張加入袁世凱陣營並曾擔任其農商總長；湯則被杭州新軍推舉為浙江軍政府都督，聲援江浙一帶反清革命運動，海藏因此與二人絕交。蒼虬此處以海藏與張、湯二人因政治抉擇不同而分道揚鑣比作東漢管寧與華歆因道不同而割席，以張、湯未完「臣節」反襯海藏遺民立場貫徹始終之難能，並以此判其高下。繼而追溯自己與海藏滬上訂交之始，並以

〔註120〕 陳曾壽《苕雪作感舊詩有欲近霜風吹帽節可能無感白衣來之句蓋去歲九日余在病中蘇堪強邀作登高之會也因次其韻》，《蒼虬閣詩集》卷十，第 280 頁。
〔註121〕 陳曾壽《蘇堪挽詩》，《蒼虬閣詩集》卷十，276～277 頁。

－80－

特寫之筆再現了此數載過從中最難忘的一個瞬間──甲寅年歲末他與散原冒雪赴海藏樓聚飲的情景，悼念海藏之外兼懷散原。「沉霾甘死前」一句用那次聚會時海藏所賦七律中「歷劫沉霾奈死前」之意，讚美其自甘隱淪的抉擇。「已自」二字口吻中似有著意將海藏早年出處與晚節不終分看的意味，言外之意：且不論九一八事變後其人因錯誤抉擇所受種種毀譽，即便以清亡後諸舊友紛紛出仕民國的情況下仍能堅持遺民氣節而自甘沉埋這一點而言，已自有其不可磨滅之意義。

　　第二首主要寫津門「行在」時期及此後的交往。滬上別後十餘載，二人因遜帝前後有召而重聚津門，再續前緣。「行在」四句寫二人津門共事情景，並對鄭氏的慷慨相助深爲感激﹝註122﹞。「繫馬」六句寫九一八事變後二人分歧始末，特意強調二人分歧之關鍵，乃在於一方在主權獨立等「名分」問題上毫不妥協，一方則爲假強鄰而不擇手段，二人持論雖截然不同，然出自公心的政治分歧終歸有別於摻雜私心的權力紛爭，故二人雖一度判如水火，卻始終未嘗勾心鬥角、暗中傾軋如羅、鄭之爭與胡、鄭之爭。此實爲共同的遺民立場之外，陳、鄭之交雖曾破裂卻終能恢復的又一重要原因。故「年來」八句即寫二人關係恢復之後的交往。此時二人俱已暮年，雖不再如當年滬上過從時意氣之慷慨凜冽，卻別有幾經波瀾後「落日故人情」的平靜與溫存。「奮慵」二句言對方與自己之氣質性情一積極奮發，一疏慵倦怠，雖迥然有別，卻並沒有影響到鄭對自己的格外好感。「俯仰」二句收束以上對昔日過從的回憶，寫今日之感念追懷。「慨惋」者，慨歎與惋惜兼而有之，這與蒼虬挽散原詩中「回首離合情，嗒然肝膽絕」之一慟幾絕的純粹感傷有所不同。對於海藏這樣前後爭議較大之人，由朋輩論定其頗爲複雜之「晚節」自非易事，無論毀譽皆難避主觀之嫌，蒼虬巧用《孟子‧公孫丑》「行有不慊於心，則餒矣」﹝註123﹞之意，將評判標準由外在之是非轉化爲內在之慊餒，付與海藏其人生前之本心良

﹝註122﹞　鄭氏日記中多有經濟上周濟他人之記載。
﹝註123﹞　《孟子‧公孫丑》，《四書章句集注‧孟子集注》，第232頁。

知來自我裁斷，誠爲既無愧泉下又不違自心的兩全之舉。因爲，人可以欺世，卻不可欺心，假手強鄰諸事若果然有私心夾雜，則眾人所非原爲海藏罪有應得，亦無需自解或旁人代解；若確實信道無疑，九死未悔，則舉世非之又能奈海藏何？後世之毀譽紛紛自非人力所能左右，但使其人生前無餒於心即無憾矣。

海藏滬上園中原有梔樹四株，爲其友李拔可所贈。既赴長春後故居斥賣，梔還舊主。1938 年海藏去世，當年所還梔樹亦枯，拔可作《還梔圖》徵題，蒼虬寫有五古二首：

> 昔訪海藏居，一樓聳孤標。庭前四五梔，日夕望其高。預計十年後，滿意聽秋濤。孤憤積山岳，物外寄蕭寥。終然捨之去，將身託行朝。世事等博塞，呼盧或成梟。樓中意萬端，所期難所遭。成敗豈論定，孤行一世豪。故居既斥去，還梔亦已凋。榮枯皆有情，草木眞久要。我敬李侯意，微物重雲霄。魂魄倘戀此，何殊賦大招。

> 長春一畝宅，僅容旋馬來。差喜數株柳，垂陰下覆堦。斗室數燕集，酒半行蒼苔。冷月掛高樹，相看久徘徊。海外來使星，百國窮沿洄。歡詫首相室，陋隘見此纏。引退懷舊京，意中搆池臺。海棠數百株，盆列蘭與梅。行廚具精饌，賓客供嘲詼。心知有難言，艱屯欝風雷。津津可喜事，此意彌可哀。彌天蓋世氣，阨塞成寒灰。惟餘平生意，長鐫故人懷。〔註124〕

二首詩以海藏樓庭前梔樹起興，以海藏生前之滬上及長春兩處眞實居所及其臆想中未來之京華居所爲線索，勾勒出海藏半生軌跡。以清淺語平直敘來，語不驚人，卻別有無限言外之慨。其中「孤行一世豪」句頗耐人尋味。「孤行」者，獨行己意而不及其他也。海藏本豪傑之士，一生自負其才，獨行己意與天命較量。清亡後雖曾一度沉冥，

〔註124〕 陳曾壽《蘇堪上海所居園中有梔四株李拔可所贈也既來長春故居斥賣梔還舊主今蘇堪逝世梔亦枯矣拔可乃作還梔圖徵題》，《蒼虬閣詩集》卷十，第281～282頁。

卻終非甘於沉冥一世之人。豪傑之士若生不逢時，沉冥尚不失自全之道；若一意孤行，小則誤己，大則誤國。前文引蒼虬賀海藏六十生日詩中贊其「沉冥一世豪」之語，從「沉冥」到「孤行」，正是海藏一生之轉折點。九一八事變後他罔顧他人反對，策劃溥儀貿然出關，此後一步錯則步步錯，自陷於身敗名裂、萬劫難復之境地，此正其為當時及後世大多數人所不諒卻為少數知交所深惜者。蒼虬既哀其志，復悲其遇，更深知其人一生毀譽得失之性格根源，故越到後來，越有為海藏間接迴護之意味。1940 年，周梅泉出資為蒼虬刊刻詩集，蒼虬刪去 1932 年激憤中所寫諷刺鄭氏父子的《豎子》及《四月五日》其二等詩，或許正是基於這種心理。陳、鄭之最初唱和因寄養舊京移菊一事，最終蒼虬又以題《還栝圖》遙祭故人，終始皆以草木為緣，而本質仍為詩人之交。

關於陳、鄭二人詩風之差異，汪辟疆概括得最為精練，其《讀常見書齋小記・展庵醉後論詩》曰：

> 海藏能盡，蒼虬能不盡。詞能盡而味不盡，故真摯；詞不盡而味內蘊，故深婉。知海藏之能盡，乃知蒼虬之能不盡。然盡亦惟海藏能之，他人若盡，則味索然矣。〔註125〕

蓋海藏之為人，一生負氣，一意孤行，跋扈飛揚，有不可一世之概。發之為詩，不迴避，不假借，意旨明確，斬釘截鐵，故謂之「能盡」。蒼虬雖亦曾慨然有澄清之志、用世之心，然其兼有出世之懷，且凡事善於反省，體現於詩中，反覆思量之際、用世與出世之間，往往形成一種迴環往復、深婉曲折的風格，故謂之「能不盡」。蒼虬「能不盡」，其詩自然餘味曲包；海藏雖「能盡」，然而其人本即志在用世之「豪傑」人物，其命運浮沉亦關乎從晚清民國到偽滿小朝廷數十年政海波瀾，且其詩才過人，能達其意、盡其情，故其詩涵容深廣，「能盡」而兼能有味。蒼虬與海藏，不同性格造就了二人不同的命運，並進一步影響了各自的詩風。

〔註125〕　《汪辟疆文集》，第 810 頁。

顧炎武曰：「古之人學焉而有所得，未嘗不求同志之人，而況當滄海橫流、風雨如晦之日乎？」〔註126〕蒼虬詩曰：「滔天非一族，吾道其云孤」，又曰：「殘年所托命，濡煦友生仗」〔註127〕，蒼虬平生結交者多為一時俊傑，既關係到晚清民國政壇的風雲變幻，又關係到光宣以來詩壇的隆替興衰，故本章在第一部分先總體上介紹了蒼虬平生與重要師友的交往，接下來第二、三部分重點介紹蒼虬與同光體最重要的兩位詩人陳散原、鄭海藏的交往，而側重又有不同。因散原是蒼虬後半生視為精神依託的師友，二人交誼之精誠幾乎可以超越生死，故對於蒼虬與散原的交往，本文重點在於探討二人之所以能如此相契的原因；因海藏之出處備受爭議，陳、鄭之交又一波三折，故對於蒼虬與海藏的交往，本文重點在於探討二人過從之親疏離合與二人出處抉擇乃至於政局翻覆的關聯。蒼虬平生之重要交往非止散原、海藏二人，尚有不少未及詳述者，以上僅舉其大體而言。

〔註126〕 顧炎武《廣宋遺民錄序》，顧炎武撰，華忱之點校：《顧亭林詩文集》卷二，北京：中華書局，1959年版，第33頁。

〔註127〕 上引二詩分別為《散叟復園先後來湖上同作富春之遊過滬與石欽下榻海日樓旬日別後皆有詩至作感懷六首寄答》其六，《躬庵先生挽詩》其三。《蒼虬閣詩集》卷三，第105、117頁。

第三章　陳曾壽之詩學觀

　　詩歌創作與評論路數不同：創作偏於感性之沉潛，須能入乎其中；批評偏於理性之觀照，須能出乎其外。感性與理性兼長已屬不易，更何況，二者雖可相濟，卻亦不免相妨。是以古來善寫詩者未必長於論詩，詩學深者詩功或有未逮。蒼虬同時代之名家，石遺以其詩話影響詩壇甚巨而成為「廣大教主」，其「自為之詩」卻「未能與其說相副」〔註1〕；海藏創作雖頗有實績卻很少致力於論詩；作為詩壇領軍人物的散原並無系統專門的詩論，而散見於自家詩文及為他人詩集題識評點之語卻往往「微言奧旨，妙緒紛披」，有「詩家水鏡」〔註2〕之譽，尤為難能；至於蒼虬，亦以創作見長而鮮有專門論詩之作。然偶有所論，常能結合其自身創作體驗，愜心貴當、甘苦自得，為朋輩所激賞。

　　比如，陳石遺即曾把蒼虬列入「都下詩人」中與自己「討論」最為契合的朋友之列，並認為「仁先論詩，極有獨到處」〔註3〕。以石遺自視之高，論詩方面又為其當行，如此評價一位後起之秀，推崇程度不可謂不重。海藏亦自視甚高且較少讚許他人者，其《海藏樓詩》印至第十三卷時，特請幾位朋友為寫詩話，對於蒼虬的三則詩話，鄭

〔註1〕　汪辟疆《評方回〈桐江續集〉》，《汪辟疆文集》第 251 頁。
〔註2〕　錢仲聯《近百年詩壇點將錄》陳三立條，見《夢苕盦論集》，北京：
　　　　中華書局 1993 年版，第 358 頁。
〔註3〕　陳衍《石遺室詩話》，卷十，第 158 頁。

在日記中評曰「甚佳」，私下如此評價，自無關虛與委蛇的客套，當是由衷之言。石遺、海藏之評如此，從側面可見蒼虬論詩之水平。

由石遺所述可知，蒼虬從青年時期即喜歡論詩〔註4〕。蒼虬雖喜論詩且時有「獨到」之見，卻並無借詩論詩話以名世之心，故極少將自己平日所論記錄下來。今日所見蒼虬專門論詩的文字並不多，今列如下：

其一是論張之洞其人其詩的《讀廣雅堂隨筆》。該隨筆寫於廣雅去世八年後的「丁巳（1917年）十一月」，蒼虬是時寓居西湖。一般詩話往往論及多人，蒼虬隨筆則僅論一人。以長篇專論一人之詩，此蒼虬平生所僅見。至於寫作緣起，如該隨筆小序所謂，蒼虬認為廣雅「一身始末，關於數十年世運之轉移隆替」，其人仕途雖順，卻不乏難言之隱，故其詩並不易讀。蒼虬唯恐後來人誤解廣雅深心本意，先就自己平日見聞感喻之「一知半解」預作鄭箋，以為他日箋注廣雅堂詩者「採擇萬一之助」〔註5〕，此為寫作隨筆的直接因緣。

至於更深層的心理原因，還須聯繫二人交往。張之洞平生愛才好客，擔任兩湖總督期間，曾廣延名流文士為其幕賓，蒼虬為其中之一，是時他不過方逾弱冠。廣雅對蒼虬知賞之深，信任之切，舉數例可見一斑：光緒三十年蒼虬中進士後，廣雅選派學生留學日本，以蒼虬為領隊；宣統元年（1909）陳弢庵奉召入都，向廣雅詢問「近日都中能詩者」，廣雅首舉蒼虬之名以對〔註6〕；及至廣雅病危彌留之際，其遺摺亦請蒼虬為之代擬，經陳弢庵潤色後，再由廣雅本人於枕上改定。蒼虬感其知遇，慕其功業，敬其為人〔註7〕，依其一貫性情，必常懷

〔註4〕 《石遺室詩話》曰：「陳仁先為太初先生曾孫，詩學自有淵源。初相見於武昌兩湖書院梁節菴山長座上。弱冠璧人，飲酒溫克，喜就余言詩。」陳衍《石遺室詩話》，卷三，第45頁。

〔註5〕 陳曾壽《讀廣雅堂隨筆》，《蒼虬閣詩集》外集，第411頁。

〔註6〕 陳曾壽《讀廣雅堂隨筆》，《蒼虬閣詩集》外集，第424頁。

〔註7〕 蒼虬集中有多首為廣雅所作之詩可證，只是這些作品皆寫於廣雅去世後，由此亦可見蒼虬之為人，蓋廣雅以名公巨卿身份為其幕主，自當避獻詩以汲汲求進之嫌。

報恩之心。丁巳復辟失敗後，政治理想的破滅反而使其可以沉潛靜思而遊於藝，於是重讀廣雅堂詩，追憶當年二人相過從之種種，隔一定時空而觀照前塵，對廣雅其人其詩必有更爲立體生動的認識，於是將所思所感「筆之於冊」而成此篇，與其以該隨筆爲蒼虬欲明自家詩學宗旨而作，毋寧視爲蒼虬欲藉此長文以寄緬懷之思，兼報知遇之恩。

故以公心而言，廣雅作爲清末重臣，盡瘁國事之餘兼工詩事，其生平及詩歌俱關乎晚清數十年世運變遷，其晚期詩歌又多「惘惘難言之隱」，知情者自有必要爲其發皇心曲，代下注腳。以私交而論，蒼虬曾得廣雅非同尋常之知賞提攜，今其人已逝，感念追懷，結合自己見聞感悟對其人其詩做一番知人論世的梳理，也是後學義不容辭的責任。《隨筆》之作，是爲緣起。由上述因緣可知，蒼虬《讀廣雅堂隨筆》雖可歸入詩話，卻不同於一般闡述自家詩學宗旨的詩話。不過，由於二人曾有多年賓主默契，隨筆中所論廣雅詩學觀念，當亦不乏蒼虬自己「夫子言之於我心有戚戚焉」的共鳴。

《讀廣雅堂隨筆》之外，蒼虬另有二十餘頁題爲《蒼虬詩話》的手稿片段。未注明具體寫作時間，但《詩話》中有何梅生贈琴一則曰：「予居西湖時，扁舟來訪，一見如故，次日贈古琴一張」云云，可知《詩話》必晚於《隨筆》，當寫於作者離開西湖之後。該詩話主要以抄錄前代及同代詩家之佳作爲主，間有蒼虬評語，雖大多比較簡略，但結合所錄詩作，仍可見其詩學祈向與宗旨所在。

蒼虬專門所寫之詩話，還有 1937 年應鄭孝胥之請所寫的詩話三則，後附刊入《海藏樓詩集》後的「名流詩話」中。

專門詩話之外，蒼虬詩集、他人詩話、朋輩來往書信中亦間有涉及蒼虬詩學觀的隻言片語，只是比較分散。形式上的分散並非意味著一盤散沙，如果將這些散論綜合來看，則會發現自有其核心與線索存乎其間，並與蒼虬其人一貫宗旨相合。對這些觀點細加梳理，不但有助於更加全面地瞭解蒼虬詩學思想，也有助於進一步探討其詩歌創作。

第一節　中道圓融的詩學取徑

儒家講中庸之道，主張不偏不倚，無過不及；釋家有中觀之論，主張能所雙泯，不落二邊，雖具體內涵不同，卻均體現出中道圓融的共性。體現於文論，最具代表性的是劉勰「惟務折衷」之說。縱觀歷代詩壇，儘管詩歌流派不同，取向各異，具體主張千差萬別，不偏不執的中道詩學一直是主流詩壇廣爲接受並推崇的觀念。

陳曾壽論詩總體上亦呈現出中道圓融的特點，這可從他對張之洞詩學觀的評價中得出結論。

一、內外兼顧並以內在爲根本

這一點主要體現在蒼虬是對廣雅之「雅正」詩學觀的認識。《讀廣雅堂隨筆》曰：

> 《哀六朝》一首，乃公平生學術宗旨所在。公最惡六朝文字，謂南北朝乃兵戈分裂、道喪文敝之世，效之何爲？公衡文取士，凡文章本無根柢詞華，而號稱六朝駢體，以纖仄拗澀字句強湊成篇者，必黜之；書法不諳筆勢結字，而隸楷雜糅，假托包派者亦然。謂此筆詭異險怪，欺世亂法，習爲愁慘之象，舉世將無寧宇也。今去公時未十年，而人心世道之壞，至於此極，始歎公之識微見遠也。安溪《榕村語錄》亦云：「當時徐立齋、韓元少每見輒問某『近又讀何異書』，便是大病。商鞅、李斯，當不得位時，好讀不正之書，著不正之議論；及得志，便惡燄滔天。所以讀書要正當，莫著怪僻之論。」皆老成閱歷之言，每爲少年新進所不喜，然其理實不可易。〔註8〕

雅即正也，乃中正而可爲典範者。「雅正」作爲頗能體現儒家正統思想的詩學觀，素爲廣雅所推崇。〔註9〕廣雅反對時流以學六朝競

〔註8〕陳曾壽《讀廣雅堂隨筆》，《蒼虬閣詩集》外集，第418～419頁。

〔註9〕張之洞《過蕪湖弔袁漚簃四首》其四曰：「江西魔派不堪吟，北宋清奇是雅音」；《哀六朝》曰：「政無大小皆有雅，凡物不雅皆爲妖」。龐堅《張之洞詩文集·前言》中亦提出「雅正」爲張之洞主要詩學觀。上海古籍出版社，2015年版，第176、78頁及前言第14頁。

相標榜之風，以其無實學根柢，但以纖仄拗澀、詭異險怪之字句文飾其本質之淺陋空疏；不喜江西詩派，以其音調詰屈聱牙，思致刻意求深，安排過甚而失其平正坦直〔註10〕。他稱六朝爲「鬼窟」〔註11〕，稱西江爲「魔派」，具體針對雖有不同，然均有感於二派末流過猶不及，違背雅正中和之道。蒼虬以爲廣雅所論「識微見遠」，並引安溪《榕村語錄》以讀「異書」爲「病」之論，與廣雅之言相互印證，贊爲「老成閱歷之言」，均流露出對雅正詩學的肯定。

　　凡一種理論，本身未必不佳，運用中卻總難免產生偏頗。正如中庸雖爲天下之正道定理，卻易知難行，能做到「時中」者既寡，退求其次，狂狷已屬難得，若成爲鄉愿，雖託於中行，貌似老成持平，實則內無所據，但閹然媚世而已。雅正詩學觀就其理論本身而言中正和平，本無懈可擊；沈德潛格調說以「去淫濫以歸於雅正」〔註12〕相倡導亦無可厚非，然影響所及，作者力求中正卻淪爲平庸，力求合於聖道卻淪爲善察上意，形貌雖具，神理弗存，致使乾嘉詩壇充斥大量雍容典雅卻乏個性眞情之作，故知運用之妙，存乎其人。葉燮以「人之胸襟」爲「詩之基」〔註13〕，蒼虬亦注意到主體之重要性，故肯定張氏雅正詩學的同時，亦一再強調廣雅其人「意量寬博，骨體凝重」，「立身行己，自有壇宇」，因內有所據，故能「雖不避常調，自有立腳之處，」此廣雅之「雅正」不至流於平庸濫滑的內在原因。蒼虬論詩結合內外並以內在爲根本，比之單純以「雅正」倡導者更爲圓融。

二、在廣闊背景中觀照詩歌流派與詩壇走向

　　這一點主要體現在蒼虬對廣雅「宋意入唐格」說的認識。《讀廣

〔註10〕　張之洞《摩圍閣》詩曰：「黃詩多槎牙，吐語無平直」。《張之洞詩文集》，第 97 頁。

〔註11〕　張之洞《哀六朝》曰：「古人願逢舜與堯，今人攘臂學六朝。白晝埋頭趨鬼窟，書體詭險文纖佻」，《張之洞詩文集》，第 78 頁。

〔註12〕　沈德潛選注《唐詩別裁》原序，北京：商務印書館，1935 年版。

〔註13〕　葉燮著，霍松林校注：《原詩》內篇下，北京：人民文學出版社，1979年版，第 17 頁。

雅堂隨筆》曰：

> 公詩主宋意唐格，取於宋者，歐陽、蘇、王三家爲多，平日爲詩文宗旨，取平正坦直，故不甚喜山谷。《摩圍閣》詩云：「黃詩多槎牙，吐語無平直。三反信難曉，讀之鯁胸臆。如佩玉瓊琚，舍車行荊棘。又如佳茶荈，可啜不可食。子瞻與齊名，坦蕩殊雕飾。」公論黃詩大旨，略見於此。朱子論山谷亦云「費安排」，又說「太好，知他用多少工夫」，略同此意。又《過蕪湖弔袁漚簃》詩云：「江西魔派不堪吟，北宋清奇是雅音。雙井半山君一手，傷哉斜日廣陵琴。」是公未嘗不取山谷，特不喜西江末派耳。……自後公餘侍座，嘗從容論詩，公謂：「山谷並無不可解者，學博意廣，自是大家。但我意學山谷，不如學荊公，較爲雄直耳。若歐陽，則氣象更寬博。」〔註14〕

詩分唐宋，宋詩數變至元祐諸公而堂廡始大，門庭始立，成爲與唐詩既有相通又別具特色的不同審美範型，唐宋之辨由此肇端，至明代而發展爲門戶之爭，前後七子尊唐抑宋，公安竟陵起而駁之，聚訟紛紜，莫衷一是。清初南朱北王復明七子之路，沈德潛亦倡雅調唐格，乾嘉末流漸流於空疏浮泛。道咸以後，內憂外患加劇，曾國藩、何紹基、鄭珍等人喜言宋詩，湘鄉私淑江西，倡導尤力，爲同光體導夫先路。至光宣時期，宗宋已成爲詩壇主流。張之洞爲折衷唐宋，提出「宋意唐格」之說。唐詩之格調韻致可救宋詩生澀枯淡之弊，宋詩之理致精思可補唐詩膚廓平滑之失，二者恰可相濟相成。「宋意唐格」之說表面看於唐宋並無軒輊，若就廣雅個人偏好與實際取徑而言，則所取於唐者偏多〔註15〕，於宋則大抵屬意於歐陽之「寬博」、東坡之「坦

〔註14〕陳曾壽《讀廣雅堂隨筆》，《蒼虬閣詩集》外集，第 423～424 頁。

〔註15〕胡先驌謂廣雅「脫胎於長慶」，「間參以東坡之句法」（見胡先驌《讀張文襄〈廣雅堂詩〉》，《胡先驌詩文集》第 420 頁）；汪辟疆謂「廣雅平日自譽其詩，以謂高出時賢，面貌學杜韓」（汪國垣《光宣詩壇點將錄》，《甲寅（北京）》1925 年第 1 卷第 9 期），又謂廣雅「每勸人由坡公直溯韓杜」（《汪辟疆文集》第 340 頁）。廣雅論詩，於宋代頗重東坡，由胡、汪二人所言可知，即使如此，與唐之大家相比，

蕩」與荊公之「雄直」，對更爲典型的宋詩代表人物黃山谷，雖心知其「學博意廣，自是大家」，然私心終「不甚喜」，以其過重思力安排，有違平正坦直之道也。所以，廣雅雖主張兼取「宋意」，其所取程度及宗尚對象卻與咸同以來以宗宋爲主之宋詩派明顯不同，蒼虬明乎此異，故將兩派對比觀照：

> 近時名臣工詩者，首推湘鄉，後推南皮。湘鄉詩學韓、黃，一變乾嘉以來風氣，於近時詩學，有開新之功；南皮詩近歐、王，宋意唐格，其章法聲調，猶襲乾嘉諸老矩步，於近時詩學，有存舊之思。特意量寬博，骨體凝重，雖不避常調，自有立腳之處，故與濫滑者有異耳。〔註16〕

「乾嘉以來風氣」，即沈德潛等人延續明七子尊唐之風。曾國藩等人打破這種局面，倡導宋詩而下開同光體，此所謂「開新之功」；張之洞於宋詩派極盛之時，上承乾嘉諸公餘緒而提倡「唐格」，此所謂「存舊之思」。二人同樣以重臣兼名儒之雙重身份引領詩壇走向，成爲不同時期詩風轉捩之關鍵人物。蒼虬擇取此二人，即能以點帶面，以少勝多，故寥寥幾句，不但概括出曾、張各自詩學主張及影響，而且勾勒出清代詩風變遷之大勢，故此論廣爲後來學者所徵引〔註17〕。

廣雅「宋意唐格」之說折衷唐宋，可謂精切宏通；蒼虬在認同該論的同時，更能窺知張氏所折衷之具體層面與不同側重，並將張氏之論作爲一派之代表詩學觀置於大背景中，與詩壇其他流派對比觀照，從中可見更爲全面立體的清詩面貌。其立論之圓融通達可見一斑。

三、從「清切」到「眞切」——綜合觀照中流動變化的視角

與「雅正」及「唐格」說相呼應，廣雅論詩強調「務以清切爲主」。他以「北宋清奇是雅音」與「不堪吟」的「江西魔派」相對，還曾讚

在廣雅看來亦有目的與手段之別，孰輕孰重，自可推知。
〔註16〕陳曾壽《讀廣雅堂隨筆》，《蒼虬閣詩集》外集，第411頁。
〔註17〕此段後被錢基博引入其《現代中國文學史》一書，易「湘鄉」、「南皮」爲曾、張二人本名。後來引用該論者，多引自錢氏之書。

美周伯晉文章「事理清明」，故其所謂「清」，主要指聲韻格調之清雅與思致意脈之明晰；至於「切」，則主要指用典用事之精切而言〔註18〕，蒼虬隨筆中對此多有闡釋。他認爲詩之用事有二類，一爲「神化無跡」，一爲「比附精切」。關於後者，他以蘇軾《元豐六年正月二十日復出東門》詩中「九重新掃舊巢痕」句所用之典爲例來說明：

> 放翁施注序云：「昔祖宗以三館養士，儲將相材。及官制行，罷三館，而東坡蓋嘗値史館。然自謫爲散官，削去史館之職久矣。至是史館亦廢，故云『新掃舊巢痕』。其用字之嚴如此。而『鳳巢西隔九重門』，又義山詩也。」何義門先生亦云：「『舊巢痕』三字，本義山《越苧》詩，此老可謂無一字無來歷。」……《漫叟詩話》所謂：「東坡最善用事，旣顯而易讀，又切當也。」……《苕溪漁隱叢話》所謂「東坡此詩，不止天生作對，其全篇用事親切，尤爲可喜」也。若此者，方可謂之用事精切。〔註19〕

可見，蒼虬所謂「用事精切」的標準是切當嚴格、不可移易與顯易平實、渾然天成的統一，他認爲廣雅詩用典亦能做到「精切」：

> 東坡而後，則推亭林。取材經史，無事新奇奧博，而自然雅切。……皆確切不可移易。近世則爲文裏，用事極不苟作。……此等處，尤見公讀書之細密，比附之精當也。

又曰：

> （公）用典必精切，不泛引，不鬭湊。

廣雅論詩強調「清切」，其本人作詩亦能做到精切。創作若能達到廣雅所謂的「清切」標準，已十分難得，然而「清切」詩學觀並未能得到當時詩壇魁傑鄭孝胥等人的認同。海藏一九一零年序散原詩云：

> 往有鉅公與余談詩，務以清切爲主，於當世詩流，每有張茂先我所不解之喻，其說甚正。然余竊疑詩之爲道，殆

〔註18〕蒼虬所論之「精切」當然以用典爲主，但也不限於用典，如《隨筆》中亦曰：「詠物詩正面寫最難。公……皆從正面寫，切當不移，似易實難。」見《蒼虬閣詩集》外集，第421頁。
〔註19〕陳曾壽《讀廣雅堂隨筆》，《蒼虬閣詩集》外集，第412～413頁。

有未能以清切限之者。世事萬變，紛擾於外；心緒百態，騰沸於內；宮商不調而不能已於聲，吐屬不巧而不能已於辭。若是者，吾固知其有乖於清也。思之來也無端，則斷如復斷、亂如復亂者，惡能使之盡合？興之發也匪定，則倏忽無見、惝怳無聞者，惡能責以有說？若是者，吾固知其不期於切也。並世而有此作，吾安得謂之非眞詩也哉。〔註20〕

此處「鉅公」自隱指張之洞。海藏在肯定「清切」之說「甚正」的同時，指出此論的侷限性。正如樂有變徵之音，詩有變風之義，世變影響詩人心態，故詩歌風貌與世推移，尤其近代詩人身處大亂相尋之世，感憤無端，有欲求清切而不可得者。若不能清切而強求清切之貌，必出偽詩。無獨有偶，散原跋瞿鴻禨詩，讚賞其身處亂世而能寫出「典贍高華」、「蘊藉」「內斂」之作的同時，也對自己「憤時傷亂」之餘多有「獷野激急」〔註21〕之作表示遺憾，這雖或出於自謙，但所謂「獷野激急」云云恰是與清雅精切相對立的概念。由此可見，廣雅清切詩學觀確與晚近詩壇存在某些牴牾，同時也證明其論尚有未盡圓融之處。

蒼虬對「切」的認識既有同於廣雅的一面，亦不乏自己的引申與補充。因其《隨筆》爲讀廣雅詩之心得，故其中凡提到「切」字，主要側重用典用事精切之意。《隨筆》寫成二十年後，他在應海藏之請所寫的詩話中，又特別提出「眞切」說：

　　少陵云：「爲人性癖耽佳句」。詩雖以氣格爲上，佳句亦不可少者也，然必以眞切爲貴。作詩不外情、景、事三端，言情、言景、言事，必不可移之於他人，移之於他地，移之於他時。滿題中之量而又不溢出一分，恰到好處，意味有餘，乃爲眞切。近世名家，或琳瑯滿目，然按之當時情事，不必定合，可以驚俗眼，非愜心貴當者也。詩意不足，或換一二新奇之字，遂以爲佳，失之遠矣。集中佳句

〔註20〕鄭孝胥《散原精舍詩序》，《散原精舍詩文集》下冊，附錄（中），第1216頁。
〔註21〕陳三立《書善化瞿文愼公手寫試詩卷後》，《散原精舍詩文集》卷十，第949頁。

皆眞切不可移者，此甚不易到之境，可與知者言也。〔註22〕

此段論「切」與《隨筆》有所關聯又不盡相同，有三點需要注意：

其一，廣雅曾認爲老杜「許身一何愚，竊比稷與契」之類詩句持論雖甚高，然出語過於輕率以至於有失當之嫌，這也是他所提倡之「唐格」的易蹈之失。對此他提出「切」的標準來制衡〔註23〕。蒼虬該段由少陵「爲人性癖耽佳句」之句引出詩「必以眞切爲貴」的觀點，認爲「高格」與「佳句」必以「眞切」爲前提，這既是對廣雅「高」亦當「切」之觀點的認同，也是對廣雅《杜甫》一詩的進一步引申。

其二，「詩必以眞切爲貴」作爲本段主旨既明，下文即圍繞如何理解「眞切」二字展開。「切」即表裏相符、切當不移之意，此內涵不變，蒼虬將「切」之外延，從廣雅比較側重的用典用事方面擴展到幾乎可以彌綸一切詩境的範圍：當在情、景、事與時、地、人的多重對應關係中綜合觀照時，「切」便成爲不同時空中可以流動變化之「切」。即以東坡爲例，被貶海外後，因「另換一境地」，其詩自然「亦換一面目」，此「面目」但合於此時、此地中此人的「應得之象」〔註24〕，便爲眞切之作。所以，「切」並非一個固定不變的先驗命題，判斷一首詩眞切與否，亦須靈活參照時、地、人等各種因素綜合觀照，而不能孤立靜止來看。

其三，上文所引老杜「許身」二句，廣雅之所以認爲不切，當以其有自許過當之嫌。廣雅論不切之失，著眼多在「過」之一面，所謂「文人誇誕騁虛辭」〔註25〕是也。其實，過與不及均非中庸之道，故蒼虬論「切」從兩面著眼，所謂「滿題中之量而又不溢出一分」，「溢

〔註22〕《海藏樓詩集》附錄三「名流詩話」，第 563 頁。

〔註23〕張之洞《讀史絕句二十一首》其十五《杜甫》：「雖高不切輕言語，論定文人有史臣。」《張之洞詩文集》卷四，第 190 頁。

〔註24〕《海藏樓詩集》附《名流詩話》載，（蒼虬）曰：「故晚年之詩，著墨不多，神理內斂，皆其應得之象，不可以爲疵也，但觀其自立之地如何耳。」《海藏樓詩集》附錄三「名流詩話」，第 562 頁。

〔註25〕張之洞《讀史絕句二十一首》其十八《陳子昂宋之問》，《張之洞詩文集》卷四，第 191 頁。

出」固是不切，不「滿」亦是不切，「恰到好處，意味有餘，乃爲眞切」。

綜上所述，蒼虯論「切」雖與廣雅「清切」說多有關聯，卻更爲全面也更爲圓融。海藏對廣雅「清切」說提出異議，揆其用心，大抵認爲該說正則正矣，佳則佳矣，然身處亂世，欲求「清切」而勢有不能，清切與眞實既不可兼得，與其合於清切而作僞，寧可乖於清切而存眞。若以蒼虯眞切說觀照，則切方眞，眞必切，二者本即相因相成，只要合於本地風光與自家面目，愜心貴當，無過與不及，即爲眞切之作，如是，「切」與「眞」之悖論即迎刃而解。海藏不盡認同廣雅清切之說，對蒼虯眞切說卻甚爲認可，正以蒼虯之論更爲圓融透徹之故。廣雅雖或心知此意，卻未暇自圓其說，故引發海藏質疑，蒼虯爲海藏寫此詩話，雖針對海藏詩兼闡述個人詩學主張，若聯繫上述陳年公案，亦不妨視爲蒼虯藉此機緣間接代廣雅對海藏當年質疑的遙遙回應。

四、剛柔相濟與文質相成

上文重點從蒼虯對廣雅詩的評價中論述其詩學觀的圓融，這種中道圓融的詩學觀還體現在其他很多方面。

在風格上，他主張剛柔相濟，《與楊無羔論詩書》曰：「老杜而後，得其傳者爲昌黎、玉溪。昌黎得陽剛之美，玉溪得陰柔之美。」〔註26〕又云：「山谷外近昌黎，內實玉溪」，「義山柔而實剛，山谷剛而實柔」〔註27〕。正如萬物有陰有陽，同一物又各分陰陽，不但不同詩人之間，總體風格上有或剛或柔之分別，而同一詩人又有內外偏剛偏柔之細微分際。蒼虯此論正是建立在他對歷代詩人整體之承傳流變以及個體之精微瞭解基礎上的甘苦之言，正因有如此識見，其本人之詩學取徑也自然兼顧剛柔，使二者相成相濟。

在語言上，他十分推崇樸拙平實而能意味深長的表述，認爲「杜

〔註26〕引自錢仲聯《夢苕盦論集》第55頁。
〔註27〕引自龔鵬程《讀詩隅記》，臺北：華正書局1987年版，第325頁。

詩『但覺高歌有鬼神，焉知餓死填溝壑』已極沉鬱頓挫之致矣，更足以『相如逸才親滌器，子雲識字終投閣』二語，此是古人拙處，即是古人不可及處」〔註28〕；他讚美杜甫《八哀詩》「其拙處，正其厚處，正獨有千古處也」〔註29〕；喜愛張之洞《金陵遊覽》詩，乃因其「語語平實，筆無旁溢，不使神通，而波瀾壯闊，意味自足」〔註30〕。但他並不排斥文華麗藻，故又讚美義山詩曰：「『春風舉國裁宮錦，半作障泥半作帆』，何等恢麗。」〔註31〕尚質者往往易流於質木無文的偏失，蒼虬重質拙而兼愛文藻，皆不在於質或文本身，而是一直文質相成的境界。

諸如此類，均可見蒼虬詩學取徑之圓融通達，這種通達的詩學觀自然影響到他本人的詩歌創作：凡唐之格調情韻、宋之骨力精思，兼而探之，不限新舊，不拘門派。如此取徑，正是其詩歌取得不凡成就的重要前提。

第二節　深婉有味的審美追求

蒼虬既無系統論詩著作，也未曾特別標舉某一概念作為自己所宗尚的審美標準，不過其審美傾向可從他所推重的某些作者及作品中窺知一二。「知多偏好，人莫圓該」，人之閱讀鑒賞有不同側重及不同層次。同為欣賞，或從感性層面直覺其佳，或從理性層面推知其佳，或僅泛泛賞愛，或有深層共鳴，更有因心魂交感所產生的極致相契。蒼虬即曾特別提到他與唐代詩人李義山及韓冬郎有這樣的契合：

> 詩中尤物成雙絕，惟有冬郎及玉谿。癖愛神交相感應，
> 故應往往亦淒淒。〔註32〕

「愛」而成「癖」，可見其程度之深。義山與冬郎之詩在藝術方

〔註28〕陳衍《石遺室詩話》，卷十，第158頁。
〔註29〕陳曾壽《讀廣雅堂隨筆》，《蒼虬閣詩集》外集，第414頁。
〔註30〕陳曾壽《讀廣雅堂隨筆》，《蒼虬閣詩集》外集，第431頁。
〔註31〕陳衍《石遺室詩話》，卷十，第158頁。
〔註32〕陳曾壽《尤物》，《蒼虬閣詩集》續集卷上，第315頁。

面均有深婉含蓄的特點，由此不難推知蒼虬所好。

在同輩詩人中，蒼虬曾特別偏愛徐思允的詩，《蒼虬詩話》曰：

> 予所友幾盡天下之賢豪，以詩鳴者多矣。求其深婉有
> 味蹊徑甚正推徐苕雪，惜自辛亥以後不復致力，遂少佳章，
> 然詩才詩學少見其比也。〔註33〕

在名家輩出的晚近詩壇中如此推重一位作品不甚多、詩名亦不太大的作者，可知其人必有令蒼虬格外傾心的某種特色，蒼虬以「深婉有味」概括其詩風格，恰可想見這也正是蒼虬自己的審美追求。下文即具體來看蒼虬詩學觀中「深婉有味」的內涵。

一、以「味」論詩溯源

「味」本為感官體驗，將「味」引申為美感體驗並用於說詩始於南朝。劉勰《文心雕龍》中「味」字在不同語境雖所指不同，然已有含蓄不盡的審美體驗之意，值得注意的是，這種體驗往往與情志之深隱密切相關。比如，《體性》篇中，他分別列舉數人，以說明作者性情與作品風格之間「沿隱至顯，因內符外」的關聯，論及揚雄時曰：「子雲沈寂，故志隱而味深」〔註34〕。史載揚雄「默而好深湛（沉）之思」，其辭賦意味深長，正緣於其人情志之隱微深邃。《隱秀》篇贊中，他又以「深文隱蔚，餘味曲包」〔註35〕開端。「隱以複意為工」，故有「文外之重旨」〔註36〕，富有多重深隱的言外意蘊是作品能給人以有餘不盡之審美體驗的前提。至於哪類作品才是具有豐富言外意蘊的有味之作，劉勰首先舉了他認為「兼乎比興」與「長於諷諭」〔註37〕的作品。

比劉勰稍晚的鍾嶸在《詩品·序》提出「滋味」說。他認為永嘉時期因「貴黃老」、「尚虛談」而導致當時作品「理過其辭，淡乎

〔註33〕《蒼虬詩話》手稿。
〔註34〕劉勰著，周振甫註：《文心雕龍注釋》，第 309 頁。
〔註35〕劉勰著，周振甫註：《文心雕龍注釋》，第 432 頁。
〔註36〕劉勰著，周振甫註：《文心雕龍注釋》，第 431 頁。
〔註37〕劉勰著，周振甫註：《文心雕龍注釋》，第 432 頁。

寡味」〔註38〕，此不良風氣一直影響到東晉詩壇，導致「建安風力」的喪失。為此，他標舉「滋味」，認為有滋味之作須賦、比、興兼用，並有「風力」之振起及「丹彩」之潤飾。關於比興，鍾嶸以「因物喻志」為「比」，以「文已盡而意有餘」為「興」〔註39〕，可見在注重含蓄不盡的言外意蘊方面，他與劉勰並無二致。但與劉勰不同的是，鍾嶸並沒有特別將作品不盡之餘味與作者深隱之志意相聯繫。不僅如此，他還特別強調了「專用比興」會導致「意深」、「詞躓」的偏頗。鍾嶸本意在於矯正「專用比興」〔註40〕易蹈之失，其說固然不為無據。但由比興寄託之深意而產生含蓄不盡之餘味，本是自內而外、不可分割之一體。雖然鍾嶸在論及具體作家作品時亦比較重視比興諷諭在詩歌中的作用，但由於他未能如劉勰那樣強調作者志意與作品餘味之間的關聯，開此端倪之後，人皆知有餘味之為妙，但求餘味而忽略志意，則不免又產生了新的偏頗。

　　以「味」論詩在南朝劉勰和鍾嶸的理論中肇其端倪，至唐代司空圖而得到進一步強化與拓展。司空圖論詩格外強調「味」之重要，乃至於將「辨於味」提升到「言詩」之前提的高度。其以「味」論詩最為人稱道之處，即所謂「味外之旨」〔註41〕說。司空圖之論味與劉勰、鍾嶸等人既有相承，又獨具特點。就相承處而言，從劉勰之「深文隱蔚，餘味曲包」、「文外之重旨」到鍾嶸之「文已盡而意有餘」，再到司空圖之「味外之旨」、「味外之味」，凡「有味」者，均與含蓄不盡的審美體驗相關。就相異處而言，劉勰與鍾嶸均重視詩歌之比興諷諭傳統，強調心物交感，而所感之物，自然景物與人生遭際並重，故其所稱賞之作，往往具有深廣的社會內容與深沉的人生感慨。司空圖

〔註38〕鍾嶸著，曹旭集注：《詩品集注》，上海：上海古籍出版社，1994 年版，第 24 頁。

〔註39〕鍾嶸著，曹旭集注：《詩品集注》，第 39 頁。

〔註40〕鍾嶸著，曹旭集注：《詩品集注》，第 45 頁。

〔註41〕司空圖《與李生論詩書》，司空圖著，郭紹虞集解：《詩品集解》附錄，北京：人民文學出版社，1963 年版，第 47～48 頁。

身處亂世，晚唐社會徒令其目擊心傷，於是身避地而心逃空，將目光轉向擾攘紅塵之外的山林隱逸世界，故其主張摹神取象、離形得似，偏重自然景物而有意疏離社會生活。其所偏好的味外之味，也自然多出自王孟韋柳等澄澹清遠一派。至此，以「味」論詩之理論雖進一步深化細化，卻同時也有虛化窄化的傾向。這種偏向在後世詩壇不乏嗣響，如宋之九僧、四靈，明之竟陵派等，雖具體主張不同，卻均表現出對山水題材與虛靈境界的偏愛與推崇。至清代，比較鮮明地體現出這種傾向的是王士禛。

　　王士禛對鍾嶸及司空圖均十分推崇。其於鍾嶸曰：「余於古人論詩，最喜鍾嶸《詩品》、嚴羽《詩話》、徐禎卿《談藝錄》」〔註 42〕。他對鍾嶸「三品銓敘作者」的方法及具體品評次第雖有微詞，然對其「滋味」、「直尋」等主要理論則未有異議。對於司空圖，他不但以為「晚唐詩以表聖為冠」〔註 43〕，而且對司空圖「味在酸鹹之外」等理論深表認同，並借用司空圖「味外味」之語自許其本人《早至天寧寺》一詩〔註 44〕。王氏將嚴羽「言有盡而意無窮」與司空圖「味在酸鹹之外」並舉，自以為「於二家之言，別有會心」〔註 45〕，可見，將「味」之內涵理解為含蓄不盡的言外意蘊，他與前人一脈相承。

　　但是，王士禛所謂之「味」較之前人更為偏狹。同樣以味論詩，劉勰重視比興寄託、意內言外，將作品不盡之餘味與作者深隱之情志相聯繫；鍾嶸雖亦重比興寄託，卻未能強調「味」與「意」的關聯；司空圖開始疏離社會人事而偏重自然景物，偏愛沖淡空靈的意境，但其《二十四詩品》仍兼容了多重相反相成的風格，所謂「諸體畢備，

〔註 42〕王士禛著，張宗柟纂集、夏閎校點：《帶經堂詩話》卷二「評駁類」，北京：人民文學出版社，1963 年版，第 58 頁。

〔註 43〕王士禛《帶經堂詩話》卷一「品藻類」，第 38 頁。

〔註 44〕王士禛《帶經堂詩話》卷三「佇興類」曰：「又在京師有詩云：『凌晨出西郭，招提過微雨。日出不逢人，滿院風鈴語』（早至天寧寺），皆一時佇興之言，知味外味者當自得之」，第 69 頁。

〔註 45〕王士禛《帶經堂詩話》卷四「纂輯類」，第 97～98 頁。

不主一格」〔註46〕。至王士禛神韻說侷限於王孟家數，專以沖和淡遠
為宗，於司空圖《二十四詩品》中獨推「沖淡」、「自然」及「清奇」
三品，最喜「不著一字，盡得風流」八字及「藍田日暖、良玉生煙」
的意境。可見，自劉勰到王士禛，「味」逐漸與「意」疏離，與社會
人生疏離，以味論詩逐漸呈現出脫離現實、空寂玄虛的趨勢。如果說
餘味與志意在劉勰還是一個「因內符外」的整體，自鍾嶸之後，「味」
漸與「意」脫節，司空圖「味外味」偏重「澄澹精緻」〔註47〕之味，
已不能得味之全。至王士禛，更是以偏狹之才而遯於神韻妙悟之說，
將嚴羽「以禪喻詩」誤以為「以禪說詩」〔註48〕，避實就虛，鏤空繪
影，正如入世未深而侈談出世，悟既未徹，必有所偏，此即嚴羽所謂
「一知半解之悟」〔註49〕。翁方綱謂其「未喻神韻之全」〔註50〕，「專
取神韻而不能深切」〔註51〕，即以此故。袁枚謂「今之作詩者，味內
味尚不能得，況味外味乎」〔註52〕，亦以此故。錢鍾書先生更進一步，
謂其「將意在言外，認為言中不必有意；將弦外餘音，認為弦上無音；
將有話不說，認作無話可說」〔註53〕，亦是有見於神韻派言意乖離、
凌空蹈虛的流弊。

二、陳曾壽所推崇之深婉有味

　　蒼虯亦經常以「味」論詩，其「味」與「意」相表裏，以「深」

〔註46〕永瑢《四庫全書總目》卷一百九十五，集部四十八，清乾隆武英殿
　　　　刻本。
〔註47〕司空圖《與李生論詩書》，司空圖著，郭紹虞集解：《詩品集解》附
　　　　錄，第 47 頁。
〔註48〕葉嘉瑩著《迦陵文集》第二卷《王國維及其文學批評》，河北教育出
　　　　版社 1997 年版，第 294 頁。
〔註49〕嚴羽《滄浪詩話》，北京：中華書局，1985 年版，第 2 頁。
〔註50〕翁方綱《神韻論》上，《復初齋文集》卷八，《近代中國史料叢刊》
　　　　第四十三輯，臺北：文海出版社，第 342 頁。
〔註51〕翁方綱《神韻論》下，《復初齋文集》卷八，第 347 頁。
〔註52〕《隨園詩話》卷六，北京：人民文學出版社，1960 年版，第 185 頁。
〔註53〕錢鍾書《談藝錄》，北京：中華書局 1993 年版，第 97 頁。

與「婉」爲特徵。

（一）深微之用意與深婉之表達

蒼虬論「味」往往與「意」並稱。其謂廣雅《金陵遊覽》詩「不使神通，而波瀾壯闊，意味自足」〔註54〕，謂後山詩「味甚純，字字用意而存高格」〔註55〕；其論眞切，謂「滿題中之量而又不溢出一分，恰到好處，意味有餘，乃爲眞切」〔註56〕，或將意、味視爲一個整體，或將意與味密切關聯，雖落腳點在「味」，卻同時體現出對「意」的重視。

蒼虬所重之意常具有深廣的社會人生內涵，並以比興寄託的方式委婉傳達。他認爲張之洞之所以「多感憤之詩」，乃因其「一身始末，關於數十年世運之轉移隆替，世變大而慮患深」之故。尤其是「癸卯入都以後」，清王朝大勢已去，而廣雅身居其位，調停術盡仍不得息肩，自頗多「惘惘難言之隱」〔註57〕。這類激於世變與遭際、難言又不得不言的感慨發之爲詩，一般並不直陳其事，而是藉由比興寄託的方式曲達其意，故「沉鬱盤紆」，自饒餘味。蒼虬十分推崇這類有深遠的現實寄託之作，在另一段詩話中，他認爲周念衣「詩學蘇而用意深微」，並引其《殘菊》一首云：

買花渾似選名姝，今日妖嬈屬老奴。遲暮不能無惓惓，秋光寧爲惜區區。階前紅葉風嘲罵，海上黃芝事有無？慚我相看自初好，至今顚倒未能扶。

該詩寫於「甲午媾和之後」，表面寫殘菊，實則通首借花暗喻國事之悲：首聯引出興感之主體與對象。頷聯暗喻清王朝雖已暮氣沉沉，然作爲局中人不能割捨對其眷戀之情；而末世劫來，毫無顧惜，勢將摧盡殘花而後已。頸聯寫海戰失敗、馬關條約簽訂後國內一片怨

〔註54〕陳曾壽《讀廣雅堂隨筆》，《蒼虬閣詩集》外集，第431頁。
〔註55〕《蒼虬詩話》手稿。
〔註56〕《海藏樓詩集》附錄三「名流詩話」，第563頁。
〔註57〕陳曾壽《讀廣雅堂隨筆》，《蒼虬閣詩集》外集，第411頁。

聲載道，岌岌可危；而海外亦難覓續命仙方，前景渺茫。尾聯回溯盛時，不因今日國勢衰頹而忘記當初美好，然個人心餘力絀，自昔而今，自今而後，亦只能眼見其衰亡而未能有絲毫匡濟。

蒼虬認爲這類作品「寄託深遠，有不盡之味」〔註58〕，正以其蘊含有深沉的家國悲慨，卻未流於激切刻露，而是借比興手法委婉道出，故意在言外，耐人尋味。言外意以言中意爲前提，正如弦外音以弦上音爲先聲。用意之深微與深婉之表達是不盡之餘味得以產生的條件之一。此意感於物而生於心，包羅萬象，具有深廣的社會人生內涵。可見，同樣以含蓄不盡爲「味」之主要內涵，這種兼重人事之感發的寄託深遠之味，比司空圖、王士禛等人偏於自然之感性的澄澹精緻之味，更寬泛也更全面。

蒼虬論詩重比興寄託之「意」，自有其家學淵源。其高祖陳沆之《詩比興箋》一書，「以箋古詩三百篇之法，箋漢魏唐之詩」，知人論世，以意逆志，亦特重作品中比興之意。魏源在序中提出「詩教之敝」說，認爲「自昭明文選專取藻翰，李善選註專詁名象」爲「詩教一敝」，「自鍾嶸、司空圖、嚴滄浪有詩品詩話之學，專揣於音節風調」爲「詩教再敝」，二敝表現雖有不同，其本質均爲偏離內涵而側重形式，各有「專取」卻對「詩人所言何志」〔註59〕有所忽略。蒼虬自幼濡染家學，此論勢必對其影響至深。故其論詩有意無意間，似有糾正自鍾嶸以來有所偏離之輕意傾向的意圖。

（二）水深林茂之氣象

蒼虬論詩，特重本質，強調因內符外的關聯。他所看重的有味之作，往往具有水深林茂的氣象，而這種氣象與作者本身的襟抱格局密切相關。在這方面，老杜很多作品堪稱典型。蒼虬曾舉老杜《八哀詩》爲例，對王士禛詩學提出批評：

〔註58〕此評及前引《殘菊》詩均見《蒼虬詩話》手稿。
〔註59〕陳沆《詩比興箋》魏源序，上海：上海古籍出版社 1980 年版，第 1頁。

　　　　老杜《八哀詩》，漁洋謂爲本非集中高作，世多稱之，
不敢議者，皆揣骨聽聲者耳。又云：「其中稺句累句，或不
可解，須痛刊之」。此實漁洋之詩學不到處，而不免出於妄
者也。《八哀詩》如深山大澤，氣象萬千，不可逼視。敍事
皆平直寫去，不避細瑣，無一分躲閃，他人筆力萬不能到。
其拙處，正其厚處，正獨有千古處也。後世輓詩五古之工
者，推東坡哭习處士、任遵聖二首，然較之《八哀》，則清
澈見底，有江河溪澗之別矣。〔註60〕

　　蒼虬所引漁洋批評老杜《八哀詩》之語，本出自葉夢得《石林
詩話》，葉氏云：

　　　　然八哀八篇，本非集中高作，而世多尊稱之不敢議，
此乃揣骨聽聲耳，其病蓋傷於多也。如李邕、蘇源明詩中
極多累句，余嘗痛刊去，僅各取其半，方爲盡善，然此語
不可爲不知者言也。〔註61〕

　　王士禛曾於《居易錄》中引述葉氏此語，其後論曰：「石林之評
累句之病，爲長篇者不可不知」，可見深以爲同道。此外，《漁洋詩話》
亦曰：

　　　　杜八哀詩最冗雜不成章，亦多哴嚘語，而古今稱之，
不可解也。〔註62〕

　　漁洋對老杜《八哀詩》頗有微詞，主要有以下幾點原因：

　　其一，漁洋所推崇者多在王孟一派以五言近體爲主的篇幅短小、
含蓄雋永之作，對於極意鋪陳展開之長篇本即不喜。

　　其二，漁洋最喜司空圖「不著一字，盡得風流」之論，反對道破
說盡，以大量留白、使人思之方得之作爲有味，故頗重剪裁洗練；少
陵則氣盛情多，筆力又足以副之，性情揮灑處如源泉混混，不擇地勢
而盈科後進，是以「他人不過說到七八分者，少陵必說到十分，甚至

〔註60〕陳曾壽《讀廣雅堂隨筆》，《蒼虬閣詩集》外集，第 414～415 頁。
〔註61〕何文煥輯《歷代詩話》上冊，中華書局，1981 年版，第 411 頁。
〔註62〕王士禛《帶經堂詩話》卷二「摘瑕類」，北京：人民文學出版社，1982
　　　　年版，第 53 頁。

有十二三分者」〔註63〕，如此淋漓盡致，必爲以「不盡」爲高妙之漁洋所不喜。

其三，趙執信《談龍錄》謂「朱貪多王愛好」，漁洋最賞唐人有興象之俊句，力避醜拙，如秋水澂渟，汰盡泥沙；少陵牢籠萬有，不避醜拙，如洪河萬里，不免泥沙俱下。如此亦必爲漁洋所不喜。

漁洋與少陵本質之異，在於志氣襟抱之深淺廣狹不同。蒼虬之所以崇少陵者，主要在其博大深厚之氣象格局與海涵地負之擔荷力量。就涵容之廣闊而言，且不論漁洋，即使東坡亦無法與老杜比肩。故蒼虬舉東坡挽詩之工者與老杜《八哀》比較，認爲有「江河溪澗之別」。葉嘉瑩先生認爲老杜「生而稟有著一種極爲難得的健全的才性」，這種才性使得老杜詩歌在內容方面「無論妍媸鉅細，悲歡憂喜，宇宙的一切人情物態，他都能隨物賦形，淋漓盡致地收羅筆下而無所不包。」〔註64〕這與蒼虬所謂「不避細瑣，無一分躲閃」云云正可相通。漁洋偏愛唐人之興象與秀句，清雅則極清雅矣，然過於求好，亦是一偏。少陵不拘一格，無所偏執，卻恰成其混沌汪洋之氣象。漁洋未能知老杜三昧，非僅因「詩學」與「筆力」不到，實更因格局氣象有所不逮之故。以一竅之明而欲窺混沌，必不能得其全。劉熙載謂老杜詩「高、大、深俱不可及」〔註65〕，趙翼謂老杜詩「深人無淺語」〔註66〕，方東樹謂學杜韓當能「窺其深際」〔註67〕，均有見於老杜之水深林茂的氣象。蒼虬以「深山大澤，氣象萬千」稱美老杜《八哀詩》，亦是有見於此。

〔註63〕趙翼著，霍松林、胡主佑校點：《甌北詩話》卷二，北京：人民文學出版社，1963年版，第16頁。

〔註64〕葉嘉瑩《論杜甫七律之演進及其承前啓後之成就》，葉嘉瑩著《迦陵文集》第一卷《杜甫秋興八首集說》代序，石家莊：河北教育出版社，1997年版，第4頁。

〔註65〕劉熙載《藝概》卷二《詩概》，上海：上海古籍出版社，1978年版，第59頁。

〔註66〕趙翼著，霍松林、胡主佑校點：《甌北詩話》卷二，北京：人民文學出版社，1963年版，第16頁。

〔註67〕方東樹著，汪紹楹校點：《昭昧詹言》卷八，北京：人民文學出版社，1961年版，第211頁。

（三）平淡而山高水深的境界

　　蒼虬推崇水深林茂之氣象，但反對刻意求深。刻意求深者，有時指借學問之艱深炫博爭奇，或借學問以彌補其他方面之不足，這就涉及如何評價學人之詩的問題。蒼虬在《隨筆》中借評廣雅詩說明了自己對此問題的看法：

> 文襄學贍才富，侔於紀、阮，而其詩心長語重，絕無炫耀之習。蓋其立身行己，自有壇宇，非經生博士、文人才子所可同年而語。〔註68〕

　　學人易炫博，才士易逞才，廣雅雖兼具一流學人兼才士之水平，卻未染一般學人與才士之習氣者，在於其「立身行己，自有壇宇」，即平素修養工夫日積月累自然形成的器宇格局、生命境界。此境界乃從身體力行中親身證得，故有眞實情感與眞實體悟，發之爲詩方能「心長語重」，言辭懇切且情意深長，此正廣雅較一般學人文士所不易企及處。經生炫博者食古不化，文士逞才者浮藻無根，其不能語重心長者，均由於未將學問、辭藻等與個人生命體驗水乳交融之故。由此可見，關於學問、才氣與詩歌之命題，蒼虬肯定學博而反對炫博，肯定才氣而否定逞才。他並未如其他論者那樣將詩歌分爲學人之詩、詩人之詩等不同類型，而是強調生命主體之根本地位：才也好，學也好，必與切實人生體驗相挾俱化方能爲我所用，否則反成障礙。

　　刻意求深有時還體現爲偏愛幽深詩境卻力有未逮，於是在文字表面刻琢研煉、摘異矜奇以求幽深。關於此類，蒼虬在《隨筆》中評廣雅《金陵遊覽》諸作時曰：

> 余最喜公《金陵遊覽》詩五古十四首，語語平實，筆無旁瀋，不使神通，而波瀾壯闊，意味自足。漁洋主神韻而失之空，失之弱；覃溪主肌理而索然寡味。矯兩家之失者，或又鑿深抉幽，趨於奇說，皆本領未足耳。〔註69〕

〔註68〕陳曾壽《讀廣雅堂隨筆》，《蒼虬閣詩集》外集，第411頁。
〔註69〕陳曾壽《讀廣雅堂隨筆》，《蒼虬閣詩集》外集，第431頁。

　　這段話概括了清代詩壇主要幾派的幾種流弊。所謂「漁洋主神韻
而失之空」，即針對神韻派極力追求言外韻味卻對內在意蘊有所忽略
的空疏之弊，翁方綱倡肌理說以「實」濟「空」，以義理、文理補充
漁洋「未喻神韻之全」的偏頗，卻又產生以學問甚至以考據爲詩的新
偏頗。蓋無論何種理，若不能結合內心眞實感發而出，必成理障。理
障斲喪詩歌中生動鮮活之感發生命，必難產生意味深長之審美感染
力。鍾嶸批評永嘉詩歌「理過其辭，淡乎寡味」〔註70〕，蒼虬批評「覃
溪主肌理而索然寡味」，其「理」雖有黃老與儒家之不同，因理成障
而死於句下，使作品缺乏深長意味則一也。

　　至於蒼虬所謂「矯兩家之失者」，或指清代浙派詩歌。「鑿深抉
幽，邂於奇說」之評，在明可適用於竟陵派，在清則與浙派某一部分
詩人相類。阮亭偏愛唐人興象玲瓏之韻，覃溪崇尚宋人學問入詩之
法，一虛靈、一質實而各有所偏。清代浙派自朱彝尊即兼宗唐宋，至
厲太鴻，由宋之陳與義上溯唐之王孟，「刻琢研煉，幽新雋妙」，讀書
既「搜奇騖博，鉤新摘異」〔註71〕，用典亦不免冷僻餖飣，故開浙派
深晦刻意之風，此風影響甚遠，至晚近詩壇餘波尚存。蒼虬所謂「鑿
深抉幽，邂於奇說」云云，或即指此。神韻派偏於空寂單薄，缺乏水
深林茂之氣象；肌理派偏於質實枯燥，缺乏深摯動人之情韻。浙派有
感於此，刻意求深卻流於晦。即以近代浙派代表人物沈乙庵之雅人深
致，猶不免深僻晦澀之失，他人無乙庵淵雅深沉之內質，其求深勢必
流於表面文字上的雕章琢句、鬥險爭奇。蒼虬以爲，此病與神韻、肌
理二家之失，本質上均爲作者其人「本領未足」之故。本領若足，則
如蒼虬稱美廣雅《金陵遊覽》五古所云：「語語平實，筆無旁瀋，不
使神通，而波瀾壯闊，意味自足」。

　　蒼虬論詩崇尚深味，欣賞不使神通而意味自足的「平實」之語，
反對刻意求深，尤其反對本身內心深度不夠，卻借矜奇好怪、刻意違

〔註70〕鍾嶸著，曹旭集注：《詩品集注》，第24頁。
〔註71〕錢仲聯《三百年來浙江的古典詩歌》，《夢苕盦論集》第252頁。

背常理等手段以標新立異之輩。或謂蒼虬「以後進小生，趨奇好怪」
〔註72〕，是不但不知蒼虬，亦且不知詩者也。由上引蒼虬論詩之語，
可知其所重之「深」，乃是一種因內符外、無刻意斧鑿雕琢之跡的自
然幽深之境，這正如黃山谷所謂之「平淡而山高水深」〔註73〕的境界。
值得注意的是，蒼虬嚮往平淡而深之境，然對向以平淡著稱之梅堯臣
卻有微詞。其詩話曰：

> 宛陵詩久視之不甚耐，間有異境使人尋味者，終非大
> 家。昔人云：「存古淡之味於諸大家未起之前」，可謂定評
> 矣。今人故揚之，以爲絕無僅有，只形其妄而已。宛陵寒
> 瘦生峭，其嘵嘵不止處僅能不使人厭而已。有似嚼蟹螯，
> 無長江大河、雲垂海立之觀。〔註74〕

以「古淡」有「味」論梅詩者始自歐陽修，蒼虬此處「存古淡
之味於諸大家未起之前」則引自元人龔嘯之語，龔氏曰：「去浮靡之
習於崑體極弊之際，存古淡之道於諸大家未起之先，此所以爲梅都官
詩也」〔註75〕。蒼虬引此語並易「古淡之道」爲「古淡之味」，承認
聖俞詩有味，然終不能入大家之列，其因有二：

其一，梅堯臣作詩論詩均追求平淡之境，自有意以質樸平淡矯正
當時西崑體縟麗深晦之偏。然真有深味之平淡，當如蘇軾所謂「氣象
崢嶸，五色絢爛，漸老漸熟」後所成之「平淡」〔註76〕。若未能絢爛
而求平淡，甚至刻意以平淡矯正綺麗，才脫一窠臼，又入一窠臼，矯

〔註72〕 徐英《徐澄宇論著》第一集《論近代國學》，見《蒼虬閣詩集》附錄
　　　　三，第521頁。
〔註73〕 黃庭堅《與王觀復書》：「所寄詩多佳句，猶恨雕琢功多耳。但熟觀
　　　　杜子美到夔州後古律詩，便得句法，簡易而大巧出焉。平淡而山高
　　　　水深，似欲不可企及，文章成就，更無斧鑿痕，乃爲佳作耳。」黃
　　　　庭堅著，劉琳、李勇先、王蓉貴校點：《黃庭堅全集》第二冊，成都：
　　　　四川大學出版社，2001年版，第471頁。
〔註74〕 《蒼虬詩話》手稿。
〔註75〕 見《宋詩鈔·宛陵詩鈔》，吳之振、呂留良、吳自牧選《宋詩鈔》第
　　　　一冊，北京：中華書局，1986版，第207頁。
〔註76〕 周紫芝《竹坡詩話》引東坡語，何文煥輯《歷代詩話》上冊，中華
　　　　書局，1981年版，第348頁。

枉過正，必流於枯澀。蒼虬謂聖俞詩雖有古淡之味卻「寒瘦生峭」，即有見於此。有所偏即不能得全味，錢默存謂聖俞詩「如太羹未下鹽豉」〔註77〕，「鹽豉」本為調羹之重要一味，亦旨在諷其味之寡淡單調也。

其二，如前文所謂作品韻味感發之深淺與作者胸襟格局之廣狹密切相關。以老杜深厚博大之胸襟，方有水深林茂之詩作。正如水積也厚，方可負起大舟。蒼虬謂老杜詩如「深山大澤，氣象萬千」，謂聖俞詩「似嚼蟹螯，無長江大河、雲垂海立之觀」，即有見於聖俞之胸襟格局及作品內涵氣象均不夠闊大，故其雖「間有異境使人尋味」，卻不耐久味。

由此可見，蒼虬所推崇之平淡，乃是基於深廣豐富之內涵與水深林茂之氣象，不見刻意、不事雕琢卻意味深長的平淡。故平而能深，淡而有味，平淡而山高水深。

綜上所述，蒼虬以味論詩有幾點不可忽視的意義：

一，同樣以含蓄不盡、雋永深長為「味」之主要內涵，蒼虬所賞之「味」與作者之情意心志密不可分，往往蘊含有深廣的社會內涵與深沉的人生感慨，有意無意間糾正了劉勰、鍾嶸之後以味論詩者傾向於空靈玄寂、脫離現實的偏頗。

二，蒼虬強調詩歌中的社會內涵與人生感慨，所謂「寄託深遠」者方有「不盡之味」，既與其曾祖陳沆欲以「比興之意」補救「詩教之敝」的家學傳承有關，亦與咸同以來內憂外患加劇導致的詩學整體轉向有關。然而世變刺激下的詩歌雖增加了深廣的現實內涵，卻往往由於憂憤之深而激切抗烈、指斥無遺，從而失去宛轉深長的言外之味〔註78〕。故蒼虬以「深婉」而言「味」，有對當時詩壇流弊的現實針對意義。

〔註77〕錢鍾書《談藝錄》，北京：中華書局1993年版，第166頁。
〔註78〕按，此即散原《蒼虬閣詩集序》中所謂「拔刀亡命之氣」與蒼虬所謂「近代浮囂習氣」。《蒼虬詩話》曾舉江夏楊致存《睫庵詩》中挽關季華詩為例，認為其詩「無近代浮囂習氣」，「佳處所在，不易指名」，故為「有味」之作。

　　三，蒼虯所謂「深婉有味」之作，是深微之用意與婉曲之表達的統一。蒼虯論詩兼顧內外表裏，尤重主體之氣象格局：作者先須有水深林茂之氣象，作品方能達到平淡而山高水深的境界，所謂雅人深致、深人無淺語是也；否則，無論刻意求深、求婉還是求言外之味，皆不能得眞味全味。蒼虯論詩，往往在內外本末一以貫之的基礎上強調主體之根柢的重要，惟其如此，方能自轉法華而不爲法華所轉。這與他不限新舊、不拘門派的詩學取徑相類似，均是其本人中道圓融之思想的不同表現。

第四章　陳曾壽的詩歌淵源

　　「前水復後水，古今相續流」（李白《古風》），任何一位有獨特成就的詩人，其成就往往建立在對前人廣泛繼承的基礎上。正如江河，納上流諸源而成此流，此水繼續奔流而成為下游之源。故欲論其詩，必溯源流。由於詩歌創作活動之精微繁複，牽涉廣泛，繼承必然多端且多元。尤其是處於中國古典詩歌鏈條末端的晚近詩人，其詩歌淵源一般較前代詩人更為複雜。作為晚近詩壇頗具開放胸襟的陳曾壽，其詩歌淵源宜從多層面來討論。茲擬先結合他人對蒼虬詩淵源之概括與蒼虬對個人師承方面之夫子自道，總述其詩歌淵源之複雜多端，再分論蒼虬對各家繼承的側重點及內在原因。

第一節　「轉益多師是汝師」──陳曾壽詩歌淵源的開放性與複雜性

一、他人論蒼虬閣詩之淵源

　　雖然具體說法不同，但蒼虬同時論者均道出其轉益多師的特點。最知蒼虬其人其詩者莫如散原，散原序蒼虬詩曰：

　　　　嘗論古昔丁亂亡之作者，無拔刀亡命之氣，惟陶潛、韓偓，次之元好問。仁先格異而意度差相比，所謂志深而味隱者耶？〔註1〕

─────────────

〔註1〕見陳三立《蒼虬閣詩集序》，《蒼虬閣詩集》附錄二，第487頁。

此處指出蒼虬與陶潛、韓偓、元好問等人之詩在「意度」上均有深隱的特點，這屬於有別於「格」似的更爲內在的相通。

但散原並未明言蒼虬詩法以上三家，更不認爲蒼虬僅爲此三家所限，在評點具體作品時，散原又有以下評價：

《紀夢》：景氣迷離，意緒紛披，欲追杜公擬古樂府之作。

《淚》：刳肝別髓，其眞摯超妙處，持較玉溪，似當過之。

《乙丑二月赴行在所寓浪公齋中海棠二盆盛開》及《春盡日薔薇花下作》：二律出入玉溪、冬郎之間。

《小樓十首》：十詩氣逸格渾，於後山爲近。

《問散原老人疾》：沉思孤往似晞髮。

《感憤》：眞氣鬱勃，稍近劍南而擁簡齋。

《謝陟甫饋蒸鴨》：用禪理，與坡公所寄微異，愈覺義新而語摯。

《冬夜雜述》：十首格律，仍如黃、陳之效杜，而別有精勝。

《題曹靖陶看雲樓覓句圖》：意境獨接涪翁。

《忠樟行》：沉鬱頓挫，寄慨深至，乃得杜骨。〔註2〕

以上所論中，散原又指出蒼虬詩與杜甫、李商隱、蘇軾、黃庭堅、陳師道、陳與義、陸游、謝翱等人在不同側面的相似性。

作爲晚近詩壇論詩的巨擘，陳衍也對蒼虬詩歌之淵源多有論及，他主要在蒼虬詩風前後之異中溯其師法，指出蒼虬學詩宗尙由漢魏而入唐宋的變化。《石遺室詩話》曰：

陳仁先爲太初先生曾孫，詩學自有淵源。初相見於武昌兩湖書院梁節菴山長座上。……出其所作，則皆抗希《騷》《選》，唐以下若無足留意者。……自是相見不言詩者數

〔註2〕以上均見陳三立手批《蒼虬閣詩鈔》。

年，別去不相見者又數年。丁未余入都，君已中甲科，官
刑部，調學部。聞余至，約遊棗花寺觀牡丹。稍談詩，知
常與周少樸樹模、左笏卿紹佐兩侍御倡和，所祈嚮乃在昌黎、
義山、荊公、山谷，大異昔日宗旨。〔註3〕

類似之意在1912年陳衍爲《蒼虬閣詩存》所寫序中也曾言及：

初爲漢魏六朝，筆力瘦遠，余慮其矜嚴，而可言者寡
也，意有不足。別去四五年，相見京師，出所作一二百篇，
無以識其爲仁先之詩，韓之豪、李之婉、王之道、黃之嚴，
詩中自道所祈嚮者，皆向所矜愼而不敢遽即者也。〔註4〕

在陳衍看來，蒼虬學詩之最初祈嚮乃在楚騷與文選。中進士入
京爲官後，與都中名流周樹模、左紹佐等人唱和的幾年中發生了變
化，轉而兼採唐宋諸家之長，尤其是唐之韓愈、李商隱與宋之王安石、
黃庭堅。其實，所謂「韓之豪、李之婉、王之遒、黃之嚴」的概括原
出自蒼虬自己的一首詩：

河伯乍驚身一蠡，十度眞成九度休。平生所負忽失據，
別有窺見無由求。要自黃嚴入韓豪，更參李婉調王遒。〔註5〕

蒼虬在該詩中自道學詩祈嚮發生變化的原因：正因與左、周二
人的過從使他認識到此前創作的侷限，於是打破藩籬，將師法對象拓
展到唐宋名家的範圍。可見，上引陳衍兩段評論，乃是他對蒼虬所自
道之轉變過程的一種會心的認可。不過，這兩段評論均爲陳衍對蒼虬
辛亥前詩作的認識。待清亡後二人於滬上重逢，蒼虬將新增作品與舊
作一併呈與陳衍過目時，他又論曰：

仁先此數冊，伯嚴、蘇堪、子培、確士、少樸、樊山
諸君各有評語。余謂以韓、黃之筆力，寫陶、杜之心思焉
耳。〔註6〕

這次陳衍在前面所提到的四人之外又增加了陶潛和杜甫。而且他

〔註3〕陳衍《石遺室詩話》，卷三，第45頁。
〔註4〕《蒼虬閣詩集》附錄二，第493頁。
〔註5〕陳曾壽《和左笏卿丈並簡泊園丈》，《蒼虬閣詩集》卷一，第5頁。
〔註6〕陳衍《石遺室詩話》卷二十五，第391頁。

認爲，蒼虬師法前人的側重點不同，有「筆力」與更內在的「心思」之別。

汪辟疆論蒼虬詩歌淵源曰：

> 中年以後，取韻於玉谿、玉樵，取格於昌黎、東坡、半山。晚年身世，又與王官谷、野史亭爲近。〔註7〕

又曰：

> （剛甫、晦聞）二家皆於玉谿致力甚深，而參以后山孤往之境，亦韶令，亦堅蒼，異乎明清間之宗溫、李者也。陳仁先亦從李出，但以寢饋杜、韓、王、蘇，詩境益拓，視二家爲大。〔註8〕

以上諸家大多爲散原及石遺所提及，唯以司空圖與元好問擬之，取遺民身世之相類，非言蒼虬詩取徑於二人也。

胡先驌曾撰長文論蒼虬閣詩，謂蒼虬「學黃、陳而不爲黃、陳門戶所限」，又謂蒼虬詩「宗後山」，「（七絕）高秀處往往逼似王半山」〔註9〕，並舉具體詩例爲證，所論尤詳。此外，陳祖壬謂蒼虬詩「出入玉谿、多郎、荊公、山谷、後山諸家，以上窺陶、杜」〔註10〕，錢仲聯謂蒼虬詩「獨能以玉溪之神，兼韓、黃之骨，」〔註11〕亦大體不出前人所論之範圍。

以上諸論之外，陳寶琛《奉題蒼虬閣詩卷》詩曰：「束髮傾心簡學齋，三傳晚更見倫魁」，弢庵特別強調了蒼虬詩與其高祖陳沆《簡學齋詩》的淵源。這種一脈相承的關係，在蒼虬三弟陳曾矩的《蒼虬閣詩集跋》一文中表達得更爲細緻：

> 夫居今日，而視嘉、道盛時，誠邈然其不相接，然襟抱之所存，流風之所被，根於性靈，貞於學術，一脈相傳而未替者，猶是志也。然則兄詩之於簡學齋，雖正變不同，

〔註7〕汪辟疆《光宣詩壇點將錄》，《汪辟疆文集》，第 342 頁。
〔註8〕汪辟疆《題蟄庵詩存卷首》，《汪辟疆文集》，第 640 頁。
〔註9〕《胡先驌詩文集》下冊，第 458、469 頁。
〔註10〕陳祖壬《蒼虬閣詩集序》，《蒼虬閣詩集》附錄二，第 490 頁。
〔註11〕錢仲聯《近百年詩壇點將錄》，《夢苕盦論集》第 362 頁。

　　而淵源固有所自也歟。〔註12〕

二、陳曾壽自道學詩宗尚

　　今所見蒼虬集中第一首詩始於 1905 年乙巳，此時已開始兼採唐宋，更早專宗騷選階段的作品幾乎未收入。其自道祈嚮，也以唐宋諸家爲主。

　　對於唐人，前引「要自黃嚴入韓豪，更參李婉調王遒」二句中已經提到韓愈和李商隱，此外，他還在詩中明確流露過對韓偓的偏愛，如：

　　　　詩中尤物成雙絕，惟有冬郎及玉谿。癖愛神交相感應，
　　故應往往亦悽悽。〔註13〕

　　　　爲愛冬郎絕妙詞，平生不薄晚唐詩。〔註14〕

　　對於宋人，他明確提及爲自己師法企慕的對象的主要有黃山谷、陳師道及陳與義，如：

　　　　學詩作黃語，學道執黃戒。〔註15〕

　　　　人間第一一峰畫，天下無雙雙井詩。顧我蹉跎衰白候，
　　強希衣鉢二黃師。〔註16〕

　　在《讀廣雅堂隨筆》中，蒼虬特舉與自己有關的一件舊事，來說明張之洞對黃山谷雖「不甚喜」卻仍有所取的態度，其中也提到自己對山谷的學習：

　　　　陳弢庵先生入都，問近日都中能詩者，公首舉賤名以
　　對。子，固學山谷者也。

〔註12〕陳曾矩《蒼虬閣詩集跋》，《蒼虬閣詩集》附錄二，第 498 頁。
〔註13〕陳曾壽《尤物》，《蒼虬閣詩集》續集卷上，第 315 頁。
〔註14〕陳曾壽《秋夜對瓶荷一枝雨聲淙淙偶題冬郎小像二首》其一，《蒼虬閣詩集》卷五，第 159 頁。
〔註15〕陳曾壽《讀山谷忍持芭蕉身多負牛羊債詩句有所感用其韻爲十詩》其十，《蒼虬閣詩集》卷一，第 7 頁。
〔註16〕陳曾壽《子詩學山谷畫師子久兩事皆不成戲成此作》，《蒼虬閣詩集》卷八，第 234 頁。

黃山谷之外，蒼虬也曾言及對「二陳」——陳師道與陳與義的宗尚，如：

> 深吸西江得我師，二陳鬱鬱各嶔崎。〔註17〕

> 開卷久逾親，晚交惟二陳。待分一滴水，已負百年身。〔註18〕

前一首為和周梅泉之作，梅泉原作中將後山與簡齋並舉以自況；後一首則由蔣國榜刊刻《簡齋集》相贈而發，故蒼虬將「二陳」——陳師道和陳與義並歸為自己師法的對象，似乎不分輕重。其實不然，他在另一首詩中，則將二陳分開來說：

> 我拾後山餘，君痼簡齋深。〔註19〕

雖然二陳對蒼虬均有影響，然而程度不同。相對致力於簡齋詩甚深之俞明震而言，自己顯然更偏重後山。這一點也得到胡先驌的認同，胡氏在《評陳仁先〈蒼虬閣詩存〉》一文中說：「近人為宋詩者，誰復為《遊仙》、《落花》諸題？不謂宗後山如蒼虬閣者乃優為之。」又云：「其自謂拾後山之餘，此其所以為後山歟？」胡氏「拾後山之餘」〔註20〕云云，自是針對上引蒼虬輓舸庵詩而發。

以上僅為蒼虬自己明確提到的學詩祈嚮，大多由某種因緣觸發，偶然道及，當然不足以概括其全部淵源。若想更全面的分析，還須借鑒前文所述他人評價，並結合蒼虬自己的具體作品來看。不過，綜合以上諸家所論及蒼虬自道的淵源，仍可看出蒼虬學詩博採眾家的特點。

三、陳曾壽詩歌淵源的開放性與複雜性

若聯繫晚近詩壇整體風貌，亦可發現蒼虬閣詩之淵源的開放性與複雜性。

〔註17〕陳曾壽《梅泉五十初度有詩及後山簡齋自抒身世之感屬和》，《蒼虬閣詩集》卷六，第170頁。

〔註18〕陳曾壽《蔣蘇堪新刊簡齋集見贈》，《蒼虬閣詩集》卷四，第154頁。

〔註19〕陳曾壽《舸庵先生輓詩》其二，《蒼虬閣詩集》卷三，第117頁。

〔註20〕《胡先驌詩文集》，下冊，第458頁。

　　晚清民國詩壇流派紛呈，蔚爲大觀。以宗尙及淵源來大致劃分，
有出入兩宋並以瓣香北宋爲主的同光體，以陳三立、鄭孝胥、沈曾植
爲代表；有主張由漢魏六朝而上窺風騷，所謂「騷心選理」〔註21〕的
所謂「漢魏六朝派」，以王闓運爲代表；有主張「宋意入唐格」〔註22〕，
調和折衷、唐宋兼採的所謂「河北派」，以張之洞爲代表；張氏門下
樊增祥與易順鼎羽翼之而尤偏重於中晚唐之元白溫李諸家，拓爲華贍
豐美的所謂「中晚唐派」；汪榮寶、曾廣鈞等人尙西崑而宗義山，或
稱之爲「西崑派」；此外，黃遵憲、蔣智由、譚嗣同等所謂「詩界革
命派」求新求變，不傍古人，力求以新事物入詩而造出新意境，此爲
別調；南社組織龐大，成員眾多，其領導柳亞子、陳去病等人雖以倡
「唐音」而對抗同光體之「宋調」，其社中成員則有宗唐與宗宋兩派，
聚訟紛紜，莫衷一是。而諸多派別中名家輩出、整體水平最高、儼然
宗主地位的，乃是以宗宋爲主的同光體。蒼虬雖一直以來多被列入同
光體代表詩人之一，其本人平生交遊密切者亦多爲同光體諸家，然若
就其整體創作歷程與具體作品來看，自騷選而入唐宋，潛心唐宋之後
仍不廢騷心選理，兼收並蓄，不主故常，顯然又非同光體所能概括，
而一以貫之的則是敞開胸襟、虛心學習的態度，是爲其開放性。

　　晚近詩人學習前人，所面對的可供借鑒之歷史資源極其豐厚。以
詩騷爲源頭，歷經漢魏六朝至於唐宋金元再至於明清，可謂源遠流
長。因此，從整體上看，晚近詩人的詩歌淵源必然較前代詩人更爲複
雜：有遠源，有近源；有直接淵源，有間接淵源；有遣詞句法等形式
方面的借鑒，亦有異代相感之心靈本質的契合，而這些因素多交織在
一起，往往呈立體交織的網狀結構。蒼虬是晚近詩人中去世較晚的一
位，一般被論者視爲繼散原、海藏之後的「同光體後勁」，他所面對
的不但有兩千多年的詩歌傳統，也有同時代諸家的優秀篇章，可資借

〔註21〕錢萼孫《近代詩評》，《學衡》1926 年第 52 期。
〔註22〕張之洞《四生哀》其四《蘄水范昌棣》詩曰：「平生詩才尤殊絕，能
　　　　將宋意入唐格」，《張之洞詩文集》卷二，第 44 頁。

鑒的資源本已十分豐富，而蒼虬詩歌淵源的開放性也必然增加其淵源的複雜性，這也是若按淵源劃分，蒼虬閣詩很難歸入晚近詩壇任何一派的緣故。

第二節　陳曾壽對前代諸家的承傳

　　蒼虬閣詩淵源雖複雜，卻仍可結合上引各家評價及蒼虬具體詩作來綜合分析，茲以時間爲序分別來看蒼虬詩與歷代諸家的關聯。

一、「終古芳香託楚辭」──蒼虬閣詩與楚辭的關聯

　　地域文化影響該地域之人物個性氣質的養成，受該文化影響而養成的個性氣質反過來又必有助於該地域之人進一步理解該地域文化的精神本質。蒼虬生長於楚地，浸淫於楚文化既久，楚辭成爲其最原初的詩學基因〔註 23〕。陳衍謂蒼虬早年所作「皆抗希《騷》《選》」，即看到這種淵源與承傳。蒼虬與屈子及楚辭之間的關聯主要可從三方面來看：

　　其一，情深而烈是從屈子到蒼虬一脈相承的個性特徵，九死未悔的深摯之情是從楚辭到蒼虬閣詩一以貫之的精神本質。梁啓超認爲「極高寒的理想」與「極熱烈的感情」是屈子人格中「兩種矛盾原素」〔註 24〕，竊以爲這種「極熱烈的感情」似包含有水與火兩種特質：爲理想殉身而九死無悔，不惜以「焚燒一己生命靈魂」之代價去成就所愛〔註 25〕，如火之熾熱；爲情執所苦而不能自遣，一往而深，不絕如縷，千回百轉，如水之潺湲。體現於作品，屈子激烈處常因無可忍而出激憤決絕之語，如《離騷》所謂「寧溘死以流亡兮，余不忍爲此態

〔註 23〕朱興和認爲：蒼虬曾祖陳沆與楚辭爲蒼虬詩學「兩個初始性的淵源」。見《現代中國的斯文骨肉──超社逸社詩人群體研究》，第 292 頁。
〔註 24〕梁啓超《屈原研究》，《飲冰室合集·文集之三十九》，北京：中華書局，1989 年影印版，第 55 頁。
〔註 25〕胡曉明《屈子之自沉心事及其文化意蘊》《詩與文化心靈》，北京：中華書局，2006 年版，第 56 頁。

也」、「懷朕情而不發兮，余焉能忍而與此終古」等等，熾如噴薄之岩漿，毫無妥協之餘地；同時，屈子又柔情似水，極善寫纏綿往復、似往已迴之情，如《離騷》之「余固知謇謇之爲患兮，忍而不能捨也」，《九歌・湘君》之「橫流涕兮潺湲，隱思君兮悱惻」。屈子極善寫各種情態之哭泣，甚至將「哭」作爲「靈性生命的本質」〔註26〕來寫。蒼虯之深情實亦包含有水與火兩種特質：人謂其復辟失敗後失志佗傺，絕意自放，「然而逢故舊知友，未嘗不披肝膽以相示，燈夜聚談，其聲往往震櫺瓦。狂歌哭笑，見者莫不詫其哀樂之深」〔註27〕，其詩雖以「志深味隱」著稱，然時亦有慷慨激烈、難以遏抑之孤憤，是其熾烈如火之一面；然其更多作品則悱惻纏綿，如迴腸九曲。蒼虯亦極善寫淚，所謂「萬幻猶餘淚是眞，輕彈能濕大千塵」〔註28〕、「白月能知悄悄心，萬端一淚去來今」〔註29〕，直似將淚提升到情本體的高度。蒼虯用情深沉而剛烈的個性雖與屈子息息相通，然而總體來看，又較屈子更爲含斂，理性反省的成份也更多一些，屈子常言「不忍」〔註30〕而蒼虯多言「隱忍」〔註31〕，雖處極悲涼之境而不肯輕彈一滴淚〔註32〕，其動心忍性工夫可見一斑。而屈子最終以一死之決絕以殉平生理想，是其激烈本即過於蒼虯也。

其二，「屈平詞賦懸日月，楚王臺榭空山丘」（李白《江上吟》），屈子「志潔」「行廉」、「泥而不滓」、「死而不容自疏」〔註33〕的精神

〔註26〕胡曉明《屈子之自沉心事及其文化意蘊》，《詩與文化心靈》，第 57 頁。

〔註27〕龔鵬程《近代詩家敘論五種》，《讀詩隅記》，第 324 頁。

〔註28〕陳曾壽《淚擬義山》，《蒼虯閣詩集》卷五，第 160 頁。

〔註29〕陳曾壽《同惜仲夜話》，《蒼虯閣詩集》卷四，第 149 頁。

〔註30〕如上文所引《離騷》二句：「寧溘死以流亡兮，余不忍爲此態也」、「懷朕情而不發兮，余焉能忍而與此終古」，即皆有忍無可忍之意。

〔註31〕如《落花十首》其六：「隱忍風前笑不成」；《李鄴侯》：「隱忍復隱忍，眾情安可量」；《除夕感憤》：「隱忍十年事，倉皇五國行」。分別見《蒼虯閣詩集》第 108、242、328 頁。

〔註32〕據蒼虯親族回憶如此。

〔註33〕司馬遷《史記》卷八十四《屈原賈生列傳》。北京：中華書局 1959 年版，第 2482 頁。

垂範後世，衣被詞人，歷久彌新。蒼虹作爲楚人，受此精神感化之深更是不言可喻。早年乘舟赴長沙，他將眼前煙波浩渺的「湘水」直呼爲「屈原水」〔註34〕——兩千多年的歲月瞬間以一水貫通，因之得與先賢精魂相接，自豪感與使命感油然而生；丁巳復辟時與遜帝在舊京的短暫遇合使他感念至深，復辟失敗後回到江南，絕意以遺民終老，自放於山水間，有「願隨李廣近要離，生死茫茫兩不知。便赴湘流了無憾，靈均曾記目成時」〔註35〕之詩，蓋因個人經歷而聯想到屈子曾得懷王一日之知遇，益堅其與遜清生死與共之念也；在長春，他試圖與虎謀皮，爲「滿洲國」爭取所謂「主權」，又唯恐遜帝爲媚日求榮者左右視聽，有「王明能受福，淒絕楚騷吟」〔註36〕之歎，亦是由個人經歷聯想到屈原受姦佞離間而被懷王疏遠的故實；他多次借用《九章‧抽思》中「九逝」一詞寫自己屢受挫折憂思難安的內心〔註37〕；他感慨人間繁冤無處可避，常以自己未能身殉故國而感覺有愧於自沉湘流的屈子〔註38〕。在其一生中，屈子「可與日月爭光」的人格魅力始終影響著他，成爲其精神源泉、信念支撐乃至於人格參照。

〔註34〕陳曾壽《乙巳二月赴湘長沙湘陰武岡爲先高祖金門公舊治遺愛在民至今父老猶能言之時先曾祖秋舫公官京朝常忽忽不樂明發之懷形諸篇什舟夜不寐感懷先德夢中得長歌明發篇浩歎京國年十字醒成之》詩有「浮天屈原水，浩蕩孤舟前」之句。《蒼虹閣詩集》卷一，第1頁。

〔註35〕陳曾壽《湖上雜詩》其七，《蒼虹閣詩集》卷三，第98頁。

〔註36〕陳曾壽《豎子》，陳曾壽、陳曾矩《局外局中人記》，《蒼虹閣詩集》附錄一，第468頁。

〔註37〕如《宿州道中》：「蕭條徐泗漫經過，九逝英魂一蕩摩」；《樟亭小集同惜仲同年作》：「九逝春心傷去住，無邊花事付沉吟」；《九逝》：「八風凌殣不到處，九逝蹉跎餘此心」；《八月余送亡室柩至舊京獲見散原先生年八十有二別六年所矣君任北遊已倦將南歸聞余來止不行伯夔自上海扶病來會立之亦自津來文酒過從無虛日數年來不易得之會合也雨夜不寐感賦一首呈散原先生並邀諸君子和》：「雨風故故重陽節，尊酒難迴九逝魂」等。見《蒼虹閣詩集》第70、220、239頁。《樟亭小集同惜仲同年作》見《東方雜誌》1920年第17卷第9期。

〔註38〕陳曾壽《繁冤》詩曰：「人間何處避繁冤，獨愧沉江屈子魂」，陳曾壽、陳曾矩《局外局中人記》，《蒼虹閣詩集》附錄一，第468頁。

　　其三，屈子在吸收楚地民間文化基礎上創造出「香草美人」的詩歌象喻傳統，芬芳悱惻，對後世詩人影響至爲深遠。《史記・屈原賈生列傳》中謂屈子「其志潔，故其稱物芳」；蒼虬平生愛花，葉恭綽謂其「芳潔之懷，上通騷雅」〔註39〕，即看到蒼虬對楚辭精神的傳承。「終古芳香託楚辭」〔註40〕，蒼虬將自己的芳潔之懷投入到自然中所對應的芳潔之物——「花」上，寫有大量詠花詩，不但上接《楚辭》中以「芳物」喻「潔志」的傳統，而且超越了王逸《離騷經序》中對「香草美人」所作的政治詮釋範圍〔註41〕，與更深廣的人生感慨以及理想追求相融互滲而不可分，這是對楚辭「香草美人」傳統的進一步發展。

二、陳曾壽與陶潛

　　關於蒼虬與淵明之間的淵源，陳衍謂其「以韓、黄之筆力，寫陶、杜之心思」；鄭孝胥謂其「哀樂過人，加以刻意。」〔註42〕；陳祖壬謂其「上窺陶、杜」〔註43〕，大多著眼於內在方面，看到二人心靈本質原有相通之處。對於蒼虬與淵明的關聯，張寅彭先生說得更爲具體，他認爲蒼虬詩具有「極其濃重的陶淵明的色彩」，不僅由於蒼虬本人的「直接的表白」、蒼虬對「菊」意象的「醉心營造」以及蒼虬「愛作五古」且「遣詞大有直樸之風」等顯而易見的方面，更在於蒼虬閣詩所表現出來的「整體生活處境、立身原則和思想趣味，始終都與陶淵明十分相似」。進一步講：清亡後的抉擇以及對「餘生之路

<hr>

〔註39〕《廣篋中詞》《八聲甘州・慰歸來》一詞評語，葉恭綽《廣篋中詞》，民國二十四年（1935）番禺葉氏鉛印本卷三。

〔註40〕陳曾壽《題心畬秋園雜卉冊子》其三，《蒼虬閣詩集》卷九，第244頁。

〔註41〕王逸所謂「《離騷》之文，依《詩》取興，引類譬諭，故善鳥香草，以配忠貞；惡禽臭物，以比讒佞；靈脩美人，以媲於君；宓妃佚女，以譬賢臣；虯龍鸞鳳，以託君子；飄風雲霓，以爲小人」等等，均爲政治喻託。見洪興祖《楚辭補注》，北京：中華書局1983年版，第2～3頁。

〔註42〕陳衍《石遺室詩話》卷二十五，第391頁。

〔註43〕陳祖壬《蒼虬閣詩集序》，《蒼虬閣詩集》附錄二，第490頁。

徑」的規劃是蒼虬之「生活處境、思想原則和趣味能夠與陶淵明相近的根本原因」,「卜居南湖」則使他得以擁有「『陶』式生活的基本物質條件」,而「來自於農家生活的物象」、「對於庶民生活的眞誠嚮往之情」以及「淡而實濃的黍離之憂」,爲二人所共同具備。同時張先生還指出蒼虬詠菊較之淵明「顯然並不蘊藉,他不能自已地將淵明潛藏的激越之志予以外化了」〔註44〕。凡此諸說,皆爲有得之言。

(一)蒼虬與淵明息息相通之處

個人以爲,蒼虬之同於淵明者,一在於精神本質之相通,一在於生平遭際之共鳴。

精神本質方面,二人均重內輕外、重本輕末,具有狷介的個性與固窮的操守,因而往往能體驗到超越世俗的物外之樂。

重本者反對心爲形役,必然有所不爲,故二人均有狷介的個性。淵明不堪官場之污濁,「遂盡介然分,拂衣歸田里」〔註45〕。蒼虬雖未如淵明那樣主動退出官場,然居廟堂而每有江湖之思,如「懷歸不得歸,貧仕祇益貧」〔註46〕,「安能荷鴉嘴,退息南山根」〔註47〕等等均流露出隱逸之懷;淵明「不戚戚於貧賤,不汲汲於富貴」〔註48〕,蒼虬曰「誰懷汲汲志,既晚無用好」〔註49〕,其早年雖被「公卿大臣」所器重,卻並無「甘利達、樂高職」之意,是以陳衍謂其「嗜好之異於眾」,胡先驌曾舉蒼虬詠菊詩「相賞必至精,愛極反成狷。落落隱逸圖,凜凜獨行傳」幾句,以爲可視作蒼虬其人其詩之「寫照」,則其狷介之本性亦如淵明也。

重本者爲了守護初心本懷,往往不得不犧牲世俗利益,因此需要有固窮的操守方可達成自己的理想。故淵明曰「先師有遺訓,憂

〔註44〕見《蒼虬閣詩集‧前言》,第8～13頁。
〔註45〕陶淵明《飲酒二十首》其十九,袁行霈撰《陶淵明集箋注》,第278頁。
〔註46〕陳曾壽《種菊同苕雪治蓴作》其一,《蒼虬閣詩集》卷一,第20頁。
〔註47〕陳曾壽《種菊同苕雪治蓴作》其四,《蒼虬閣詩集》卷一,第21頁。
〔註48〕陶淵明《五柳先生傳》,《陶淵明集箋注》,第502頁。
〔註49〕陳曾壽《種菊同苕雪治蓴作》其二,《蒼虬閣詩集》卷一,第20頁。

道不憂貧」〔註50〕，「草廬寄窮巷，甘以辭華軒」〔註51〕，蒼虬曰「閉門自成世，此花宜賤貧」〔註52〕，均流露出對自我選擇的甘心與坦然。

　　若果然能堅守內心之道而戰勝世俗之欲，世俗意義上的利害得失即不足以攖其心而役其身，於是便可超越世網羈絆而體驗到世網中人難以企及的物外之樂，在此自性之光燭照下，尋常事物亦別具異彩而呈現出詩意光輝，日常生活亦詩化爲藝術生活而平添別樣趣味，所謂無入而不自得也。淵明寫鄉居鄰里過從之樂，曰「相見無雜言，但道桑麻長」〔註53〕，蒼虬寫與朋輩種菊之樂，曰「一秋無雜言，花事徒津津」〔註54〕，人情之厚猶如醇酒；同寫得意忘言的物外之樂，淵明曰「此中有眞意，欲辯已忘言」〔註55〕、「俯仰終宇宙，不樂復何如」〔註56〕，蒼虬曰「心省不能言，此妙無人知」〔註57〕、「物外有日月，得意爲我辰」〔註58〕，均非世俗之人可以夢見。

　　精神本質相通之外，蒼虬與淵明之生平遭際亦有相似處。二人均歷易代之交，故作品中皆體現出程度不同的滄桑之慨以及關於個人出處進退的思考。反思個人出處者，如淵明《詠貧士七首》其一曰：「萬族各有託，孤雲獨無依。曖曖空中滅，何時見餘暉」〔註59〕；又《於王撫軍座送客》曰：「寒氣冒山澤，遊雲倏無依……逝止判殊路，旋駕悵遲遲」〔註60〕，湯東澗謂前首曰：「孤雲倦翮以興，舉世皆依乘風雲而已。獨無攀援飛翻之志，寧忍飢寒以守志節，縱無知此意者，

〔註50〕陶潛《癸卯歲始春懷古田舍二首》其二，《陶淵明集箋注》，第203頁。
〔註51〕陶潛《戊申歲六月中遇火一首》，《陶淵明集箋注》，第219頁。
〔註52〕陳曾壽《述菊》其五，《蒼虬閣詩集》卷二，第43頁。
〔註53〕陶潛《歸園田居六首》其二，《陶淵明集箋注》，第83頁。
〔註54〕陳曾壽《種菊同苕雪治薾作》其一，《蒼虬閣詩集》卷一，第20頁。
〔註55〕陶潛《飲酒二十首》其五，《陶淵明集箋注》，第247頁。
〔註56〕陶潛《讀山海經十三首》其一，《陶淵明集箋注》，第393頁。
〔註57〕陳曾壽《種菊同苕雪治薾作》其五，《蒼虬閣詩集》卷一，第21頁。
〔註58〕陳曾壽《述菊》其五，《蒼虬閣詩集》卷二，第43頁。
〔註59〕《陶淵明集箋注》，第364頁。
〔註60〕《陶淵明集箋注》，第150～151頁。

亦不足悲也」﹝註61﹞，可見寫景中實流露出淵明對個人出處的反思。蒼虬《述菊》其五曰：「靄靄天中暉，孤雲難爲鄰。逝止有殊勢，浮世多苦辛」﹝註62﹞，無論遣詞還是意象均與上引陶詩極爲相似。再如淵明《擬古九首》其六曰：「行行停出門，還坐更自思。不怨道里長，但畏人我欺。萬一不合意，永爲世笑嗤」﹝註63﹞。蒼虬《述菊》其一曰：「永畏世笑嗤，淒其望彭澤」﹝註64﹞；《茗雪與覺先弟先後寄菊數十種日涉小園聊復成詠》其四曰：「出爲一大事，甘此詩酒放」﹝註65﹞，亦當與對出處進退的思考有關。流露滄桑之慨者，如淵明《擬古九首》其九曰：「種桑長江邊，三年望當採。枝條始欲茂，忽値山河改」，其中似蘊含有所謂「業成志樹，而時代遷革，不復可騁」﹝註66﹞的悲哀；蒼虬《詠懷》其二曰：「翳翳園中桑，過夏無人採。夕陽黯平蕪，輕筥將何待」，該詩寫於清亡後的 1912 年，其中情感亦與上引陶詩極爲類似。

（二）蒼虬與淵明詩歌之異

由此可知，蒼虬無論在精神本質還是生平遭際方面，均與淵明有不少相通之處，其五古尤其是詠菊及隱逸閒居等題材的五古在遣詞造句等方面對陶詩亦多有借鑒，這些正是論者認爲他近陶的主要原因。但二人之作畢竟頗爲不同，即使那些有明顯「效陶」痕跡的作品亦可看出蒼虬自家的面貌，主要表現爲：

語言方面，淵明詩「豪華落盡見眞淳」，簡淨質樸，雖素中寓絢，質中含綺，然所表現出的面貌則如「日光七彩之融爲一白」﹝註67﹞的

﹝註61﹞陶潛著，龔斌校箋《陶淵明集校箋》，上海：上海古籍出版社 1996年版，第 313 頁。
﹝註62﹞《蒼虬閣詩集》卷二，第 43 頁。
﹝註63﹞《陶淵明集箋注》，第 330 頁。
﹝註64﹞《蒼虬閣詩集》卷二，第 42 頁。
﹝註65﹞《蒼虬閣詩集》卷二，第 51 頁。
﹝註66﹞《陶淵明集箋注》，第 336～337 頁。
﹝註67﹞葉嘉瑩《從「豪華落盡見眞淳」論陶淵明之「任眞」與「固窮」》，《迦陵文集》第三卷《迦陵論詩叢稿》，河北教育出版社 1997 年版，第 148 頁。

融貫與精純；蒼虬詩「香色有情甘住著」〔註68〕，素與絢、質與綺、一白與七彩妙色紛呈，形神兼備，故蒼虬雖未嘗刻意於藻繪雕飾，然其語言總體上仍較淵明詩更爲綺麗。即以寫菊爲例，淵明寫菊極少言及菊之狀貌，或曰：「秋菊有佳色，裛露掇其英。汎此忘憂物，遠我遺世情」〔註69〕，或曰：「芳菊開林耀，青松冠巖列。懷此貞秀姿，卓爲霜下傑」〔註70〕，狀其色但曰「佳色」而已，側重處乃在菊之可使人遺世忘憂的功用以及艱貞傲霜的品質。蒼虬寫菊，則於形貌神韻均刻畫精微，或曰：「春花態多方，維菊實兼之。吐納九秋精，變化絕思維。衣白與衣黃，灑落天人姿。入道初洗紅，連娟青蛾眉。繽紛天女花，微笑難通辭。亦現莊嚴身，獅象千威儀。頗疑造物巧，意欲窮般倕。得非騷賦魂，摶化爲此奇」〔註71〕，或曰「三春復一蘤，九秋蘊一葩。陶醉有時醒，屈飢豈無涯。秋心忽蕩漾，跨鳳儵如麻。一笑睇靈修，玉宇明朝霞。願爲廣長舌，遍向人天誇」〔註72〕：既有個體特寫，又有群像刻畫，不但描摹菊之色彩狀貌盡態極妍，而且賦予菊不同個性氣質的人格想像，而蒼虬之麗澤不同於淵明之簡素可知矣。

　　情感及風格方面，淵明知止守分的智慧與安貧樂道的修養自然而然流露於外，其詩大多天機和暢，靜穆悠遠。雖因憂生憂世的仁者襟懷與志不獲騁的理想失落而使其作品時亦雜有悲涼慷慨、曲折激蕩之音，然淵明終能擺脫人生種種矛盾困惑，「在精神與生活兩方面都找到了足可以託身不移的止泊之所」〔註73〕，故其作品總體上呈現爲沖夷平淡的風格，前人無論謂之「古今隱逸詩人之宗」〔註74〕還是「開

〔註68〕陳曾壽《落花十首》其五，《蒼虬閣詩集》卷三，第107頁。
〔註69〕陶潛《飲酒十二首》其七，《陶淵明集箋注》，第252頁。
〔註70〕陶潛《和郭主簿二首》其二，《陶淵明集箋注》，第147～148頁。
〔註71〕陳曾壽《種菊同苦雪治蘚作》其五，《蒼虬閣詩集》卷一，第21頁。
〔註72〕陳曾壽《洗心閣中菊花開時復圃來住一月將別爲詩四首》其三，《蒼虬閣詩集》卷三，第103頁。
〔註73〕葉嘉瑩《迦陵文集》第三卷《迦陵論詩叢稿》，第146頁。
〔註74〕鍾嶸著，曹旭集注：《詩品集注》，第260頁。

千古平淡之宗」〔註75〕，均主要著眼於此。與淵明之達觀知命相比，
蒼虬多有惘惘不甘之情，故相對於淵明之靜穆沖夷，蒼虬更爲激切感
傷一些，這種無以自遣的幽憂在清亡後所作中尤其鮮明。即以寫於
1912 年春天的《詠懷》詩爲例，其中雖頗有面貌似陶之句，然其中
情感卻有很大不同。其二曰：

> 翳翳園中桑，過夏無人採。夕陽黯平蕪，輕筥將何待。
> 春陽二三月，遊女如雲黟。苔花上駕機，毛羽生光彩。願
> 君勿繰絲，絲膠固難解。質滅會有時，性結終不改。〔註76〕

　　該詩前四句無論遣詞還是情感，均與淵明《擬古九首》其九之「種
桑長江邊，三年望當採。枝條始欲茂，忽值山河改」〔註77〕四句頗爲
相似，前文已有引述。然而淵明詩在極寫種桑落空的悲哀後，最終以
「本不植高原，今日復何悔」收束全篇：託根既未得所，今日之結局
乃爲必至之果，悔亦無濟於事，自當知命而安。蒼虬則不然，其詩先
是惋惜桑之當採而未採，繼而感歎縱採而亦令人無奈，因爲即使採得
其時，蠶食而吐絲，繰絲而成縷，在此過程中亦難免絲絲膠結，結而
難解。即使所結之形質終有消逝之日，然此能結之本性終不能改易
也。參照蒼虬生平，他與遜清之關係，豈不正似難解之膠絲？可見，
蒼虬之纏綿固結、幽憂難譴，自不同於淵明之結而能解、悲而能曠也。
　　再如，「孤雲」爲淵明詩之重要意象，淵明《詠貧士七首》其一曰：
「萬族各有託，孤雲獨無依。曖曖空中滅，何時見餘暉。⋯⋯量力守故
轍，豈不寒與飢。知音苟不存，已矣何所悲。」〔註78〕始而感歎「孤雲」
之一空依傍、孤立無援，終因守住初心、不違素志而體悟到如《中庸》
所謂「遯世不見知而不悔」的自得。蒼虬亦有類似的孤獨：《述菊》其
五曰：「翯翯天中輝，孤雲難爲鄰。逝止有殊勢，浮世多苦辛」〔註79〕，

〔註75〕 胡應麟撰：《詩藪》，上海：上海古籍出版社 1958 年版，第 35 頁。
〔註76〕 《蒼虬閣詩集》卷二，第 34 頁。
〔註77〕 《陶淵明集箋注》，第 336 頁。
〔註78〕 《陶淵明集箋注》，第 364 頁。
〔註79〕 《蒼虬閣詩集》卷二，第 43 頁。

《詠懷》其四曰：「風花徇時妍，露草染春思。芸芸各有托，惕惕獨失次。讀易絕韋編，不滅憂患字」〔註80〕，遣詞及意象均與陶詩有諸多相似，然而進退失據、「憂患」不絕。蒼虬雖以其超逸的性情氣質以及安貧守分的個人修養亦偶能體驗到常人難以企及的獨得之樂，卻始終未能獲得如淵明「託身已得所，千載不相違」〔註81〕那樣眞正可以安頓身心的理想所在，也未能獲得如淵明「俯仰終宇宙，不樂復何如」〔註82〕那樣身心俱有所託後「無往而不自得」的由衷欣喜。

綜上所述，蒼虬雖在精神本質與個人遭際等方面與淵明頗有相通之處，所寫五古在遣詞、意象及情意等方面亦與陶詩多有關聯，然而相似中又有諸多不同，這種不同不僅體現在語言、風格等方面，亦體現於情感、內容等方面。此外，在題材方面，淵明躬耕栗里，有自己的田園，集中亦以田園詩數量最多、成就最高，山水詩則極少；蒼虬京華爲官的七年雖在自家庭院中闢有菊圃，清亡後寓居杭州的十年雖有湖舍，然而未嘗如淵明那樣躬耕畎畝，與田園水乳交融，不過天性愛遊名山，故其山水詩較多，成就也極高，此又與淵明相異之處，此處不再多談。

（三）蒼虬與淵明同中有異之原因

蒼虬與淵明之詩歌所表現出的同中有異，可從二人所處時代、家族淵源及個人遭際等多方面綜合溯其因。

就所處時代而言，二人雖均歷滄桑之變，同爲亂世之人，然而所歷之艱虞程度不同。淵明身處「眞風告逝，大僞斯興」〔註83〕的晉宋之世，社會背景是「『舉世少復眞』的學風、世風、政風」〔註84〕，爲營求一飽而仕，還是爲保全「眞我」而隱，是淵明必須面對的抉擇，

〔註80〕《蒼虬閣詩集》卷二，第 34 頁。
〔註81〕陶潛《飲酒二十首》其四，《陶淵明集箋注》，第 245 頁。
〔註82〕陶潛《讀山海經十三首》其一，《陶淵明集箋注》，第 393 頁。
〔註83〕陶潛《感士不遇賦·序》，《陶淵明集箋注》第 431 頁。
〔註84〕胡曉明《陶淵明與儒家「德性之學」》，《詩與文化心靈》，第 115 頁。

選擇前者須付出心爲形役的代價，選擇後者則須付出勞苦飢寒的代價，儘管十分艱難，卻可依憑對「道」的堅守與信心而做出明確的判斷與取捨；蒼虬則身處「數千年未有之巨劫奇變」的晚清民國時期，面對的則是西潮衝擊下治統、道統與學統的整體危機，伴隨「政治認同」、「文化認同」雙重分裂的，是進退失據中士人自我認同的困惑與身心的內在分裂。「客養千金軀，臨化消其寶」〔註85〕在淵明不過借常人最寶愛之軀體亦終將化歸空無，以說明各種利養乃至於享受利養之軀體本身亦不必執著的道理；蒼虬化用淵明此句，曰：「所學失平生，銜髓餘慘戚。有如臨化消，空養千金璧」〔註86〕，以平生所養之軀喻平生所學，當面對亂世危亡時平生所學往往無濟於事，這種因生命價值失衡與落空所造成的不可承受之輕，正是晚近大變局之士人的特有感受。故知雖同處亂世，蒼虬所面臨的社會環境較淵明更爲複雜，身心也更加難以安頓。

就家族淵源及個人仕宦經歷而言，二人均出身於與舊朝有關聯的仕宦之家，然關係之深淺不同。淵明曾祖陶侃雖曾任晉之大司馬，然淵明只是其旁支子孫；淵明祖父做過太守，父親生平不詳而且去世較早，至淵明時家世已比較寒微；而淵明本人，也只做過僚屬、參軍、縣令一類的官吏；蒼虬則家承閥閱、數代簪纓，至蒼虬更曾以名進士官京華，有過「初日上金莖，春殿從容賦」〔註87〕的難忘經歷，故蒼虬對遜清的認同遠比淵明對晉的認同更加深切。

二人都曾仕宦，也都曾選擇過隱逸，然而歸隱的原因及心態不同。淵明之歸隱，乃因官場之虛僞做作本即與自己質性自然的天性相違背，而且桓玄、劉裕等奸雄皆非可以共事而完成理想之人，故淵明之隱，乃是在仕、隱之間幾番掙扎後對仕途徹底心灰意冷後的主動選擇。而且淵明退出政壇時晉尚未亡，彼時政局已令其基本失望，此後

〔註85〕陶潛《飲酒》其十一，《陶淵明集箋注》第261頁。
〔註86〕陳曾壽《南湖晦夜寄懷散原先生》其四，《蒼虬閣詩集》卷二，第73頁。
〔註87〕陳曾壽《詠懷》其五，《蒼虬閣詩集》卷二，第35頁。

劉宋政權更令其不屑一顧，他最終選擇了躬耕的方式，在「心靈」與「生活」兩方面都找到了自己的「棲止之所」，故其「知止」乃是身心眞正的止泊。蒼虬之歸隱，則是清亡後作爲勝國遺民而不得不做出的無奈選擇。雖然清亡之前，老大帝國的危機四伏與沒落氣息久令其有風雨飄搖之感，然而由於其家族與清王朝的數代深緣、康乾盛世的昔日榮光、光緒帝的改革誠意及其早歲登科後京華數載爲官的個人經歷，均造成他與清王朝休戚相關的認同。況且清亡時其正値壯年，用世之念未消，故「勝國之覆」令其「倍覺慘酷」〔註88〕，注定其不甘於王朝覆滅的命運。故其雖曾以遺民身份隱逸江南多年，然「甘貧」卻未必能眞正「甘隱」，淡泊功利卻未能眞正泯滅用世之心，於是「繫馬終一馳」〔註89〕而參與丁巳復辟，復辟失敗後用世理想破滅，其失志之悲與亡清之痛相互交織，即使在書寫與淵明類似的閒居題材中亦時一流露，其激切感傷自不同於淵明之靜穆沖夷也。

　　總之，由於蒼虬與淵明之精神本質原自相通，生平遭際亦復相似，某些五古之遣詞造語亦對淵明有所借鑒，故二人五古呈現出某些類似的特點。然而，由於二人所處時代、家族淵源及個人仕宦經歷等諸多方面畢竟不同，故二人詩歌之語言、情感、風格等方面又呈現出不同的個人風貌。

三、陳曾壽與唐之杜甫、韓愈、李商隱及韓偓

　　唐代詩人中對蒼虬詩影響較大者有杜甫、韓愈、李商隱及韓偓四人，然具體影響的方面又有所不同，下面分別來看。

（一）蒼虬與老杜

　　蒼虬詩化用老杜辭句及詩意處甚多，如《太湖石壁》之「飄泊

〔註88〕胡先驌《評陳仁先〈蒼虬閣詩存〉》，《胡先驌詩文集》下冊，第463頁。

〔註89〕陳曾壽《散叟復園先後來湖上同作富春之遊過瀧與石欽下榻海日樓旬日別後皆有詩至作感懷六首寄答》其四，《蒼虬閣詩集》卷三，第105頁。

東南天地間」出自老杜《詠懷古蹟五首》其一之「支離東北風塵際，漂泊西南天地間」；《落花十首》其五之「可憐珍重未分明」出自老杜《風雨看舟前落花戲爲新句》之「赤憎輕薄遮入懷，珍重分明不來接」；《蔡甸上關師墓》之「聲吞注海經天淚」出自老杜《得舍弟消息》之「猶有淚成河，經天復東注」；《和乙庵師二首並簡愔仲》其二之「群迷塞蚩霧，短景促羲鞭」，前句用老杜《自京至奉先詠懷五百字》之「蚩尤塞寒空」，後句合用老杜《閣夜》之「歲暮陰陽催短景」及《同諸公登慈恩寺塔》之「羲和鞭白日，少昊行清秋」；《小樓十首》其九之「狼狽愁江漢，沉綿耐友知」用老杜《同元使君春陵行》「沉綿盜賊際，狼狽江漢行」等等。凡此種種，不勝枚舉。

蒼虯《歲除返湖廬》有「起衰詩力薄，慚愧草堂人」之句，「草堂人」當指杜甫，二句自愧不能如老杜那樣起詩道之衰，言外顯然以杜陵爲準鵠，亦從側面可見蒼虯在詩歌創作方面自負之高與自期之重。寫於晚年的《書杜集後》一詩曰：「風騷而後此英靈，飄泊江湖一客星。猶有精誠動天地，虛蒙記識到朝廷。奄奄櫪驥寧辭辱，的的高鴻不易冥。幕府身容託疏放，誰知心苦忍伶俜。」該詩首句以李陽冰讚美李白之意來讚美杜甫〔註90〕，可謂推崇備至。同時，聯繫蒼虯身世，所謂「記識到朝廷」、「寧辭辱」、「忍伶俜」云云，雖寫杜甫，實寓自家身世共鳴。

杜甫對蒼虯影響之深，可從以下幾方面來探討。

內容情意方面，老杜詩最大的特點是其深摯博大的家國情懷與忠愛思想，前人之評價，如東坡所謂「流落飢寒，終身不用，而一飯未嘗忘君」以及「以忠君憂國、傷時念亂爲本旨」〔註91〕等等，

〔註90〕李陽冰《草堂集序》曰：「《風》、《騷》之後……千載獨步，唯公一人。」王琦注：《李太白全集》卷三十一，北京：中華書局1977年版，第1445頁。

〔註91〕前引見蘇軾《王定國詩集敘》，孔凡禮點校：《蘇軾文集》，北京：中華書局1986年版，第318頁。後引見《全唐詩》卷二一六，第2251頁。北京：中華書局1960年版。

均著眼於此。因為這種關懷乃是其博大深厚之襟懷以及深摯過人之
天性的自然流露，故讀來不但毫無說教意味，而且極為動人；也正
因老杜之家國關懷與其私人情感原本貫通，故君臣之外，老杜也極
善寫父子、兄弟、夫婦、朋友等其他人倫情感。蓋世間之愛雖有忠
愛、友愛、情愛、慈愛等種種分別，究其根本，皆為一念仁愛之不
同體現，此愛發於深衷，表於至性，形諸文字，處處可見成其人倫
之美與人性之美。蒼虬亦如此，胡先驌謂其「關心於家國之休感，
自異於流輩」〔註92〕，汪辟疆謂其詩「每見淚痕悲象魏」、「忠悃之
懷，寫以深語，深醇俳惻，輒移人情」〔註93〕均就其對於君國之眷
懷忠愛而言。其二弟曾則詩曰：「閑讀蒼虬詩，掩卷多涕淚。鬱鬱君
國情，惘惘骨肉思」〔註94〕；又曰：「骨肉恩誠厚，君臣義未遺。情
哀有佳句，思冷得新詩」〔註95〕，則將蒼虬詩中濃厚的君國之情與
骨肉之情並列提出，並屢屢言及蒼虬對遜帝、朋友、兄弟乃至於子
侄輩的深摯情感。基於天性之仁愛的家國情懷與人倫之愛正是從老
杜到蒼虬詩中一脈相承的情意，海藏謂蒼虬似「陶、杜」之「哀樂
過人」，或即指此仁愛之天性的深摯過人；石遺謂蒼虬詩「以韓、黃
之筆力寫陶、杜之心思」，亦或即指其傷時念亂的憂患意識與深摯動
人的人倫之情。

　　與深摯博大的家國情懷相聯繫，是沉鬱頓挫的表現風格。正因個
人情感與家國命運息息相通，倘遭逢世變，目擊心傷，必多感憤悲慨。
此悲慨漸積漸厚，憤懣填胸，卻能以個人修養涵容節制，故發之為詩，
盤紆激蕩，鬱勃深沉，前人謂老杜沉鬱頓挫者，正以此故。蒼虬論張
廣雅詩，謂其「癸卯入都以後之作，尤沉鬱盤紆，有惘惘難言之隱。
蓋公一身始末，關於數十年世運之轉移隆替，世變大而慮患深，故多

〔註92〕胡先驌《評陳仁先〈蒼虬閣詩存〉》，《胡先驌詩文集》下冊，第462頁。
〔註93〕汪辟疆《光宣詩壇點將錄》，《汪辟疆文集》，第342頁。
〔註94〕陳曾則《蒼虬兄來書評余詩文作詩答之》，《雙桐一桂軒續稿》，紐約：
　　　　柯捷出版社2011年版，第18頁。
〔註95〕陳曾則《讀蒼虬閣詩》，《雙桐一桂軒續稿》，第28頁。

感憤之詩也」〔註96〕，亦說明了沉鬱風格的形成與時代變亂及個人遭際的關聯。而蒼虯本人之遭際何嘗不然，其三弟曾矩跋其詩曰：「古之遭亂世而工於言者，無過於少陵，然少陵猶處於局外，惟韓冬郎、陳簡齋身在局中，故其形於詩者，尤爲痛深而志隱。兄所處，視韓、陳際遇尤過之，而其所經之艱厄，亦非古人所有者。」〔註97〕遭際艱厄如此而所作未流於激急抗烈，故散原序蒼虯詩，稱賞其「中極沉鬱，而澹遠溫邃，自掩其跡……無拔刀亡命之氣」的可貴，點評蒼虯詩，稱其《書憤》一詩「聲情激壯而沉鬱」，《感憤》一詩「眞氣鬱勃」，《朱用和招飲因憶其尊人曉嵐先生飲酒之樂愴然出涕述贈一首》詩「氣格沉厚」，《忠樟行》一詩「沉鬱頓挫，寄慨深至，乃得杜骨」，〔註98〕均看出蒼虯某些作品與老杜在風格方面的一脈相承之處。試舉其《書憤》一詩爲例：

> 輕易前賢說陸沉，向來憂患豈爲深。孔無尤怨眞強項，
> 佛出人天是苦心。欲語無驢端可啞，得書遮眼未妨淫。淪
> 胥坐視稽天浸，何用偷生更惜陰。〔註99〕

該詩寫於 1928 年。首聯「陸沉」用《世說新語》中「神州陸沉，百年丘墟」之語，謂與今日亂局相比，古人所歷亂世之憂並非最深重之憂患，蒼虯詩中每每流露類似之意，如「吁嗟此道場，古德未曾經」〔註100〕、「才非往哲時加蹇，惝惘蹉跎只自驚」〔註101〕等皆如此。正因艱虞遠甚於古人，故如何自處以安頓此身心的願望才格外迫切。接下來即寫探求安心之方的努力。頷聯前句謂孔子不用於世而不怨天、人不知己而不尤人，安時處順，與世無爭，貌似柔弱者所爲，實則無待於外者必充實於內，薄責於人者必苛責於己，無可假借，無可推脫，惟勇於自任，但求盡其在我者，是爲眞剛強。

〔註96〕陳曾壽《讀廣雅堂隨筆》，《蒼虯閣詩集》，第 411 頁。
〔註97〕《蒼虯閣詩集》附錄二，第 497 頁。
〔註98〕上引均見散原手批《蒼虯閣詩鈔》。
〔註99〕《蒼虯閣詩集》卷五，第 165 頁。
〔註100〕陳曾壽《感懷》其十，《蒼虯閣詩集》續集卷上，第 313 頁。
〔註101〕陳曾壽《一日》，《蒼虯閣詩集》卷五，第 162 頁。

後句謂佛出世之行看似逃避世間責任，實則「出人天」乃爲「入人天」，其宗旨仍出於救度眾生的苦心。傳統士人最關注者，一在獨善，一在兼濟，蒼虬此聯將儒、釋二家最高代表人物的自處及度人之道相對舉，作爲個人所向慕之理想境界以自我勉勵。然而聖賢及佛陀的境界畢竟難以企及，尤其身處巨變奇劫中的無可奈何之世，「世事萬變，紛擾於外，心緒百態，騰沸於內」〔註102〕，不但救世理想十分渺茫，即使保持自身內心的安寧亦不易得；積極化解並超越矛盾固不可得，所能做到的也只有消極避開令人煩憂的外界干擾。頸聯前句用《梁書·劉孝綽傳》：「孝綽少有盛名，而仗氣負才，多所陵忽。有不合意，極言詆訾。……每於朝集會同，處公卿間，無所與語，反呼騶卒訪道途間事，由此多忤於物。」劉孝綽尚有騶卒可語，此則騶卒亦無，惟有緘默，可見氣類之孤與寡合之甚。後句兼用《晉書·皇甫謐傳》「（謐）耽翫典籍，忘寢與食，時人謂之『書淫』」之事及李商隱「佞佛將成縛，耽書或類淫」〔註103〕、陳與義「遮眼讀書何用解，發顏要酒可須醇」〔註104〕之句，閱世徒令人傷心慘目，不妨耽溺典籍而與世相忘。縱觀此聯，前謂世無可語則不如失語，後謂世無可觀則不如不觀，不欲苟言而至於「啞」，耽書逃世而至於「淫」，皆以極端之語寫其憂憤之深與化解之難。尾聯呼應首聯，進一步寫憂憤之因：面對「大浸稽天」的時局，不忍坐視卻只能坐視，則餘生不過如苟且偷生，前此種種激憤之語，不過皆因愛之深而憂之切也。該詩題爲「書憤」，卻並沒有發露無遺地直書其憤，而是反求諸己，深思化解內心憤慨之道，然而由於憂憤過於深廣而難於化解，憤世之情反而以極端語氣變相道出，於是一波三折，盤旋激蕩，

〔註102〕 鄭孝胥《散原精舍詩序》，《散原精舍詩文集》下冊，附錄（中），第1216頁。

〔註103〕 李商隱《自桂林奉使江陵途中感懷寄獻尚書》，劉學鍇、余恕誠注：《李商隱詩歌集解》，北京：中華書局，1988年版，第676頁。

〔註104〕 陳與義《景純再示佳什殆無遺巧勉成二章一以報佳貺一以自貽》其二，陳與義撰，白敦仁校箋：《陳與義集校箋》外集，第929～931頁。

散原所謂「聲情激壯而沉鬱」正以此故。激壯者不易沉鬱，蒼虬激壯而兼能沉鬱，正深得老杜沉鬱頓挫之三昧。

在語言方面，蒼虬頗爲欣賞老杜那種樸拙平實而能意味深長的表述，認爲《八哀詩》「其拙處，正其厚處，正獨有千古處也」。蒼虬自己之詩亦時有樸拙厚重之句，如《登天平山同病老作》一詩以「老楓臃腫春不葉，山門萬古寒鴉色」〔註105〕二句發端，因樹木之滄桑見歲月之幽深，爲全詩定下古拙蒼涼的基調；《斯徹吾挽詩》其二曰：「平時少溫慰，忽忽淡若忘。一朝棄中路，觸體如金創。始知同志者，不必居相望。精誠共天壤，闊遠能扶將。但使類不孤，自慰熱中腸」〔註106〕，言情樸拙平實而能沁人心脾。

此外，蒼虬有些詩句雖寫極衰颯悲涼之心境，卻能以筆力振起而不流於無可奈何之感傷，亦頗能得老杜之神韻。如《武昌舟中》「冥看正見孤飛翼，一爾翻然未易馴」〔註107〕二句，以自負與桀驁之氣化解日暮途遠的孤獨；《和惜仲雪詩》「葵藿傾陽寧忍訣，還憑潁洞寫憂端」〔註108〕二句，兼用老杜《自京赴奉先縣詠懷五百字》中「葵藿傾太陽，物性固莫奪」及「憂端齊終南，澒洞不可掇」數句，以百折不回之固執以抵禦無邊無際之憂愁；《同散原老人登六合塔》「老懷憑遠餘悲健，寒籟迴空振悴凋」〔註109〕二句，傷高懷遠，滿目蕭條，卻衰而不頹、悲而能壯。諸如此類，皆得老杜神髓。

蒼虬之所以能得老杜三昧，與他對杜詩認識之深刻密不可分。其論詩曰：「杜詩『但覺高歌有鬼神，焉知餓死填溝壑』已極沈鬱頓挫之致矣，更足以『相如逸才親滌器，子雲識字終投閣』二語，此是古人拙處，即是古人不可及處」〔註110〕；又曰：「《八哀詩》如深山

〔註105〕 《蒼虬閣詩集》卷二，第 91 頁。
〔註106〕 《蒼虬閣詩集》卷九，第 262 頁。
〔註107〕 《蒼虬閣詩集》卷一，第 2 頁。
〔註108〕 《蒼虬閣詩集》卷八，第 209 頁。
〔註109〕 《蒼虬閣詩集》卷二，第 84 頁。
〔註110〕 陳衍《石遺室詩話》，卷十，第 158 頁。

大澤，氣象萬千，不可逼視。敘事皆平直寫去，不避細瑣，無一分躲閃，他人筆力萬不能到。其拙處，正其厚處，正獨有千古處也。」僅三言兩語，即能概括出杜詩最本質的特徵。蒼虬學杜而能得「杜骨」〔註111〕者，正以此也。

（二）蒼虬與昌黎及義山

蒼虬論詩向主剛柔相濟之美，他對昌黎及義山與老杜之間承傳關係的概括極為精道，《與楊無恙論詩書》曰：「老杜而後，得其傳者為昌黎、玉溪。昌黎得陽剛之美，玉溪得陰柔之美」〔註112〕；其《和左笏卿丈並簡泊園丈》一詩亦曰：「要自黃嚴入韓豪，更參李婉調王遒。剛柔純肆非異致，望見難至風引舟」〔註113〕，可見他對詩歌中異質之美實則可以相濟相成的圓融認識。至於其個人詩歌創作，對於昌黎、義山二家皆有取徑，只是由於性之相近，於義山詩所得尤多而已。

蒼虬與昌黎

蒼虬借鑒昌黎者，主要體現在七古一體。早年任職京華時，蒼虬嘗與徐莤雪、傅治薌、許季湘、楊儀真等人組建詩社，各有和昌黎《感春》詩而傳誦一時。陳衍論曰：「仁先服膺昌黎甚至，如『眾人熙熙』二句、『我聞先聖』二句、『深衣玉几』四句、『不知有多』二句、『清晨坐起』二句，皆善於肖韓者」〔註114〕。此外，陳衍還從音韻上指出蒼虬效韓之處，謂其《遊天寧寺同左笏丈作》等詩「工於發端」，因「平韻古體詩，出句末字多用平音」，而「此祕韓孟始發之」〔註115〕云云。

〔註111〕　《石遺室詩話》謂蒼虬《臥松歌》：「透爪陷胸，全是杜骨韓濤矣」《石遺室詩話》卷三，第46頁；散原謂蒼虬《忠樟行》「沉鬱頓挫，寄慨深至，乃得杜骨。」見陳三立手批《蒼虬閣詩鈔》。

〔註112〕　錢仲聯《夢苕盦論集》，第55頁。

〔註113〕　《蒼虬閣詩集》卷一，第5頁。

〔註114〕　陳衍《石遺室詩話》，卷十，第155～156頁。

〔註115〕　陳衍《石遺室詩話》，卷三，第45～46頁。

蒼虬集中化用昌黎辭句及詩意處甚多，如《題馮君木逃空圖》「神焦鬼爛無逃處」句用昌黎《陸渾山火》「截然高周燒四垣，神焦鬼爛無逃門」之句；《落葉和聞賓門》其一「退之驚起泬瀾夜，飛轍青冥未許攀」〔註 116〕出自昌黎《秋懷詩十一首》其九之「青冥無依倚，飛轍危難安。驚起出戶視，倚楹久泬瀾」數句；《次韻愔仲元旦試筆》「屈曲神山多歲月」句用昌黎《記夢》「我能屈曲自世間，安能從女巢神山」之句；《病山先生獨遊天目山歸述其勝且示新詩欻然神往亦擬一首》「熊啼猿哀酸骨死」句出自昌黎《答張徹》「愁狖酸骨死，怪花醉魂馨」之句；《冬夜雜述》其八「仍羞鬼壁垣」出自昌黎《遊青龍寺贈崔大補闕》「光華閃壁見神鬼」之句等等，此處不一一列舉。

私意以為蒼虬古體得力於昌黎者，主要在於極力發揮主觀想像的雄奇命意與力透紙背的膽力氣勢，這在蒼虬詠松之作中比較多見，蓋松本身即有一種雄奇之姿與力度之美，與韓詩整體風格正相近似之故。試舉其《戒壇臥龍松歌》一詩為例：

> 戒壇之松天下奇，尋常所見皆十圍。一松據臺獨下垂，橫出十丈猶躨跜。健鵬探爪風在下，渴蛟飲澗鱗之而。縋幽欲引陰蟄出，承欹力負蒼崖危。萬鈞壓空不危殆，反走潛根疑過倍。凍雨洗幹未濡足，眼底渾河犯高壇。雲開穿枝落日黃，萬里暮色浮孤觴。欲憑咫尺精靈意，貫入冥搜百怪腸。〔註 117〕

前二句點明戒壇松之奇與古，以下十句「以豐富的想像，描繪了臥龍松奇譎的姿態」〔註 118〕。「健鵬」二句以「健鵬探爪」及「渴龍飲澗」喻松矯健蟠曲之姿；「縋幽」二句寫松枝下垂如入幽谷而引潛蟄出洞，松幹外伸如負蒼崖萬鈞之壓力。陳衍曰：「『承欹』句不說崖因松重而危，先說崖得松負而不危。『萬鈞』句『不危殆』之『危』，

〔註 116〕《蒼虬閣詩集》卷四，第 143 頁。
〔註 117〕《蒼虬閣詩集》卷一，第 25 頁。
〔註 118〕錢仲聯、錢學增選注：《清詩精華錄》，齊魯書社，1987 年版，第 480 頁。

驟看似與上句複，細看乃將松重當危意，反放在此處說。『反走』句乃以托根之長遠解明之。『眼底』句說渾河水滿，似欲犯及高處之松，而先以『凍雨』句反托之，皆透過一層寫法」〔註119〕，甚是。該詩以臥龍松欹側橫出之勢生發出無窮聯想，奇崛雄邁；而且，「下垂」與「橫出」、「縋幽」與「承欹」、重壓與承負、「凍雨」自上而下之「洗」與「渾河」自下而上之「犯」，無不在相反相成中達成一種有張力的平衡。最後幾句，凸顯出蒼茫暮色中一個獨飲獨酌的孤獨者形象，與獨撐蒼崖之危的臥龍松相互表裏，並以化用昌黎句結束全篇〔註120〕。該詩兼有雄奇怪異之美與雷霆萬鈞之力，爲蒼虬閣詩中能得昌黎詩神髓之作，陳衍謂此詩「透爪陷胸，全是杜骨韓濤」，亦當是有見於此。

蒼虬集中雖有學韓而能神似之作，然而由於二人才性不甚相近，故此類作品所佔比重不太大，亦不能代表蒼虬最主要的特色。張眉叔謂蒼虬「於昌黎古體，雖極力步趨，亦但能貌取」〔註121〕之論雖似稍苛，然所謂「貌取」云云，亦正是看到二人神不盡合之故。

相對於昌黎之雄奇排奡，蒼虬更近於義山之深婉綢繆，深婉不但是義山詩的重要特點，亦頗能代表蒼虬詩的特色。

蒼虬與義山

論蒼虬詩歌淵源者，幾乎無一人不注意到他與義山詩的密切關聯，蒼虬本人也屢屢提及自己對義山詩的偏愛：如《尤物》一詩曰：「詩中尤物成雙絕，惟有多郎及玉谿。癖愛神交相感應，故應往往亦淒淒」，可見蒼虬對義山詩的喜愛，並非僅由於理智之愛，更有源自心靈感應的相隔千載之神交。蒼虬自稱學山谷者，致力於山谷亦頗深，然據陳衍記載，蒼虬曾自謂其友覺菴一日問及「李黃孰勝」，答

〔註119〕　陳衍《石遺室詩話》卷二十五，第392頁。
〔註120〕　韓愈《調張籍》：「精誠忽交通，百怪入我腸。」
〔註121〕　龔鵬程《文化、文學與美學》，時報文化出版企業有限公司，1988年版，第503頁。

以「黃殆未如李也」〔註122〕，可見義山在其心中的位置。體現於創作中，蒼虬不但大量借鑒義山詩的詞彙，而且二人更有一種在神不在貌的本質契合。

蒼虬與義山最本質的相似處在於情感的執著深摯與表達的迂迴深曲，這既與二人天性有關，亦與二人均受楚辭影響甚深有關。繆鉞先生論義山詩，將其歸入類似屈子之「往而不返」的類型，即有見於義山那種「一往情深，而不能自遣」〔註123〕的深摯纏綿。蒼虬之情深且婉的特點亦如義山，吳眉孫將蒼虬詩與鄭海藏、俞觚庵二人之詩並舉，以「悱惻纏綿」〔註124〕四字概括蒼虬詩的總體風格，即著眼於此。試舉其寫於丁巳復辟失敗次年後的《落花十首》其一來看：

> 微裊春衣寸角風，依然三界落花中。身來舊院玄都改，
> 名署仙班碧落空。一往清狂曾不悔，百年惆悵與誰同？天
> 迴地轉愁飄泊，猶傍殘陽片影紅。〔註125〕

微風裊動春衣而輕輕掀起寸角，於是心亦搖焉，是為該組詩興感之始。於是瞻望四方，卻是滿眼飄零的落花，就時間而言，此花之飄零不知始自何年，而依舊飄零於今日；就空間而言，此花之飄零由當前此處而瀰漫至十方三界無邊剎土，無始無終，無邊無際。於是由當前回溯過去，故地重尋，故都物是人非；舊朝班轉瞬成空，舊事猶如一夢。頸聯用義山《無題》「直道相思了無益，未妨惆悵是清狂」之意，義山意在強調即使相思無益，亦不妨終抱癡情；蒼虬「一往清狂曾不悔」與之類似，皆有一種九死未悔、孤注一擲的執著，而「百年惆悵與誰同」一轉，又自傷同道之寡與處境之孤矣。既如此，果然肯另謀新就否？在經歷「天迴地轉」的「飄泊」之後並沒有飄向他方，

〔註122〕 陳衍《石遺室詩話》，卷十，第158頁。
〔註123〕 繆鉞《詩詞散論・論李義山詩》，第24頁。
〔註124〕 陳曾壽《和吳眉孫》一詩有小註曰：眉孫有詩云：「蕭瑟澄泓俞恪士，清剛雋上鄭蘇庵。若論悱惻纏綿意，惟有蒼虬鼎足三。」見《蒼虬閣詩集》續集卷下，第334頁。
〔註125〕 《蒼虬閣詩集》卷三，第107頁。

而是依舊選擇與類似命運的「殘陽」相依傍，飄零中幾番掙扎，最終仍不負初心。該詩情感之執著深摯一如義山，表達之百轉千回亦如義山。蒼虬之所以爲論者評爲能得義山之神者，當以此故。

　　義山詩諸體中七律成就最高，亦最能代表義山特色；蒼虬亦擅長七律，集中似義山者多以七律爲主，某些詠物七律尤其如此，試舉其詠落花及落葉諸作中遣詞及情意與義山相似者對比觀之：

> 海竭天荒有別離，義山腸斷未曾知。——蒼虬《落花四首》其一：
>
> 天荒地變心雖折，若比傷春意未多。——義山《曲江》：
>
> 腸斷未忍掃，眼穿仍欲歸。——義山《落花》：

> 一往清狂曾不悔，百年惆悵與誰同？——蒼虬《落花十首》其一：
>
> 直道相思了無益，未妨惆悵是清狂。——義山《無題二首》其二：

> 碧海青天存怨府。——蒼虬《落花十首》其二：
>
> 嫦娥應悔偷靈藥，碧海青天夜夜心。——義山《嫦娥》：

> 啼笑難分態萬方，九迴腸後剩迴腸。——蒼虬《落花十首》其五：
>
> 殷鮮一相離，啼笑兩難分。——義山《槿花二首》其一：
>
> 迴腸九迴後，猶有剩迴腸。——義山《和張秀才落花有感》

> 碧怨無情尚有情，哀蟬從此悟浮生。……歸來背枕寒燈夢，猶誤巴山夜雨聲。——蒼虬《落葉和聞賓門》其二：
>
> 五更疏欲斷，一樹碧無情。——義山《蟬》：
>
> 覺來正是平階雨，獨背寒燈枕手眠。」——義山《七月二十八日夜與王鄭二秀才聽雨後夢作》：
>
> 巴山夜雨漲秋池。——義山《夜雨寄北》：

　　僅舉以上數例，即可知蒼虬在遣詞及情意兩方面均與義山有不少相近之處，二人皆有深婉曲折、纏綿執著的特點。但二人又存在不少相異處，可從以下幾方面探討：

　　從情意本身而言，蒼虬與義山之情感雖均有執著纏綿、往而不返的特點，然而又有細微的分別。由於個人性情及身世遭際等多方面原因，義山有濃鬱的感傷氣質，其纏綿執著、迴環往復之情經常體現為「追求與幻滅兩種心象的交疊映現」〔註126〕，如春蠶吐絲，自縛成繭，其詩境似乎永遠在無休止的追求與幻滅間徘徊而無出離解脫之時；蒼虬亦有先天的憂鬱氣質與一往情深的執著，然同時兼有超逸灑脫的一面，故其往往在追求、幻滅的迴環往復中時一躍出，其作品因此呈現出執著與超逸兩種心象的交疊映現。同寫到孤飛之鳥，同為早年之作，義山《夕陽樓》詩曰：「花明柳暗繞天愁，上盡重城更上樓。欲問孤鴻向何處，不知身世自悠悠」，當前明媚之景反令其生彌天匝地之愁，於是有欲突破愁城而向上攀躋的努力。然而既登高樓，但見孤鴻無主，遠去無依，忽不免哀人自哀，引發身世之慨。與此不同，蒼虬《武昌舟中》詩曰：「便恐輕陰成日暮，更無偏霸在風塵。冥看正見孤飛翼，一爾翻然未易馴」，雖然眼前之境令人有日暮途窮之隱憂，所幸此刻尚安；孤飛遠去之鳥雖無所依憑，卻可如老杜筆下出沒波濤之白鷗，以桀驁不馴之態乘風狎海，消領萬頃煙波。再如，同寫落花，義山《落花詩》在幾番悵望流連後，最終以「芳心向春盡，所得是沾衣」收束全篇，花落春歸而芳心亦不得不盡，惜花之情無處安放，惟餘無可奈何的悵惘。故其《無題》亦曰：「春心莫共花爭發，一寸相思一寸灰」，因為一切相思終將歸於幻滅，無論當初怎樣熾烈亦不過是燃盡成灰的結局，正如花開無論如何明豔動人，必有零落成塵的一天。蒼虬則不然，其《落花十首》在無限低徊感傷、追尋與幻滅之後，最終以「昌昌春物尋銷歇，芳意終然寄一枝」二句作結，借用陸凱「江南無所有，

〔註126〕劉學鍇、余恕誠選注《李商隱詩選・前言》，北京：人民文學出版社，1986 年版，第 23 頁。

聊贈一枝春」之意，展示心中芳意不隨眾芳凋零而銷歇的恆久性。

　　審美風格上看，蒼虬詩多有剛柔相濟之美，義山詩雖亦有剛直勁健的一類，總體上更偏重於柔美。即從二人皆擅長的詠物詩之選題來看，義山所詠之物「多屬自然界與日常生活中一些細小纖柔的事物，……很少詠及巨大而具有壯美崇高感的事物，詩集中詠松、柏的僅三首，其中一首還是小松。」〔註127〕蒼虬詠物以草木為主，而且所詠之草木既有細小纖柔的素心蘭、桃花、海棠、牽牛等，亦有雍容高貴的牡丹、芍藥等名花，至於頗具貞剛品性的松樹，更為蒼虬所極愛吟詠且為他人所極力稱道。即使菊這樣雋澹出塵的隱逸之花，亦被蒼虬賦予「龍章雋烈」〔註128〕的剛性氣質。至於蒼虬的幾首寫「落日」之五古，雄渾勁健、古拙蒼涼，寫出古今詩人詠物極少能達到的壯美崇高境界，在詠物詩史中可謂別具一格。

　　與對幽約精美之物的偏愛及哀感頑豔的心緒相對，義山詩頗重辭藻與事典，詩中多有綺豔華美乃至於金雕玉琢的意象，如「彩鳳」、「靈犀」、「羅幕」、「綺窗」、「玉勒」、「金釭」、「紅樓」、「珠箔」、「金蟬」、「玉虎」、「紫府」、「碧城」、「夭桃」、「舞蝶」、「孤鳳」、「離鸞」、「鳳尾」、」「香羅」、「玉璽」、「錦帆」、「金翡翠」、「繡芙蓉」、「秦樓瓦」、「漢宮盤」等等，在義山詩中比比皆是，這些形象經由義山獨特的心靈感受折射後而形成渾融一體的意象群，寫入詩中，不但沒有流於雕琢俗豔、瑣屑餖飣之失，反而形成一種隱奧幽豔、獨具個性的藝術世界。劉熙載謂義山詩「絢中有素」〔註129〕，或即因義山能以靈心運奧典，借物色成活色，並使筆下眾色皆染我之心靈本色的緣故。與義山

〔註127〕　劉學鍇《李商隱的託物寓懷詩及其對古代詠物詩的發展》，《安徽師大學報》1991年第一期。

〔註128〕　《苕雪與覺先弟先後寄菊數十種日涉小園聊復成詠》其四：「龍章雖雋烈，天黥偶遺忘」。《蒼虬閣詩集》卷二，第51頁。

〔註129〕　劉熙載《藝概·詩概》曰：「詩有借色而無真色，雖藻繢實死灰耳。李義山卻是絢中有素，故或之謂其『綺密瓌妍，要非適用』，豈盡然哉！《藝概》卷二《詩概》，第65頁。

不同，蒼虹詩中極少色彩濃豔、雕飾華美的人工意象，尤其鮮見義山詩中屢屢出現的室內精美陳設等物象，故整體色彩遠不及義山絢麗。雖某些作品如詠花及落日詩亦有或絢麗繽紛的色彩感〔註130〕，然而由於花與日皆為自然物象，以天光雲影、蒼茫宇宙為背景，故花之明麗與日之奇麗顯然不同於人工物象之縟麗，是以蒼虹之「絢」實有別於義山之「絢」。如果將蒼虹與淵明及義山比較，借用劉熙載之語稱義山「絢中有素」，將東坡評淵明「質而實綺、癯而實腴」之語概括為「素中有絢」，則蒼虹或可謂「絢」於淵明而「素」於義山者也。

　　此外，蒼虹與義山還有一點同中之異：二人之性情均有近於屈子處，二人作品亦皆受到楚辭影響。屈子所開創借「美人香草」以抒發芬芳悱惻之懷的傳統為二人所繼承。只是在義山側重於「美人」，故集中多艷體之什，往往借男女之情以寓託他事；在蒼虹側重於「香草」，故集中多詠花之作，寄託其人生感慨及理想追求。關於蒼虹詠花之作，下文還將細述。

（三）蒼虹與冬郎

　　韓偓為李商隱連襟韓瞻之子，詩風亦與義山相近。蒼虹所謂「癖愛神交」而令自己「往往亦淒淒」的「詩中雙絕」，義山之外，另一人即為冬郎。而蒼虹之所以深愛冬郎及其詩者，除去冬郎詩本身的獨特魅力之外，更有二人性情及身世多有共鳴的緣故。韓偓少時穎異，舉進士後入仕中朝。時唐室衰微，強藩亂政。偓「內預祕謀，外爭國是，屢觸逆臣之鋒，死生患難，百折不渝」〔註131〕，於顛沛困厄之

〔註130〕　張寅彭先生《蒼虹閣詩集‧前言》曾以蒼虹《種菊同苕雪治薌作》七首為例，認為「七首遍搜心緒，用盡色彩，寫菊花，寫自己，寫得盡態極妍」，並認為「此詩大抵可以代表蒼虹的詩風」，即「直樸而兼絢爛的特色」，見前言第 21 頁；朱興和《現代中國的斯文骨肉──超社逸社詩人群體研究》認為「絢麗淒馨」是蒼虹詩「外觀和辭采」的特徵，並舉蒼虹詠花詩及落葉詩為證，見該書第 297 頁。
〔註131〕　永瑢等：《四庫全書總目‧韓內翰別集》，北京：中華書局 1965年版，第 1302 頁。

際，竭盡智謀以佽忠王室，昭宗亦甚倚重之。然終知事不可爲，棄官隱居，幽憤以終老。這些經歷與蒼虬後半生尤其是出關以後追隨遜帝的經歷極其相似。故蒼虬曰：「際遇冬郎涕淚新」〔註132〕，又曰：「一生同病只冬郎」〔註133〕，可見其對冬郎身世實有非同尋常的認同感。

冬郎詩情摯骨遒，悲而不頹，深婉芊綿不掩其忠憤浩然之氣，恰與其人身世表裏相符，蒼虬之愛冬郎詩，當以此故。冬郎最擅七律，傳誦尤廣者一爲《傷亂》，一爲《惜花》，蒼虬亦深愛此二首，其《秋夜對瓶荷一枝雨聲淙淙偶題冬郎小像二首》詩曰：

　　　　爲愛冬郎絕妙詞，平生不薄晚唐詩。一枝一影燈前看，
　　正是秋花秋露時。〔註134〕

由前二句可知蒼虬視冬郎爲晚唐詩人之魁楚；該詩後二句只將冬郎《傷亂》詩「一枝一影寒山裏，野水野花清露時」二句稍作變化而用之，顯然已將該詩作爲自己最爲賞愛的冬郎代表作之一。

蒼虬七律有神味似冬郎者，如寫於二十年代中期的《春盡日薔薇花下作》一首，與冬郎名作《惜花》、《春盡》等詩同寫春歸花落之所見所感，詩曰：

　　　　碧樹人家往往深，殘紅一架恨難任。單衣時節寒仍戀，
　　絕世芳菲夢一尋。浩渺波流沉素鯉，氤氳朝夕換鳴禽。不
　　須極目愁煙雨，占斷江南是綠陰。〔註135〕

首聯寫花落後碧樹成蔭，深掩家家庭戶；一架殘紅雖尚未完全凋零，卻難以支撐起逝去的春天。曰「一架」而不曰「一樹」，雖或正是當前所見的如實敘寫，而「架」字本身的支撐之意，確可給人大廈將傾而孤木難支的聯想。「往往」之語氣看似幽淡從容，實有無奈存乎其中；紅、碧色彩對比淒豔鮮明，觸目驚心。頷聯寫單衣時節尚有餘寒；舊日芳菲，猶如一夢。頸聯「浩渺波流」与「氤氳朝夕」渲染

〔註132〕　陳曾壽《舟中》，《蒼虬閣詩集》卷八，第208頁。
〔註133〕　陳曾壽《題翰林集》，《蒼虬閣詩集》卷九，第258頁。
〔註134〕　《蒼虬閣詩集》卷五，第159頁。
〔註135〕　《蒼虬閣詩集》卷五，第160～161頁。

出江南暮春的淒迷與朦朧，其中雜糅了時代與個人的無住與迷惘。聯繫當時社會背景，軍閥混戰多年不休，遜帝被驅逐出宮後寓居津門，前途未卜，而「沉素鯉」與「換鳴禽」表面不過寫水族與禽鳥，實則給人以更深一層的聯想：放眼煙波浩渺，芳訊沉沉，佳音無望；朝朝暮暮，霧鎖煙迷，變幻莫測的時局中各路角色輪番上演，各主沉浮。逐漸加重的憂患瀰漫開來，催出尤其沉痛的尾聯：「不須極目愁煙雨，占斷江南是綠陰」；「占斷」者，全部吞噬也。春盡江南，已成定局。殘紅畢竟無法久留，一切終將被極目所見無邊煙雨中的無窮碧色所籠罩吞噬，猶如無可遁逃的時代迷霧與走不出的人生迷局。1925 年，孫傳芳打敗奉軍，控制蘇、浙、皖、贛、閩五省；1926 年，五省聯軍總司令孫傳芳戰敗，杭州為潰兵所擾，南湖已不能安居，加之父母先後去世，在杭生計日艱，蒼虬舉家遷往上海。該首或可看作臨行前與江南的訣別之作。

多郎《惜花》詩曰：

> 皺白離情高處切，膩紅愁態靜中深。眼隨片片沿流去，恨滿枝枝被雨淋。總得苔遮猶慰意，若教泥污更傷心。臨軒一醆悲春酒，明日池塘是綠陰。〔註136〕

對比可見，對已經逝去及正在逝去的美好事物之近乎絕望的眷戀及無力護持的無奈，是二人之詩情感之相近處；淒豔的色彩對比，厚重深沉之痛蘊含於婉麗芊綿的景物描寫中，是二人之詩表達之相近處。不同處在於，多郎惜花、痛花，懸想花之歸宿，終以酒酹花魂，做最後的道別，綠陰所將「占斷」者，是想像中的「明日池塘」；蒼虬經過欲「支」殘春卻「恨難任」的無力、尋覓芳菲而終歸一夢的無奈，最終訣別的乃是被綠陰吞噬盡最後幾點殘紅的江南，而江南不僅是他幽居十載的第二故鄉，也是他亂世中努力護持的最後一片心靈淨土，故其悲劇似更具有瀰漫無際的象喻色彩，此詩可謂神似多郎且別具新意之作。

〔註136〕 韓偓撰，吳在慶校注《韓偓集繫年校注》，北京：中華書局 2015 年版，第 467 頁。

四、陳曾壽與宋之黃庭堅、陳師道

　　宋代詩人中，北宋之山谷、東坡、荊公、後山、簡齋以及南宋之誠齋、放翁均對蒼虬有或多或少的影響，而影響相對較大、亦爲蒼虬本人屢屢提及者，主要是山谷及後山二人。山谷與後山皆爲北宋江西詩派代表人物，蒼虬之所以致力於西江一派甚深，既與道咸以來詩壇大勢有關，亦與其人好尚及交遊影響有關。

　　就詩壇大勢而言，如陳衍所謂：「道咸以來，何子貞紹基、祁春圃寯藻、魏默深源、曾滌生國藩、歐陽磵東輅、鄭子尹珍、莫子偲友芝諸老，始喜言宋詩。何、鄭、莫皆出程春海侍郎恩澤門下。湘鄉詩文字，皆私淑江西。洞庭以南言聲韻之學者，稍改故步。」〔註137〕曾國藩以名臣鉅公身份倡導宋詩尤力，「其門生屬吏遍天下，承流嚮化，莫不瓣香雙井，希蹤二陳。迄於同光之交，……袁漸西、林晚翠暨散原、石遺、海藏諸公繼於後，他如諸貞壯、李拔可、夏劍丞皆出入南北宋，標舉山谷、荊公、後山、宛陵、簡齋以爲宗尚。清新警拔，涵蓋萬有。」〔註138〕由此可知，宗宋尤其是對江西詩派的學習乃是自道咸以迄光宣詩壇頗爲明顯的一個傾向。蓋宋詩力破唐人餘地，避俗、避熟、避膚淺；清人生於唐宋之後，「力求沉厚清新，固非倡導宋詩不可」，「故宋詩之盛，非僅人力，亦風會致然也」〔註139〕。蒼虬值此風會，自不免受其影響。

　　就交遊而言，受地域因素及家學淵源影響，蒼虬早年詩歌「抗希《騷》《選》」，於漢魏六朝詩致力頗久。中進士入京爲官後，與都中名流周樹模、左紹佐等人唱和數載，而周、左皆於宋賢致力頗深。清亡後避地海上，所交遊者如陳散原、陳石遺、鄭海藏、諸貞壯、李

〔註137〕　陳衍《石遺室詩話》卷一，第4頁。
〔註138〕　由雲龍《定盦詩話》卷上，張寅彭主編：《民國詩話叢編》第三冊，上海：上海書店出版社2002年版，第563頁。
〔註139〕　由雲龍《定盦詩話》卷下，張寅彭主編：《民國詩話叢編》第三冊，上海：上海書店出版社2002年版，第606頁。

拔可、夏劍丞等人亦皆「出入南北宋」，切磋唱和之際，其詩學宗尚勢必受到朋輩影響。

詩壇風氣及朋輩影響之外，蒼虬對江西詩派的宗尚亦與個人傾向及修養等因素有關。

黃山谷《贈陳師道》曰：「陳侯學詩如學道」，詩心與道心在本質上原可相互貫通，均為生命的證悟。詩歌可持性情，「諷詠之間，悠然得其性情之正」〔註140〕，「學詩如學道」——由詩心而悟道體，進乎技而合於道，山谷此意原為後山而發，這不但是黃山谷詩學的一個重要命題，也是「宋代詩學」的一個「核心觀念」〔註141〕。山谷道藝並重之詩學經曾國藩等人大力提倡，影響光宣詩壇甚巨。這種詩學思想為近代光宣詩壇如散原、蒼虬等人所繼承，蒼虬平生極重自省與修身，詩中時常可見學道不成的緊張與焦慮：如「一念嵯峨妨學道，儻看射虎未殘年」〔註142〕；「學道終憐到死迷」，〔註143〕「褊心不能迴，學道愧無忍」〔註144〕；他思念兄弟時，反省自己「幾日離居侵病惱，始知學道欠工夫」〔註145〕，及至晚年萬念俱灰後，他仍感歎「學道無成世緣減，欲憑何事掩悲涼」〔註146〕，唯恐此生出世入世之兩兩落空。蒼虬《和左笏卿丈並簡泊園丈》詩曰：「先生說詩如說道，一稊直可窮明幽」〔註147〕，將人生看成一場修行，將學詩看成

〔註140〕 真德秀編《文章正宗綱目・詩賦》，影印文淵閣四庫全書本。

〔註141〕 李瑞明著《雅人深致——沈曾植詩學略論稿》，哈爾濱：黑龍江人民出版社，2009年版，第191頁。

〔註142〕 陳曾壽《八月十一日生日偶作》，《蒼虬閣詩集》卷二，第74～75頁。

〔註143〕 陳曾壽《往寶應視樸生疾過鎮江作》，《蒼虬閣詩集》卷二，第77～78頁。

〔註144〕 陳曾壽《散原先生來湖上次日萬老亦至遂同遊虎跑泉》，《蒼虬閣詩集》卷二，第84頁。

〔註145〕 陳曾壽《病起寄強志長春》，《蒼虬閣詩集》卷十，第274頁。

〔註146〕 陳曾壽《來長春寓葵園中同住為苕雪夬庵及農先識先灼先弟君適表任兒子邦直》，《蒼虬閣詩集》卷二，第217頁。

〔註147〕 《蒼虬閣詩集》卷一，第5～6頁。

修行之一種方式，學詩如學道，說詩如說道，宜乎蒼虬對山谷及後山有一種根本上的認同。

所以，蒼虬對江西詩派的學習，兼涉技法及本質兩方面。對於山谷，蒼虬《讀山谷忍持芭蕉身多負牛羊債詩句有所感用其韻爲十詩》其十曰：「學詩作黃語，學道執黃戒」，所謂「黃語」，主要指語言方面；所謂「黃戒」，雖與食素一事有關〔註148〕，卻又不止於此，更有泛指的意味。蒼虬曾特別指出學習山谷的重要性：

> 學詩由山谷入，乃如屋之有基，不墮諸惡趣也。余每
> 讀山谷詩，見其精嚴，或至不敢輕下一語。〔註149〕

蒼虬此語亦包含技法及本質兩個層面：所謂「屋之有基」，即學習山谷詩性情之正，此既爲立身之本，亦爲立詩之基，知見之正乃是避免墮入惡趣之偏的前提。所謂「精嚴」，則主要指山谷詩技法層面。陳石遺謂蒼虬詩能得「黃之嚴」，蒼虬自道師法祈向，謂「要自黃嚴入韓豪，更參李婉調王遒」，均著眼於此。

蒼虬學習山谷，不但能得其精嚴，而且在化用前人辭句的「以故爲新」、「點鐵成金」等方面頗有心得，故散原曾讚美其《梅泉五十初度有詩及後山簡齋自抒身世之感屬和》詩「玉成古有寒無價，行意今餘筆可持」二句「深得運用之妙」〔註150〕，蒼虬詩能得「運用之妙」處甚多，與他善學江西詩法不無關係。

同爲師法對象，蒼虬對山谷及後山的具體態度又略有不同。周沈觀晚年自述其學詩宗尚，有「後山吾友牟山師」〔註151〕之句；若移此句式來說明蒼虬與江西詩派的關係，或可曰：後山吾友豫章師。對於山谷，蒼虬往往推崇備至，以師視之，其《予詩學山谷畫師子久

〔註148〕 參看蒼虬《謝陟甫饋蒸鴨》詩曰：「山谷學道持戒律，晚苦頭眩初破筆。我生偷妄百不逮，一事差勝惟憂勤」。《蒼虬閣詩集》卷六，第169頁。

〔註149〕 龔鵬程《近代詩家敍論五種》，《讀詩隅記》，第325頁。

〔註150〕 見散原手批《蒼虬閣詩鈔》。

〔註151〕 王揖唐《今傳是樓詩話》，《民國詩話叢編》第三冊，第358頁。

兩事皆不成戲成此作》詩曰：

> 人間第一一峰畫，天下無雙雙井詩。顧我蹉跎衰日候，
> 強希衣鉢二黃師。

稱山谷詩為「無雙」，可見推崇之高；「強希衣鉢」，可見師法對方之願望的強烈。又《廿一夜夢作書畫真有契歲月來無窮二句似翻後山詩意醒後偶有所會遂成二詩》一詩曰：

> 高峰半雲雨，觀棋坐一老。楚天巫峽圖，千古一畫稿。
> 天陰贊公房，壁潤龍鱗好。想為宏偃筆，變化松天矯。山
> 谷遊落星，燕寢清香裊。小幅對寒山，妙絕無人曉。我讀
> 兩翁詩，魂夢輒飛繞。何當逢解人，破秘一傾倒。〔註152〕

「我讀兩翁詩，魂夢輒飛繞。」，「兩翁」當指老杜及山谷。讀其詩而能魂牽夢縈，可見神往之程度。此外，蒼虯在《讀廣雅堂隨筆》中亦記載一事：

> 陳弢庵先生入都，問近日都中能詩者，公（按，此指
> 張廣雅）首舉賤名以對。予，固學山谷者也。

自道師承如此，亦可見山谷在蒼虯心目中的位置。

山谷之外，蒼虯亦有師法後山處，他有時將陳後山與陳簡齋並列提出，如《梅泉五十初度有詩及後山簡齋自抒身世之感屬和》詩曰：「深吸西江得我師，二陳鬱鬱各嶔崎」；《蔣蘇堪新刊簡齋集見贈》曰：「開卷久逾親，晚交惟二陳」。雖將二陳並列，然由於性之所近，蒼虯得力於後山處顯然較簡齋為多，論者亦往往有見於此，張眉叔評蒼虯此詩即曰：「『開卷久逾親，晚交唯二陳』，蒼虯深有得於後山，簡齋則但偶取而已」。關於學習後山與簡齋之不同，蒼虯心中自有分際，在《舸庵先生輓詩》其二中，蒼虯亦曾自道曰：「我拾後山餘，君痼簡齋深」，顯然相對於致力簡齋甚深的俞舸庵，蒼虯更偏重於陳後山。故胡先驌曰：「其（蒼虯）自謂拾後山之餘，此其所以為後山歟？」

蒼虯之所以於後山頗有心得，與二人性情氣質某方面的相近有

〔註152〕 《蒼虯閣詩集》卷二，第 74 頁。

關。後山性情幽獨，狷介安貧，有「閉門覓句陳無己」〔註153〕之稱。
蒼虬「負異於眾，不屑流俗之嗜好」，而自甘獨行於「荒寒之路」，「肆
力爲悽惋雄摯之詩」（陳衍序），與後山極爲相似。故師友輩多以陳後
山擬之者，蒼虬亦往往以後山自比。

　　後山諸體中最擅五律，嘗因《丞相溫公挽詞》中「時方隨日化，
身已要人扶」二句爲山谷所激賞〔註154〕，蒼虬學後山最得力之體亦
爲五律，尤其是輓詩，頗能得後山之神。如《張文襄公輓詩》其二曰：

　　　　事大謀能定，機沉見若遲。濟時新貫舊，沃主孝兼慈。

　　宇泰陰凝日，心寒痛定時。彌留天下計，繼座孰怨期。〔註155〕

　　張眉叔評蒼虬《張文襄公輓詩》二首「逼近後山挽溫公詩」，並
謂此首「足當南皮評傳」，當是有見於蒼虬某些五律與後山詩的神韻
之似。此外，散原亦曾注意到這一點，曾評蒼虬《小樓十首》五律曰：
「十詩氣逸格渾，於後山爲近」〔註156〕。

　　關於自己對江西詩派的學習，蒼虬在1915年所寫《輓李猛庵丈》
一詩中曾說道：「未傳西江衣，謬許南州冠」，他自謂學西江而未能登
堂入室，傳得衣缽，卻仍爲李猛庵格外垂青。此語固然有自謙成份，
不過也反映出一個事實：蒼虬學詩雖然亦有取徑西江的成份，然與同
光諸家宗宋者究竟有別。

　　前人多注意到蒼虬閣詩與近代宗宋一派的區別，大多歸因於蒼

〔註153〕　黃庭堅《病起荊江亭即事十首》其八，黃庭堅撰，任淵等註，劉尚
　　　　　榮校點：《黃庭堅詩集註》，北京：中華書局2003年版，第520頁。
〔註154〕　《冷齋夜話》卷二云：「予問山谷：今之詩人誰爲冠？曰：無出陳
　　　　　師道無己。問：其佳句如何？，曰：吾見其作溫公挽詞一聯，便
　　　　　知其才不可敵，曰『政雖隨日化，身已要人扶』。」《景印文淵閣
　　　　　四庫全書》，臺灣商務印書館，1986年版；又《宋詩紀事》卷三十
　　　　　三引《詩林廣記》曰：「黃山谷見此詩，『俗方隨日化，身已要人
　　　　　扶』之句，歎曰：『陳三直不可及，蓋天不憖遺老，悲盡於此矣。』」
　　　　　厲鶚輯撰《宋詩紀事》，上海：上海古籍出版社，1983年版，第
　　　　　820頁。
〔註155〕　《蒼虬閣詩集》卷一，第27頁。
〔註156〕　見散原手批《蒼虬閣詩鈔》。

虬的轉益多師。如錢仲聯先生在《近百年詩壇點將錄》中曰：

> 近人宗宋者，往往瘦勁有餘，麗澤不足，而《蒼虬閣詩》
> 獨能以玉溪之神，兼韓、黃之骨，遂覺異彩飛揚。〔註157〕

在《論近代詩四十家》中，錢先生又曰：

> 陳衍謂其（按，此指蒼虬）兼「韓之豪、李之婉、王
> 之道、黃之巖」。蓋自成其為蒼虬之詩，而不同於並世墨守
> 宋人一派者。〔註158〕

胡先驌亦曰：

> 近人陳仁先曾壽之《蒼虬閣詩》，學黃、陳而不為黃、
> 陳門戶所限者，則以早年得力於漢魏與義山也。〔註159〕

由本節中對蒼虬詩歌淵源的論述綜合觀照可見，蒼虬學宋而不為西江一派所限者，不但由於其詩學宗尚不拘一格的開放性，而且由於其人自有壇宇、自成境界，故能與歷代詩人精神相接，頗多會心，宜其與貌襲形似者有霄壤之別也。

第三節 「三傳晚更見倫魁」——蒼虬閣詩對簡學齋詩的繼承與拓展

陳曾壽高祖陳沆在詩歌評論及創作兩方面均有不凡成就，立身行事亦頗為朋輩稱道，故其影響後世詩壇可謂深遠，蒼虬在為人為詩兩方面受其高祖影響之大更是不言而喻。論蒼虬詩者，或能注意到簡學齋詩對蒼虬閣詩的影響，著眼處卻各有不同，而且大多未對這種影響細加分析梳理。本節即擬參照諸家評論、二人生平及具體作品，在對比的基礎上力求較為全面地探究陳曾壽對陳沆詩歌的繼承與拓展。

一、蒼虬與秋舫心靈本質之貫通

陳衍曾看到蒼虬詩與秋舫詩之間的淵源，曰：「陳仁先為太初先

〔註157〕 錢仲聯《夢苕盦論集》，第 362 頁。
〔註158〕 錢仲聯《夢苕盦論集》，第 351 頁。
〔註159〕 《胡先驌詩文集》下冊，第 458 頁。

生曾孫，詩學自有淵源。」至於有何淵源，他接下來說：「出其所作，則皆抗希《騷》《選》，唐以下若無足留意者」，秋舫不但「以復古爲己任」，亦被論者認爲最善五古〔註160〕，蒼虬早年詩作抗希《騷》《選》，淵源自可追溯到秋舫，這或許是陳衍認爲「詩學自有淵源」的原因。後來蒼虬詩學宗尚發生轉變，兼宗唐宋，石遺便不再提蒼虬與秋舫之間的淵源，而是把鄭孝胥作爲簡學齋詩的嗣響，原因也正在海藏不但「清蒼幽峭」之風格與秋舫相近，而且「其源合」〔註161〕——二人在宗尚淵源方面也有頗多類似。與陳衍側重從風格、宗尚等因素論詩學傳承者不同，蒼虬三弟陳曾矩從更根本處著眼，他不止一次將蒼虬閣詩與簡學齋詩「並讀」，發現二人所處時代雖有承平與變亂之異，二人詩之主旨表現雖有正變之分，「然襟抱之所存，流風之所被，根於性靈，貞於學術，一脈相傳而未替者，猶是志也。」〔註162〕相對於詩歌外在面貌而言，「襟抱」、「性靈」之相似顯然屬於更爲本質的因素，而這種一脈相承的關聯既與先輩流風所化有關，亦與學術貞定性情有關。作爲「同心同苦」共患難多年的兄弟，強志之言可謂把握到關鍵之處。

〔註160〕關於陳沆「以復古爲己任」，可參考陳邦炎先生《陳沆詩初探》一文，《文學遺產》1981 年第 3 期。關於秋舫最善五古，吳嵩梁、姚學塽、陶澍等人均有道及，詳見《簡學齋詩存》中諸家評語。

〔註161〕陳衍曰：「前清詩學，道光以來一大關捩。略別兩派：一派爲清蒼幽峭。自《古詩十九首》、蘇、李、陶、謝、王、孟、韋、柳以下，逮賈島、姚合，宋之陳師道、陳與義、陳傅良、趙師秀、徐照、徐璣、翁卷、嚴羽，元之范梈、揭徯斯，明之鍾惺、譚元春之倫，洗鍊而鎔鑄之，體會淵微，出以精思健筆。蘄水陳太初《簡學齋詩存》四卷、《白石山館手稿》一卷，字皆人人能識之字，句皆人人能造之句，及積字成句，積句成韻，積韻成章，遂無前人已言之意、已寫之景，又皆後人欲言之意、欲寫之景，當時嗣響，頗乏其人。魏默深（源）之《清夜齋稿》稍足羽翼，而才氣所溢，時出入於他派。此一派近日以鄭海藏爲魁壘，其源合也；而五言佐以東野，七言佐以宛陵、荊公、遺山，斯其異矣。後來之秀，效海藏者，直效海藏，未必效海藏所自出也。」陳衍著，鄭朝宗、石文英校點《石遺室詩話》，第 41～42 頁。

〔註162〕見陳曾矩《蒼虬閣詩集跋》，《蒼虬閣詩集》，第 497～498 頁。

　　就二人性情而言，蒼虯與秋舫皆哀樂過人、至情至性之人。二人之性情可於事親及交友等事中窺知一二。據周錫恩《陳修撰沆傳》所載，秋舫「性純孝，母疾則變容色，蚤暮隱湯藥閒，時時搏顙籲天請代。」〔註163〕登上第而入翰林後，他始終以「祿薄不能迎養親」爲憾，「將乞歸」，以親「弗許」而作罷，於是平居「忽忽不樂」，「乃無何而疾作，年甫逾四十」〔註164〕。事親如此，再看交友。秋舫擇友極愼，一旦訂交，堅如金石。秋舫平生所交多一時俊傑，與魏源交情尤篤，京師一遇魏源，「乃傾身與之友，人謂沆且貴，胡折節乃爾？矧源鱗甲難進。沆不聽，交源益篤」。秋舫詩曰：「少年結交徒意氣，酒散不知誰姓名」，又曰：「行藏兩無心，一朝託肺腑」，其擇友或憑氣類相投，或由人格吸引，非關對方聲名地位等外在光環，故能與友人各以平常心相待，溫不增華，寒不改葉，有始有終，久而益固。與秋舫相似，蒼虯事親亦以孝聞、交友亦多至情深契者，前文介紹已多，此處不贅言。故陳曾則認爲，蒼虯詩之所以能佳，正因以這種深摯的性情「爲質」〔註165〕之故。畢竟，性情乃人之根本，事親與交友尤其可見人之性情。舉此兩端，可概其餘，而秋舫與蒼虯性情之深厚可知矣。

　　深情多情卻不濫用其情，秋舫與蒼虯又都是檢束有節、多理性且重反省之人。這既與二人深沉多思的天性以及自幼所受儒家中庸之道的教育薰陶有關，更與各自的學術取向有關。就秋舫而言，《蘄水縣志》稱其「以漢學爲體，以宋學爲歸」〔註166〕，葉名灃《簡學齋詩存》序謂其「篤好宋五子之書」，周錫恩《陳修撰沆傳》稱「其學從詞章入，而中年銳治朱子學」。至於蒼虯，自幼濡染家學，亦在兼

〔註163〕陳沆著，張文校點《近思錄補注》，收入《近思錄專輯》第十一冊，上海：華東師範大學出版社 2015 年版，362 頁。

〔註164〕葉名灃《簡學齋詩存》識語，陳沆《簡學齋詩存》，《續修四庫全書》集部・別集類，第 1512 冊，第 222 頁。

〔註165〕陳曾則《蒼虯閣詩集序》，《蒼虯閣詩集》，第 490 頁。

〔註166〕光緒庚辰年（1880）續修《蘄水縣志》卷九《人物志・文苑傳》。

重漢宋的同時而尤重宋學，這在第一章介紹其思想時已有詳述。蒼虬雖沒有像自己高祖那樣寫有研究理學的專著，但心性之學的影響卻普遍滲透於其生活之中。這使得二人在爲人方面體現某些本質上的類似點。如果一言以概之，可以說是淡泊功利、重本輕末、一是皆以修身爲本。

修身學道並非忘懷塵世，儒者以聖賢境界爲理想之鵠的，內聖與外王原是聖賢境界一體之兩面，故獨善的另一面是兼濟，性理之學的另一面則是經濟之學。從秋舫到蒼虬，雖然浸淫性理之學甚深，卻均非空談心性而脫離實際之人，而是皆有儒家經世濟用的理想。志在兼濟的襟抱，秋舫與蒼虬一以貫之。

蒼虬與其高祖秋舫在性情、爲人、爲學、襟抱等方面一脈相承的密切關聯。這幾方面並非各自孤立，性情受先天因素影響，是人之根本；學力能貞定性情並導之歸於正；性情厚薄與學力深淺決定爲人格局之大小與襟懷抱負之高低。對比可見，從秋舫到蒼虬，二人所處時代雖有不同，然而心靈本質方面則息息相通，這是詩學承傳的基礎。蒼虬閣詩之於簡學齋詩，淵源固有所自也。

二、蒼虬閣詩對簡學齋詩的繼承

由於內在本質的相通，蒼虬詩受秋舫詩影響頗深。

從遣詞造句來看，《蒼虬閣詩集》中屢屢可見化用活用簡學齋詩之處，如集中第一首《乙巳二月赴湘長沙湘陰武岡爲先高祖金門公舊治遺愛在民至今父老猶能言之時先曾祖秋舫公官京朝常忽忽不樂明發之懷形諸篇什舟夜不寐感懷先德夢中得長歌明發篇浩歎京國年十字醒成之》一詩，「嶽嶽我先祖，慕親厭華軒」二句從秋舫《三十生日都門自述》其二「矜矜我先祖，嶽嶽人中師」二句化出；該詩「言採澤下蘭」從秋舫《古風》「吾將採蘭茝」之句化出，二人之句又皆從楚辭而來；蒼虬《落日》詩之「孤行青冥中，風雷旋不止」是從秋舫《新橋驛夜霽見月》「孤行青冥裏，冰輪竟何依」化出；該詩「呼

吸萬星躔，如海納眾水」是從秋舫《雨中吳蘭雪博士枉過寓齋縱談半日得詩三首》其三之「呼噏天下才，氣若大海水」化出；蒼虬《七月初四日夜直時復園寥志正游焦山雜憶山中諸勝小詩寄之》其五之「何時棲息焦山去，臥看斜陽自打鐘」是從秋舫《鐵佛寺一笠亭晚歸》之「暮禽歸樹人歸郭，煙外寒鐘獨自撞」化出；蒼虬《齋中紅梅水仙山茶瑞香海棠牡丹玉蘭盛開》之「園丁擔花來，一笑分薄俸」是從秋舫《移居詩賀程雲芬前輩》「國初前輩風流殊，亭館頗分俸所餘」二句化出；蒼虬《三台山山居雜詩》其六之「常恐墮幽憂，聞道曾無時」是從秋舫《三十生日都門自述》「墮落文字中，常懼天所棄」化出；蒼虬《八月二十七日奉母再到龍井》之「浮蹤到寺似投林，我與寒泉共一心」是從秋舫《靈泉寺》之「我心忽蕩漾，照見三靈泉」化出；蒼虬《散叟去後獨遊雲林寺二首》其二之「寂寂石壇雙塔影，沉沉鐘梵四天鷹」是從秋舫《宿野寺》「塔短千山倚，鐘敲萬壑鷹」化出；蒼虬《洗心閣中菊花開時復園來住一月將別為詩四首》其二「下榻來幽人，一月同寤寐」是從秋舫《項師竹張馥亭自麻城來訪欣然有作》「空山不知寒，星月同寤寐」化出；該詩其三「秋心忽蕩漾」是從秋舫《靈泉寺》「我心忽盪漾」化出；蒼虬《散叟復園先後來湖上同作富春之遊過滬與石欽下榻海日樓旬日別後皆有詩至作感懷六首寄答》其五「君去日淼淼，我思積悠悠」是從秋舫《送魏默深歸湖南》「送君旋閉戶，積此悠悠思」化出；蒼虬《自辛亥八月乘京漢車南下今歲四月復由此路北上感賦》「山色憑河青到眼，太行何意尚嶙峋」是從秋舫《出都》「朝見太行青，暮見太行碧」化出；蒼虬《阿育王寺舍利殿》「龕燈夜寂暫趺坐，靜中至聽奔雷泉」是從秋舫《寄答竟海四首》其二「靜中感至聽，今古去不息」化出；蒼虬《十一月廿四日攜女下山治疾走別散原先生》之「天譴予小子，殃及千悔尤」是從秋舫《十一月默深留長沙相聚旬餘得詩五首》其三之「檢點終歲事，一身千悔尤」化出；蒼虬《和憒仲雪詩》之「大樹飄零銀雁失，明珠破碎玉龍寒」是從秋舫《苦寒行》之「大樹飄零白雁魂，明珠破碎驪龍夢」

化出。蒼虬化用秋舲之句甚多，而且大多能結合自家意思做出某種引申與變化，不可與因襲等而視之。蓋前輩佳句早已爛熟於胸，創作時自不免奔赴筆下，這原無可厚非。不過，簡學齋詩對蒼虬閣詩的影響印記之深，由此可見一斑。下面從言情、寫景、說理三方面分開來看。

　　先看言情方面。

　　前文既言秋舲與蒼虬皆爲性情深厚之人，而且，作爲楚人，二人又同樣浸淫於楚騷文化既久，不免都受到楚辭文化的影響。深摯之情是楚辭傳統的一個重要精神內核，秋舲詩之深情屢屢爲朋輩道及。如《中秋飲李雙圃寓齋放歌》一詩，吳嵩梁評曰：至情至性語，默深評曰：「秋舲眞性情」，又云：「向閱此詩，亦覺其動人處迥異尋常。今得小槎先生評，乃知眞情語固人有同心也。」魏氏評《到湘陰哭張一峰姊丈》詩亦曰：「情至詩自眞」。秋舲某些作品之言情，即深得楚辭遺意。比如《將出都始識魏默深長歌別之》一詩，寫自己與魏源初相見旋復分別的情景：「我初見君黃花秋，是何年少意氣遒。長揖眾中與我語，乾坤朗朗吞復吐。當時聽之閟然疑，君去累我三日思。」「長揖」二句寫「新相知」之樂，似用《九歌・少司命》「滿堂兮美人，忽獨與余兮目成」〔註167〕之意，而「目成」之情態描摹較《九歌》更加細膩委曲：眾裏相逢之際，因過於愛重對方反致羞怯緊張，因內心蘊蓄了萬語千言反而不知從何說起，「吞復吐」三字千回百轉，極爲含蓄有情，將此一動人瞬間置於「乾坤朗朗」之背景中，既明媚又深沉，昭昭朗朗，如日月之相逢，有青天以爲證！「當時」二句寫「生別離」之悲，兼用《九歌》與《詩經》之意：因如此相逢過於美好，不免心生是耶非耶、亦眞亦幻之疑，相從未款，方沉醉於耳畔同心之言的感動中未回過神，卻已匆匆離別，留下無盡懷思。接下來寫自己回到家後對默深的思念：「此時我醉愁眞宰，此際可憐君不在。白日躊躇不肯行，青山俯仰如相待。待君不來登祝融，遊戲洞雲翼天

〔註167〕　洪興祖撰，白化文等點校《楚辭補注》，北京：中華書局，1983年版，第72頁。

風。」「白日」二句似從《九歌・湘君》之「君不行兮夷猶」化出，寫白日青山踟躕不前若有所待之狀，實則是自己宛轉多情傷離念友之心的外化。「待君」二句亦似融合《湘君》「望夫君兮未來，吹參差兮誰思」及「時不可兮再得，聊逍遙兮容與」〔註168〕之意，故吳嵩梁評曰：「白日四句純是騷理」，可謂有見。「悲莫悲兮生別離，樂莫樂兮新相知」，秋舫不但善寫新相知之樂，亦善寫生別離之悲，這正因其性情本身之哀樂過人，故能與屈子精神相接，無怪魏源由衷讚歎曰：「才大如海，情深亦如海」〔註169〕。

　　蒼虬言情繼承了這一傳統，陳衍謂其早年詩作多「騷心選理」，後來雖兼學唐宋，但深摯悱惻的楚辭遺風始終滲透於他的很多作品中。比如其《落葉和聞賓門》一詩有「楚澤芳心紛自警」之句，「芳心自警」本出自《西廂記》，原寫兒女之情，他將「芳心自警」與「楚澤」連用，遂賦予「自警」之「芳心」以屈子澤畔行吟的楚騷遺韻，因有香草美人的託喻傳統而使格調頓高。而「紛」字既照應狀落葉繽紛之態，又將所詠之物與抒情主體不著痕跡地巧妙關聯起來：葉下紛紛，瞻落葉而思紛，「自警」之「芳心」也因著一「紛」字而平添幾許紛紜繚轉、根觸無端之致。蒼虬化用楚辭之意者不勝枚舉，僅「目成」之意即多次反覆出現於不同語境中：如「惜哉目成不得往，香雪一樹明高簷」〔註170〕，「便赴湘流了無憾，靈均曾記目成時」〔註171〕，「歸根轉綠非身待，託命題紅抵目成」〔註172〕，「採香徑裏目初成，露浥霜凌各有情」〔註173〕等等，無不曲盡其情，繼承了楚辭及簡學齋詩芬芳悱惻、深情宛轉的特點，「終古芳香託楚辭」可謂其夫子自

〔註168〕　洪興祖撰，白化文等點校《楚辭補注》，第59～64頁。
〔註169〕　陳沆《簡學齋詩存》，《續修四庫全書》集部・別集類，第1512冊，第235～236頁。
〔註170〕　陳曾壽《石湖山》，《蒼虬閣詩集》卷二，第92頁。
〔註171〕　陳曾壽《湖上雜詩》其七，《蒼虬閣詩集》卷三，第98頁。
〔註172〕　陳曾壽《落葉和聞賓門》其二，《蒼虬閣詩集》卷四，第143頁。
〔註173〕　陳曾壽《題心畬秋園雜卉冊子》其一，《蒼虬閣詩集》卷九，第243頁。

道。而「悱惻纏綿」正是楚辭的主要抒情特徵，楚辭的精神傳統可謂秋舫與蒼虬之性情得以養成的共同源泉，超乎常人的深摯之情也成爲貫穿二人作品之最根本的特質。

再看寫景方面。

前文說秋舫與蒼虬均爲重本輕末、特立獨行而超越世俗之人，因生命重心異於常人，故精神氣質亦異於常人。魏源 1822 年跋《簡學齋詩》曰：「空山無人，沉思獨往，木葉盡脫，石氣自青。羚羊掛角，無跡可求，成連東海，刺舟而去。漁洋山人能言之而不能爲之也，太初其庶幾乎」〔註 174〕。一連串清逸出塵的山林意象雖是在渲染秋舫詩境，卻也烘托出秋舫其人特立獨行的氣質。類似的精神面貌也體現在他人對蒼虬的評價中，如俞明震、胡先驌等人皆指出蒼虬超越世俗的特點，這種氣質投射到作品中，二人寫景之作多爲其灑落胸襟的外化，賀長齡評秋舫《寧鄉山中早行》其一曰「想見胸中灑落」，評其二曰「六句惟靜者知之」；魏源評其《璞齋爲余作洞庭秋舫圖自題二首》曰「一片清機，獨來獨往」，評其《八月一日劉芙初太史招遊長河極樂寺飯後至萬壽寺看松石渡河小憩昌運宮而歸得詩四首》其二及《山中月夜》之「樹如將曉色，蟲有欲秋聲」二句爲「幽異」，評其《中元黃鶴樓待月》一首「寫景入微」，評其《寒谿寺》之「寺門開夕陽，落葉閉斜路。卻聽流水聲，寒色上衣履」四句「清幽如見」；董桂敷評其《遊福德山寺》爲「妙響仙心」，評其《靈泉寺》「萬樹結一綠，蒼然成此山。行入山際寺，樹外疑無天」四句「幽絕」，綜合各家所評，陳衍以「清蒼幽峭」概括簡學齋詩的特點。個人以爲以「清蒼幽峭」概括秋舫寫景之作較爲合適〔註 175〕，而這類寫景詩之所以

〔註 174〕　陳沆著：《白石山館詩》，沈雲龍主編：《近代中國史料叢刊續編》第二輯，第 8～10 頁。

〔註 175〕　卓維俠《陳沆其人其詩》一文已持此論，文中說：「從陳沆的詩歌整體風格來看，它具有清蒼幽峭和沉鬱頓挫兩種。陳衍評論道光以來的詩歌，把他列爲『清蒼幽峭』一派之祖，而忽視了其沉鬱頓挫的一面。實際上『清蒼幽峭』主要是他的寫景詩。」見《古典文學

表現出「清蒼幽峭」的特點，與秋舫其人的氣質及修養直接關聯。蒼
虬也是如此，胡先驌謂蒼虬山水詩「多獨往獨來，超然物表之概」，
之所以如此，乃因「其胸次之超越，自高人一等也。」錢仲聯謂蒼虬
寫景之作「有孤雲野鶴、獨往獨來之概」〔註 176〕，二家所評，均能
由表及裏，由蒼虬寫景詩清逸出塵之風格窺見其人特立獨行之本質。
超越世俗功利，故能沉思孤往，遺世獨立，筆下山水，自有清音。胡
先驌論蒼虬詩曰：「能令湖山發清響，詩篇簡學見薪傳」〔註 177〕，即
是看到自蒼虬山水詩清逸出塵的品格，原是得自秋舫真傳。

再看說理。

先天稟賦中既有深沉多思的質素，加之後天對性理之學的深研覃
思，使得簡學齋詩頗重思致。秋舫中年以後多沖夷淡泊、思致精微之
作，周錫恩謂其「雖天姿儁拔，而思力刻憻」〔註 178〕，吳嵩梁謂其
乙亥所作《秋齋讀書雜感》以後之作「氣斂而理深，進乎道矣」，陳
衍謂其「深於理境」等等，均看出簡學齋詩這一特點。秋舫詩中之理
多從實際修持的妙悟中得來，如吳嵩梁評「歲暮百物斂，縱心俱一收。
檢點終歲事，一身千悔尤」四句所謂：「沉摯語，是從修省中得來，
故無腐氣」。正因這種說理乃是個人在日積月累、循序漸進之修養中
的切實所悟，復能挾情韻以行，如水之積厚，負大舟而有力，真力彌

知識》2002 年第 6 期。但是，作者以「清蒼幽峭」與「沉鬱頓挫」
兩種風格來概括陳沆詩歌的「整體風格」，則似不夠全面。陳邦炎
先生早在《陳沆詩初探》一文中，即結合體裁與風格兩方面，指出
簡學齋詩既有近陶的「沖夷淡泊」、「真質沉至」之五古，也有近杜
的「沉雄深厚」之七律，此外還有「以才情、氣勢見長」、「奔放奇
逸」的七言歌行及「以韻味見長、以清新見美」的絕句。見《文學
遺產》1981 年第 3 期。

〔註 176〕 錢仲聯《夢苕盦詩話》，第 27 頁。

〔註 177〕 見胡先驌《讀陳石遺先生所輯近代詩鈔，率成論詩絕句四十首，諸
家頗有未經見錄者》其四十之「陳仁先」一首，《胡先驌詩文集》
上冊，第 201 頁。

〔註 178〕 周錫恩《陳修撰沆傳》，陳沆著，張文校點《近思錄補注》，第
362 頁。

滿，眞情亦彌滿，故不但可以避免一般理學詩缺乏情韻的迂腐之氣，而且可以避免因缺乏修養積澱與眞實體悟而徒事逞才使力的虛驕之氣。魏源評秋舫《出都詩》其五，謂「骨重神寒，眞實力量，固自不同」，即是指的這種「理外工夫」的積澱。蒼虬詩亦重精思與理境，梁鼎芬謂其「精思所造處，成者鬼神愁」〔註 179〕，胡先驌謂其「理境亦極深邃」〔註 180〕，均爲有見之言。在重思致重理境卻不落於迂腐說教這方面，蒼虬亦得秋舫神髓。

　　錢仲聯先生論簡學齋詩曰：「其詩言情寫景說理皆有獨到」〔註 181〕。由以上分析不但可見秋舫詩之言情、寫景、說理三方面確有獨到之處，更可知蒼虬在這三方面確已得秋舫眞傳。二人詩之相通處當然不止於此，以上不過舉其大端而已。若以一言總括兩家詩歌最本質的相通之處，「味外味」三字或可當之。蓋感情深摯強烈爲一得天獨厚的資質，若能以理性適度節制，復以日積月累的學問及身體力行的修持拓展胸襟，涵泳於學問性情之際，天機又極以人力，博觀約取，厚積薄發，偶一發之，其旨必深，其味必厚，其韻必悠。董小槎謂秋舫詩能得「味外味」，吳蘭雪謂秋舫詩「可與古人爭衡。彼以劍拔弩張爲雄者，皆客氣耳」，當以此故；陳散原謂蒼虬詩「志深味隱」、「無拔刀亡命之氣」，當亦以此故。

三、蒼虬閣詩對簡學齋詩的拓展

　　儘管蒼虬詩繼承了簡學齋詩一些本質的特點，在言情、寫景、說理等方面均能傳簡學齋詩之神髓，但作爲身處不同時代的不同個體，蒼虬閣詩在繼承基礎上又有對簡學齋詩的拓展。主要表現在以下幾方面：

　　就體裁而言，在各種詩歌體裁中，簡學齋詩最爲人所稱道的是其

〔註 179〕　梁鼎芬《題耐寂詩》，《蒼虬閣詩集》附錄三，第 504 頁。
〔註 180〕　《胡先驌詩文集》下冊，第 468 頁。
〔註 181〕　《夢苕盦詩話》，第 256 頁。

五古。如吳嵩梁跋《簡學齋詩》即曰：「卷中古體尤勝，五言選意深妙，用力堅苦處，殆非船山所能言也。七言才壯而氣逸，間有一二浮句冗字。」錢仲聯論簡學齋詩亦曰：「五言尤高，多骨重神寒之作」。簡學齋詩多次刪汰，所存者也以五古為主。蒼虬閣詩則「捨五言律不多作外，五七言古詩與七言律詩，皆能擅場。」〔註182〕故相對於秋舫，蒼虬在詩歌體裁上有所拓展。

再看題材內容方面。秋舫生活在清王朝由盛轉衰的嘉道時期，雖內憂外患漸起，但大體還維持著表面上的承平。就個人經歷而言，在秋舫四十一年的生涯中，除三十歲曾有過會試不中的挫折，中進士後在京為官時曾有過因「祿薄不能迎養親」的遺憾之外，也並無其他特別大的變故，所以其作品的題材主要包括贈友、遊觀、行旅、雜感、題畫以及憂慮國事、反應民生疾苦等幾類，內容情感相對比較單純。至蒼虬，除遭遇了清亡的黍離之痛外，更置身於三千年未有之大變局中，其本人在清亡後，還曾有過參加丁巳復辟及出關偽滿的複雜經歷，然而最終「生平志事，百不一酬」，其「繁冤極憤，鬱結侘傺」，一發之於詩，不但題材較秋舫為寬，思想內容、情感意蘊等方面亦較秋舫更為豐富且複雜。

就取法及風格而言，秋舫「無所依傍，多方師承，不主一宗」。反應到創作實踐中，他既有「奔放奇逸」，「以才情氣勢見長」〔註183〕之作，也有沉痛激切，反映社會現實與民生疾苦之作，但最為人所稱道的是那些被稱為「雅近韋、柳」的「沖夷淡泊、氣斂理深、樸至有得」之作。中年潛心性理之學後創作觀念的改變使他在進一步發展「古樸沖淡」一類風格的同時，也否定了其他風格的作品，走上一條越來越洗淨詞華、收斂才氣、隱去鋒芒、中和情感因而也越來越理性之路。在詩歌創作中，誠然有必要適度以理性節制情感，但過度節制收斂則不但會「侷限」自己的「創作天地」，也會使「創作道路」變得「狹

〔註182〕 《胡先驌詩文集》下冊，第 467 頁。
〔註183〕 陳邦炎《陳沆詩初探》，《文學遺產》1981 年第 3 期。

窄」。雖然這種趨向只是秋舫三十歲以後十年間的創作傾向，而創作傾向的轉變在很多詩人來說本屬尋常，但秋舫畢竟四十二歲便已去世，所以其詩歌也便終結於這種傾向而未能再拓新境，這不能不說是一種遺憾〔註184〕。

蒼虬秉承了秋舫轉益多師的宗旨，但在感性與理性、性情與學問的平衡方面把握得就比秋舫更圓融一些。開放的胸襟使他廣泛繼承前人成果，某些在秋舫詩中偶一見之的風格，在蒼虬詩中得到進一步深化學習，並融匯爲自己比較穩定的創作個性。比如，秋舫雖有復興詩經與楚辭詩學傳統的初衷，但具體到創作實踐中，他主要繼承了「言志」、「美刺」的風雅傳統；他早年雖也有「楚風」比較鮮明之作，但總體來看，他對楚辭詩學傳統發揮得遠遠不夠，這或許與他中年「篤志求道」後「屏棄詞章之學」，導致理性對天性中浪漫因素有所制約有關。蒼虬不然，他吸收楚辭深情綿渺、辭藻紛披的特點，寫有大量芬芳悱惻、寄託深遠的詠草木之作，這不但是對楚辭香草美人傳統的繼承與深化，也使得蒼虬閣詩在情韻與辭采方面比以古淡樸質見稱的簡學齋詩更加華贍豐美。再比如，秋舫集中既有奇警近韓之作，亦有沉雄近杜之作〔註185〕，卻均未成爲比較穩定的風格，至於蒼虬，其《臥松歌》被陳衍稱爲「全是杜骨韓濤」，而「以韓黃之筆力寫陶杜

〔註184〕 不過即使如此，這種清蒼幽峭、氣斂理深、沖夷質樸的風格仍是秋舫有別於他家的獨樹一幟之處，這類作品具有極高的藝術價值，被秋舫同時朋輩及後世論者大力推崇原非偶然。私意以爲，陳衍以清蒼幽峭概括秋舫詩風，並非看不到秋舫很多作品其實並非這種風格，或如錢仲聯先生所謂「以支流爲主流」，而是也感覺到這類作品乃是簡學齋詩獨具個性、與眾不同之處。陳衍論詩往往著眼於詩人在詩史大座標中的位置，而在詩史中定位，必須標舉其獨特個性之所在。

〔註185〕 關於秋舫沉雄近杜之作，秋舫同時及後世論者已多次提及，此處不贅舉。至於其學韓之作，如《苦寒行》一首，董桂敷評曰「似韓」；《邳州道中守雪示弟大雲》一首，黃洵評曰「合韓、柳爲一手」。個人以爲如《萬壽寺七松歌》一類作品，無論立意用韻均傲兀奇警，更得韓詩三昧。

之心思」更是陳衍對其《蒼虬閣詩》的總評。可見，同以轉益多師、不主一宗爲宗旨，蒼虬在實踐上比秋舫更廣泛也更全面。

　　秋舫最爲人所稱道的是其高古沖夷、氣斂理深之作，就詩中理境而言，蒼虬不但繼承了秋舫重思致、理境卻不落於迂腐的優長，更有雖從秋舫詩化出或受秋舫詩啓發，然用意更曲折，思致更幽微之句。舉例來看，蒼虬《十五夜月》寫月上中天，有「分耀同光一星在」之句，蓋中天之月原本分耀於眾星，眾星雖同受月光沾溉，空中卻唯剩一星獨顯，與月光交相輝映。之所以如此，非關月之分光多寡不同，而是眾星各自本有光明不同之故。此意可在秋舫詩中找到淵源，秋舫《璞齋爲余作洞庭秋舫圖自題二首》其二曰：「一白浩無際，夜中天地清。卻看孤魄滿，分作兩湖明」，其《秋齋讀書雜感》其七曰：「靈澤無殊施，物情有異受」，前首寫月之分光的形象，後首寫同施異受之理，而蒼虬此句則將秋舫二詩之形象與思致妙合爲一，未下一字理語，卻能以純形象傳達極精微之理境，當更勝一籌。

　　此外，蒼虬極善造境。秋舫詩中某些意象經蒼虬點化後，有時能拓展出一個更爲奇妙動人的世界。比如蒼虬《八月初九夜夢至一處案上書裝冊甚古繙視爲魏晉六朝人詩梁詩標曰梁言齊曰齊言妙趣紛綸盎有餘味醒後追憶不得遂擬二首彷彿所見云》其一之「迴薄萬古松，掩抑朱絲桐。相依北窗下，合奏生悲風」四句，當是從秋舫《大觀亭送汪均之兄弟》「俯聆浩浩江，仰睇謖謖松。二聲併入夜，相聚生悲風」四句化出。二人之作前二句均以兩個動詞引帶出兩個對象，後兩句繼而寫所引對象有所聚合而「生悲風」，而且對象中均有松之意象，故乍看起來，蒼虬四句似在遣詞、命意及結構安排三方面均對秋舫有因襲之處，細讀則不然。蓋秋舫詩中「俯聆」與「仰睇」僅述主體聽與觀之角度與動作，「浩浩江」與「謖謖松」僅寫客體之氣勢與情態，每個詞的意思均比較明確，主客體之對應關係也比較單純。再看蒼虬詩，「萬古松」寫出松的歷史滄桑感，「朱絲桐」雖不過泛指

熟絲琴弦的桐木琴，但朱絲之顏色則可使人聯想到彈奏者心弦之外化，從而使客體染上主體之感情色彩。「迴薄」與「掩抑」均爲多義詞：迴薄有盤旋迴繞之意，與「萬古松」搭配，可指古松夭矯盤曲之態；「掩抑」有聲音壓抑低沉之意，與「朱絲桐」搭配，可指琴聲之沉鬱低徊。同時，「迴薄」還可以指事物之間振蕩流轉、相摩相蕩之意，「掩抑」亦可指事物之間相互遮掩之狀。由於二詞均有不同主體之間相互作用的這層含義，與「萬古松」及「朱絲桐」搭配時，便打破了原有組合的固定性，而使前後句不同意象、不同主客體之間融合爲一種多邊交感的網狀關聯：松蔭掩映絲桐，松風拂過朱絲，弦弦掩抑，幽咽成音，松風琴韻相與迴薄於北窗之下、萬古之間。四句中雖未點人，但因淵明「北窗高臥」的故實使得整幅畫面中若有人兮、呼之欲出。無我之境中增添一個若有若無不可實指卻宛在目前之「我」，於是主體與客體之間形成一個相依相待的、互爲共鳴的有情世界——松風或隱者在桐絲上合奏出悲音，悲音轉而迴蕩於此心之間，而感觸於萬古之上。愈深情而愈悲愴，愈悲愴愈深情，合成一種神秘悠遠又切近動人的生命和弦。秋舫曰：「二聲併入夜，相聚生悲風」，「相聚」只是兩種聲音在夜色中相互聚合，悲淒成韻；蒼虬曰：「相依北窗下，合奏生悲風」，「相依」、「合奏」則是物與物、物與人之間靈魂的相守與共鳴。前者二合爲一，後者即多即一。由此可見，蒼虬四句雖從秋舫詩化出，但境界全然一新。

秋舫《秋齋讀書雜詩》其四曰：「群物各雜生，不礙蘭蕙長。秋雨綠一山，始見門戶廣」。賀長齡評曰：「於此見秋舫心地之廣」。心地廣大之人方能包容多元之美。陳邦炎先生論簡學齋詩，也認爲秋舫「師法非一宗，取材非一體，因而造就非一詣」，雖後期創作道路變窄一些，但因「起點高」，故「堂廡較寬，作品的可容性也就較大。」正由於秋舫之心地廣且堂廡寬，其本人雖受某些觀念影響及中年早逝等原因而未能充分展開自己的創作之路，卻可爲後人開啓廣大法門。

值得注意的是，秋舫所選擇之路並非易行〔註186〕，故踵武者寥寥，乃至於陳衍亦認爲簡學齋詩「嗣響頗乏其人」，環顧同時詩家，因「源合」勉強以鄭海藏爲秋舫繼承者，而未言及秋舫之曾孫陳蒼虬。之所以如此，乃因石遺著眼處在於他自己所認定的師承源流譜系，以及簡學齋詩深入淺出的語言及清蒼幽峭的風格，且不論他所說的源流譜系是否符合秋舫及海藏二人各自師承之實，即使就深入淺出的語言及清蒼幽峭的風格而論，也不過是秋舫與海藏之詩比較表層的特徵概括，就性情本質而言，二人一沉斂一飛揚，心靈本質既大異，語言風格等即便有類似之處，也不過屬於末節而已。由以上分析可知，晚近詩壇眞正得秋舫眞傳者乃是蒼虬。因二人內在本質方面的相通，故無論言情、寫景還是說理，蒼虬閣詩均能得簡學齋詩之神髓。可貴的是，蒼虬不但繼承了簡學齋詩的諸多長處，更將秋舫既有的創作路徑進一步拓寬，以出藍之姿開疆闢土，走出自己獨具個性的創作之路。

陳弢庵即不但看出這種承傳，更看到這種拓展，其《題蒼虬閣詩卷》一詩曰：「束髮傾心簡學齋，三傳晚更見倫魁。性情於古差相類，世界疑天特爲開」，蒼虬回弢庵曰：「酬恩敢替先臣澤，負國常存未死哀。漫浪詩篇忍終古，深心還被散樗材。」〔註187〕自謙之餘，感歎先輩高風難以爲繼，而自己既未能報國，亦未能殉國，雖不甘以詩人終老，卻畢竟無所用於世。蒼虬這種感慨，與秋舫《四十生日自懲詩》中「百年去堂堂，此身獨含愧。……悠悠積因循，聰明盡文字。枝葉日繁滋，根本何能遂？……往者不可逭，來者尤可悄。勞勞聖賢心，勉勉君父事」的焦慮如出一轍，只是更爲沉痛。其實，看似無用者未必眞無用，循枝葉亦可窺知根本，前提是果然有立身之本。從秋舫到蒼虬，正因二人之「本」一以貫之，因內符外，故發之爲詩，後

〔註186〕 陳邦炎先生認爲，簡學齋詩「只有通過靜觀才能領略的景色，只有通過深思才能悟見的哲理，只有通過精練才能形成的淡樸簡古的語言融爲一體」所成的「清幽澄澈」之詩，三個條件兼備已難，更何況還要結合精進切實的修持工夫。

〔註187〕 陳曾壽《次韻弢庵師傅見贈》《蒼虬閣詩集》卷三，第119頁。

出轉精，「三傳」而更見「倫魁」。如一幅長卷，徐徐展開，峰迴路轉，漸入佳境，而精神氣脈，前後固未嘗間斷也。

綜上所述，蒼虬詩博採眾家，轉益多師，在淵源上兼具開放性與複雜性。陳石遺指出蒼虬學詩之宗尚曾由騷選而入唐宋，汪辟疆謂蒼虬詩「屢易其體」，均道出這種兼收並蓄、不主故常的特點。如果按照詩歌體裁分別來看，蒼虬五古得力於淵明者居多、七古得力於老杜、昌黎者居多，五律得力於後山者居多、七律得力於義山及冬郎者居多。蒼虬各體兼擅，與其詩學取徑之正有密切關聯。

可貴的是，轉益多師的同時，蒼虬並沒有亦步亦趨，而往往能別出心裁、自拓新境，由上文蒼虬與諸家對比中不難發現這一點。汪辟疆論曾習經、黃節二家詩，亦曾兼及蒼虬對詩境的拓展：

> 剛父、晦聞二家詩，向所嗜誦。二家皆於玉谿致力甚深，而參以後山孤往之境，亦韶令，亦堅蒼，異乎明清間之宗溫、李者也。陳仁先亦從李出，但以寢饋杜、韓、王、蘇，詩境益拓，視二家爲大。〔註188〕

蓋有玉谿深摯之情，方能得玉谿深婉之韻；有後山孤往之懷，方能得後山堅蒼之境，否則徒襲其貌而不能傳神阿堵，宋之西崑學義山而流於支離餖飣者以此，明之七子學盛唐而流於浮泛空疏者亦以此。唯自成境界且不立門牆，方能拓他人之境界爲我之境界。蒼虬詩境之所以能夠在轉益多師的基礎上有所拓展，正在於其內在的自成境界。

〔註188〕　汪辟疆《題〈蟄庵詩存〉卷首》，《汪辟疆文集》第 640 頁。

第五章　陳曾壽在傳統詩歌題材
　　　　　之內的開拓

　　蒼虬閣詩並不以題材豐富著稱，亦未能在傳統題材之外自拓疆域，然而由於其性情之獨至，往往能在某些傳統題材中變化騰挪、獨闢蹊徑，寫出極富個性之作。這在寫景、詠物、紀夢、贈答等題材中體現得尤為鮮明。

第一節　「山水清緣幾兩展」——陳曾壽寫景詩

　　蒼虬頗工寫景，無論自然景觀還是人文景觀，經其慧心折射，無不各具異彩，故集中寫景之作極為前人所稱道，然論者多羅列其寫景佳句，而未對其所以佳處細加分析。即使偶有評點，亦未能深入。今擬結合具體詩例，對其寫景詩之獨到處做一番梳理。

一、陳曾壽不同時期之寫景詩概述

　　考蒼虬平生所歷，自鄂東至京華，自江南至塞北，地域跨度既廣遠，前後心境亦迥殊。遊屐所至，多有佳篇。若將其寫景之作按不同地域來劃分，大致可分四類：

（一）鄂東之作

蒼虬青少年時期居鄂東故鄉之作未收入詩集，集中所錄自 1905

年始，是時已離故鄉而居京華。故今日所見涉及故鄉山川之作，大多為後來因事還鄉途中所寫，如寫於京華為官時期之《武昌舟中》、寫於清亡後居滬杭時期之《二月初六日出東門展外舅子封公暨外姑周夫人墓過洪山卓刀泉途間感賦》、《大雨過黃梅》、《黃州江干旅夜》等等。因故鄉不但為早年生命成長之地，亦為最初理想形成之地，生命源頭既發軔於此，偶而「迴流」，不自覺間常會在今昔對比中以早年之自期反觀今日之所成，尤其對蒼虬這樣原有宏圖偉抱而最終「生平志事百不一酬」之人，其還鄉之作往往因志事落空而使得筆下故鄉山水亦染上時不待我的焦慮之感以及初心盡負的悵惘之情。

（二）京華之作

自 1903 年中進士至 1911 年辛亥革命後倉皇南下，蒼虬任職京曹，公餘尋幽覽勝，所作如《天寧寺聽松》、《遊天寧寺同左笏卿丈作》、《法源寺看丁香》、《遊戒壇寺》等等。此外，《次韻治薌觀落日詩》一組四首亦作於此一時期。此期寫景之作以人文景觀為主，因所寫多為京城名剎，故大多兼有帝都的恢弘雍容與古剎的莊嚴靜謐。

（三）江南之作

清亡後蒼虬先居滬上，後移杭州，「初借居劉莊，繼賃居三台別墅，乃漸購南湖旁地數畝，建屋居之。」〔註1〕直到 1930 年舉家遷居天津之前，蒼虬主要生活於滬杭兩地，而以居杭為主。在此期間幾度與朋輩遊焦山、富春、蘇州等名勝。故此一階段之寫景詩亦分為以下幾類：

一類為平居所寫，如《三台山山居雜詩》、《樓望》、《南湖晦夜寄懷散原先生》、《湖上雜詩》等，此類詩一般以樓居所見景物為興感之觸因，寫景所佔比重雖然不少，然主旨仍在人事；

一類為江南各地遊覽之作。因家住西湖最久，故遊杭之作最多，如《壬子二月同恪士梅庵至西湖寓劉氏花園》、《理安寺》、《獨行至

〔註1〕陳曾矩《強志齋詩文存稿》第 46 頁。

六通寺》、《龍井寺中坐雨》、《八月二十七日奉母再到龍井》、《雨後同貽先覺先買茶至法相寺》、《大雨後同復園至雲林寺》、《同散原老人登六合塔》、《遊西溪歸湖上晚景絕佳同散原作》、《大雪後同觚庵至靈隱寺二首》等等；杭州之外，遊浙地其他名勝之作《九月十九日同復園謁禹陵登會稽山頂》、《登天目山望雲海》、《雨宿昭明寺賦呈同人》、《觀瀑亭》、《昭明寺夜坐》、《鐘樓口占》、《垂虹亭觀瀑次愔仲韻》、《十九日上分經臺》、《鐘樓晚眺獅子峰》、《將遊雁蕩不遂改遊天童舟中口占》、《阿育王舍利殿》、《天童寺》等；遊蘇州之作如《遊玄墓聖恩寺》、《登天平山同病老作》、《石湖山》、《同人訪韓蘄王墓碑予陪散叟他遊未果》、《太湖石壁》等；遊鎮江焦山之作如《九日同彊村病山兩侍郎愔仲閣丞強志弟焦山登高》、《重陽後一日同人定慧寺山門夜坐》、《定慧寺山門看月與彊村同作》、《焦山紀遊雜詩》、《九日焦山登高同公渚作寄君適廬山》等。江南遊覽之外，蒼虬還曾於1929年冬赴廬山視長女疾並看望散原，寫有《同君穎至黃龍寺》、《同君穎宿聖華精舍》、《山中即事二十四韻》等詩，爲江右寫景之作。此一階段不僅時間跨度大，而且所遊歷者多爲江南人文薈萃之地，得江山之助，作品亦兼有深厚的歷史文化內涵及江南特有的煙水迷離之致。

（四）關外之作

自1931年冬奉召出關至1942年舉家離開長春遷至北平，十載關外生活中，蒼虬亦寫有一些塞外風景之作，如《金州道中》、《同勉甫子玉覺先吉林松花江邊晚眺》、《松花江岸閒步同治薌》、《蘇堪約遊淨月潭》、《三月奉命察視福陵昭陵界址山行有作》、《春盡日遊西公園》等等。塞外荒寒之地，加之小朝廷君臣受制於人的處境，即便賞心悅目之景，亦往往有信美非吾土之憾，徒然觸發對關內山河尤其是舊京及西湖的悵惘回憶。

以上按不同地域對蒼虬寫景詩做了簡單分類，不同地域寫景之

作大體對應不同生活時期，然亦非絕對：除鄂東之作並非作於居鄂時期之外，蒼虬居江南時期亦嘗多次北行，故此期所寫景物並不限於江南煙景；居關外期間亦嘗多次南下，故此期所寫景物亦不止於塞上風光。以上分期不過就其大體而言。不同分期之界限既不夠鮮明，所概括之特點也只是泛言此期寫景最主要之方面而已。

二、陳曾壽寫景詩之特色

蒼虬寫景之佳者，陳石遺屢稱其《遊天寧寺同左笏卿丈作》一首之發端，謂首二句「寫一路往天寧寺，遠見隋塔之景，真寫得出」，又謂「驅車塵冥冥，隱見孤塔圓。大佛相接引，一逕橫蒼煙」四句，「寫往天寧寺一路如畫」〔註2〕。若從物理形貌看，塔本身固非圓形；若依透視原理，則該塔既為密檐式建築，十三層飛檐疊栱逐層收減，仰觀時其形尤近乎圓；況車塵冥冥，視線為塵所隔，孤塔隱約，棱角模糊故亦近乎圓。故「圓」字化實為虛，化繁複為簡約，融合寫意於寫實之中，可謂體物深微而狀物精切。蒼虬論詩以真切為貴，以為「言情言景言事必不可移」方妙，此則不但極切其景，且能令讀者如臨其境，確屬難能。

此外如《樓望》一詩寫登樓所見湖天秋景，「亂鴉脫葉參差暮，單雁重雲夾帶秋」二句亦頗為人所稱道，如錢仲聯先生曰：「白香山詩『新秋雁帶來』，妙在自然；徐靈暉詩『一雁帶秋來』，只換一字，便落小樣。近人陳仁先詩『單雁重雲夾帶秋』又好在凝煉。」〔註3〕前人以鴉、葉並舉以狀秋景者，如戴復古《次韻郭子秀曉行》之「脫葉園林帶曉鴉」，吳偉業《晚泊》之「樹脫餘殘葉，風吹亂晚鴉」，董以寧《愁倚闌令·愁來》之「葉落鴉棲鴉似葉」，王國維《浣溪沙》詞之「月底棲鴉當葉看」，葉是葉，鴉是鴉，各自分明，縱因二者相似而以此喻彼，亦會以「似」、「當」等字關聯其間。蒼虬亦以鴉、葉

〔註2〕《石遺室詩話》，卷十四，第229頁；卷三，第46頁。
〔註3〕《夢苕盦詩話》，第178頁。

並舉而並無關聯之字，反更能模糊鴉與葉之分際，且「鴉」爲「亂鴉」，「葉」爲「脫葉」，「亂」者凌雜而「脫」者無序，更以「參差」狀其紛紜，則亂鴉、脫葉被蒼茫暮色所挾裹而混雜一體，更不辯何者爲葉何者爲鴉也。王國維《浣溪沙》曰：「天末同雲黯四垂，失行孤雁逆風飛」，羽族中最孤零者莫如「單雁」，以「單雁」之微處重雲之厚，不但益形其孤，且隨時會被重雲所吞沒。二句寫秋暮凌亂蕭疏之境，諸物象之界限既不甚分明，動詞及形容詞運用益增其渾茫，故前後二句，實可互文見義：亂鴉、單雁、脫葉、重雲無不參差夾帶於晚秋之蒼茫暮色之中，而合成一幅湖天秋暮圖。

諸如此類，或以體物深微、狀寫精切爲勝，或以句法凝練、以少勝多擅場，雖皆爲寫景佳篇，然並非極難至之境，亦不能作爲蒼虯寫景詩最富個性之代表。蒼虯寫景另有獨至處，可從以下兩方面來探討：

一是個人之性情氣質乃至於襟懷修養自然而然灌注於景物描寫之中，使得筆下山川盡著我之色彩。蒼虯特立獨行、超越世俗之山林氣質爲朋輩所公認。如俞明震《寄陳仁先》詩曰：「瀟灑陳孟公，有俗無不棄。手寫詠菊詩，閉門自成世」；胡先驌舉蒼虯詠菊詩「相賞必至精，愛極反成猜。落落隱逸圖，凜凜獨行傳」四句，以爲可視作蒼虯「自爲寫照，亦即爲其詩寫照也」，均著眼於這種翛然獨往如孤雲野鶴般的山林氣質。超越世俗則少世械機心，故能與其他生命相與忘形，《龍井寺中坐雨》曰：「坐對寒湫一鏡開，凡鱗么麽未相猜」，寒湫鑒我心而我心鑒寒湫，相對之間，各平如鏡，故鱗介未驚，同心不疑。再如《八月二十七日奉母再到龍井》詩曰：

> 浮蹤到寺似投林，我與寒泉共一心。坡老來如前日事，慈雲閒作本山陰。堅蒼入骨嵌巖樹，曲折沿流繞指琴。未識諸天定何意，佛香遙送過前岑。〔註4〕

此首可與前首對照來看，前首與有生命之鱗介兩無猜疑，此首則與無生命之「寒泉」亦無間隔，更進一步，與古之先賢亦可因心之感

〔註4〕《蒼虯閣詩集》卷二，第63頁。

通而恍有千載一時之感。蓋東坡爲此地當年常客〔註5〕，慈雲爲該寺當年住持〔註6〕，二人今雖早已作古，卻一若方來閒遊該寺，一若依舊蔭庇本山，仍可旦暮遇之。頸聯前句謂巖樹堅蒼而有入骨之剛，後句言曲水瀠洄而如繞指之柔，剛與柔既是蒼虬對當前景物遺貌取神之概括，剛柔相濟也恰爲作者本人氣質性情及美學宗尚之自然流露，蓋非自稟如此性情，不能見外物之如此性情。尾聯先言「諸天」之意旨難測，而後句之「佛香」更似諸天有意無意間所遙遞之微茫啓示。該詩句句寫當前所見，卻處處可見作者精神氣質之投射，正以其人超越世俗，能以個體生命氣韻與山林氣韻相貫通之故也。

蒼虬寫景詩之超逸氣質還體現爲超越當下現實聞見而引人洪荒邃古之思。如《大雨後同復園至雲林寺》一詩寫雨後古刹林木愈加蓊鬱之幽境，有「陰崖徒起萬佛撐，樹不識春何代青」〔註7〕之句，後句遣詞清淺卻極耐尋味：古樹遮天蔽日，與人境隔絕而不知時序推遷；秋來葉黃而春來樹青，回黃轉綠似因春秋輪替，深山古木既不識春，緣何亦爲春色所染？不知青青如此，始自何年？不曰「何年」而曰「何代」，正極言樹之古也。此句不曰古而古意盎然，不曰幽而幽深無極，看似無端一問，即能超越當下有限之所見而指向無盡邃遠的時空。諸如此類寫景之句，即超逸即幽深，正是其人超逸且幽深之心靈境界之外化。

胡先驌謂蒼虬山水詩「多獨往獨來，超然物表之概」，之所以如此，乃因「其胸次之超越，自高人一等也。」錢仲聯謂蒼虬寫景之作「有孤雲野鶴、獨往獨來之慨」，二家所評，均由蒼虬寫景詩清逸出塵之風格窺見其人特立獨行之本質。然而蒼虬寫景之作絕非僅如「孤雲野鶴、獨往獨來」之一種風格，胡、錢二人之評大體可作爲蒼虬前

〔註5〕 東坡知杭州時，常至龍井一帶寺院，與元淨辯才多有過從。
〔註6〕 「慈雲」此處雙關：一指天竺寺住持慈雲法師，與前句「坡老」相對，辯才曾爲其嗣法弟子；一巧借慈雲法師之號，兼指「慈雲法雨」之「慈雲」，謂慈悲之懷如雲之廣被。
〔註7〕 《蒼虬閣詩集》卷二，第69頁。

期不少寫景詩之概括。而縱觀蒼虹一生，居京華及江南時期與此後尤其是出關之後所作寫景詩有明顯不同。蓋京華時期身居清要且未經喪亂，公退之暇可尋訪京城名勝以自娛；江南時期雖歷亡清及復辟失敗之痛，卻能借江南山水尤其是西湖清景的慰藉而暫得解脫，在半隱逸生涯中寄託其山林獨往之心，朋輩相與切磋之樂也以此二階段為最盛。1926 年母喪後在杭生計日艱，憂患亦日深，西湖幽居生涯的結束為一轉折，居滬三年後赴津北上，繼而奉召出關，自此身心不但失去旖旎明秀之江南山水的滋潤，朋輩也漸次凋零，加之時代變亂亦加劇，凡此種種，不斷刺激其固有的憂生憂世之念，使其筆下山水景物亦折射出憂患人生與變亂時代的投影。

　　早在袁世凱醞釀稱帝時的 1915 年，蒼虹途經北洋軍鎮守的鎮江，即寫有「北府兵屯殘角冷，寄奴巷陌曉烏啼」之句，表面不過寫眼前所見之「角冷」「烏啼」的秋景，而實以北府兵暗指北洋軍，以劉寄奴暗指袁世凱，以「殘角冷」及「曉烏啼」之闌珊衰敗氣象暗點出一代梟雄盛極而衰、即將走向窮途末路的命運。看似泛泛寫景，實反映出蒼虹對時代大氣候的敏感把握，然此類尚為寫景中有心寄託之作。蒼虹更有一類寫景之作，雖很難確知其具體有無寄託，若聯繫作者生平及該詩寫作背景，卻分明給讀者以個人處境乃至於時代大局的深遠聯想。寫於 1930 年秋舉家離滬的《八月十三日渡海》一詩可作為這類詩作之代表。

　　　　飄飄江海身，南北隨所緣。胡今盡室行，別恨翻牽連。故人重我行，置酒酬詩篇。雜杳集旅舍，伴我共不眠。侵晨犯宿霧，衝雨寒江壖。登舟不忍去，惜此俄頃延。最念弱小弟，餬口委吏間。分寸不失步，世好無一纏。寒暑不假息，後罷往必先。自為無母兒，萬劫無人憐。顧彼下船影，使我淚迸泉。四海復四海，行李疊股肩。童稚恣歡呼，岸景移當前。申江百萬戶，倏忽迷空煙。長風動地至，大波起軒然。房房深閉置，床床困拘攣。排溲群足跋，轟輷眾器掀。披衣起中夜，堅立據船舷。如山度黑影，猛瀺蛟

龍涎。高桅插象緯，森若寶網懸。三星及北斗，左右相周旋。扶搖挾噫氣，肅殺盈大千。萬靈訴冤痾，帝所驚喧闐。東方漏微白，晃漾日影穿。黝鐵噴千花，金銀忽相宣。鑪鎔不祥冶，騰踔顛坤乾。荒荒忽終古，冥冥人世遷。記我初北征，奉母蝨朝官。袖手視陸沉，未銜寸木填。辛亥出國門，夢落西泠邊。晨昏不努力，遺恨存高阡。君親已兩負，性命仍苟全。安知二十載，孤光回故躔。臣精實銷亡，志事何有焉。豈有尺寸報，酬茲溝壑年。贈行慰好語，子友情邈綿。恐無南歸意，諸弟語尤酸。起伏亂方寸，眼底輕波瀾。海水不盡地，我意真彌天。〔註8〕

　　該詩開端四句總寫多年飄零之慨，眼前翻騰動盪之江海恰成為多年萍蹤不定之生涯的寫照，因而使全篇籠罩上以江海為背景的象喻基調。從「故人重我行」至「使我淚迸泉」寫朋輩及兄弟送行時依依不捨之情；「四海」六句寫舟行離岸情景。「四海復四海」用王士禛《登高望山絕頂望峨眉三江作歌》「四海復四海，九州還九州」之成句，均極言世界之大，然阮亭意在慨歎勝遊之難以窮盡，蒼虬則意在慨歎漂泊之永無止期。「童稚」二句寫兒童尚不知人世酸辛與長輩憂苦，其天真快樂恰與成人世界形成一種反襯。

　　自「長風動地至」到「騰踔顛坤乾」二十四句寫舟行海上之所見：「長風」二句從「岸景」移至海上，「大波起軒然」寫海上風濤洶湧，引出下四句船艙內之動盪不安。「房房」二句寫船艙內之隔絕閉鎖與局促拘牽，令人有窒息之感，而跼天蹐地也恰是當時許多人的共同時代感受；「排蕩群足跋」寫風浪顛簸使艙內眾人站立不穩之群像，亦可使人聯想到亂世中失去明確方向而顛躓竄踣的國人象徵，於是此渡海之船幾乎可視作憂患人間的一個縮影。因閉鎖窒息而試圖探求出路，「披衣」二句由艙內而至船舷，「堅立」者，似有在動盪之大局中以求穩住身心以明辨方向的努力，而所見依舊是不可測的如磐陰影與兇險者的興風作浪。於是目光移向「高桅」，茫茫海上，四無依傍，

〔註8〕《蒼虬閣詩集》卷七，第199～200頁。

船之桅杆成爲望中唯一有所指向之物，循其所指，視角自然由人間移向虛空，展現出一個清明有序、蕭穆莊嚴的天界：眾星森然布列，如寶網漫空；三星在天，與北斗迴旋揖讓。此清明天界，與上述紛亂無序之船內情景所使人聯想到的濁亂人間恰形成鮮明對照。然而，「高桅」只能從人間指向天界，卻不能使天界同化人間；滄海橫流的人間繁冤積聚，反能盈滿大千，扶搖而上騰天界。亂極之世，自難覓眞正淨土，亦無處可以遁逃。「百年反覆憫狂稉，淨土往往污腥臊」〔註9〕、「江山信美惜蒙垢，漸化淨域爲塵凾」〔註10〕蒼虬不止一次有類似之慨，由是可知「高桅」四句所描繪之天界，顯然並非僅指繁星密布之天空，而兼具有清明和諧之理想社會的象喻色彩。繼而「東方漏微白」六句寫海上黎明日出之景，由初日穿雲之放射型光線聯想及鍛鐵時火光四濺之狀，進一步聯想及《莊子》「大冶鑄金」〔註11〕之典，此在莊子，不過借「踊躍」之金「不祥」以寄寓萬物當處順安時、任其自化之理；在蒼虬，則以憂患之眼觀物，使得海上初日似染人間之冤痛妖氛，於是借莊子原典「不祥」之意生發開來，以極敏銳之詩心感受到一個波譎雲詭之不祥時代的即將到來。

　　該詩至此，並沒有承接不祥之景物描寫進一步抒發對未來之憂懼，而是點到爲止，「荒荒忍終古，冥冥人世遷」二句爲一過渡，再由寫景再回到人事，「記我初北征」十句回溯自己早年自湖北老家北上赴京爲官、至辛亥革命後倉皇南下、再到隱居西湖的經歷，感慨理想之落空、君親之兩負；「安知二十載，孤光回故躔」二句至結尾，由回顧過去轉到當前之再次北上，感慨前後心境之迥殊；再寫諸友及諸弟贈別之語以照應篇首；復由心緒之起伏寫到海水之波瀾，以無盡

<hr />

〔註9〕　陳曾壽《同覺先詢先兒子邦榮邦直遊陶莊》，《蒼虬閣詩集》卷二，第83頁。
〔註10〕　陳曾壽《自題焦山畫冊》，《蒼虬閣詩集》卷五，第167頁。
〔註11〕　《莊子·大宗師》：「今大冶鑄金，金踊躍曰：『我且必爲鏌鋣』，大冶必以爲不祥之金。……今一以天地爲大鑪，以造化爲大冶，惡乎往而不可哉。」莊周著，郭象註：《莊子》，上海：上海古籍出版社，1989年版，第42頁。

之海寫自己難以盡述的彌天之意。

　　縱觀全詩，以海起且以海終，海既是寫作之自然背景、興感之由與描寫對象，也因投射有作者的身世之慨與時代憂患而產生了一定的象喻色彩，使人產生有關作者身世乃至於時代變遷的深遠聯想。此在作者或只是自然興感與無意流露，故讀者雖不妨有此類聯想，若一一確指，難免拘執。然而正是這種有意無意間的流露與不可確指的言外意蘊，使得蒼虯寫景詩呈現出更為豐美的意蘊。張眉叔謂此詩「寫海行遇風，最真實、最靈動」〔註12〕，雖為確論，卻未論其言外意蘊。蒼虯此類寫景詩之妙，固然與描述之「真實」「靈動」相關，然又何止真實靈動能盡其妙哉。

　　綜上所述，蒼虯寫景詩雖有地域之異與前後之別，然其獨至之處，一在於能以個人獨特之性情氣質自然灌注於景物描寫之中，使得筆下山川成為其內在生命氣韻之外化。二在於其本人憂生憂世之心往往自覺不自覺流露於景物描寫中，使得筆下山水折射出個人身世及時代之投影。而體物之細膩深微、狀寫之生動精切等等，特其餘事耳。

第二節　「等閒花木有餘哀」──陳曾壽詠物詩

　　胡先驌曰：「蒼虯閣詩寫景之外，更長於詠物」〔註13〕，詠物詩是蒼虯寫景詩之外又一重要題材，其中詠松、詠菊之作尤其為人所稱道。

一、詠物詩發展概述

　　詩中詠物，萌芽於詩經，初成於楚辭，發展於建安時期。或託物起興，或以物喻志，目的往往在人、在志、在情、在事而不在物本身。至齊梁聲色大開，詠物頗為盛行，側重點轉向對象本身，然大多偏於外在形貌之描摹刻畫，雖盡態極妍，頗能隨物宛轉；然膏腴害骨，鮮

〔註12〕龔鵬程《文化、文學與美學》，第497頁。
〔註13〕《胡先驌詩文集》下冊，第460頁。

可與心徘徊。初唐陳子昂以恢復漢魏風骨爲宗旨，力圖扭轉齊梁綺靡詩風，其《感遇》詩託物寓懷，重振比興寄託傳統；張九齡桴鼓相應，詠物風氣爲之一變。然二人既旨在扭轉詩壇之弊，其詩之寄託亦偏於理性安排，有意寄託之痕跡甚明。至杜甫詠物，往往能以其博大深厚之情觸物興感、即景會心，不必刻意比附安排，便能即物達情，因物見志。人謂其「皆能以自己意思，體貼出物理情態，故題小而神全，局大而味長」〔註14〕，即以此故；謂「（詠物之作）及工部出，而後狀難狀之情，如化工肖物，出有入無，寄託遙深，迥非尋常蹊徑」〔註15〕，亦以此故。詠物詩至此而達到一個難以逾越的高峰。杜甫之後，李商隱同樣以深摯過人之情，在杜甫博大詩境外別闢幽深之境，以其獨具個性之心靈體物、獨具個性之視角觀物，詠物中委曲傳達出詩人自己的「身世境遇」、由身世遭際所延伸並深化的「人生體驗」以及更爲深微虛泛的「精神意緒」與「感情境界」〔註16〕。義山之後，羅隱將自杜、韓、元、白等人即已發端倪的詠物夾雜議論發展成「通體議論」或「以議論爲主」的詠物詩〔註17〕，在本即尚思尚理的宋代詠物之作中得到廣泛嗣響。至宋代，詠物詩的各種基本類型大概已經齊備。此後詩人詠物雖具體傾向不同，然大致不出以上類型的範圍。

二、「逐序空吟草木詩」——陳曾壽不同階段、不同因緣之詠物詩簡介

　　境以時易，情以境遷，不同時期的際遇遭逢在改變作者處境的同時影響作者心境，時、境交移，個體情志亦隨之而移，故不同生命階

〔註14〕張謙宜《絸齋詩談》卷四，郭紹虞：《清詩話續編》，上海：上海古籍出版社 1983 年版，第 834 頁。

〔註15〕李因培《唐詩觀瀾集》卷二十一，引自陳伯海主編《唐詩學文獻集粹》下，上海古籍出版社 2016 年版，第 929 頁。

〔註16〕劉學鍇《李商隱的託物寓懷詩及其對古代詠物詩的發展》，《安徽師大學報》1991 年，第 1 期。

〔註17〕李定廣《論中國古代詠物詩的演進邏輯》中山大學學報（社會科學版）2015 年，第 4 期。

段之易感對象、所感內容及感悟深度均有不同。若按不同時期之不同因緣來劃分，蒼虬詠物詩大體分爲以下幾個階段：

（一）供職京華時期

此一階段所詠之對象以松、菊爲主。蒼虬與松之因緣甚深，其「蒼虬閣」之室號即因其家曾藏有元代吳鎭《蒼虬圖》而得名。蒼虬性好清遊，居京期間多遊京城古刹，戒壇松尤令其心馳神往；詠松者如《和人詠松二首》、《天寧寺聽松》、《同苕雪遊慈仁寺看雙松》、《戒壇臥龍松歌》等。蒼虬於木中偏愛松，於花中偏愛菊。居京華時「買菊無慮數百種，室中院外布列皆滿」﹝註18﹞，詠菊詩有《種菊同苕雪治蘇作》七首。蒼虬之偏愛松菊，除上述因緣外，亦與性情理想與松菊相近有關。蓋松之爲樹，勁節堅蒼，其枝幹眞力彌滿，與作者早年入世之偉抱相合；菊之爲花，韻逸格高，亭亭物表，與作者雖居冠蓋京華卻無汲汲之意的脫俗氣質相契。雖志在弘濟而有出世之遠思，原爲蒼虬理想構成中相反相成之兩個側面，與植物中松與菊恰可對應，其早年之獨鍾松菊，自非偶然。

（二）清亡以後至出關之前

此階段主要居於滬杭兩地，舊京菊種移至江南，故詠菊之作仍多，然而由於已成勝國遺民後入世抱負落空，故其詠菊亦在既有之高情逸致外增添不少遺民身世之慨，而詠松之作再難覓也，於是入世與出世之平衡打破。詠菊者如《述菊》六首、《次韻節庵師高碑店菊花》、《苕雪與覺先弟先後寄菊數十種日涉小園聊復成詠》、《洗心閣中菊花開時復園來住一月將別爲詩四首》、《復園既去夜坐洗心閣對菊偶成》等等。除此之外，其他所詠也大抵以花卉草木類爲主，其中所流露出的主要感情亦往往與作者之遺民處境相關，如《白梅》、《素心蘭》、《忍多花》、《次韻復園紅葉詩》、《次韻悟仲白桃花》、《白秋海棠》、《殘梅》等等。

﹝註18﹞陳曾則《菊軒記》，《海雲樓文集》第61頁。

（三）出關以後

此階段離江南而赴塞外，懷抱早空，志事全灰，不過但盡臣子本分而已。失志既久，松固極少詠及，內容涉及詠松者，惟《前夕夢見三松奇絕紀之以詩》一首，紀夢兼及詠物，大抵是沉澱於意識深處的早年奇崛健舉之氣在夢中偶然浮起的返照迴光。身處「非驢非馬」之國，進而不能行其道，退而不能遂其隱，況以極重名節之人而陷降志辱身之境，「晚節黃花」幾乎成為兩難困境的一個反諷，故菊亦鮮有道及，偶而道及，亦多自嘲自愧與自惜之意。如寫於 1932 年深秋的《殘菊次韻立之》一詩曰：「自笑後時容愛晚，早成相負敢矜秋」〔註19〕，前句當用韓琦《九日水閣》「雖慚老圃秋容淡，且看寒花晚節香」〔註20〕之意自嘲：縱然他年尚有自愛晚節的餘地，然而早已先負黃花而失去自矜自負的資本。然此期所詠仍以花卉草木為主。如《賦得蓮實》、《賦正紅芍藥》、《遼陽道中見紅梅以重價購得之》、《舊京見黃芍藥》、《落葉二首用前詠落葉韻》、《府中白芍藥及雜花始開已過夏至矣》、《次韻茗雪白芍藥詩》、《園中遍植秋芳有花俗名夜來香者尤多入夜萬花齊放幽芬襲人亦塞外之一奇也戲作一詩紀之》、《梅》等等。寫作因緣各有不同，意象所指亦因時因境而異，然由於其稱物芳，故往往給人以逆境中芬芳美好之生命自持自守之聯想。

此階段最值得注意的是作者六十歲以後寫有大量詠牽牛之作：如寫於 1937 年的《牽牛花》五絕句；寫於 1939 年《牽牛花》十二絕句、《牽牛花中雪青一種幽冶絕世日開一花閒居無俚若相慰藉者為賦一詩》、《寒節已至牽牛花猶有開者》、《去歲牽牛花雪青一種今秋復發》四首、《和君任牽牛花詩兼示廖志》等。與作者所慣詠之物相比，牽牛為最平凡之花，就蒼虬本人性情而言，於人，其偏愛卓異不凡之人〔註21〕；於花，其偏愛珍稀罕見之花，其本人亦曾懷卓異之理想，以

〔註19〕《蒼虬閣詩集》卷八，第 225 頁。
〔註20〕《安陽集》卷十四，明正德九年張士隆刻本。
〔註21〕蒼虬詩中屢屢稱道之人，多為歷代能建不朽功勳之名臣良將或飽學碩儒；其平生師友，亦「幾盡天下之賢豪」。

不凡之使命自期，然而當志事全部落空後，回想平生，繁華靡麗，過眼皆空。幾十年來，如優曇夢醒。於是轉而珍重當前最平凡的一草一木，而所居小園恰好遍種牽牛，平凡之花的平凡之美激發起蒼虬枯寂之心中沉埋的詩情，故蒼虬暮年偏愛牽牛，屢屢詠及牽牛，或許是生命復歸平淡後的自然選擇。

三、陳曾壽詠物詩中的心靈投影——以詠松、詠菊及詠牽牛爲例

詠物之作最重寄託，借物言志、託物寓懷是詠物詩最常見的表現手法。由以上對蒼虬不同時期詠物詩之簡介可知，其平生所詠最多之物爲松、菊及牽牛花，而對這三種事物也各自折射出作者不同側面的心靈投影。

（一）陳曾壽詠松之作的入世襟懷

蒼虬詠松之作多寫於清亡之前，往往流露出其人勇於擔荷的用世襟抱，如《戒壇臥龍松歌》曰：「縋幽欲引陰蟄出，承欹力負蒼崖危。萬鈞壓空不危殆，反走潛根疑過倍」，「『承欹』句不說崖因松重而危，先說崖得松負而不危」〔註22〕，正因意在寫松負重擔當之偉力。《天寧寺聽松》曰：「落落孤直胸，迴蕩生高寒。提挈四天下，度入太古年」，松儼然有救度提攜天下四海以同返於淳的宏願。因蒼虬早年抱負本即卓犖不凡，故其筆下之松亦有大氣眞力潛轉其中。然身處王朝末世，又不免有日暮途遠的孤危之感，以《和人詠松二首》爲例，《孤松》曰：

　　　　萬雪一東道，雄擔嗟爾能。枯心生世界，寒色起鋒棱。

　　　絕谷空無待，彌天氣若憑。風來助鳴咽，無淚洗崚嶒。

《疏松》曰：

　　　　堅瘦入松骨，疏疏天色中。何心動鱗甲，無力補秋空。

　　　葉勁風猶滿，翎寒鶴未豐。冷筇久孤倚，寥闊思何窮。〔註23〕

〔註22〕陳衍《石遺室詩話》卷二十五，第392頁。
〔註23〕《蒼虬閣詩集》卷一，第31頁。

　　《孤松》首聯以「萬雪」襯一松，孤松枝幹延伸於無限廣漠荒寒之境，如好客之主人展臂相迎，其不懼荒寒而勇於擔荷之人間溫情彌足珍貴；孤松看似瘦勁蒼枯，卻心懷廣如世界之無窮大願，而寒威之包圍反使其鋒芒氣勢益加凌厲奪人；因身處絕境，孤松一空依傍亦無可依傍，無待於外，卻能獨與天地精神相往來，於是彌天之氣便內化爲孤松之內在浩氣，並進一步化爲抵禦荒寒之助力，是以孤而不孤也；然而生當晚清風雨飄搖之際，這種彌天蓋世之氣往往雜有不同程度的英雄失路之悲，故「風來」二句於天風海濤之曲中忽轉爲幽咽怨斷之音，如阮籍窮途之哭，是又不孤而孤也。這種孤危之感在《疏松》一首中更爲明顯。雖有遍身鱗甲而不逢其時，本有補天之願卻心餘力絀；松葉縱然勁健卻畢竟已被徹天地之寒風所包圍，鶴之羽翼未豐而嚴冬驟至，松爲「疏松」，人惟「孤倚」，松所對應者，恰似空懷雄奇不凡之入世理想卻生於國勢危殆時期的作者本人。

　　蒼虬亦有借松喻人之作，而所喻亦必爲具有擔荷精神之人，如寫於 1909 年的《同茗雪遊慈仁寺看雙松》一詩，後有小註曰：「時張文襄公新逝」，顯然爲懷念張之洞而作，詩曰：

　　　　雙松足壯帝京色，可惜看松人已無。天上孤雲長獨往，
　　域中奇氣此能圖。翻風動日僵龍起，屈鐵迴枝衲臂枯。暫
　　洗塵沙一趺坐，沉泉悽愴上氍毹。〔註24〕

　　頸聯二句正面寫松，實亦松亦人。前句「僵龍」用王令《松》詩：「直遒筆筆日虯拏，雷拔僵龍出靄煙。但假深根常得地，何憂直幹不扶天」〔註25〕，以「僵龍」喻老松，「動日」實寓「扶天」之意；後句用杜甫《戲韋偃爲雙松圖歌》「屈鐵交錯迴高枝」句，寫老松枝幹雖屈曲如鐵，似蘊無窮之力，卻畢竟已如「衲臂」之枯，迴天乏術也。文襄暮年仍盡瘁國事，欲挽救清王朝沒落的危局，然心餘力絀，抱憾

〔註24〕《蒼虬閣詩集》卷一，第 22～23 頁。
〔註25〕王令著，沈文倬校點《王令集》，上海古籍出版社 1980 年版，第 180 頁。

以終，「翻風」二句恰爲其寫照。「辛苦與人家國事，調停術盡欲何云」
〔註26〕「朝年恢大略，末命瘁孤臣」〔註27〕皆有感於此，惟借松詠之，
愈覺含蓄有味。

（二）陳曾壽詠菊之作的出世高致及遺民心理

因陶淵明獨愛菊，菊於是被後來人賦予「花之隱逸者」的色彩，
隱逸也就成爲菊在文化傳統中最核心的品質。與詠松之作多有入世擔
荷精神不同，蒼虯早年詠菊之作多流露出翛然世外的澂澹隱逸之思。
代表作爲《種菊同茗雪治薌作》七首，茲錄其前五首如下：

> 五載長安居，眞作長安人。移家城西隅，喜與二子鄰。
> 秋來種佳菊，次第評芳新。一秋無雜言，花事徒津津。懷
> 歸不得歸，貧仕只益貧。得意疏籬間，味比杯中醇。

> 晨光發奇姿，晶日起我早。皎皎玉盤盂，亭亭眾芳表。
> 九幽鬱潔意，風露白清曉。沉冥亦有秋，冷士豈枯槁。誰
> 懷汲汲志，既晚無用好。眞意不相違，棄捐何足道。

> 靈均賦秋菊，終古以爲期。采采見南山，淡磊淵明詩。
> 沉吟二子作，古逸影燈帷。開門汲井闌，雪厚白玉墀。積
> 陰竟滔天，草木其能違。但解菊中趣，虛白原芳菲。

> 皇天賦我知，平居動心魂。寒灰一念在，耿耿不能髡。
> 朝北暮天池，何物爲鵬鶤。故園一籬秋，夜夢常溫溫。物
> 候萬不齊，何由訊寒暄。琤然一葉脫，若減寥天痕。歸墟
> 不早計，感此大化奔。安能荷鴉嘴，退息南山根。

> 春花態多方，維菊實兼之。吐納九秋精，變化絕思維。
> 衣白與衣黃，灑落天人姿。入道初洗紅，連娟青蛾眉。繽
> 紛天女花，微笑難通辭。亦現莊嚴身，獅象千威儀。頗疑
> 造物巧，意欲窮般倕。得非騷賦魂，摶化爲此奇。世人立
> 名字，與俗同妍媸。心省不能言，此妙無人知。〔註28〕

〔註26〕陳曾壽《書廣雅詩集後》，《蒼虯閣詩集》卷八，第224頁。
〔註27〕《張文襄公輓詩》，《蒼虯閣詩集》卷一，第27頁。
〔註28〕《蒼虯閣詩集》卷一，第20～21頁。

　　五首側重不同，然旨趣相通處，一在物外獨得之樂，一在高蹈遠舉之心。

　　在蒼虬看來，能得物外之樂者，必爲「不戚戚於貧賤，不汲汲於富貴」、以「無用」爲大用的「冷士」。「冷士」看似「沉冥」近乎「枯槁」，實則一如菊之以秋爲心，秋至則「欣欣此生意，自爾爲佳節」〔註 29〕——完成屬於自己的美好季節。正因「冷士」能以無用爲用，故能安於「貧仕」，「津津」於無關世間榮利之「花事」而得意於疏籬之間；也正因「冷士」能以無用爲用，故能解菊中眞趣，常駐一段無間無隔的芬芳悱惻之懷，即使當「滔天」之「積陰」與冰雪吞噬下百花盡萎時，亦不以榮枯而易其初心，視「虛白」與「芳菲」一如也。這種物外獨得之樂，顯然有別於得之則喜、失之則悲、完全依待於外境的世俗之樂，而具有了某種超越意義。

　　獨得之樂以外，蒼虬這幾首詩亦流露出隱逸之思，如「懷歸不得歸，貧仕只益貧」、「歸墟不早計，感此大化奔。安能荷鴉嘴，退息南山根」等句均如此。「懷歸」二句寫冷宦思歸之意，與蒼虬曾祖秋舫官京師時「祿薄不能迎養親」而幾次欲「乞歸」的思想一脈相承，所懷者當指現實之故鄉；而「歸墟」四句分別以極具象喻色彩之「歸墟」與「南山」寫欲歸隱之地，使得歸隱本身亦超越了傳統意義上的隱居之意，而具有了尋覓可安頓此身心之精神原鄉的意味。可見同寫菊之隱逸氣質，蒼虬賦予這種隱逸更豐富深遠的意蘊。

　　蒼虬筆下之松往往能見出深情入世的擔荷精神，近乎儒；筆下之菊往往能見出脩然世外的超逸氣質，近乎道。而儒與道、入世與出世、深情與超逸原是他本人性情理想中相反相成的不同側面，水乳交融而不可分，故其寫松之擔荷，實兼有超逸之思，寫菊之超逸亦不乏耽溺之樂。超逸固爲其筆下之菊的最本質特點，然而其筆下之菊卻絕非超逸所能限定，若以不同人格類型擬之，蒼虬所詠之菊，既有如淵

〔註 29〕張九齡《感遇》其一，張九齡撰、熊飛校注：《張九齡集校注》，北京：中華書局 2008 年版，第 171 頁。

明般「淡磊」〔註30〕之菊，亦有如屈子般執著之菊〔註31〕，更有如叔夜般性烈才雋之菊〔註32〕，乃至灑落如天人者、繽紛如天女散花者、莊嚴如獅象威儀者，不一而足。如此儀態萬方，以至於蒼虬認爲菊實似「吐納九秋」之精靈，以秋花而兼得春意，如日光融七色爲一白，氣象萬千，非常理可測，非常名可名。

　　同時需要指出的是，由於其詠松之作多寫於清亡之前，時間跨度小，所投射的人格理想相對單純；而詠菊之作在清亡後直至出關後仍有寫作，時間跨度既久，故其內涵亦因遭際、心境等不同而發生變化。清亡之後，蒼虬將舊京菊種移至海上，有「海上羈魂斷鄉國，一畦寒守義熙花」〔註33〕之句，蓋將淵明愛菊事與淵明「義熙以前，明書晉氏年號，自永初以來，惟云甲子而已」〔註34〕以志不忘故國之典相結合，逕稱菊爲「義熙花」，在傳統隱逸色彩之外又賦予菊濃厚的遺民內涵，寫於 1912 年之《述菊》六首即爲此類詩之代表，茲錄其一、四、六爲例：

> 滄海沒沉冤，悲壯成歎息。腐草分自灰，何力回蕭瑟。
> 永畏世笑嗤，淒其望彭澤。槁木黯無絃，蕭寥天宇寂。幸
> 餘霜下花，永此一朝夕。

> 燦燦黃金姿，高張楚芳色。昔年薦秋筵，四座動嘉客。
> 對之不敢燕，重是鹽梅列。及今共蕭晨，葳蕤還皎潔。對
> 酒忽悽愴，回念中腸結。

> 秋盡懷抱空，燈殘耿疏影。瀟瀟風雨夕，相對生淒警。

〔註30〕如上引其三之「采采見南山，淡磊淵明詩」。

〔註31〕如上引其三之「靈均賦秋菊，終古以爲期；得非騷賦魂，摶化爲此奇」數句。

〔註32〕陳曾壽《苕雪與覺先弟先後寄菊數十種日涉小園聊復成詠》其四曰：「龍章雖雋烈，天黥偶遺忘」。房玄齡《晉書・嵇康傳》云：「康臨去，（孫）登曰：『君性烈而才雋，其能免乎？』」

〔註33〕陳曾壽《以舊京菊種移至海上寄養鄰圃》，《蒼虬閣詩集》卷二，第40頁。

〔註34〕李延壽《南史》卷七十五，列傳第六十五，隱逸上，北京：中華書局 1975 年版，第 1859 頁。

襲露非一秋，拒霜未俄頃。相酬無後期，留命有餘哽。性
違氣候殊，根損支離甚。護此寸意芳，便恐殘年靜。〔註35〕

　　蒼虬詠菊詩的遺民情感首先體現為由於人與菊身世的契合而產
生的今昔對比之悲。蒼虬與菊尤其是舊京移菊因緣甚深：其一，菊為
楚辭「眾芳」之中的重要一「芳」，蒼虬為楚人，故與菊有來自文化
基因上的天然認同，他稱菊為「楚芳」，即是這種認同感的流露；其
二，與一般菊花相比，移菊為蒼虬舊京為官時親手所植、殷勤護惜的
生命，已與自己舊京生涯密不可分：移菊當年之絕代風華曾驚動四
座，自己當年之「議論風采」亦曾「傾一時」〔註36〕，人與菊有與故
國相關的共同美好記憶。如陳邦炎先生所謂：「他與菊花的情緣是和他
憶念中的故都亦即清室的情緣糾結在一起的。」〔註37〕其三，清亡之
後，人與菊均被迫南遷：菊移根而受損支離，人失志而舊懷都盡，今
昔對比之中，悲涼不言而喻，所謂「對酒忽悽愴，回念中腸結」是也。

　　蒼虬詠菊詩的遺民情感還表現為清亡後所造成的身心飄零之
痛。如果說南遷給舊京之菊造成了「性違氣候殊，根損支離甚」的移
根之苦，異代給蒼虬造成的則是遠比歷代遺民更為深重的飄零之痛。
因為晚清到民國非同於以往的改朝換代：政統、道統、學統均已動搖，
遺民除黍離之悲以外，更有對文化淪亡和既定社會秩序崩潰的憂慮。
作為舊制度的一員兼「為舊文化所化」者，值此「劫盡變窮」的時代，
短時間內勢必不能接受並適應另一種全新的制度與文化。如同在某處
生存多年的植物，被迫移植他處後，根鬚必受損傷。這不僅是地理上
的遷移，更關聯到社會轉軌、文化轉型等重大命題，故局中人在變局
中所承受的痛苦與迷惘必較前代更為深重。蒼虬在其另一首詠菊詩中
有「飄零自根蒂」〔註38〕之句，流露出的正是清遺民這種動搖根株、

〔註35〕《蒼虬閣詩集》卷二，第42～43頁。
〔註36〕陳祖壬《蒼虬閣詩集序》，《蒼虬閣詩集》附錄二，第489頁。
〔註37〕陳邦炎《陳曾壽及其〈舊月簃詞〉》，《臨浦樓論詩詞存稿》第317頁。
〔註38〕《洗心閣中菊花開時復園來住一月將別為詩四首》其四，《蒼虬閣詩
　　　　集》卷三，第103頁。

徹頭徹尾的飄零。

蒼虬詠菊詩的遺民情感還表現爲對個人出處進退的審愼抉擇。如果說對隱逸的嚮往在清亡前只是一種個性傾向，清亡後則增加了政治傾向乃至於政治抉擇的內涵。傳統士人本即十分看重出處問題，鼎革之際尤其如此。淵明詩寫出處之際的猶豫彷徨曰：「萬一不合意，永爲世笑嗤」，蒼虬深感於此，作爲勝國遺民，既無力挽回故國，亦不能另謀他就，更不能輕於一試，唯有「護此寸意芳」以盡殘年而已，這與寫於同時期之《白梅》詩所謂「空山淡薄收拾住，便了酬春無限思」均有自明臣節之意。

張眉叔論蒼虬《述菊》組詩，謂「第六首自況，意彌深警」〔註39〕，「深警」固是，然「自況」者非僅此首，蓋因蒼虬與移菊有幾近同根共命之深厚因緣，菊成爲他在清亡後所寄情託命之物，述菊之身世，如述自家身世；正不必刻意自況，而寫菊無非自我寫照也。

蒼虬詠菊詩之豐富意蘊，絕非出世高致及遺民情感所能盡述。以上不過就蒼虬詠菊詩中所投射出作者性情、身世等等，舉其犖犖大者而言。而且值得注意的是，同寫出世高致及遺民情感，蒼虬亦能以自家獨特心靈體物觀物，故能出語迥不猶人，寫出獨具個性的詠菊佳篇。這一方面由於蒼虬愛菊非同尋常〔註40〕，一方面由於蒼虬與菊之特殊因緣，最根本者還由於蒼虬本人氣質性情之與眾不同，有如此性情，遇如此機緣，必有不同尋常之詩。

（三）陳曾壽晚年詠牽牛之作的復歸平淡與隨分自安心態

蒼虬晚歲寫有大量詠牽牛花之作，以七絕組詩爲主，向來極少受人關注。此一則或因牽牛作爲平凡之花，在文化傳統與詩歌傳統中

〔註39〕龔鵬程《文化、文學與美學》，第491頁。

〔註40〕陳衍《石遺室詩話》曰：「今人之愛菊者，殆莫如陳仁先」，又曰：「仁先數以菊詩見投，余不能和，乃勉作一首，可當仁先小傳讀，云：『淵明菊傳神，仁先菊寫眞。非吾譽仁先，愛菊逾古人。非惟逾古人，愛菊逾其身。』」見《蒼虬閣詩集》附錄三第515～516頁。

的地位本即遠遜於松菊；一則或因蒼虬早年詠松菊之作太過卓絕不凡，相形之下，詠牽牛之作未免顯得平常之故。就總體成就而言，蒼虬詠牽牛之作確不及詠松菊之作。然而正是這種平凡之花，以其平淡之美，給飽經患難後心境冷如死灰的詩人以極大的撫慰，激發出質樸深沉的詩情，爲其平生草木詩畫上一個意味深長的句號。

　　張眉叔也曾注意到蒼虬晚年多詠牽牛的特點，並以爲「迭有牽牛花之作，定當有故事」〔註41〕。今其本事固已難測端倪，然通觀其全部牽牛之詠，大體可見其中最主要的情感，乃是一種復歸平淡後隨分自安的心態。如「小園莫笑秋容淡，猶賺衰慵一顧來」，「姜郎結習應難懺，老去猶然愛淡妝」，分別以韓琦《九日水閣》「雖慚老圃秋容淡」之句及姜夔詠牽牛「老覺澹妝差有味」〔註42〕之句，寫自己年華老去後對淡色花的偏愛，看似只是對個人審美好尙的自白，實則亦反映出整體心境的轉向。這種轉向在寫於 1939 年的《牽牛花》其十二中體現得最爲明顯：

　　　　光華妙似帝青寶，身世略同優鉢曇。萬相莊嚴一彈指，
請君回向此中參。

　　「光華」二句將牽牛花色澤之美與開落之速相對舉：其色澤如青色帝釋寶一樣光華奪目，其生命卻如優曇花一樣短暫，開時雖「萬相莊嚴」，如有瑞應，然而光華一現，轉瞬成空。蒼虬個人之身世何嘗不然？曾幾何時，以名進士官京華，議論風采傾動一時，轉瞬清亡成爲遺民，蹉跎失志以至於暮年，回憶京華歲月，亦如方開即斂的曇花。當年春秋尙富光華正耀時，自無暇特別關注牽牛一類的平凡花卉；待一生將近落幕，曾經不平凡的自己終歸亦落得平凡者之一員，反而在平凡的牽牛身上照見自己的一生，發現了不尋常之美。「請君回向此中參」，這種回轉頭來的重新參悟顯然並非單純爲觀花而發，而是結

〔註41〕 龔鵬程《文化、文學與美學》，第 503 頁。
〔註42〕 姜夔《武康丞宅同樸翁詠牽牛》，姜夔《白石道人詩集》卷下，上海：商務印書館 1937 年版，第 24 頁。

合了自己一生的經歷與感慨，是一種整體心境的轉變。這種轉變的最明顯特點即是復歸平淡後隨分自安乃至於自得的心態，與作者經歷及個人修養密不可分。寫於 1937 年的《牽牛花》其四曰：

> 少日看花興最賒，天香國色費評誇。五年萬里邊塵眼，
> 隨分回青到此花。〔註43〕

蒼虬早年任職京華時見慣名花，寫此詩時羈留長春已有五載之久，每日小園所見者無非牽牛之類的普通之花。昔時對天香國色報以青眼，此日對平凡小花又何必不然？只要某時某地它給予自己當下的安慰。如《中庸》所謂：「君子素其位而行，不願乎其外。素富貴，行乎富貴；素貧賤，行乎貧賤；素夷狄，行乎夷狄；素患難，行乎患難；君子無入而不自得焉。」〔註44〕惟「隨分」者方能「素其位而行」，隨時隨地從尋常事物中發現美。昔歐陽脩貶官夷陵，有「曾是洛陽花下客，野芳雖晚不須嗟」〔註45〕之句，正可與蒼虬此詩同參：洛陽牡丹的傾城之色固然好，但時不可兮再得，況且既已親見其美，自可留駐心中而無憾。山城所能見者，惟遲開之野芳。若以世俗標準看，野芳自不及牡丹；若放棄比較權衡，就野芳本身來看，它自有一種兀傲堅韌的生命色彩，恰與作者此時處境心境相宜。於是隨分賞之，孰云不樂？就個人修養而言，遭遇逆境而依舊能安之若素是一種可貴的修養；若不僅能隨遇而「安」，其能於「安」中自享其獨得之「樂」，則是一種更高的人生境界。同樣，蒼虬「隨分回青到此花」，回轉頭來對眼前尋常的小花報以青眼，欣賞眼前身畔最尋常的美。無論陳曾壽的「隨分回青到此花」還是歐陽脩的「野芳雖晚不須嗟」，都是一種儒家修養的詩化流露。正因為他們能做到「素其位而行，不願乎其外」，故能隨處隨分而有所得也。

〔註43〕《蒼虬閣詩集》卷十，第 281 頁。

〔註44〕朱熹撰：《四書章句集注・中庸章句》，北京：中華書局，1983 年版，第 24 頁。

〔註45〕歐陽脩《戲答元珍》，歐陽脩著，洪本健校箋：《歐陽脩詩文集校箋》卷十一，上海：上海古籍出版社，2009 年版，第 318 頁。

蒼虬詠牽牛之作中所體現出的這種復歸平淡後隨分自安並有所得的心態，既不同於其詠松詩中雄奇卓犖的弘濟襟抱，也不同於詠菊詩超逸不群的高蹈韻致，但同樣是作者性情修養的自然流露。

以上以蒼虬平生所詠最多的松、菊及牽牛花爲例，探討了蒼虬詠物詩中所折射出的人格投影。因蒼虬個人的特殊身世以及他與所詠對象的特殊因緣，使他在詠物中有意無意間投射有自己的性情、經歷、抱負、修養；同時因爲他對所詠對象的深厚感情，使其寄託並不顯刻意，而是即物達情，情中寓理，寫物如寫自家身世、自家性靈乃至於自家體悟。這既得力於對前代詩家詠物成就的學習，亦展現了蒼虬自己的獨特成就。

第三節　「未覺夢中夢，安得身外身」——陳曾壽紀夢詩

夢是人類重要的生理與精神現象，詩人多具有蹈空夢想的天性，尤其與夢有不解之緣，是以紀夢詩成爲古來詩歌重要題材之一。蒼虬平生多奇夢，集中收有二十餘首與夢相關之作。探討這些作品，不但有助於瞭解其人深邃的潛意識世界，而且可以沿隱至顯，進一步探究其意識與潛意識之間的微妙關聯。

一、陳曾壽「夢詩」分類與「紀夢詩」之界定

凡與夢相關之作均可稱爲夢詩，若按與夢的不同關聯而言，這些作品大致可分爲二類。第一類爲夢中所寫，而非醒後記述夢境過程之作。此類又有兩種不同情況，一種是夢中寫成全詩而醒後憑記憶記錄下來之作，如《夢中作》一首即屬此類，此外《夢中見一詩》雖云夢中所見而未云必是夢中所寫，然而所見既非他人之作，實則亦爲夢中之自我的心靈投影，故亦可歸入此類；另一種是夢中僅得個別詩句而醒後補成全篇之作，如《夢中得長歌明發篇浩歎京國年十字醒成之》、《被酒晝眠夢在西山戒壇寺中得松翻急雨未全龍之句

醒成之》、《廿一夜夢作書畫眞有契歲月來無窮二句似翻後山詩意醒後偶有所會遂成二詩》、《夢中得與鶴共青天之句因足成之》等詩，即屬此類。第二類爲醒後記述夢境本身之作。此類亦分爲兩種不同情況：一種是截取夢中某些片段情境之作，如《夢莘田出詩一卷皆詠梅花也因倩松庵畫梅寄莘田》、《夢強甫》、《紀夢中所見》、《夢中至某寺醒記以詩》、《余曾夢至一寺寺旁有塘甚廣青山迴繞不見一人風境凄冷今至育王寺宛然夢境也》、《八月初九夜夢至一處案上書裝冊甚古翻視爲魏晉六朝人詩梁詩標曰梁言齊曰齊言妙趣紛綸盎有餘味醒後追憶不得遂擬二首彷彿所見云》、《夢與梅泉同哭蘇堪醒記以詩即寄梅泉》、《夢見劉樸生丈謂到庚年有事樸丈逝世已二十餘年久不入夢醒後凄然有作》、《十月廿三日夜夢節盦師來長春寓一小園中往謁語次涕泗橫集嗚咽而醒紀之以詩》、《六月廿六夕夢至詒重家告以強志死矣詒重哭余亦哭醒後旋復入夢則詒重他出唯強志在與余相向哭豈兩人地下果相聚耶》等詩均屬此類，這類作品大多比較簡短凝練；一種是比較詳細敘述夢中所歷、並有某些連貫情節之作，如《予數夢至一寺門臨大江略似焦山定慧寺而幽窈過之昨又夢至其處詩以紀之》、《一夕夢至陳仲恕園中花木鬱然有小精室爲予畫竹一幅題語甚多壁間懸其尊人藍洲先生山水小幅尤精妙醒記以詩》、《前夕夢見三松奇絕紀之以詩》以及前後兩首《紀夢》等詩均屬此類。蒼虬閣詩中另有《夢回》、《夢覺》諸作，其興感之由雖或與夢相關，然具體所感與夢關聯不大，此類作品不在本人探討之列；此外，蒼虬另有述他人夢境、或敘寫他事而偶及夢境者，亦不在本人探討之列。本文重點論析者，以上述第二類記述夢境本身之作爲主，並兼及第一類夢中得句或夢中得詩之作。因爲嚴格意義上講，只有記述夢境本身之作方可歸入紀夢詩題材〔註46〕。

〔註46〕可參看周劍之《論陸游記夢詩的敘事實踐——兼論古代詩歌記夢傳統的敘事特質》對紀夢詩之界定，《文學遺產》2016年第5期。

二、陳曾壽紀夢詩之類型

　　蒼虯紀夢詩往往在題目中略述其夢成時間及夢境梗概，故其紀夢詩之題目大多較長，與正文相互補充發明。讀者但見題目，即可窺知該詩大體。若結合題目綜合來看，蒼虯所紀之夢主要有奇、逸、哀三種類型。奇者主要指超越現實之平淡庸常而出人意表之夢，如《八月初九夜夢至一處案上書裝冊甚古繙視爲魏晉六朝人詩梁詩標曰梁言齊曰齊言妙趣紛綸盎有餘味醒後追憶不得遂擬二首彷彿所見云》、《前夕夢見三松奇絕紀之以詩》、1924 年所寫《紀夢》等詩。以《紀夢》爲例，該詩前一部分尤奇，詩曰：

　　　　仲冬廿三夜，霜重氣慘凄。小極擁衾臥，入夢初不知。
　　手畫寒菊卷，枝葉紛離披。攬之不可盡，俄化龍躨跜。迴
　　旋呢我旁，意若相護持。是時寒嗽作，痰汩汩若糜。時時
　　唾之盂，若以印印泥。泥印滿圖卷，攜之踏荒蹊……〔註47〕

　　道家有「物化」之說，鯤化鵬飛、莊生夢皆甚奇幻，該詩則奇之尤奇：所繪紙上之菊忽化爲現實之菊，再化爲躍動之龍，迴旋護持於繪者四周；繪者所咳之痰本落盂中卻若印泥中，忽又以鈐印方式印於紙上，該夢始於繪菊而終於繪事完成，連環物化起於畫卷而終於畫卷，整個過程極盡奇幻跌宕之致，諸如此類，可謂奇情妙想之紀夢詩。

　　蒼虯多有記述深山古寺之夢，如《余曾夢至一寺寺旁有塘甚廣青山迴繞不見一人風境凄冷今至育王寺宛然夢境也》、《予數夢至一寺門臨大江略似焦山定慧寺而幽窈過之昨又夢至其處詩以紀之》等詩，以後一首爲例，詩曰：

　　　　何朝遺古寺，門對荒江開。幽境出世間，夢中時一來。
　　紅廊繚千步，殿角高崔嵬。蜂房巧接連，琅函淨籤排。簷
　　竹浮江光，几榻碧瀠洄。老僧強爲禮，雪眉映枯骸。似言
　　暮色深，一宿且爲佳。上燈起霜鐘，蒼茫入江雷。怳然暫

〔註47〕《蒼虯閣詩集》卷五，第 158 頁。

　　已覺，我夢何時回？〔註48〕

　　該詩寫夢中所至之荒江古寺，「紅廊」六句寫寺中所見景致，「老僧」四句寫寺中所遇人物，境如塵外境，人如太古人，幽深邃遠，迴出塵俗之外。諸如此類，可謂清逸出塵之紀夢詩。

　　蒼虬亦多有夢見親人或亡友之夢，如《十月廿三日夜夢節盦師來長春寓一小園中往謁語次涕泗橫集嗚咽而醒紀之以詩》、《六月廿六夕夢至詒重家告以強志死矣詒重哭余亦哭醒後旋復入夢則詒重他出唯強志在與余相向哭豈兩人地下果相聚耶》等詩。以後一首為例，詩曰：

　　　夢與英靈地下游，不知歡樂抑沉憂。只遺後死栖惶淚，
癡絕還從枕上流。〔註49〕

　　該詩寫於 1943 年。詒重即陳毅，強志即曾壽三弟曾矩。詒重與蒼虬曾同為丁巳復辟共事之人，因復辟失敗而遭遇過共同的心靈創傷；強志為蒼虬「同心同苦」〔註50〕之患難同胞，晚年於塞外相依相守，感情甚篤。強志與詒重亦為至交〔註51〕。是年強志病逝，詒重亦早於十餘年前去世。然而夢境卻以故人久別重逢的情境展開，並由故人告知三弟已逝的噩耗。醒而復夢，兩位逝者交替出現，一人現則一人隱，各以重逢始卻以痛哭終。《易·同人》曰「先號咷而後笑」，其笑在後，則先前之號咷並不足畏；此則先歡喜而後號咷，瞬間跌落的巨大落差之下，先前之歡喜反比號咷更令人悲涼，其謂「不知歡樂抑沉憂」正以此故。逝者或有遺哀，卻不復有身形承受此哀；生者以後死之身哀痛逝者，故生者之哀有甚於逝者，此癡絕栖惶、不能自己之淚也。醒無可望而寄望於夢中，夢中得見其所望卻終復失之，於是醒中夢中、碧落黃泉更無可望，是為絕望。諸如此類，可謂沉哀入骨之紀夢詩。

〔註48〕《蒼虬閣詩集》卷二，第 66 頁。

〔註49〕《蒼虬閣詩集》續集卷上，第 321 頁。

〔註50〕陳曾壽《和強志》有「同心同苦還同瘦」之句，《蒼虬閣詩集》卷四，第 155 頁。

〔註51〕《強志齋隨筆》云：「平生師友，已逝去而最能忘者三人」，陳詒重為其中之一。

　　以上幾種類型並非判然可分，而是往往相互交織在一起。即如上文所舉三詩為例，第一首，夢中繪菊過程極為奇幻，實為主體精神在夢中層層突破侷限、超越自我的過程，可謂奇而能逸；第二首，清逸絕塵之同一古寺竟能幾度夢見，可謂逸而兼奇；第三首，夢中能與已故親朋同聲一哭，逝者復哀逝者，可謂哀而能奇。人之夢境百怪千奇，奇夢、逸夢、哀夢俱為常見之夢，蒼虬紀夢詩之佳處並不在於其夢本身之奇、逸、哀，而是在於他能以細膩深微之筆將其夢境所見所思所感委曲生動地傳達出來並感染讀者：寫奇夢則奇情妙想，令人有光怪陸離之思；寫逸夢則清逸出塵，令人生翛然世外之想；寫哀夢則沉哀入骨，令人有感同身受之痛。這些特點，由上舉三例可見一斑。

三、陳曾壽紀夢詩之個性色彩

　　無論奇情妙想、清逸出塵抑或沉哀入骨，皆可謂蒼虬紀夢詩之佳處，然未必可稱之為特色。蒼虬紀夢詩另有極富個性色彩之處，與其本人深幽獨特之潛意識世界及精勤細密之省察工夫密切相關，茲分述之：

（一）「最憶江邊寺，常應夢裏遊」——陳曾壽紀夢詩的形而上色彩

　　蒼虬詩曰：「浮蹤到寺似投林」，又曰：「我生未終昏，入寺必歡喜」〔註52〕，可見其天性中對寺院有一種近乎本能的親近。醒時如此，夢中亦然，故曰：「有夢依蕭寺」〔註53〕，又曰：「最憶江邊寺，常應夢裏遊」〔註54〕。蒼虬紀夢詩中多有記述遊歷古寺之夢境者，而這類詩往往帶有濃鬱的形而上色彩。

　　這種形而上色彩主要體現為多生累世的宿命聯想及失落原鄉的

〔註52〕《秋間予病幾殆陟甫九兄夷希同年邀遊鄴山時為八月十一日為予五十初度兩兄齋僧普佛為先母周太夫人資冥福歸後病良已追念感賦四首》其二，《蒼虬閣詩集》卷五，第164頁。
〔註53〕陳曾壽《至味》，《蒼虬閣詩集》卷八，第231頁。
〔註54〕陳曾壽《小樓》其六，《蒼虬閣詩集》卷五，第163頁。

隔世相思。

　　蒼虯在不同夢境中常至同一寺院，故常有舊地重遊之感。《夢中至某寺醒記以詩》曰：

　　　　寺門長帶碧雲開，過雨松花欲掩苔。江上峰青人不見，石頭路滑我重來。依然花笑曾相識，微覺經聲未淨哀。貪近危欄憑夜色，打崖足底海潮迴。〔註55〕

　　由「重來」可知為故地，由「依然」可知為故花，故地重遊，人與花相視一笑，如踐夙約，如遇故人。《自題焦山畫冊》所述之境與此類似，只是更為詳細：

　　　　我昔數夢行江潭，青峰轉處逢精藍。洪濤撼壁石徑冷，欲至未至心醰醰。寺門碧雲是常住，花木淨好香微參。天風鈴語坐小閣，最愛倚檻松鬖鬖。我生捨此無極樂，偶一味及中邊甜。前生杳冥孰真幻，人境彷彿惟焦巖。江山信美惜蒙垢，漸化淨域為塵函。我亦流轉昧初地，故鄉漸遠無歸驂。清空妙勝了無分，零丁惶恐差能諳。山樓夜枕輾轆轉，暗覺石級潮痕添〔註56〕

　　作者所夢顯然並非現實人生中曾經遊歷之地，只因夢中之寺門臨廣水，故與之類似的焦山定慧寺頗令作者有約略相似的認同，其《予數夢至一寺門臨大江略似焦山定慧寺而幽窈過之昨又夢至其處詩以紀之》詩之題目也曾說明這一點。正由於對焦山的這種認同，自第一次遊焦山後，即令其「夢寐不能忘」〔註57〕；某次日暮時分乘車過鎮江望見焦山時，其有詩曰：「夢中留庵曾獨往，欲說生前仍縹渺。貪看落照一孤僧，片念微差墮塵擾。流浪多生無畔岸，偶對江山愁皎皎」〔註58〕，類似「故地重遊」的觸發使他恍悟到自

〔註55〕《蒼虯閣詩集》卷三，第133頁。

〔註56〕《蒼虯閣詩集》卷五，第167頁。

〔註57〕作者有詩題為《予自遊焦山夢寐不能忘舟過岳陽雨中登樓懷望》，見《蒼虯閣詩集》卷一第1頁。

〔註58〕陳曾壽《將至金陵視散原先生車過鎮江觀落日作》，《蒼虯閣詩集》卷二，第75頁。

己本是因「貪看落照」而墮入紅塵的一位僧人。於是，夢中屢至之
寺已不同於偶然夢及或純屬巧合的泛泛之所，而具有了隔世相望的
生命原鄉意味。《自題焦山畫冊》詩中「我亦流轉昧初地，故鄉漸
遠無歸驂」之「初地」及「故鄉」顯然即指這種精神生命之「原鄉」，
而非指地理意義之家鄉。而上引「車過鎮江」一詩中「流浪多生無
畔岸，偶對江山愁皎皎」之「愁」，顯然亦非紅塵擾攘中的恩怨閑
愁，而是原鄉失落後流轉於無盡時空中的隔世鄉愁。或許正因無量
劫之飄零所積聚的無限鄉愁，方使其今生對寺院有一種莫知其然而
然的親近，因為在他看來，寺院乃是紅塵中唯一與夢裏原鄉約略近
似的地方。

　　蒼虯對「僧人」之自我認同以及對「寺院」之原鄉認同並非僅
因夢中同一處所的反覆出現，另有其他夢境中更生動具體之細節作為
印證與補充。寫於 1936 年的《紀夢》詩曰：

　　　　今生生了不記，俄為何世人？夢中有寐覺，所覺孰幻眞。
沉沉古刹中，斗室棲我身。一身繩榻上，開眼微欠伸。日
影滿東窗，計時方及晨。枯几攤卷帙，壞壁懸瓢巾。不記
生我誰，亦無妻子孫。荒荒何歲月，寂寂餘爐薰。旋來擁
箒奴，傴僂除埃塵。口誦普賢偈，悲音動心魂。虛空不能
容，無始貪癡嗔。誠心猛懺悔，記授菩提新。眾業自無盡，
我願自無垠。彼唱我徐和，既寤猶津津……〔註59〕

　　該詩不但敘寫夢中親受菩提記之事件細節歷歷如在眼前，而且事
件發生之背景亦歷歷如在眼前。今讀者閱此詩尚且如見其光，如聞其
聲，如歷其事，則不難推知蒼虯本人親歷此夢後內心之強烈震撼：如
果說夢中屢至同一蕭寺，只或許令其產生對多生累世的朦朧推測，而
師弟間一唱一和、心魂相接的鄭重印可則不啻穿透無量劫而未曾磨滅
的隔世深盟，無怪作者二弟曾則和詩中有「夢中示前身」〔註60〕之語。
諸如此類反覆出現的奇夢不斷強化了蒼虯其人之宿命觀，並使此類紀

〔註59〕《蒼虯閣詩集》卷九，第 257 頁。
〔註60〕陳曾則《蒼虯兄紀夢詩屬和》，《御詩樓續稿》，第 16 頁。

夢詩呈現出悠遠神秘的形而上色彩。

（二）「常以夢莊慢，自驗心平頗」──陳曾壽紀夢詩的自省意味

受家學及師承影響，蒼虬致力於儒家性理之學甚深，雖未有專門著述，卻能將所學致用於平日行履中，頗重對個人言行乃至於心念的自省與照察。不但如此，蒼虬日誦《金剛經》，亦深得觀心之旨。用功既久，這種修養竟亦能深入到意識所不能主宰的夢中世界，如《前夕夢見三松奇絕紀之以詩》一首曰：

> 平生愛松性所獨，天骨異眾濤聲涼。西山戒壇西天目，鬱勃胸臆不可忘。羈棲遊蹤久不到，夜夢見之非杳茫。三松俠倚各異態，奇肆凌厲勢莫擋。精神迥出天地外，六合雖大疑相妨。喜心翻倒轉愁慮，他時遠適難移將。挾山超海真幻念，卻立撫視空徬徨。乃知勝賞皆物累，生心有住非真剛。安得精氣迸爲一，逍遙世外齊久長。〔註61〕

該詩寫於衰病晚年，先由醒後回溯入夢之因寫起，「平生」二句寫個人天生之骨相氣度本即與高寒幽獨之世外奇松相宜，是爲主觀原因；「西山」四句寫早年京華爲官時與戒壇松神交既久，故多年疏隔後仍不能忘懷，是爲客觀原因。既有以上深厚因緣，則奇松入夢便順理成章而不覺突兀。接下來「三松」四句極寫夢中三松吞吐六合之精神氣勢，繼而筆鋒一轉，喜極生憂，蓋偶然邂逅卻不能久留，個人既未有「挾山超海」之力移松他往，故惟有「撫視空徬徨」而已。愛極則欲長相守本爲人之常情，但以蒼虬自律之嚴，彷徨之餘，馬上警醒到自己此念之失：「乃知勝賞皆物累，生心有住非真剛」，儒家講「無慾則剛」〔註62〕，《金剛經》強調「應無所住而生其心」，

〔註61〕 《蒼虬閣詩集》續集卷下，第 343 頁。
〔註62〕 《論語・公冶長》：子曰：「吾未見剛者。」或對曰：「申棖。」子曰：「棖也慾，焉得剛？」劉寶楠撰，高流水點校：《論語正義》上冊，北京：中華書局，1990 年版，第 180 頁。

反之，一旦因愛成執，「有所住」而生其心，無論所愛對象何等卓絕不凡，亦必受此心之累而有失純粹之旨。由此反省而更推一層：「安得精氣迸爲一，逍遙世外齊久長」，既然求不得之苦乃因心有所執而起，若能不執形貌而但以精神氣韻相往來，與松永結無情之遊，方能得眞逍遙也。

蒼虬《和庶侯紀夢詩》曰：「我生未聞道，塵鏡稍揩磨。常以夢莊慢，自驗心平頗。」〔註63〕既然個人修養未臻六祖所謂明鏡非臺之境，則須時時拂拭心上塵埃以期不斷提升自我，而夢境恰好可作爲自測修持工夫之標準，蓋醒時受意識控制而自守較易，夢中意識讓位於潛意識，理智約束隱退的情況下來不得一絲掩飾或僞裝，尤易見出個人平素修爲的最眞實程度。蒼虬以夢驗心，衡量之標準可謂嚴苛至極。他不但常以夢境衡量自我之心性修養，有時也對他人之夢作如是觀，只是標準較自我衡量更爲寬泛。其二弟曾則嘗夢與二仙人跨鶴同遊，蒼虬評曰：「夢好詩亦好，雖非究竟義，然可爲心境佳勝之徵」〔註64〕，可見同爲以夢驗心，既可泛泛驗證心境之大體，亦可精微至心性修養所臻次第。由以上諸例不難發現，以夢驗心已成爲蒼虬自覺且經常運用的自我心性衡量方式。

人類自遠古時代即有以夢境占卜吉凶之兆的傳統，中國也不例外。至於古來紀夢之作，凡欲借夢有所驗證者，也以驗現實遭際或未來命運者居多。種種特殊因緣造就了蒼虬頗重觀心自省的人生修養以及以夢驗心的自覺態度，他既以世間道德規範及平日自期標準衡量夢中之我的是非善惡，又以夢中之我的具體表現衡量現實之我的境界修爲，這種夢醒雙向互證的方式成爲蒼虬紀夢詩的又一特色。

〔註63〕《蒼虬閣詩集》卷二，第95頁。
〔註64〕陳曾則《乙酉六月一日夜夢二仙人一騎白鶴一騎玄鶴翱翔天空以手相招須臾下余便跨鶴一仙在後同騎以紅氈裹余身問空中冷乎日有紅光擁護沖霄而醒詩以記之》，《雙桐一桂軒續稿》，紐約：柯捷出版社2011年版，第18～19頁。

第四節 「至情結友生，迴思逾成妍」——陳曾壽贈答詩

蒼虹性好交遊，平生結交者多爲一時俊傑。其二弟曾則曰：「蓋兄之天性，忠愛悱惻，又喜交遊談讌之樂，沉酣日夜而不厭。所至之處，賓客滿座，皆引以爲相契，而無逆虞傲物之心。」〔註65〕正因天性如此，其一生在贏得十分眞摯之友誼的同時，寫有不少眞摯感人的贈答詩。由於蒼虹擇交矜愼，師友之間往往建立在志同道合基礎上，故其此類作品不但未流於一般應酬之作的浮泛空疏，而且別具超越世俗的精誠。蒼虹詩曰：「殘年所托命，濡煦友生仗」〔註66〕，此類作品成爲他與朋輩在亂離時代濡煦相依之情誼的見證。

蒼虹贈答詩的眞摯動人与超越世俗，與其本人之交友觀密不可分，《孫陞甫先生壽敘》一文中集中體現了他對友道最高境界的認識：

> 昔莊子謂桑戶、子反、琴張三人爲友，相視而笑，莫逆於心。其於交友之道，可謂得其眞者矣。蓋以勢合者，勢失則離；以利合者，利盡則絕；以癖好合者，好移則遷；以術業合者，業報則疏。此皆藉外物以爲媒介，非眞相合，故不足以言交。相與於無相與，相爲於無相爲，得乎形骸之外，然後深契而無閒，歷久而如新。〔註67〕

蒼虹認爲，凡有待於外者，皆不免因外境轉變而不可長保。且不論世俗中人的勢利之交，即便因好尙、術業之相投而所訂之交，亦非友道之最高境界，惟拋開一切身外之依待而純任本心、相與忘形之交，方能不隨境轉，久而益固。這種超越型的認識正是蒼虹重內輕外、重本輕末的一貫思想在友道方面的體現，也是其本人能得到非同尋常之友誼的內在原因。

〔註65〕陳曾則《蒼虹閣詩集序》，《蒼虹閣詩集》附錄二，第490頁。
〔註66〕陳曾壽《艓庵先生輓詩》其三，《蒼虹閣詩集》卷三，第117頁。
〔註67〕《青鶴》第三卷，1934年第二期。

一、陳曾壽贈答詩的深摯感情

　　蒼虬寄友之作往往能以極細膩敏感之內心體察對方甘苦，設身
處地想像對方處境，寫出感同身受的理解與同情。其 1912 年重陽所
寫《九日懷人四首》之一、四曰：

　　　　文筆堂堂一世豪，養親滿意屈閒僚。秋來瘦菊燈前影，
　　深巷誰過慰寂寥。苕雪

　　　　佳節從來憶兄弟，中年恨事更相參。何生重倚斜街月，
　　酒後論詩說木庵。石遺〔註68〕

　　其一寫徐苕雪為奉養父母而自甘屈居閒僚，不以負美才而懷抱
無所施展為憾，惜其才、感其遇的同時，想像其門庭冷落、深巷寂
寥之情景。其四想像陳石遺於重陽佳節倍思已逝之伯兄木庵的情
景，「何生」二字下筆沉痛，故此詩令陳衍極為感動，曾於詩話中提
及此事。

　　再如 1928 年所寫《以近詩請散原先生評定附呈一詩》中寫自己
拜訪散原之所見曰：

　　　　天寒往叩寂寞宅，年來止酒將何欣？旁無給侍有壁
　　立，殘書擁几移朝曛。〔註69〕

　　此時俞夫人已病故，「天寒」四句寫散原平居生活，看似寂寞枯
淡實則風骨凜然，「壁立」字面上雖不過寫當前所見，卻可令人聯想
及壁立千仞，進而聯想到散原人格之貞剛挺拔。四句並無直接讚美之
語，只娓娓道來，如話家常，而體貼、同情與欽敬多重感情兼而有之。
散原自然心領神會，評此詩曰：「深人語，亦自相視而笑」〔註70〕。

　　劉廷琛為丁巳復辟主要策劃人之一，復辟失敗後隱居青島，蒼
虬 1930 年北上赴津，途經青島時曾特意去潛樓拜訪，《舟過青島訪潛
樓四首》其一亦寫到劉平居情景，曰：

〔註68〕《蒼虬閣詩集》卷二，第 67 頁。
〔註69〕《蒼虬閣詩集》卷六，第 175 頁。
〔註70〕見散原手批《蒼虬閣詩鈔》。

　　　　主人朝盥罷，竟日何爲娛？掩書即作字，輟筆還讀書。
　　黽勉日不暇，歲月忘居諸。〔註71〕

　　表面來看，六句不過寫劉幼雲學而不厭，亹亹忘倦，乃至忘卻光
陰之流轉，實則以當年共事人的深心體察到幼雲「黽勉日不暇」背後
的酸辛：如此高密度的時間安排，固然有君子勤勉不息、好之樂之的
成份，然同時何嘗不是借應接不暇之事以塡補用世理想破滅後難以自
遣的失志之悲？此爲二人共同的隱衷，不便明說亦不忍說破，故此處
只點到爲止，然該詩結尾處曰：「獨樂豈眞樂，乾坤極瘡痏。斯人著
此間，天意終何如」，四句感時傷世，哀人亦復自哀也。

　　以上所舉，皆以自己所感推想對方所感，體貼對方之心入於極細
微隱曲之處，故皆以平實之語蘊含深沉之意，讀來十分深摯動人。

　　蒼虬贈答詩之深摯動人，還體現爲偶有極熱烈的感情流露。蒼
虬平生頗富理想主義色彩，對己對人均不免如此。於人，他嚮慕卓異
不群、兼具內美修能、甚至有些傳奇色彩的偶像型人物；於己，他一
生臨深履薄，以近乎苛刻的標準自我砥礪，無論在才藝方面還是品節
方面，均力求達到完美無瑕的境界〔註72〕。「孤吟已慚貪多習，百劫
難灰愛好心」〔註73〕，「愛好心」非專謂王病山，實亦爲夫子自道。
正因如此，其眼界甚高，師友輩雖多爲一時才俊，然能在道德學問等
各方面皆令其心悅誠服者實屬寥寥。一旦得遇眞正令其傾慕到無以復
加之人，便會激發出內心所蘊蓄的極熾烈深沉的感情，恨不能剖肺腑
以相示；若對方也果然欣賞自己，非同尋常的知遇往往令其有效死驅
馳之心。發之爲詩，偶有看似過激過情之語，實爲至情至性的流露，
這類作品，可舉他贈散原之作來看。

　　蒼虬與散原早在清亡後居滬時即曾結下深厚情誼，此後離多聚

〔註71〕《蒼虬閣詩集》卷七，第196頁。
〔註72〕據蒼虬家人回憶，蒼虬曾一度自道其理想，乃欲做無瑕疵之「完人」。
〔註73〕《焦山紀遊雜詩》其一小註云：「松寥閣中懸病老十年前所書楹帖，
　　　　堅欲易之。」《蒼虬閣詩集》卷三，第114頁。

少，1929 年冬，蒼虬攜眷赴廬山視女疾，與依次子居廬山的散原有過月餘的相聚。某次蒼虬過訪散原，別後散原寄詩曰：

> 誰得友麋鹿，似人應解顏。況餘吾與汝，一處落窮山。履跡貪泥滑，襟期對石頑。沈冥纏積痗，分割壓人寰。〔註74〕

蒼虬回詩二首，其一曰：

> 狼狽沉綿二十秋，忽驚傳翩落巖幽。溫燖積雪千峰底，刻畫窮山二鳥囚。黑夜熊啼通謦欬，晴天木甲散鋌矛。此身何得同溝斷，化石當前恨即休。〔註75〕

首聯前句用老杜「沉綿盜賊際，狼狽江漢行」〔註76〕句，寫自己在清亡後二十年間憂亂傷時、身心憔悴之狀，並以此漫長的「狼狽沉綿」以襯托得與散原意外相聚廬山千巖萬壑間的驚喜，「落巖幽」乃回應散原「落窮山」之意。頷聯前句，「溫燖積雪千峰底」，鄭玄注《論語》「溫故而知新」曰：「溫讀如『燖溫』之溫。謂故學之熟矣，後時習之」；皇侃疏曰：「所學已得者，則溫燖之，不使忘失」〔註77〕。蒼虬或取此意：自己與散原本為故交，然多年來離多會少；即使如此，二人之心實未嘗一日稍隔。故此番廬山再聚，如重溫舊夢，重續前盟。同時，「溫燖」復與「積雪千峰」構成對比：二人重聚之情如火般熾熱，直欲融化千峰積雪之無底清寒也。頷聯後句，「刻畫窮山二鳥囚」兼用韓愈《遊青龍寺贈崔大群補闕》之「南山逼冬轉清瘦，刻畫圭角出崖窾」及《雙鳥詩》之「天公怪兩鳥，各捉一處囚」之意，回應散原「況餘吾與汝，一處落窮山」及「沉冥纏積痗，分割壓人寰」二聯。「刻畫」原指雕刻繪畫，有著力盡力之意味；「窮山」此處指冬季大雪瀰漫中荒涼的廬山；《雙鳥詩》乃退之「為己與孟郊」

〔註74〕陳三立《仁先復過談有述》，《散原精舍詩文集》下冊，第 687 頁。
〔註75〕《蒼虬閣詩集》卷六，第 186 頁。
〔註76〕杜甫《同元使君舂陵行》，杜甫著，仇兆鰲注《杜詩詳注》，北京：中華書局 1979 年版，第 1691 頁。
〔註77〕《論語正義》上冊，第 54、55 頁。

而作，「落城市者，己也；集巖幽者，孟也」〔註78〕，所謂「各捉一處囚」者，謂「孟為從事，己為分司，孟已去職，己將還京」〔註79〕，深以同心之友不得不相隔兩地為憾也。蒼虬此句顯然以「二鳥」比自己與散原，以「窮山」映襯「二鳥」，「窮山」之荒涼堅硬反而益加著力凸顯出雙鳥之兀傲孤獨以及靜默中蓄勢待發、期待重逢後「百日鳴不休」的巨大願力。頸聯二句寫廬山夜景，一寫動物一寫植物，然遣詞頗令人有干戈遍地、草木皆兵之時代聯想，是為二人短暫相聚之大背景，亦隱隱暗示此嘉會之必不能久。尾聯前句兼用《莊子·天地》「百年之木，破為犧樽，青黃而文之，其斷在溝中。比犧樽於溝中之斷，則美惡有間矣，其於失性一也」〔註80〕以及韓愈《題木居士二首》「為神詎比溝中斷，遇賞還同爨下餘」之意，一則自惜清亡後畸零不偶，如「百年之木」而淪落為「溝中」斷木；一則自幸終遇散原知賞，如同爨餘良木而遇蔡邕撥火救之。「何得」者，豈能豈得之意，言外似曰：縱然我已接受「百年之木」而成為「溝中斷」的命運，然今生得遇斯人，又豈能任我始終斷在溝中而與棄木同命？反問語氣中，自負、自許及欣幸、感激之情兼而有之。於是引出最後一句如誓言般的告白：「化石當前恨即休」，「化石」固然是回應散原「襟期對石頑」之語，散原之意，乃以「石」之「頑」喻二人堅如磐石之相互期許，蒼虬則更進一步：何必以石為喻？此身倘能當下化為廬山之石，便可與斯人長相守而再無憾恨矣！「化石」典出劉義慶《幽明錄》，原指貞婦望夫而化為武昌山上立石之事，若孤立來看，將此典用於贈師友之作似覺不倫，然人之關係雖有五倫之別，其愛之「共相」卻並無二致。當感情之濃烈達到超越境界時，自不

<hr />

〔註78〕 《朱文公校韓昌黎先生集》朱文公校昌黎先生文集卷之五，四部叢刊景元刊本。陳沆亦持此說，曰：「朱文公謂公自謂與孟郊者近之」，見《詩比興箋》卷四，第203頁。
〔註79〕 韓愈撰，方世舉箋註，郝潤華、丁俊麗整理：《韓昌黎詩集編年箋注》，北京：中華書局2012年版，第406～408頁。
〔註80〕 《莊子·天地》，莊周著，郭象註：《莊子》第五卷，第71頁。

必拘泥於分辨所擬之情究屬哪類。況且，若結合全詩以及二人交往始末綜合觀照，則此處「化石」不但不覺唐突，反覺非「化石」不足以擬此情此境也。

深摯熱烈的情感之外，蒼虬贈答詩另一方面體現為超越世俗的境界，二者相互交織，密不可分。

二、陳曾壽贈答詩的超越境界

（一）「友如兄弟弟如友」——對血緣關係的超越

《詩·小雅·常棣》曰：「雖有兄弟，不如友生」〔註81〕；《論語·顏淵》曰：「四海之內皆兄弟也」〔註82〕，淵明《雜詩》曰：「落地為兄弟，何必骨肉親」〔註83〕，均有對超越血緣之情誼的讚美，蒼虬寫朋友及兄弟相聚之樂曰：「友如兄弟弟如友，此樂端能償百憂」〔註84〕：兄弟如友者，親而能敬也；友如兄弟者，敬而能親也。亦親亦敬，即兄弟即良友，消泯了血緣的界限，打破了親疏的藩籬，此因切身體驗而對儒家倫理觀有了更圓融的理解。

（二）「仁過難分風義在」——對立場分歧及現實利害的超越

對於曾與自己有嚴重政見分歧、且行跡上分明有天下共見之過的故友鄭海藏，蒼虬亦能超越私人分歧而達成諒解，他對李拔可在鄭去世後請人繪《還梒圖》以紀念亡友一事深表贊許，認為「仁過難分風義在」〔註85〕：孔子曰「人之過也，各於其黨。觀過，斯知

〔註81〕朱熹注《詩集傳》，北京：中華書局，1958年版，第102頁。
〔註82〕《論語正義》，第488頁。
〔註83〕陶潛《雜詩十二首》其一，《陶淵明集箋注》，第338頁。
〔註84〕陳曾壽《乙亥秋九月至舊京視散原先生日與心畬叔明立之伯夔君任棄梅過從寥志強志貽先詢之諸弟自津滬來舊藏五十餘年陳酒由杭至京連日聚飲賦詩屬和》卷九，《蒼虬閣詩集》，第251頁。
〔註85〕陳曾壽《和拔可招飲話舊之作》，《蒼虬閣詩集》續集卷下，第333頁。

仁矣」〔註86〕，「黨」者類也，「類」固可按傳統訓詁說法理解爲君子小人之類，亦不妨引申爲所屬群體之類。人之所屬群體不同，判定同一問題之標準立場亦不同。就類而言，蒼虬與海藏固皆始終爲清遺民，是以在海藏本心難以明辨的情況下，非其類者固可但憑其跡而痛責其過，然同屬清遺民之類者，則當兼慮及其人之初衷本懷。若在難以深究其本心之爲公爲私、歸仁歸過的情況下撇開其仁而惟言其過，則有傷忠厚之道；若因唯恐受其惡名連累而無視舊誼，甚至刻意借深責其人以劃清界限、自證清白，則更等而下之，直與世俗之落井下石者無異。蒼虬讚美拔可之「風義」，正以其珍視舊誼、不顧世人紛紛毀譽而堅持其一貫立場之故；其本人於海藏逝後多有爲其委婉迴護之辭，亦以此不因分歧、利害而轉移的風義之故。

（三）「情豈生前見，交從別後深」──對生死的超越

海藏去逝二年後的重九，其友周梅泉與朋輩登高，梅泉觸景傷情，懷念海藏，有「彩筆壯懷消歇盡，閉門祇合死前休」〔註87〕之句，寫畢寄與蒼虬，蒼虬悲其孤憤，回詩二首，其二之首聯曰：「情豈生前見，交從別後深」〔註88〕。儒家講「事死如事生，事亡如事存」〔註89〕，既出於本心之誠，亦可見人情之厚。蓋人情翻覆，迅若波瀾，常隨對方地位之升降、財富之多寡爲轉移，能不因利害易其炎涼者已屬難能，能不因生死易其初心者更爲鮮見，此延陵季子掛劍徐君家之故實爲千載傳揚不絕之故也。蒼虬此二句雖意在稱賞梅泉對海藏生死

〔註86〕《論語‧里仁》，《論語正義》，第145頁。

〔註87〕《戊寅重九同病樹彥通伯揆廿二層樓登高病樹有詩索和即次其韻并懷海藏先生》，見周達《今覺盦詩》卷四，民國二十九年鉛印本。

〔註88〕陳曾壽《梅泉寄近詩來有閉門只合死前休之句悲其孤憤寄懷二首》其二，《蒼虬閣詩集》卷十，第299頁。

〔註89〕如《中庸》曰：「敬其所尊，愛其所親，事死如事生，事亡如事存」，朱熹撰：《四書章句集注‧中庸章句》，北京：中華書局，1983年版，第27頁。《荀子‧禮論》亦曰：「事死如事生，事亡如事存，狀乎無形影，然而成文」，王先謙撰，沈嘯寰、王星賢點校《荀子集解》，北京：中華書局，1988年版，第378頁。

一如的情誼，實亦包含了自己對友道的由衷體悟。其《題周子潔葬徐俟齋啓》一詩盛讚明末遺民周茂藻爲友人徐枋募葬並贍其寡媳孤孫事，該詩後半首曰：「須知宇宙斯人責，何況平生死友埋。分內都忘風義重，眼前孰與證孤懷」〔註90〕，蓋志在爲天地立心者，以宇宙間事爲己責，宇宙之內皆爲我分內之事，何況爲故交料理後事，更是責無旁貸；再進一步，忘其分內、分外之分際，但行其所當行，是爲風義之極致。蒼虬此詩雖寫古人，實有切身體悟，他曾收養其同祖兄曾祚子女四人撫養至於成年，故該詩所謂「證孤懷」云云，不僅爲知解上的心證意證，而且是結合自己現實行履之所感的當下親證。

　　由此可知，蒼虬所嚮慕之友道最高境界，不但可以超越血緣關係、政治分歧、現實利害，乃至可以超越生死，如此方可謂「得乎形骸之外」，方能「深契而無間，歷久而如新」。正因如此，蒼虬平生多有相與忘形、親密無間的師友：蒼虬北行前與乙庵道別，師徒二人密語移時，既已拜別仍絮語不止，乙庵忘卻自己暮年衰病之身以及「送客惟及扉」的慣例，將蒼虬送至樓下而仍依依不捨。散原居廬山時已久不作詩，甚至曾有戒詩之言〔註91〕，然蒼虬廬山之行，散原竟與之「破戒盈詩篇，荒寒留警欬」〔註92〕，連番唱和，猶如韓愈筆下相隔多年後忽然相逢而「百日鳴不休」的雙鳥；蒼虬臨行，散原送別詩有「人遠心益孤，洪荒向結舌。終與鳥獸群，萬緣盡一別」〔註93〕之語，深情苦語，竟似永訣。蒼虬與彊村交誼極深，二人經常切磋詞藝，多

〔註90〕《蒼虬閣詩集》卷四，第155頁。
〔註91〕歐陽漸《散原居士事略》：「越數年，壬戌，梁任公研唯識學來，嘗相聚於散原別墅。一日酒酣，噓唏長歎。蓋散原任公湘事同志，不見二十年，見則觸往事而悽愴傷懷也……酒闌絮絮語。余謂任公放下野心，法門龍象。散原曰：不能。任公默然。散原問何佛書讀免艱苦，任公以《夢遊集》語之。散原乃自陳矢，今後但優游任運以待死，不能思索，詩亦不復作也。」見《散原精舍詩文集》下冊附錄（上），第1200頁。
〔註92〕陳曾壽《散原先生挽詩》其二，《蒼虬閣詩集》卷十，第272頁。
〔註93〕陳三立《仁先護女疾出山還瀘居惘惘話別贈一首》，《散原精舍詩文集》下冊，第694頁。

有唱和。1930 年冬，蒼虬自滬上遷往津門，與彊村訂南下再聚之約，彊村望其南歸甚切，然蒼虬終因遜帝出關諸事耽擱而未能成行。1931 年冬彊村去世，蒼虬匆匆南下弔喪，實亦踐生前之諾，周梅泉憐其風塵憔悴之狀，有「君來會葬為死友，一諾未敢渝人天。感君風義媿流輩，濁河清濟寧同源」〔註94〕之句，可見蒼虬之風義在朋輩中極為人所稱道。梅泉與蒼虬亦有深交，暮年衰病，寄蒼虬詩中有「尚餘一息在，還望百書來」〔註95〕之句，殷殷之情，感人肺腑。凡此種種情事，今日讀之猶不免為之動容。惟極深摯之人，方能得極深摯之友，留下極深摯之文字。深摯至極，方能超越世俗之交的層面，精誠長存於天壤之間。蒼虬贈答詩的魅力正在於此。

以上分別介紹了蒼虬詩歌中寫景、詠物、紀夢、贈答四種題材，並結合具體詩作，分析蒼虬對這幾種題材的開拓。不難發現，蒼虬在不同題材所開拓的詩境往往與其本人獨至的性情密不可分：無論是其寫景詩中所透出的超逸氣質與時代投影，詠物詩所流露的用世胸襟、出世高致與遺民心理，紀夢詩的形而上色彩與自省意味，贈答詩中熱烈深摯的感情與超越世俗的境界，無不是其特殊性情、特殊遭際與特定時代相互碰撞的結果。陳弢庵《奉題蒼虬閣詩卷》曰：「性情於古差相類，世界疑天特為開」，著眼之重點正在於蒼虬特異之性情所造成的別開生面之藝術世界。

〔註94〕周達《蒼虬南來弔滬尹侍郎之喪談北事甚憤作長句贈之即以送別》，《今覺盦詩》卷三，民國二十九年鉛印本。

〔註95〕周達《殘歲將除病勢益篤慮送不起強成短句一章遠寄仁先預與作決並告之曰設竟奄化即以此為絕筆可也》，見《今覺盦詩續》。

第六章　蒼虬閣詩的藝術成就

第一節　蒼虬閣詩的深隱之美

蒼虬論詩頗重「深婉有味」之作，其本人之詩亦體現出深隱婉曲的風格。諸家論蒼虬詩風格者各有側重，而散原之評最能探本，其《蒼虬閣詩集序》曰：

> 余與太夷所得詩，激急抗烈，指斥無留遺。仁先悲憤與之同，乃中極沉鬱，而澹遠溫邃，自掩其跡。嘗論古昔丁亂亡之作者，無拔刀亡命之氣，惟陶潛、韓偓，次之元好問。仁先格異而意度差相比，所謂志深而味隱者耶？〔註1〕

若結合蒼虬自己的詩論及創作與散原之論併參，則蒼虬詩之「深」，大抵包括感情之深厚、心靈之深幽、思致之深刻與關懷之深廣，前二者主要關乎作者先天之性情本質，後二者則與後天學習修養及時代變遷、身世遭際等因素的激發有密切關聯。蒼虬詩之「隱」，一則是「志深」的自然表現，蓋深人無淺語，感情深厚、心靈深幽、思致深刻、關懷深廣之人的作品自然而然多言外之「重旨」，呈現出深隱的特點；再則與表達有關，蓋深摯纏綿、深幽曲折、深厚複雜的內心感受必然多以委婉含蓄的方式來表現傳達，使讀者感覺到隱曲的

特點。所以，「志深味隱」原為一體之兩面。下文即擬結合蒼虬之具體作品來探求其詩歌的深隱之特色。

一、深廣的現實關懷與深沉的憂患意識

蒼虬青少年時期即懷用世之偉抱，後來雖經歷幾次重大人生挫折而逐漸冷卻了入世之志，卻始終未泯其深沉的家國情懷與憂世之心。這使得他很多看似尋常的作品實則蘊含有深重的憂患意識，三言兩語即折射出個人遭際、家國興亡乃至於時代變遷的投影。

早在清亡之前，蒼虬目睹清室政令之廢弛與黨爭之激烈，對國家前途已有了深重的隱憂。清亡之後不久所寫的一組《詠懷》中，詠懷之外，實兼有對清末政局的反思，其一曰：「哀哉道喪世，消息疇知之。母子一念忍，機發傾天維。決流沒一日，鱥鱥魚頭悲。有鳥名姑惡，哀哀三月時。廣室無空虛，再摘蔓離離。黃美不在裳，媧羿相推移。有物何不仁，芻狗天地為。蜉蝣且夕死，見曉何由期。〔註2〕

此首將清亡之因追溯到慈禧與光緒之爭。「哀哉」二句即所謂「禍機未發之先，漆室之憂，已自不能已於言」〔註3〕者也。蓋帝后兩黨之爭直接導致戊戌變法的失敗，此後庚子事變以至於清亡，一連串的連鎖反應皆肇端於此。「有鳥」二句當以「姑惡」哀鳴隱指珍妃之死；「廣室」二句當以武后鴆殺孝敬及放逐雍王事隱指光緒之死。「黃美」二句用程伊川解坤卦六五爻「黃裳元吉」之意，所謂「黃，中色，裳，下服，守中而居下，則元吉，謂守其分也」；「坤雖臣道，五實君位」；「臣居尊位，羿、莽是也，猶可言也；婦居尊位，女媧氏、武氏是也，非常之變，不可言也」〔註4〕，此處分別以「媧」、「羿」暗指慈禧和袁世凱，二人各逾其分而居尊位，迭相為政，故使國家陷入非常之變。而俟河之清，人壽幾何？正不知何時方能走

〔註2〕《蒼虬閣詩集》卷二，第34頁。
〔註3〕《胡先驌詩文集》下冊，第462頁。
〔註4〕程頤撰：《易程傳》卷一，上海：商務印書館1936年版，第15頁。

出黑暗迷局而再睹天明也。

政治反思之外，清末民初的經濟凋敝與民生多艱亦在蒼虬詩中時一流露，這可舉 1913 年春蒼虬途經皖北鄉間所寫的兩首詩爲例：

《靈璧道中》

葦敗煙空釜底村，殘陽留夢浸餘痕。春風一樣穠桃李，靜掩門中半菽魂。

《潼山村宿》

曾無一溉蘇窮壤，欲乞九河湔涕痕。胞與斯民原妄念，孑遺末世自煩冤。髓乾猶迫誅求令，時改方知湛瀎恩。水澀山枯夕陽盡，夢魂悽惻住荒村。〔註5〕

雖時值春日，然眼前所見的皖北農村卻無半點生機。「半菽魂」原始出處爲《漢書》中項羽所謂「歲飢民貧，卒食半菽」；直接出處則爲蘇軾《送黃師是赴兩浙憲》中所謂「近聞海上港，漸出水底村。願君五袴手，招此半菽魂」數句。在蘇軾，乃是希望黃師是赴浙後能施善政爲災民「招魂」之意；在蒼虬，則有目睹災荒而欲「招此半菽魂」卻無能爲力之遺憾存焉。《潼山村宿》一首亦流露出此心餘力絀之憾，蓋自幼受儒家修齊治平、民胞物與思想的影響已根深蒂固，今濟世之懷抱未空，而作爲遺民卻早已失去可以措手的餘地，由「曾無一溉蘇窮壤，欲乞九河湔涕痕」二句中極強烈的濟世之心與極無奈的現實處境之對比可見其憾恨之深，於是此「憂黎元」之「內熱」反化爲「胞與斯民原妄念」之冰冷的自嘲，而所謂「妄念」云云實爲刻刻在念的最真最切的心結，惟因不能達成此濟世理想，既於事無補，故不敢以「憂黎元」者自居，而只能以「妄」自責，胡先驌謂蒼虬「任天下之志甚勇」且「勇於自負」〔註6〕，或即以此故。

「髓乾猶迫誅求令，時改方知湛瀎恩」二句寫民國初年百姓受到敲骨吸髓般的榨取，因此更加懷念舊朝，「湛瀎」即司馬相如《難蜀

〔註5〕　《蒼虬閣詩集》卷二，第 70 頁。
〔註6〕　《胡先驌詩文集》，第 463 頁。

－209－

父老文》所謂「湛恩汪濊，群生澍濡」〔註7〕之意，原指漢廷德政廣被之意，此處借指清廷，即嚴復《原強》所謂「至國朝龍興遼沈，聖哲篤生，母我群黎，革明弊政，湛恩汪濊，蓋三百祀於茲矣」〔註8〕之意。這裡有一點值得注意處：同寫民國時期農村經濟之衰落與民生之凋敝，上引蒼虬二詩可使人聯想到魯迅短篇小說《故鄉》，蒼虬筆下的皖北農村「葦敗煙空」、「水澀山枯」，其破敗蕭條一如魯迅小說《故鄉》中對浙東農村的描述：「蒼黃的天底下，遠近橫著幾個蕭索的荒村，沒有一些活氣」〔註9〕，然而魯迅將此蕭條歸因於舊傳統之根深蒂固與革命之不徹底，因此寄希望於更徹底的思想革命，其矛頭直指向「舊」，其悲哀偏於對新者未立的悲哀，結果對舊者愈加憎恨；蒼虬則將此蕭條歸因於革命對舊傳統、舊秩序的破壞以及新政局之混亂所導致的民不聊生，其矛頭直指向「新」，其悲哀偏於對舊者已破的悲哀，結果對比之中，對舊者愈加懷念。二者相互參照，可以對晚清民國之社會變遷及士人心態有更加全面立體的認識。

　　與政權分裂、經濟衰落及民生凋敝相聯繫，民國在軍事與國防等方面亦多有廢弛，故領土及主權亦不斷受損。自民國成立後的十餘年間，外蒙、西藏先後獨立，此後新疆叛亂，日本又覬覦東北，直至 1915 年迫使北洋政府簽訂了喪權辱國的二十一條。蒼虬 1916年深秋所寫《同散原老人登六合塔》一詩中有「昔覽烽煙愁飲馬，今荒榛莽任棲鴉」〔註10〕之句，表面看一句回顧歷史，一句寫當前所見，然而今昔對比中實似有如此言外之意：古代外患來自胡人者甚多，近代外患則遠比往代多端且複雜。變亂無時已，後劇增前劇，當年表面上大體維持著統一的清政府尚且交困於內憂外患而國無寧日，今日未能建立起真正權威的民國政府在逐步加深的內外危機中

〔註7〕　司馬相如著，金國永校注：《司馬相如集校注》，上海：上海古籍出版社，1993 年版，第 159 頁。
〔註8〕　王栻主編《嚴復集》，北京：中華書局 1986 年版，第一冊，第 9 頁。
〔註9〕　《魯迅全集》第一卷，北京：人民文學出版社，2005 年版，第 501 頁。
〔註10〕　《蒼虬閣詩集》卷二，第 84 頁。

更是無能爲力、應接不暇，遂使神州陸沉，百年丘墟，只能任奸雄宵小橫行。

民國初年社會動盪，綱紀廢而道術裂，士階層亦出現嚴重分化，蒼虯寫於 1916 年的《往金陵視散原老人因讀近詩夜過俞園看梅翌日同遊掃葉樓歸寄一首》中，寫與朋輩同登清涼山以消憂，有「名都士類盡，城處遇荒隁。災殃奪物性，存歿供吁唉」〔註11〕之歎，亦頗耐人尋思。孟子見齊宣王曰：「所謂故國者，非謂有喬木之謂也，有世臣之謂也」〔註12〕；同樣，所謂「名都」者，非有高樓廣廈之謂也，有眞名士之謂也。故蒼虯筆下之「荒隁」並非實寫，而有暗喻人才凋零之意。故接下來「災殃」二句進一步分析士無特操之因：就社會原因而言，前所未有之變局固易使人進退失據，無所適從；就個人原因而言，亦不乏意志薄弱，持守不堅之輩，杜甫詩曰：「葵藿傾太陽，物性固莫奪」〔註13〕，然而在空前亂世內外交困之下，蘭蕙化爲蕭艾者比比皆是，正如物既非故物，性自不得不變。老一輩凋零殆盡，逝者固不能復生，存者亦難於固守，存歿之際，徒然令人感傷太息。吳嵩梁評蒼虯曾祖秋舫名作《揚州城樓》詩「窮商日夜荒歌舞，樂歲東南困轉輸」二句曰：「五六句紀實語，非憂時者不能道出」〔註14〕，蒼虯此詩大有類似「彼都人士」之歎〔註15〕，亦可謂「非憂時者不能道出」者也。

作爲士階層之一員，蒼虯對社會變遷亦有更切身的感受。這集

〔註11〕《蒼虯閣詩集》卷二，第 78～79 頁。

〔註12〕《孟子・梁惠王下》，朱熹撰：《四書章句集注・孟子集注》，第 24 頁。

〔註13〕杜甫《自京赴奉先縣詠懷五百字》，杜甫著，仇兆鰲注《杜詩詳注》，北京：中華書局 1979 年版，第 265 頁。

〔註14〕陳沆《簡學齋詩存》卷三，《續修四庫全書》集部・別集類，第 1512 冊，第 246 頁。

〔註15〕《詩・小雅・都人士》雖通篇寫「昔日都邑之盛」與「人物儀容之美」（朱熹《詩集傳》），不似本詩但寫名都之衰，然其本意則在悼古傷今，寄託亂離後追憶昔日繁盛之痛。

中體現在其 1915 年所寫《乙卯四月歸里謁祖墓》三絕句及詩後自註中〔註16〕。

> 十載重來祖墓山，老僧成塔隸爲官。更無煮筍燒茶事，
> 已過花時問牡丹。

> 曩與延齋六兄、楚生八兄、怡齋九兄、渭漁三兄掃墓，輒擷人家竹筍
> 食之，香味俱絕。先曾祖墓在調軍山，寺僧必貯本山雨前茶以獻，今僧已再
> 傳，不知此故事矣。寺後有牡丹高丈餘，花時最盛。今來零落已盡。祖墓金
> 盆架守山者，于國變後爲軍，從前革舍，今則夏屋渠渠矣。

> 慚謁家祠第一回，磬聲驚是夢中來。堂堂陳氏非王臘，
> 可鑒餘生負國哀。

> 余去歲夢至祠堂祭祖，神龕後有人擊磬，聲鍠然，驚寤。故此次反里，
> 即日謁祠，儼然夢中情景也。

> 老屋當年聚族歡，只今池水剩清寒。本來難語還無語，
> 落日荒庭拜一棺。

> 到老屋時，怡齋九兄他出，不逢一人。庶伯母洪太宜人之柩殯于中堂，
> 獨拜而去。

國家興亡、家族盛衰、個人身世均與世變相推移。對於蒼虬而言，無論故國、家族還是個人生命的「花時」均已過去——故國淪亡，故家凋零，個人既失其位，復挫其志。凡此種種，皆欲道而不忍道、道亦難以道盡者，而蒼虬三言兩語即能委曲傳達出來。故張眉叔曰：「詩非極佳，特所涵蘊者彌富，如神權也、僧人之趨奉也、流品或階級觀念也、鼎革後世態之變化也、宗法社會制度也、大家庭之恩怨紛乘也、世祿之家鮮克由禮也、世家之淪落敗壞也，皆於此數詩可見，眞可以觀世變矣，同光諸家罕爲此等。」〔註17〕正因其「關心於家國之休戚，自異於流輩」，對家國之關懷念茲在茲，故往往觸物興感，

〔註16〕朱興和曾對該詩其一、其三中所體現的辛亥革命後之社會變遷有過詳細解讀，大體包括舊家族凝聚力的減弱、士階層原有社會地位的喪失等等，《現代中國的斯文骨肉——超社逸社詩人群體研究》，第330～331 頁。

〔註17〕龔鵬程《文化、文學與美學》，第492 頁。

感而即深，在看似尋常的敘寫中即能傳達出深廣的社會內涵與深長的人生感慨。蒼虹謂張廣雅詩「憂深思遠，多勞人之辭」，乃因其「一身始末，關於數十年世運之轉移隆替，世變大而慮患深」之故，「憂深思遠」也恰是蒼虹自己很多詩歌的一個重要特點。

二、深微的思致與深邃的理境

史載揚雄「默而好深湛之思」，故《文心雕龍・體性》論及揚雄辭賦時曰：「子雲沈寂，故志隱而味深」。蒼虹亦深湛好思之人，體現在其創作中，多有思致精微且理境深邃之特點，故梁鼎芬謂其詩「精思所造處，成者鬼神愁」；胡先驌謂其詩「理境之深，亦因而高人一等」〔註18〕，夏承燾謂其詞「以哲理入詞最妙」〔註19〕，均為有見之言。

蒼虹詩中深邃的理境與其本人對詩中說理的獨到認識密不可分。陳衍在其詩話中曾特別提到某次與蒼虹談論如何以理入詩的對話：

> 仁先論詩，極有獨到處。……（仁先）又云：「讀蘇詩
> 有悟以極邊際之語，達極圓滿之理乃妙，否則如程、邵之
> 作，不免腐氣，且正面說理，亦並不能圓滿。」余謂吾輩
> 生古人後，好詩已被古人說盡，尚有著筆處者，有無窮新
> 哲理出，可以邊際之語寫之也。〔註20〕

蒼虹提出「以極邊際之語，達極圓滿之理」的觀點，深得石遺所認同。因為此論乃是蒼虹讀東坡詩之所悟，若結合東坡詩說理特點以及蒼虹此論上下文綜合觀照，則所謂「邊際之語」，當指不正面直接說抽象之理、庸常之理，而是以生動具體之意象側面間接以傳達作者獨特感悟之理，如此方能避免類似理學家詩那種直陳之理的陳腐老套、淡乎寡味，方能理事無礙，透徹圓融。故此「邊際之語」或有二意：一是與正面相對，指旁敲側擊的說理；二是與老生常談之理相對，

〔註18〕《胡先驌詩文集》下冊，第466頁。
〔註19〕夏承燾《天風閣學詞日記》1941年9月13日，《蒼虹閣詩集》附錄三，第553頁。
〔註20〕陳衍《石遺室詩話》，卷十，第158～159頁。

指獨具個性的未經人道之理〔註21〕。石遺認同蒼虬此論，但二人之所以重視如此說理的原因則有所不同：在蒼虬，是因讀東坡詩所悟出的心得，是一種自然而然的感發；在石遺，則視此爲在前人詩歌「影響的焦慮」籠罩下力破餘地的途徑之一。

蒼虬自己的創作也體現出深邃的理境。由於致力於佛學甚深，蒼虬詩中理境有時體現爲禪理，如《大雪後同舮庵至靈隱寺二首》其二：

> 松巔一夜雪，山中十日雨。寒滴浸諸天，支节入太古。
> 朗朗登寶坊，密室茶可煮。料無丹霞師，木佛饒兩廡。聳
> 肩一舮翁，白地參水牯。我來眞空回，見淨不見土。〔註22〕

「松巔」二句從王維《送梓州李使君》「山中一夜雨，樹杪百重泉」〔註23〕二句化出，以一夜之雪可融化爲十日之雨的誇張描述從側面反襯雪之大。「寒滴」二句寫二人衝寒前往靈隱寺的情景，而「諸天」、「太古」之說似引人由無垠空間走入無盡時間。接下來「朗朗」四句寫到寺所見，因兩廡間木佛甚多而判斷該寺中沒有如唐代丹霞天然禪師那樣燒木佛取暖之僧，既是風趣之言，似也流露出對明清以來禪門衰落而名寺乏高僧的遺憾。「聳肩」二句寫舮庵當時情狀，「參水牯」用潙山禪師公案，某日潙山上堂示眾云：「老僧百年後，向山下作一頭水牯牛，左脅下書五字，曰：『潙山僧某甲。』當恁麼時，喚

〔註21〕關於此段對話中「邊際之語」的內涵，任訪秋主編《中國近代文學史》中認爲「陳衍將古人詩句中的所謂『不可及處』統稱爲『邊際之語』，要求詩人們在這方面下苦工夫、死工夫」，似未加細審，將此段詩論上文中蒼虬論老杜《醉時歌》所謂「此是古人拙處，即是古人不可及處」之「不可及」移來此處以釋「邊際之語」，似有待斟酌。開封：河南大學出版社，1988 年 11 月第 1 版，第 261 頁；又，此論廣爲其他論者所徵引，如關愛和著《從古典走向現代‧19、20 世紀之交的文學演進》，2004 年 6 月，第 77 頁：廖群等著《中國文學史‧元明清文學史》，太白文藝出版社，2004 年 05 月第 1 版，第 374 頁等等，均引此說。

〔註22〕《蒼虬閣詩集》卷二，第 90 頁。

〔註23〕王維《送梓州李使君》，王維撰，陳鐵民校注：《王維集校注》，北京：中華書局，1997 年版，第 604～605 頁。

作溈山僧又是水牯牛，喚作水牯牛又是溈山僧。畢竟喚作甚麼即得？」
〔註24〕最後二句寫自己，「淨土」本爲專有名詞，指佛所居無塵無染
之清淨世界，此處將二字拆開，極富禪機妙諦：大雪遍覆，四望皓然，
從表層意義來看，「淨」可以理解爲皓然無瑕之白雪，「土」可以理解
爲大雪所覆之塵壤。只見白雪而不見塵壤，故曰「見淨不見土」；進
一步講，至佛國而參「淨土」，結果只見「淨」而不見「土」，即非可
謂已得見「淨土」，故曰「空回」；若從更深層象喻意蘊來看，「淨」
可使人聯想到妙明清淨之自性，「土」可使人聯想到無量無邊之塵刹。
性相不離，理事無礙。見性而不見相，明理而未落到實處，滯於一邊，
悟即未徹，故曰「空回」。如此言禪，迥不猶人，只寫當前所見，而
妙理即在其中。而且語言不艱澀玄奧，粗看即曉，細審則更有無盡妙
諦層層透出。可謂以禪入詩而比較成功的佳作。

　　蒼虬詩深微之理境並不限於禪理，如《劉園朱棣老梅下共醉》
一首寫早春賞梅，最後幾句曰：

　　　　空宇無藏明，設色春情縱。高松表疏枝，當無有花

　用。〔註25〕

　　《周易》明夷卦象辭曰：「明入地中，明夷。君子以莅眾，用晦
而明」，王弼以「藏明於內，乃得明也」釋「用晦而明」〔註26〕，此
處曰「空宇無藏明」又與王弼用意不同：空納萬境，包蘊萬有原無隱
藏之心。然道體雖有一本，表現於外者卻有萬殊，正如春生夏長，秋
收冬藏，皆爲道體所顯現。如果說嚴冬爲「明入地中」，「藏明於內」
正爲蓄勢待發；至春天萬物發生，淑氣陽和，如有春工薰梅染柳，恣
意繪出萬紅千翠。而鼓蕩萬物者，仍生自向之「空宇」也。「高松」
二句用《老子》「有之以爲利，無之以爲用」〔註27〕之意，松雖無花，

〔註24〕普濟著，蘇淵雷點校《五燈會元》卷九，北京：中華書局1984年版，
　　　第526頁。
〔註25〕《蒼虬閣詩集》卷二，第68頁。
〔註26〕《周易注》，王弼著，樓宇烈校釋：《王弼集校釋》，北京：中華書局
　　　1980年版，第396頁。
〔註27〕王弼注：《老子注》，北京：中華書局1954年版，第6頁。

卻能以其青蒼卓立之風神、蕭疏勁健之枝幹與梅交相映襯，益加彰顯梅之清姿秀骨，故疏枝無花，卻有花之妙用也。短短四句中，「藏」與「縱」，「空」與「色」，「無」與「有」，相反相成，跌宕生姿，形成很強的張力，而這種張力非僅因文字本身的巧妙安排而成，而是直接源自道體本身的陰陽消長、隱顯離合，並經由作者精微深刻之體悟，以鮮活生動的意象傳達出來。

蒼虹詩中理境並非只體現為思致的深微，更與深摯的情感密切結合。即如上引「空宇無藏明，設色春情縱」二句為例，前句頗似黃山谷聞木樨香而悟《論語》「吾無隱乎爾」的豁然開朗意味，後句曰「春情」而不曰「春工」或「春花」，正因惟「春情」方能使春工化物帶有鮮明的情感色彩，而「春工」或「春花」等等皆不過客觀描述而已。所以，蒼虹詩中理境，往往是情、景、理的融合。比如其《次韻治薌觀落日詩》其一曰：「一日復一日，冥行不知止」〔註28〕，寫太陽周而復始的運行，似有《莊子・齊物論》所謂「一受其成形，不亡以待盡，與物相刃相靡，其行盡如馳，而莫之能止」〔註29〕的人生悲慨意味。再如其四曰：

> 盈仄拘墟言，貞明有常綺。下界氣空濛，迴光生暮紫。孤行青冥中，風雷旋不止。呼吸萬星躔，如海納眾水。何者為坤輿，微塵一黑子。燕蝠晨暝爭，得失豈計里。志士惜景光，愚人憂覆圮。悲觀感蒼涼，愉玩愛猗旎。庶人旦暮業，姝暖明窗底。迷陽復迷陽，柴立將何倚。安能造天遊，六鑿通表裏。〔註30〕

該詩以俯瞰塵寰的宇宙視角觀物，在天道之永恆中觀照人海眾生之萬象，最後冀能擺脫六鑿相攘的紛擾而與天地精神相往來，通篇多處化用《莊子》之意，情、景、理融合無間。

理中含情、情中寓理之作還可舉《夢中見一詩》：

〔註28〕《蒼虹閣詩集》卷一，第 8 頁。
〔註29〕莊周著，郭象註：《莊子》，第 11 頁。
〔註30〕《蒼虹閣詩集》卷一，第 9 頁。

往往庭花發，看看二月空。百年有春夢，春夢未能
同。〔註31〕

千江有水千江月，萬里回春萬里花。天心之化物不拘於一時一
地，春來草自青、花自開。可轉眼間換朱成碧，滿眼春光怎禁得起一
顧再顧，便在望中消逝。人生不足百年，卻無人不懷有美好夢想，然
而具體夢想卻千差萬別。一般寫春歸易流於傷感，且傷春多有傷時的
寄託。無論傷時傷春，都是有端倪、可言說之情感。而此詩寫春回未
見其喜，寫春去未見其悲，「往往」「看看」，從容不迫的疊字疊音中
流露的彷彿是慣看秋月春風後的寧靜與平和，寧靜平和中似乎又微聞
其心魂深處的波瀾起伏與無聲的太息。短短四句，融化了感情與思
致，無從尋其旨歸、測其端倪。

一般意在說理之作，即使借助意象來側面說理，意象也往往是欲
達其理的所假借的手段與途徑，心與物之間仍有比附之跡存焉。蒼虬
詩之理境多體現於一些觸境興感之作，故能於尋常寫景、狀物、言情
中見其深邃精微之理境，如鹽入水，有味無痕。而且由於其詩中理境
多與平日切身體悟相關，而非僅來自於書卷所得，故往往生動鮮活，
無語套意陳之失。嚴滄浪「詩有別趣，非關理也」〔註32〕之說乃主要
針對宋代詩壇以理入詩未能渾融之作而言，實則若做到思致圓融，不
為理所障，理亦可成趣〔註33〕。清代詩壇宗宋者以理入詩亦難免有為
理所障之處，蒼虬詩雖有重思致、理境深的特點，卻幸能大體避免理
障之失，這也是其詩歌頗為難能的一個特點。

三、深幽的心靈與特異的詩境

蒼虬「結想欣戚」既異於眾人，心靈之深幽亦非同尋常。故彊

〔註31〕《蒼虬閣詩集》續集卷上，第 314 頁。
〔註32〕嚴羽著，郭紹虞校釋：《滄浪詩話校釋》，北京：人民文學出版社，
　　　　1983 年版，第 26 頁。
〔註33〕錢鍾書《談藝錄》「隨園論詩中理語」一則論「理趣」甚詳。北京：
　　　　中華書局 1993 年版，第 222～231 頁。

村以「幽夐」概括蒼虬詞境〔註34〕；陳曾則亦認為蒼虬之詩與畫乃「定慧光中流出，故有其夐絕之異境」〔註35〕。

這種特異的詩境首先表現為一種超越的形而上色彩。由於家族因緣及個人信仰，蒼虬宇宙觀受到佛教三千大千世界及因果輪迴觀念的影響，經常著眼於無始無終的輪迴與無邊無際的三界來反觀今生今世與此在當前：其寫自己對落日之耽戀，曰「寂攝諸界天，永住殘照裏」（《次韻治薌觀落日詩》其三）；其寫西湖煙雨空濛之景，曰「疏林但一抹，三界沉空煙」（《看梅後歸舟遇雨》）；其寫花之飄零，曰「依然三界落花中」（《落花十首》其一），「諸天縹渺共斜暉」（《落花四首》其四）；其寫誦普賢行願品，曰「聲徹三界悲人天」（《誦普賢行願品》）。與「三界」之廣遠無邊對應的是多生累劫之漫長悠久，其寫人生再會之難，曰「何生重倚斜街月，酒後論詩說木庵」（《九日懷人四首》其四）；其寫落花餘妍之美好、餘韻之悠長與重逢之難再，曰「餘妍猶作千春好，輕別重經小劫長」（《落花十首》其五）；其寫自己斷夢初醒曰「雞鳴未盡多生淚，蟲語爭分一夜秋」（《斷夢》）；其欣幸於同周沈觀之密切交往，曰「多生何因緣，清淨每飯共」（《次韻沈觀丈見贈》）；其感慨自己的書卷生涯，曰「味簡多生寧有債，把詩過日豈非天」（《八月十一日生日偶作》）；其寫飛來峰看月，曰「清寒一往甘終古，勞轉多生記此回」（《六月十五日夜同九兄四弟五弟步至飛來峰看月》）；臘八日煮粥，他感慨「粥飯家風熟識儂，多生禪味尚沉醲」（《臘八日煮粥感賦》其二）；他甚至認定自己原本是因「貪看落照」而流轉人間、四無依傍的孤僧，「流浪多生」而仍「無畔岸」（《將至金陵視散原先生車過鎮江觀落日作》）。凡此種種，均在時空的無限延展中增加了宇宙的謬悠感與人生的飄忽感，使其作品平添了朦朧的形而上色彩。〔註36〕

〔註34〕陳祖壬《舊月簃詞序》引彊村論《舊月簃詞》語曰：「境之至夐者曰幽」。《蒼虬閣詩集》附錄二，第495頁。
〔註35〕陳曾則《蒼虬閣詩續集序》，《蒼虬閣詩集》附錄二，第492頁。
〔註36〕關於蒼虬詩的形而上色彩，可與第五章論蒼虬紀夢詩部分相互參照。

　　蒼虬詩的特異之境有時表現爲人與境、內與外的貫通。《廿一夜夢作書畫眞有契歲月來無窮二句似翻後山詩意醒後偶有所會遂成二詩》其一曰：

　　　　新秋送殘暑，雨罷來清風。湖天出淨碧，盡爲窗几供。焚香展圖畫，往往名山逢。書畫眞有契，歲月來無窮。但使妙明在，自有精靈通。千秋旦暮遇，何必非我躬。得意已藏密，五家詎能公。知益卻傷晚，隘矣後山翁。〔註37〕

　　該詩針對後山「晚知書畫眞有益，卻悔歲月來無多」〔註38〕二句而發。蓋殘暑去而新秋來，暑雨止而清風來，大化周流不息，生生不已。一點紅可寄託無邊春色，一扇窗可展現無限江山。「供」字妙在如園林之「借景」：我不尋天水，而天光水色自獻供無邊清景於我窗前。該詩前四句寫自然界之風光由外至內而與我感通，接下來四句寫紙上風光與我之感通。「往往名山逢」，淡遠悠然之情味與淵明「悠然見南山」類似，蓋「往往」而逢，非刻意尋名山於畫圖中，展開畫卷之際，即如行山陰道間，時時與名山邂逅。是以畫卷之中，窗几之間，室內室外，紙上湖上，俱有無窮世界向我展開，故曰「來無窮」。有契者，原不止卷中書畫，而有不斷展開之自然圖卷也。而蒼虬「書畫眞有契」與後山「書畫眞有益」雖僅一字之別，意味卻大不相同：「益」與「害」相對，由意識中權衡比較而來，是後山意中「書畫」與「我」有「益」，「我」與「書畫」二者相對待；「契」則「書畫」與「我」感通契合，二者原爲一體。正因有對待有比較，故後山內心生出書畫雖好奈年華已老的矛盾。也正因無對待的感通契合，蒼虬超越了物質世界的各種關係限制，一念妙明心體與天地相往來。

　　蒼虬詩的特異之境有時表現爲醒與夢、生與死的眞幻交錯。如《哭劉松庵》其四曰：

〔註37〕《蒼虬閣詩集》卷二，第74頁。
〔註38〕陳師道《題明發高軒過圖》，陳師道撰、任淵注，冒廣生補箋，冒懷辛整理：《後山詩注補箋》卷十二，北京：中華書局，1995年版，第456頁。

哀哀五十慕，頭白反哺烏。素衣見京華，匍匐已需扶。局傭匭長晝，<small>時松庵充圖書局畫師</small>夜夢還兒初。昔昔起浩歎，淚墨追為圖。老屋三兩間，花樹圜扶疏。微聞太息聲，入視驚顏癯。溫溫誠慰罷，命取架間書。屏息待趨承，喔喔啼階除。入懷白日光，天地忽已孤。又夢陟高峰，環海如蓬壺。飄飄吹袂過，慈杖遙相呼。魂悸俄魄動，怳然墮牀鋪。性感非一境，見者猶欷歔。地下今相遇，訴淚當何如？<small>松庵時時夢見其太夫人，因繪圖以紀其事。</small>〔註39〕

該詩先寫劉松庵之至孝以及自己與松庵京華相見的情景，然後描述了劉松庵兩幅因夢其亡母所繪的紀夢圖，最後懸想松庵與其母泉下重逢、悲喜交集的情景。結構本不複雜，卻因感情之強烈，描述之生動，幾令讀者忘其為畫，乃至於忘其為夢，如親歷其境，悲喜完全隨之轉移。於是松庵、蒼虬與讀者之間交相感發，夢醒之際、生死之間，大悲大喜，真幻難分。

蒼虬詩的特異之境有時表現為人我一如的微妙感應。《秋間予病幾殆陟甫九兄夷希同年邀遊鄧山時為八月十一日為予五十初度兩兄齋僧普佛為先母周太夫人資冥福歸後病良已追念感賦四首》其三曰：

古人五十慕，我今嗒已孤。劬勞念生我，欲報時則無。推恩謝良友，為我齋僧徒。前後眾三三，屏息趨鐘魚。一飯萬莊嚴，天香飯伊蒲。夜殿普參佛，香煙發洪鑪。咫尺踐初地，龍象彌空虛。慈雲垂我前，其上蓮跏趺。母佛見非二，人我同一如。拯予周極哀，躋彼極樂都。信友乃順親，寧異釋與儒。喜心涕泗漣，緘髓徒區區。〔註40〕

該詩寫親朋為蒼虬之母周太夫人齋僧普佛情景，其中「慈雲」幾句，由佛殿繚繞的香煙聯想到如雲之廣被眾生的佛之慈悲，進一步悟到佛、母不二，人、我一如的境界，在參佛的無比虔敬中昇華出無緣之悲與同體之慈，於是從失母的極度悲哀剎那超越出來。散原謂該

〔註39〕《蒼虬閣詩集》卷二，第46頁。
〔註40〕《蒼虬閣詩集》卷五，第165頁。

－220－

詩「提挈名象，養空而遊，極跌宕昭彰之致」〔註41〕即看出該詩不拘名象、超然物表的體道意味。

　　蒼虬詩的特異之境有時還表現爲多重時空的交疊中產生的亦人亦我、亦古亦今的厚重感。《長椿寺拜散原先生殯所》曰：

　　　　蕭寺凄風愴獨來，德人泉下夢難回。辭春老樹留經院，過雨殘英委綠苔。小立便完仍歲跡，幽藏寧掩百年哀？舊踪何限深明閣，刻骨前塵苦未灰。〔註42〕

　　「窮途覓歸墟，生趣略可見。碩果惟此翁，歲晚矢婉變」〔註43〕，當師友漸次凋零、平生志事理想亦全部落空後，散原幾乎已成爲蒼虬窮途末路的晚年唯一可視爲精神皈依之人。散原生命的最後幾年在北平度過，是時蒼虬在長春，然每年均專程赴京看望散原。1937 年散原去世後殯於北京長椿寺，次年暮春，蒼虬仍赴京拜謁，一如散原生時，所見卻是辭春老樹與過雨殘花。頸聯前句自謂：靈前小立片雲，便彷彿將過去多年交往重新歷過一遍，無數難以割捨的舊影依舊鮮活，卻殘酷地被終結於當前此刻；「幽藏」句謂散原：而今雖幽閉於一棺之內，卻不能掩住其生前對百年世事的深沉憂思。張眉叔曰：「『小立便完仍歲跡』，『完』字，覺太費想」〔註44〕，個人以爲「完」字乍看雖的確有些費解，然細味之，「完」置於「小立」之短暫與「仍歲」之漫長中間，正意在將過去不同時空、不同情境中二人交往之舊影濃縮並收束於當前小立之一刻，因此實有無限沉痛蘊乎其中。尾聯「深明閣」指後山《宿深明閣二首》，蒼虬曾推此詩爲後山「集中壓卷」〔註45〕之作。蓋山谷以直筆修《神宗實錄》，紹聖初，蔡卞以失實爲由，召山谷至陳留問狀，寓佛寺，題所居曰「深明閣」，尋謫居黔州。紹聖三年，後山亦至陳留，宿是閣而成是詩。蒼虬此句用後山此詩，

〔註41〕陳三立手批《蒼虬閣詩鈔》。
〔註42〕《蒼虬閣詩集》卷卷十，第278頁。
〔註43〕陳曾壽《散原先生挽詩》其三，卷十，第272頁。
〔註44〕龔鵬程《文化、文學與美學》，第503頁。
〔註45〕《蒼虬詩話》手稿。

不但因均爲佛寺之故而以「深明閣」暗點「長椿寺」，更因後山與山谷之交誼頗似自己與散原之交誼〔註46〕，而《宿深明閣》又是後山與山谷交誼之作中尤爲深摯動人的一篇，故該詩中很多地方頗能引發蒼虯對散原之情感的深切共鳴。而且，蒼虯此句並非借用後山該詩某一詞句、某一片段或某一故實，而是以該詩之整體情境融入自己與散原交往的歷歷前塵中，並以具有無限意蘊的「何限」一詞，將自己與散原交遊之「舊踪」與見證後山對山谷之深厚情誼的「深明閣」關聯起來，由於人物關係及具體情境的高度相似，使得古今不同時空的光影相互疊加並相互映發，形成一種即人即我、即古即今的縱深感與厚重感。

左紹佐《陳仁先有詩見和次韻奉答兼呈周少朴侍御》曰：「君之讀書禹治水，早入宛委通神幽。遂從詩界闢仙境，左攜赤松右浮邱。」深幽的心靈世界與特異的心靈感應使蒼虯詩別闢蹊徑，在生與死、醒與夢、古與今、人與我之間打通障壁，交光疊影，雖不一定是別開「仙境」，卻以特異之境爲其詩歌增加了宛委幽深的特點。

四、深曲之情意與深婉之表達的統一

前文介紹蒼虯性情，曾謂深情與超逸的統一是其情感本質，出世與入世的統一則是其理想構成。體現於詩歌創作，往往在入世與出世、深情與超逸之間迴環往復，形成一種特殊的美感。

蒼虯性情中似乎有一種與生俱來、揮之不去的幽憂之思，即使未經鼎革之前、生活比較平穩的任職京華時期，也會在作品中時一流

〔註46〕惠洪《冷齋夜話》曰：「余問山谷：『今之詩人誰爲冠？』曰：『無出陳無己』」；散原序蒼虯詩曰：「比世有仁先，遂使余與太夷之詩，或皆不免爲儋父，則仁先之宜有不可及」。後山《贈魯直》曰：「陳詩傳筆意，願立弟子行」；蒼虯《奉和散原先生二首》其二曰：「冰霜剝盡求眞面，正要先生作導師。」山谷以聲名早著之前輩詩人對後山推崇備至，一如散原以同光體魁傑身份而對蒼虯推崇備至；後山對山谷欽敬無己並自居弟子之列，一如蒼虯對散原欽敬無己並以之爲精神嚮導，則其亦師亦友、契合之深可知矣。

露，以至於引起陳衍的不解〔註47〕。胡先驌認爲蒼虬「善於幽憂」，乃是其「哀樂過人」的表現〔註48〕，這種先天的憂鬱氣質再經時代變亂及身世坎坷的刺激後愈發強烈，散原所謂「沉哀入骨」〔註49〕者以此也，節庵所謂「呼號天地窄，淚與江海浮。細看有何物？心血成一丘」者（《題耐寂詩》）亦以此也。蒼虬對個人性情中這種難譴的悲情亦有清醒的自覺，詩曰：「人生實苦相，種種含悽酸。尋常暗飲刃，不在血流川。受者徇一瞑，見者猶纏牽。一端偶接觸，萬象疚當前。反觀儻自覺，不暇人悲憐。陳陳往不復，孕自無始年。誓度無量劫，佛力何有焉？……」〔註50〕過人的悲情實則爲深情的一種表現，而深情執著往往與除纏解縛的超越嚮往相背離，蒼虬詩中屢屢可見這種深情與超越、入世與出世之間的矛盾與緊張：如「常恐墮幽憂，聞道曾無時」（《三台山山居雜詩》其六）、「微生獨悄悲，終恐法華轉」（《南湖晦夜寄懷散原先生》其三）、「平生歸山眞實意，到此惘惘仍難甘」（《五月十三日同散原恪士壽丞瘦唐同武遊焦山一宿與瘦唐壽丞同武先去散原恪士留山待王君伯沆》）、「亦識腸迴能害道，終憐泥塑似非人」（《無端》）等等。茲以寫於 1915 年的《八月十一日生日偶作》詩爲例：

> 早忘自念猶傷逝，難洗餘哀那入禪。味簡多生寧有債，把詩過日豈非天。僵蟬咽斷繁霜後，瘦菊魂銷細雨前。一念嵯峨妨學道，儻看射虎未殘年。〔註51〕

此時清亡已有三年，首聯謂雖然早已不再自傷、自憐一身之遭際命運，然對今昔盛衰及所摯愛的人物事物之無常猶不能忘情，正因心有餘哀而且餘哀太深，故無法擺脫此哀而眞正安心入道。頷聯前句用

〔註47〕《石遺室詩話》中舉蒼虬《落花》、《讀劍南詩》、《次韻莘田留別》、《與莘田夜話去後作》等作品，然後曰：「君處境極順，而五、七言時有黯然之意。」《石遺室詩話》卷十，第 159～160 頁。
〔註48〕《胡先驌詩文集》下冊，第 466 頁。
〔註49〕散原《蒼虬閣詩鈔》卷上總批曰：「沉哀入骨，而出以深微澹遠，遂成孤詣。」
〔註50〕《三台山山居雜詩》其五，《蒼虬閣詩集》卷二，第 61 頁。
〔註51〕《蒼虬閣詩集》卷二，第 74 頁。

蘇軾《和黃魯直食筍次韻》「多生味蠹簡，食筍乃余債」〔註52〕之意，自謂雖如蠹魚般終日與詩卷相伴，如償宿債，然而老於文字生涯原非本志，奈天命如此，無可如何而已。二句以風趣之語為自己無奈的生存現狀找一個形而上的根源，自我解嘲的同時，也給自己一個安慰，然而「寧有」、「豈非」等詞的口吻中實流露出不甘之意。頸聯承接此不甘，以「僵蟬」及「瘦菊」自喻，寫自己處境之淒寒與內心之淒苦。尾聯兼用《史記·李將軍列傳》李廣射虎事及杜甫《曲江三章章五句》之三「短衣匹馬隨李廣，看射猛虎終殘年」之意：所謂「嵯峨」當指一種崢嶸不凡的心志或者意難平的遺憾，心中倘有一念未安或未平處，則難以外息諸緣，真正放下。「嵯峨」的心志是成就世間功業的必要前提之一，卻是息心修道、了生脫死的障礙。既已成為遺民，欲有所作為卻已失去既有的身份與舞臺，欲息心修道卻難以平撫內心未死的嵯峨之志。人往往不到生機耗盡、無路可走時心不能盡死，況且此時年華未老，自不甘與「故將軍」為伍，默默以終其餘生也。

　　此首詩在入世與出世、初衷與命運、隱逸與不甘、深情之天性與超越之理想之間的相互矛盾中形成一種迴環的張力，通過使事用典、化用前人詩句並借助於具體意象委曲傳達出來，形成一種深隱曲折之美。

　　蒼虬詩的這種深隱曲折之美還可再舉其《落葉和聞賓門》其二為例：

　　　　碧怨無情尚有情，哀蟬從此悟浮生。歸根轉綠非身待，託命題紅抵目成。曾見葱蘢原不悔，相逢搖落亦堪驚。歸來背枕寒燈夢，猶誤巴山夜雨聲。〔註53〕

　　首聯由漢武帝《落葉哀蟬曲》及義山《蟬》詩「五更疏欲斷，一樹碧無情」之意生發，寫哀蟬睹落葉而有所悟：蟬只有在一樹青蔥碧

〔註52〕蘇軾著，馮應榴輯注，黃任軻、朱懷春校點：《蘇軾詩集合注》卷二十二，上海：上海古籍出版社 2001 年版，第 1120～1121 頁。
〔註53〕《蒼虬閣詩集》卷四，第 143 頁。

葉中才能暢其嘶鳴，也必然在秋葉凋零時隨之而隕。碧樹雖爲蟬託命之所，卻不能長久蔭庇其生命，可謂有情而無情，無情卻有情。頷聯用宮女紅葉題詩之典故及《九歌·少司命》「滿堂兮美人，忽獨與予兮目成」之「目成」，極爲耐人尋味。就落葉而言，凋零即意味著生命的完結，此後隨風飄零，身不由己，無論葉落歸根還是明春新綠再發均非此身可待，然而若飄零御溝，仍或有被宮女重新拾起的可能。希望雖無比渺茫，然託命於斯，便可抵目成心許的知遇。若聯繫作者身世來理解，作爲政治遺民，舊王朝的覆滅意味著此生政治生涯的結束而再無復出之可能；爲文化遺民，傳統文化在時代巨變中的衝擊下走向衰微已成定勢，貞下起元既非此生可待，希望亦正自渺茫，然而既與舊王朝舊文化有同根共命之甚深因緣，此精誠一念亦可抵親見復興之一日。若拋開字面含義及作者身世而就更普遍的意義來理解，正如義山詩曰：「微生盡戀人間樂，只有襄王憶夢中」〔註54〕。大多數人追求的都是一種現實的、即身可待的幸福：既求則有必得之心。若知其終不可得，則斷然捨之而另謀他就。更有少數人，當種種條件制約下不能達成其理想時，仍舊可以超越現實得失利害的計較權衡之心，而堅持一種在世俗之大多數看來或屬虛無縹緲的理想，並在傾注生命熱情的本身體驗到彷彿已達成理想一般的幸福，人性之高貴由此超越而彰顯，亦由此深情而彰顯，而深情的極致正是超越。二句綜合來看，「歸根轉綠非身待」是「無情」，「託命題紅抵目成」是「有情」，當現實以無情的面目呈現時，一念至誠的深情可以超越現實種種隔絕與限制，轉「無情」而爲「有情」，是落葉之所遇、哀蟬之所悟，亦是作者之所感。這種超越現實功利而充滿理想色彩之情，是蒼虬詩中經常流露的感情。頸聯上句從理智上而言，謂既曾見滿樹蔥蘢，此生原應無憾；下句從感情上而言，謂今日果然逢其搖落，仍心驚不已，所謂看得破，放不下是也。尾聯兼用李商隱《七月二十八日夜與王鄭

〔註54〕李商隱《過楚宮》，劉學鍇、余恕誠注：《李商隱詩歌集解》，第781頁。

二秀才聽雨後夢作》「覺來正是平階雨，獨背寒燈枕手眠」二句及《夜雨寄北》「君問歸期未有期，巴山夜雨漲秋池。何當共剪西窗燭，卻話巴山夜雨時」全詩之意，照應詩題之「和賓門」，有二重含義：其一，繼上文見落葉而引發無窮感慨後，寫歸來室中獨臥，聞落葉摵摵蕭蕭，竟誤以為巴山夜雨之聲；其二，由巴山夜雨的聯想，引發對故人賓門的思念，並進一步引起對「何當共剪西窗燭」之重逢的期待。

　　該詩由落葉哀蟬而興感，超越所詠之物本身，寫個人之生命體驗，並於一己之體驗中包容了可使讀者見仁見智的更為普遍的人生感慨。全詩自首至尾，情意幾度轉折，而且事典和語典的運用恰到好處地委婉傳達出千迴百轉的情意，既有詩外「重旨」的隱微之美，又有篇中「獨拔」的警秀之句，深曲之情意與深婉之表達形成蒼虯詩特有的隱秀風格。

　　汪辟疆《光宣詩壇點將錄》論蒼虯詩曰：「漫說淵源出二陳，臨川深婉李精純」〔註55〕，其《讀常見書齋小記》「展庵醉後論詩」條論蒼虯海藏詩之異亦曰：「（蒼虯）詞不盡而味內蘊，故深婉」〔註56〕，皆以「深婉」作為蒼虯詩最基本的特點。「深」偏於內容情意方面，「婉」偏於表現傳達方面，二者原為一體之兩面。蒼虯很多詩尤其是其某些七律的確以深婉為主要特色，然而深婉並不足以概括蒼虯詩的全部特色，因為除去委婉含蓄的表達之外，蒼虯另有相當一部分作品，聲情激壯，噴薄而出〔註57〕，感情深沉熱烈，意蘊亦豐富厚重，表達卻未必婉曲含蓄，也就是說，這部分作品雖不夠「婉」，卻仍不失內蘊豐厚的有味之作。故本文用「深隱」而非「深婉」來概括蒼虯詩的特色。蓋「深」者可包括情感之深摯、心靈之深幽、思致之深邃、關懷之深

〔註55〕《汪辟疆文集》，第342頁。
〔註56〕《汪辟疆文集》，第810頁。
〔註57〕可參看散原手批《蒼虯閣詩鈔》評語，如評《書憤》詩曰：「聲情激壯而沉鬱」；評《發庵太傅以先世詰封屬題》曰：「噴薄出之，氣屬而聲滿」；評《感憤》曰：「真氣鬱勃，稍近劍南」等等。

廣等多個方面，「隱」者則主要指文外之重旨與內蘊之豐富而言。在這方面，蒼虬可謂獨擅勝場。

第二節　蒼虬閣詩技法層面的成就

學宋詩者多重鍊字、句法、章法等技法層面的問題，蒼虬致力於宋詩頗深，在這些方面也頗有心得。

一、用字之妙

蒼虬詩在用字方面的不俗處屢爲朋輩所提及。

陳衍《石遺室詩話》中曾將蒼虬《十八夜同李道人野次看月》詩中「夜色鍾柴門，二人自成世」二句列入「近人寫景之工者」，認爲「殊有突過前人之處」，但同時亦對「鍾」字持保留意見曰：「或嫌『鍾』字太喫力，然無以易之」〔註58〕；又曰：「仁先告余，此本中已改作『夜色柴門偏』，似較前爲自然。然余以爲『偏』較『鍾』固勝，讀來仍拗口，以『夜色』、『柴門』皆熟字，『鍾』生字，『偏』字單用亦生，音亦不順。若七字句則有幫襯字而不生矣。鄙意欲只用『夜色滿柴門』，或『落柴門』」。〔註59〕

審蒼虬用「鍾」字之本意，或在於強調「夜色」與「柴門」之間某種因神味氣息相近的微妙對應，正如同荒天古木中同群相叫之士定非都市豪估，如此良夜亦似專爲貧家而設，石遺謂「無以易之」，或即有見於此。然而正如陳衍所云，「鍾」字雖有不可代替之佳處，用於此處則顯生硬，蓋「夜色」與「柴門」均爲詩歌中常用語彙，即石遺所謂「熟字」，廣泛而言，「鍾」字雖非生僻字，然用於「夜色」與「柴門」這樣由十分常用之詞所構建的語境中，相形之下則顯得不夠自然了。石遺所建議的易「鍾」爲「滿」或「落」，字面上看來雖確與前後更爲協調，然而卻失去了「鍾」字所獨具的微妙色彩。在二

〔註58〕《石遺室詩話》卷十四，第228～229頁。
〔註59〕《石遺室詩話》卷二十五，第391～392頁。

者不能兩全的情況下，蒼虬最後定稿還是採納了石遺的建議，改爲「夜色滿柴門」，正可見他雖亦頗重推敲，卻與江西詩派追求生新效果的藝術取向顯然有別。

石遺還曾特別提到蒼虬《述菊》其五中「此花宜賤貧」一句，認爲「賤貧得有身份」，個人以爲該句妙在一「宜」字，其妙處又須結合上下語境綜合來看。前文曾寫到，該詩寫於清亡後的次年，在詠菊中實蘊含有作者個人關於立身出處等問題的思考，「此花宜賤貧」句表面看來不過寫菊能安貧，但若易爲「此花安賤貧」則意味大減，蓋「安賤貧」只是爲菊之品質下一斷語並流露出讚賞之意，而「宜賤貧」則兼有自得自許之意：如此高貴自愛的生命自然會有所不爲，於是落得如此清貧的境地實爲必至之果。這些意思直言則易流於淺薄，而著一「宜」字則格調頓高，石遺謂之「『賤貧』得有身份」〔註60〕當即爲此故。蒼虬詠梅《清平樂》詞曰：「待到千紅鬧處，故應不見梅花」〔註61〕，「故應」二字與此「宜」字有類似之妙，若易爲：待到千紅鬧處，梅花不與爭妍。意思類似，格調迥殊。

石遺之外，陳寥士亦曾提及蒼虬用字之妙。《單雲閣詩話》曰：
蒼虬詩「雞鳴一何悲，眾生不同曉」，又有《牡丹》詩
「睡足出嚴妝，午韻不如曉」，二「曉」字甚警。〔註62〕

寥士所引「雞鳴」句出自蒼虬《雞鳴懷樸生丈及四弟》詩，「睡足」句出自《四月十五日田伏侯同年約崇效寺看牡丹予晨往主客皆未集次日晤李猛庵丈言是日到最後席散客已盡矣獨坐成詠因憶昔與半塘老人來遊恰亦四月十五日感懷三首予因和之》其一，前一「曉」字妙在人生體悟之深切：「眾生」每日雖共同迎來同一個早晨，卻因個人處境、心境等種種不同而有各自不同的體驗，是共相之中各有殊相；後一「曉」字妙在觀物、體物之細膩：同一名花，清晨時經歷一

〔註60〕《石遺室詩話》卷二十五，第392頁。
〔註61〕《蒼虬閣詩集·舊月簃詞》，第385頁。
〔註62〕《蒼虬閣詩集》附錄三，第525頁。

夜清潤之夜氣的滋養，如同美人睡足晨妝後出現在眼前，倍覺明妍動人，至午時則經歷半日炎陽的蒸騰，在粗心人看來或許無明顯變化，在真正惜花人眼中，精神氣韻必與清晨大有不同了。寥士所謂「二『曉』字甚警」，或即有感於此。

　　蒼虬用字之妙處甚多，如《湖上雜詩》其一之「堅冰一夕至，水天皆若醒」之「醒」字；《觀瀑亭》「松身獨表諸天白，石氣寒噓太古青」之「表」與「噓」字；《壬子二月同恪士梅庵至西湖寓劉氏花園》其二「山藏餘塔淡，陰迥逼花明」之「餘」與「逼」字，該詩其三「二月春猶靜，微陽晚暫開」之「靜」字；《凜冽》「枕空千古事，鐘滿五更心」之「空」與「滿」字等等，不勝枚舉。即以「枕空千古事，鐘滿五更心」二句為例：此夜睡去，頭腦中憧憧影像漸次朦朧；半生過去，此心久經消磨而波瀾漸平，萬緣亦漸次空掉。放空自我，空而又空，以至於真空。空越徹底，越蘊含納萬境的潛在之勢，故此句之「空」字，似空而有；五更初醒，為一日身心最虛靈之時，被鐘聲喚醒之際，空靈剔透之心被此起彼伏的鐘聲漸次填滿，而鐘梵之聲原異人世喧囂，能引人心至極虛靈深穆之境，故此句之「滿」，似滿而虛。兩句併參，晝夜交替，心亦在吐納之間，二句所寫皆尋常物象與事象，亦無一生字僻字，然著一「空」一「滿」，則境界全出。

　　總之，蒼虬頗善於用字遣詞，可貴的是，其妙字警句往往能與整首詩之境界渾融一體，這與其本人詩學觀念密不可分，其《讀廣雅堂隨筆》中曾對張之洞用字質實不纖巧、造語渾重不輕浮表示特別讚賞。《文心雕龍‧明詩》曾以「儷采百字之偶，爭價一字之奇」批評宋初詩壇，在蒼虬雖亦不摒棄奇字麗藻，卻不見刻意求新爭奇之痕跡，這是其遣詞用字方面的一個重要特點。

二、句法及章法之妙

　　用字之外，蒼虬對詩歌句法及章法等方面亦有比較深的認識。

　　蒼虬《歲晚》詩曰：「半生知句法，一夢遇騷魂」，其詩在句法

上有借鑒前人之處，如「有母有母慰行役，擷茱手醃親付畀」〔註63〕
似用杜甫《乾元中寓居同谷縣作歌七首》一、三、四首開頭「有客有
客字子美」、「有弟有弟在遠方」、「有妹有妹在鍾離」的句式，一句之
中接連重複一詞有特別強調之意。結合上下文來看，蒼虬此句旨在強
調對張夢蘭母太夫人親手採擷並醃製羅漢茱的由衷感謝，並為自己在
行役勞生中能分享到別人母親的一份關愛而感覺到格外的溫暖，「有
母有母」的親切口吻中竟如消泯了人我之分。

再如《散原先生夜過觀先師關先生及強甫遺稿感而有詩奉答一
首》曰：「有歡非世同，有淚當自咽」，句法及用字皆似後山《妾薄命
二首》其一「有聲當徹天，有淚當徹泉」〔註64〕二句，同一字在前後
二句同一位置出現，若運用得當，不但有時可以在內容上形成互文之
意，而且還可以在節奏上造成一種迴環連貫的特殊效果，唐人中孟郊
多用此類句式，如「我飲不在醉，我歡長寂然」（《小隱吟》），「至白
涅不緇，至交淡不疑」（《勸友》），「曉月難為光，愁人難為腸」（《落
第》）等等。蒼虬此二句寫自己天性之哀樂過人，故平生所歷悲歡亦
難為一般人道之，若按此意先述其因，再述其果，比如改成：哀樂非
世同，悲歡惟自領，雖亦能達意，然稍嫌其平。而「有歡非世同，有
淚當自咽」，在並列對舉中形成一種前後互文：有歡非世同，有悲亦
非世同；有歡惟自領，有淚亦惟自咽。不但如此，並列二句連道二「有」
字，語氣激切，讀來本身即能帶出強烈的感情色彩，即師友漸次凋零
後〔註65〕內心哀樂不得與人分擔、分享的巨大孤獨，若聯繫下文，此
孤獨正為襯托與散原寒夜深談、終能一傾肺腑的盡興淋漓之樂。

蒼虬對於詩歌章法的心得，往往從讀宋人詩中參悟而出。《蒼虬

〔註63〕 《張夢蘭先生以南翔羅漢菜見餉其太夫人手醃也相傳菜種為達摩祖
　　　　 師所遺止附南翔寺十里有是菜祖師來時有鶴南飛故以名寺云》，《蒼
　　　　 虬閣詩集》卷三，第125頁。
〔註64〕 《後山詩注補箋》卷一，第5頁。
〔註65〕 此處主要指蒼虬啟蒙師關季華與早年至交朱強甫，二人亦為此夜蒼
　　　　 虬與散原話舊的主題。

詩話》曰：「讀安石《奉使道中寄育王山長老常坦》七古一首，可悟變換之法」。詩云：

> 道人少貫海上游，海舶破散身沈浮。抱金滿篋人所寄，吹籩偶得還中州。贏身歸金不受報，祇取斗酒相獻酬。歡娛慈母終一世，脫棄妻子藏巖幽。蒼煙寥寥池水漫，白玉菡萏吹高秋。夜燃柏子煮山藥，憶此東望無時休。塞垣春枯積雪溜，沙礫盛怒黃雲愁。五更匹馬隨雁起，想見鄞郭花今稠。百年夸奪終一丘，世上滿眼真悠悠。寄聲萬里心綢繆，莫道異趣無相求。

蒼虬評曰：

> 「夜燃柏子煮山藥」若再對一句而後換意，則章法平矣。此只有半句即轉，非常陡峭，「五更匹馬隨雁起」亦同此法。〔註66〕

每首詩歌作為一個整體，雖前後意脈貫通，然又可按內容所側重而分為不同部分。部分之中若再細分，一般每兩句一押韻，成為一個更小的意義單元，換韻處亦為換意處。蒼虬所謂「半句即轉」，是指在全詩不同部分相過渡的較大轉折處，特意安排比較特殊的兩句，前句亦即出句承接上一部分之意，後句亦即對句卻轉入下一部分之意，成為新的開端。也就是說，故意打破一般章法，將換意之處安排在出句與對句之間，而非對句結束之後。之所以謂之「陡峭」，乃因在過渡處將讀者習慣性默認的意義單元一分為二，這樣就造成了章法上的起伏波瀾。即以荊公此首為例，「夜燃」二句為一過渡，此前皆敘道人生平，至「夜燃柏子煮山藥」仍是寫想像中道人的生活片段，而「憶此東望無時休」則由道人轉到自己，於是此前諸句皆成為此刻自己「東望」時所追憶之前塵舊影。既已完成過渡，接下來即寫自己奉使道中之所見，至「五更」二句又一過渡：「五更匹馬隨雁起」仍承接上文寫自己之塞外生涯，而「想見鄞郭花今稠」則再次轉入寫想像中道人

〔註66〕此評語及王安石詩皆引自《蒼虬詩話》手稿。

所在之鄽郭繁花似錦的情景，並引發以下二句的人生感慨，最後點題。綜合來看兩處過渡，前處過渡由彼及我，後處過渡由我及彼，皆是「半句即轉」，是為蒼虹所謂「變換之法」。

類似手法在蒼虹自己的詩歌創作中也有所體現。試舉其《往金陵視散原老人因讀近詩夜過俞園看梅翌日同遊掃葉樓歸寄一首》為例：

> 詩哀餘古人，愈好更可哀。巨刃破愁地，擢數窮根荄。
> 閉門滅聞見，據檮忘形骸。寸心非砥石，憂患滔天來。涼
> 秋把詩卷，再見春已回。眾漚一日短，孤櫻千劫灰。輟哦
> 語未定，夜破鄰園苔。秉燭照霜月，不負餘寒梅。即幽洗
> 囂暫，攬曠傷高纒。驅車清涼山，淒象凌空臺。名都士類
> 盡，城處遇荒隈。災殄奪物性，存歿供吁唉。夸父追日影，
> 肉身覿聖胎。所徇異清濁，迷妄將毋儕。老至一關暫，壯
> 趾多歧乖。終古往不反，莊語痛非諧。天全屹一老，行直
> 無疑猜。還持遠公法，往參陶潛杯。〔註67〕

該詩最明顯之轉折處，在中間「即幽洗囂暫，攬曠傷高纒」二句。此前從讀散原近作之感慨寫起，寫其憂憤之深廣與直下承當的非凡氣魄，繼而寫二人金陵重逢後夜過俞園賞梅之事，蓋賞梅正為暫洗胸中繁冤也。「即幽」句仍上承俞園賞梅，然而接下來之對句並未再接此意，而是以「攬曠」轉入翌日同登清涼山遊掃葉樓之事，於是接下來即寫登高之所見所感，遊山本為排憂，結果觸目傷懷，益增其憂，哀人自哀，無法排解，最後仍歸結到散原作為亂世士林之精神砥柱的形象以及自己對散原的欽敬之情。整首詩意脈貫通，而中間過渡在「陡峭」中見平穩，確為學習前人章法而有得之作。

蒼虹於詩歌章法並非僅停留於學習前人，亦有自家別具特色之處，茲可舉其《同復園遊雲林寺聞鐘聲》一律為例：

> 鐘發空山竅底雷，流雲萬壑共徘徊。一心古廟香鑪去，

〔註67〕《蒼虹閣詩集》卷二，第78～79頁。

合眼諸天龍象來。定入枯僧猶未塔，坐深寒石欲成灰。神

旛淡盡殘陽影，斷夢還憑再杵回。〔註68〕

　　首聯寫鐘聲之發起：自己與友人置身山谷間，四面群山構成一
相對封閉卻充滿動感的空間，鐘聲引動流雲萬壑，與此心共徘徊。
接下來二聯寫聽鐘感受，頷聯一去一來，實為鐘聲之去來作用於耳
根時所產生之聯想：鐘聲漸杳，餘韻悠長，而心念隨之漸息，息而
又息，以至於無；空寂之中，鐘聲再起，林林總總再隨鐘聲紛至沓
來。真空與妙有交互呈現。去得徹底，時空盡泯；來得莊嚴，神來
氣來。頸聯承接頷聯之前句，仍寫鐘聲遠去時的感受：定如枯僧，
成灰成石，心念將盡，吾欲喪我。尾聯繼續寫此鐘聲遠去之感，然
內心隨鐘聲遠去而空寂的狀態已寫到極致，更無餘地，於是進一步
將上面僅限於內心的感受延伸到外在景物中：五色神旛原與如血殘
陽交相輝映，待暮色漸沉，旛影隨暮色同昏，心影逐鐘聲俱淡，既
是現實之外在變化，又是虛靈之內在感受。寫至此，內外俱空，人
境兩奪，故最末句筆鋒一轉，絕處逢生：「斷夢還憑再杵回」，承接
頷聯後句之「來」，卻非必然已然之來，而是或然將然之來，是內外
俱已極空極淡後而有待再次充盈的潛在狀態，預示新一輪鐘聲來去
之循環或將開始，而留下無盡展開之餘地。就章法而言，首聯總寫，
頷聯分寫，頸聯至尾聯上句承接頷聯上句寫鐘聲之去，尾聯下句則
承接頷聯下句寫鐘聲之來，同時引入下一度來去的循環，以無限展
開之勢收束全篇，故終而不終，餘音嫋嫋。章法極妙，卻幾乎不見
其安排之跡。

　　由此可見，蒼虬無論在詩歌句法還是章法方面均有自己的獨特
心得，而且無論學習前人還是自出心裁，其目的既不在技法本身，更
不是以技巧炫人，而是與表情達意密不可分、渾然一體。因此其詩歌
雖亦重技法，卻往往不見刻意之跡。這也是我在上文舉例中，即使分
析一點，也要結合前後語境綜合觀照的緣故。

〔註68〕《蒼虬閣詩集》卷三，第100頁。

三、蒼虬閣詩的聲情之美

「夫詩之本在聲，而聲之本在興」〔註69〕，詩歌情意之興發感動與聲音之宛轉抑揚相生相應，相濟相成。故曾國藩曰：「凡作詩最宜講究聲調」，又曰：「蓋有字句之詩，人籟也；無字句之詩，天籟也。解此者，能使天籟人籟湊泊而成，則於詩之道思過半矣。」〔註70〕葉嘉瑩先生認爲湘鄉所謂「天籟」，即劉勰在《文心雕龍·音律》篇中提到的「神明樞機，吐納律呂」的一種聲吻間自然形成的節奏感；而所謂「天籟人籟湊泊而成」，則是指「聲情」相生，「使文字伴隨著聲音和情意一起湧出的一種作詩的方法」〔註71〕。

蒼虬論詩頗重音聲之道，而且往往將聲音與命意、情感乃至於作者個人修爲內養等因素一併參之。其論東坡《大風留金山二日》詩「塔上一鈴獨自語，明日顛風當斷渡」二句曰：

> 「明日」句即是鈴語，想入非非，尤妙在「顛」、「當」兩字雙聲，恰是鈴聲，人巧極而天工錯也。〔註72〕

「顛」、「當」二字不但雙聲，而且聲音極似鈴聲，後句雖意在描述前句鈴聲所預示之事，然恰好與塔鈴本身「叮噹」之聲巧合，故妙。

蒼虬論詩之音聲往往與情意密切結合，其論海藏詩聲情之特色曰：

> 東坡有云：「三分作，七分讀」，特戲語耳。然吾每聞海藏誦其所作，或聞誦古人之詩，節奏抗烈，倍覺警動，開悟甚多，始知平昔於古人之詩，隨意瀏覽，輕易忽略過去，埋沒古人之精神爲不少也。大約文字之由聞根入者，較由見根入者爲深。凡人於所見之書，多不記憶，若聽人說一故事，則終身不忘，此其驗也。昔桓伊誦陳思王「爲

〔註69〕《昆蟲草木略·序》，鄭樵撰，王樹民點校《通志二十略》，北京：中華書局1995年版，第1980頁。

〔註70〕曾國藩《曾文正公家訓》卷上，清光緒五年傳忠書局刻本。

〔註71〕見《談古典詩歌中興發感動之特質與吟誦之傳統》，葉嘉瑩《我的詩詞道路》，河北教育出版社1997年版，第62～163頁。

〔註72〕陳曾壽《讀廣雅堂隨筆》，《蒼虬閣詩集》外集，第412頁。

　　臣良獨難」一篇，安石為之流涕，蓋此等詩，如慷慨高歌，
　頓挫而出之，自然聲情激烈，感動心脾，若徒目覽，則減
　色矣。桐城家言，因聲以求氣，此至精之言也。讀海藏集
　者當知此意。〔註73〕

　　蓋作者創作時情感彌滿，讀者誦讀時慷慨激昂，聽者自然而然「感
動心脾」，更深切地體會到原詩之妙，於是作者、誦者、聽者之間形
成一條聯類不窮的感發之鏈，以情意為本質，以音聲為媒介，二者交
相為用。

　　類似之意在蒼虬 1936 年臘月所寫的一首詩中亦有體現，是日蒼
虬與諸友因東坡生日聚飲，席間海藏誦東坡《寒食雨》及《蒼梧道中
寄子由》二詩，蒼虬感其「聲情激壯」而作一詩，其中有句曰：

　　坡老去今幾何世，耿耿清光在天地。年年置酒拜公辰，
　坐客微嗟今昔異。海藏詩老能駐顏，韻勝于公有深契。酒
　酣高歌移我情，黃州蒼梧儼坐次……〔註74〕

　　正因海藏在情韻上能與東坡有「深契」之處，故讀東坡詩方能「聲
情激壯」，使自己之情意與東坡之情意交相感發，隨激壯之聲一併湧
出，從而「移」聞者之情。

　　蒼虬論詩之音聲，有時還會與作者平日所養相互關聯來看，其
論王安石《寄贈胡先生》一詩曰：

　　七古押平韻者，上句亦用平韻，甚不易諧。荊公贈胡
　安定一首三用之，氣盛言宜，所謂黃鐘大呂之音也。「十年
　留滯東南州，飽足藜藿安蒿萊。獨鳴道德驚此民，民之聞
　者源源來」；「吾願聖帝營太平，補葺廊廟枝傾頹」，此等處
　最不易學，若強為之，必不成聲調。〔註75〕

　　詩之用韻有常有變，變者惟非常之詩才方可駕馭。一般人用之不
易諧，乃因自身內養不足之故；非常之人偶一用之，不但不會因聲音
不諧而折損其美，反而內外之間相得益彰，收到意外的藝術效果。

〔註73〕《海藏樓詩集》附錄三，《名流詩話》，第 563 頁。
〔註74〕《蒼虬閣詩集》卷九，第 265 頁。
〔註75〕《蒼虬詩話》手稿。

　　由以上所舉三點可以看出，蒼虬論詩歌音聲之道，亦與他內外本末一以貫之的圓融詩學觀相一致。關於七古押韻的問題，陳衍也曾在其詩話中提及，並舉蒼虬《戒壇臥龍松歌》來說明：

　　　　至全首音節高抗，如空堂之答人響，則以平韻古體詩，出句末字多用平音也。此秘韓孟始發之，韓如《譴瘧鬼》、《示兒》、《庭楸》、《讀東方朔雜事》等篇皆是，孟尤多。〔註76〕

　　對比由雲龍稍有不同意見：

　　　　《石遺室詩話》評陳仁先《戒壇臥松歌》，謂全首音節高抗，如空堂之答人響，則以平韻古體詩，出句末字多用平音也。此祕韓孟始發之。韓如《譴瘧鬼》、《示兒》、《庭楸》、《讀東方朔雜事》等篇皆是，孟尤多云云。出句末字多用平音，如大謝《登池上樓》、《石門新營》諸詩皆是，余前疑先生何以不引，而反引後來之韓孟。細加玩索，始知出句善用平音，惟唐人最工，非六朝人所及。特李杜已多如此，不自韓孟始耳。李如《古風》之「正聲何微茫，哀怨起騷人。揚馬激頹波，開流蕩無垠」。杜如《奉贈韋左丞丈》之「此意竟蕭條，行歌非隱淪」及「尚憐終南山，回首清渭濱」諸句，皆音節高抗。〔註77〕

　　三人均注意到古體押平韻之詩出句末字亦用平音能增加音律之美的現象，在蒼虬，不過就詩論詩，且認為如此用法之能否成功關鍵存乎其人；而陳衍與由雲龍則將此視為詩家之秘，並試圖從前輩詩人中找到源頭。其實，起自何代何人並非最關鍵的問題，聲音能與情意相得益彰方見其妙。且凡所謂詩法云云，一旦落實，即成死法。運用之妙，存乎一心，非僅聲律之道如此也。

　　正因蒼虬對音聲之道有自己獨到的認識，故其詩歌亦別具聲情之美。即以這首備受各家推崇的《戒壇臥龍松歌》為例：

〔註76〕《石遺室詩話》卷三，《讀東方朔雜事》本為一詩之題目，人民文學2004年版此處誤將「讀東方朔」與「雜事」斷為二題，見該書第46頁。
〔註77〕由雲龍《定庵詩話續編》，《民國詩話叢編》第三冊，第612頁。

戒壇之松天下奇，尋常所見皆十圍。一松據臺獨下垂，
橫出十丈猶蹩跂。健鵬探爪風在下，渴蛟飲澗鱗之而。縋
幽欲引陰蟄出，承欹力負蒼崖危。萬鈞壓空不危殆，反走
潛根疑過倍。凍雨洗幹未濡足，眼底渾河犯高壋。雲開穿
枝落日黃，萬里暮色浮孤觴。欲憑咫尺精靈意，貫入冥搜
百怪腸。〔註78〕

　　前四句末字均用平聲韻，「圍」屬微韻，「奇」、「垂」、「跂」均
屬支韻，韻腳密集，一氣貫注，由群松中引出一松，由不尋常中襯
托出尤其不尋常者，如巨龍般橫空出世；「健鵬」四句仍用前支韻，
然出句末字易為仄聲，既與前四句之平聲韻腳形成飛沉抗墜之美，
同時也在語氣上稍作平緩之勢：上聲「下」字一轉，即將臥龍松橫
出之勢向下轉入澗中而作飲水狀，「鱗之而」三連平聲，舒緩悠長，
如見「鬐鬛」隨飲之動作而徐徐浮蕩。然徐徐之態旋被入聲「出」
字打破，於是入而能出，往下探飲之勢轉為向上背負承擔之勢。接
下來「萬鈞」四句由平聲支韻轉成上聲賄韻，韻換而意不斷，寫臥
龍松在上下四方之強大壓力下所體現出的生命韌性，四句中每二句
一收一放，「凍雨」句末一入聲「足」字稍稍一頓，即由當前所見之
一樹拓展開來，將永定河之滾滾煙波引入當前一樹之下，而松之涵
容氣魄可知矣。最後四句承接此廣遠蒼茫之氛圍，由寫松轉寫對松
之主體，孤獨而兀傲；韻腳亦相應由上聲韻轉入下平聲之陽韻，悲
健而蒼涼，從而收束全篇。該詩音韻節奏之變化完全與主體情意之
起伏相應相生，故聲情並茂。石遺謂此詩「全首音節高抗，如空堂
之答人響」，洵非虛譽；然將此音韻之美僅僅歸因於「出句末字多用
平音」，則未免有失片面矣。

　　古體之外，蒼虬律詩亦頗具聲情之美。試舉其《湖齋坐雨》及
《觀瀑亭》二首七律為例，《湖齋坐雨》云：

隱几青山時有無，捲簾終日對跳珠。瀑聲穿竹到深枕，
雨氣逼花香半湖。剝啄惟應書遠至，宮商不斷鳥相呼。欲

傳歸客沉冥意，寫寄南堂水墨圖。〔註79〕

《觀瀑亭》云：

　　百丈飛泉掛一亭，巖欄危坐俯冥冥。松身獨表諸天白，
石氣寒噓太古青。澗草無心來鳥啄，梵潮如夢起龍腥。元
壇真宰愁何事，滃湧爐香會百靈。〔註80〕

《湖齋坐雨》一首頷聯出句第五字當平用仄，為拗句，故對句第五字當仄處易以平聲以救之，不平衡處重新平衡；且出句拗字之後，「深」、「枕」二字韻母均為 en，因聲音整齊而進一步增加諧美之感。頷聯「剝啄」二字為疊韻之入聲字，音短而促，連讀如聞叩門之聲；「宮商」二字聲平而亮，如聞不絕於耳之鳥鳴。《觀瀑亭》一首未出現拗句，整體音律諧美。韻母為 ing、ong、eng 之字較多，錯落出現，果如梵潮入夢之空靈。

　　前人對此二首評價甚高，胡先驌謂《湖齋坐雨》一首「意境蕭適，語氣渾成，直可高視百代。即此一詩已足名世」〔註81〕；錢仲聯謂《湖齋坐雨》一首「一氣渾成，有水流雲在之境」；《觀瀑亭》一首「氣撼山嶽，聲調尤為鏗鏘」，且二首「皆造律詩之極則」〔註82〕，雖未將二詩聲調與情意之關聯細加分析，卻也注意到蒼虬律詩的聲情之美。

　　以黃山谷為首的江西詩派堅持避俗避熟的宗旨，體現於聲律方面，多以拗句拗律打破常規格律，以刻意避免因格律之平衡和諧而易導致的圓熟之失，從而形成一種有別於唐風的奇崛生新風格。其佳者固然能在「不和諧」的「平衡」中造成一種拗折新穎的特異效果，仍不失格韻俱高之作；然刻意求新求變之中，亦難免因打破和諧而失去抑揚宛轉之美。後世詩壇受江西詩派影響甚深者，亦往往好為生澀瘦硬之體，而被論者譏為啞調澀句者多有之。如錢仲聯先生即曰：「七律自老杜以後，義山、東坡、山谷、遺山，變態已盡。時賢散原，從

〔註79〕《蒼虬閣詩集》卷三，第 121 頁。
〔註80〕《蒼虬閣詩集》卷三，第 137 頁。
〔註81〕胡先驌《評陳仁先〈蒼虬閣詩存〉》，《胡先驌詩文集》，第 460 頁。
〔註82〕《夢苕盦詩話》，第 29 頁。

山谷入，而不爲山谷門戶所限，固是健者。然恨其音調多啞，時人大抵犯此病。」〔註83〕近代諸家受山谷影響者固非散原一人，故此語亦針對整個詩壇而言。蒼虯往往被視爲同光後勁，其本人亦以學山谷者自居，然由於他對於詩歌聲情之美的深刻體悟，故能大體避免所謂「宋人啞澀之體」〔註84〕流弊的同時，又未因和諧而流於圓熟俗爛，是爲蒼虯閣詩在音律方面不容忽視的成就。

　　總之，若以一言概括蒼虯詩的總體風格，竊以爲深隱二字可以當之。其「深」乃因其人之性情、學養、襟抱等因素自然形成之深沉、深邃、深幽與深廣，其「隱」乃其「深」的必至之果。由於蒼虯致力於江西詩派甚深，故其詩歌亦重用字、句法、章法等技法層面，但其目的既不僅在技法本身，又能以非常之本領自轉法華，使技法與表情達意渾然一體，故大多不見刻意之痕與雕琢之跡，其佳者能形成一種平淡而山高水深的境界，避免了學宋而易導致的艱深晦澀與佶屈聱牙；由於蒼虯得力於唐詩者甚多，故其詩頗具聲情之美，而避免了學宋而易導致的啞澀之失。這是蒼虯詩雖被視爲同光體後勁，卻以獨特風貌自立於晚清民國詩壇的一個重要原因。

〔註83〕《夢苕盦詩話》，第 115 頁。
〔註84〕《石遺室詩話》續編卷三，第 652 頁。

第七章　從陳曾壽落花詩來看清遺民的精神困境與自我安頓

引子——遺黎身世多蕭索，家國興亡寄落花

「落花飛絮茫茫，古來多少愁人意？」（文廷式《水龍吟》）花之為物，要眇輕靈，可引人感發者卻至為深廣，是以古今詠花之作甚多。花開時明妍，落時慘澹，開也姍姍，落也匆匆，從開放到凋零的整體過程頗能引起觀者的生命共感，故詠落花之作往往更易打動人心。兩朝鼎革之際，一身榮悴之間，遺民身世悠悠似落花，落花尤易引發亂世遺民的家國興亡之慨。故晚唐亂世，冬郎有《惜花》之篇傳誦眾口；明清異代，船山有落花組詩流傳後世。至晚清民國之際，清遺民遭遇曠古未有之變局，新舊嬗遞的凌亂無序，個人出處的矛盾彷徨，都使得該群體較之歷代遺民有更為深重的迷惘與飄零之感。於是其中一些人與落花相憐共契，寫出較之前代意蘊更為複雜的詠落花之作。其中影響最廣者，當屬陳寶琛的前、後落花詩八首。關於這八首詩，學界闡述已多，本文不擬對此多做贅言。筆者重點要闡釋的，則是陳曾壽的落花詩。《蒼虬閣詩集》中以「落花」為題者就有十六首之多，此外尚有不少雖言及落花卻未在題中標明

落花者。這些詩雖尚未引起廣泛關注，卻別具特色與價值。本章即擬對蒼虬落花詩做一嘗試性的探索。

第一節　陳曾壽落花詩概述

蒼虬閣詩中以落花爲題者包括《落花》、《落花四首》、《落花十首》、《落花簡自玉》等十六首，其中的兩組聯章之作尤其重要，爲本文討論重點，茲抄錄如下：

落花四首

海竭天荒有別離，義山腸斷未曾知。關心嬌寵都成夢，立望偏反尚可疑。萬里陰濃愁未暮，三山事息憶成癡。幾回雨後仍相見，一霎風前便永期。

一片俄驚萬點新，更勞車馬碾成塵。費聲林際催歸鳥，負手闌干獨立人。願以虛空爲息壤，偶迴庭砌聚殘春。青天淡薄難充紙，欲寫芳悰跡已陳。

溝水參差西復東，誰憐無主淺深紅。新陰方滿園亭瘦，殘醉未消天地空。白袷香餘初夜露，虛堂夢穩五更風。當前本意猶難遣，何要年年歲歲同。

日夕懷人人未歸，難憑孤注送殘菲。尋知池館來何暮，惜到芳樽願已違。一樹穠盈酬夜雨，諸天縹渺共斜暉。紛紛蜂蝶休猜怨，莫是東皇杜德機。

落花十首

微褰春衣寸角風，依然三界落花中。身來舊院玄都改，名署仙班碧落空。一往清狂曾不悔，百年惆悵與誰同？天迴地轉愁飄泊，猶傍殘陽片影紅。

慵起朝朝廢掃除，流塵生意竟何如？巾因奉佛餘心結，衣爲留仙有皺裾。碧海青天存怨府，綠陰幽草付閒居。繞階泉去漂紅盡，別館清涼枕道書。

　　不盡相思瀉御溝，恨來欲挽海西流。珮逢獝犬憎方急，黛損顰蛾妒未休。早識漏因償漏果，豈知深色換深愁。還鄉腸斷韋端己，再見期期誓白頭。

　　生小凝妝不自前，忽驚飛絮共蹁躚。殘脂未淨還過雨，飄雪難蹤更化煙。隔日樓臺成隱秀，早時天地入中年。新陰交影簾櫳暗，風味聊堪中酒眠。

　　啼笑難分態萬方，九迴腸後剩迴腸。餘妍猶作千春好，輕別重經小劫長。香色有情甘住着，虛空無盡極思量。惜芳片偈無題處，夢斷棱伽變相廊。

　　隱忍風前笑不成，可憐珍重未分明。早知芳緒游絲亂，何惜深杯廣坐傾。啼血空教勞杜宇，爭巢從此付群鶯。他年本意誰箋得？曾感東皇謁上清。

　　曲奏涼州客未歸，海天幾樹望依稀。香寒舊夢仍留枕，鏡掩濃羞竟換衣。幸有同心連芷佩，更無悔過到鴛機。平章自是姚黃事，多恐新來減帶圍。

　　悄悄春心曉鏡慵，披衣涼入五更鐘。籠中鳳燭緘新淚，天上鸞書問舊容。韓偓有身酬雨露，陶潛何病止醇釀。偏反一樹思何遠，萬一金華殿裏逢。

　　又見青郊喚鷓鴣，夕陽留影只平蕪。易成薄暝愁朝暮，半失東風事有無。陌路相看憐故蝶，煙竿直上笑靈烏。樽前能會傷春意，獨感東欄雪二株。

　　歷劫風輪日夜馳，賞心動是隔年期。記從盧橘含酸後，看到青梅如豆時。舞罷清光凝翠袖，道成黃土作燕支。昌昌春物尋銷歇，芳意終然寄一枝。〔註1〕

　　《落花四首》寫於 1913 年，即清帝遜位、民國成立後的第二年；《落花十首》寫於 1918 年，即張勳復辟失敗後的第二年。關於這兩組落花詩，陳衍及錢仲聯都曾在各自的詩話中有所提及。陳石遺只是

〔註1〕　《蒼虬閣詩集》，卷二，第 57 頁；卷三，第 107～108 頁。

引了蒼虬集中的一首《落花》﹝註2﹞，並未作任何評論；錢仲聯先生則是從陳曾壽落花等題材之作因「兼學西崑」而饒有麗則的角度，指出蒼虬與晚近宋詩派其他諸家多偏於「瘦硬清苦」﹝註3﹞的不同。陳、錢二人均未對蒼虬落花詩的意蘊寄託等方面有所闡釋。張眉叔謂《落花四首》其一曰：「殆諷遜清顯宦之入仕民國者」，謂《落花十首》曰：「此寓記復辟前後諸事，憤惋深矣。」﹝註4﹞張氏結合時代背景論詩中本事不爲無見，不過，張氏所論偏於落花詩中所寓託的政治內涵，而且指向具體的政治事件，不免稍嫌片面。因爲清遺民的聯章體落花詩別有特殊之處。

其一，就題材而言，落花詩屬於詠物體，上引蒼虬兩組落花詩更屬於聯章詠物體。詠物體以物爲媒介，當作者之意經由所詠之物間接傳達出來時，便增加了許多朦朧性與不確定性。就聯章詠物體而言，作者觀物而興感，其興感之端、命意之始雖或由於受某種具體情事所觸發，一旦展開思路後則往往由此及彼、聯類不窮，所感便不再侷限於當前所詠之物與初始興感之事。凡詩人所欲描摹之物態、傳達之感情、寄託之深意，一篇不能盡者，均可於他篇補充；不同意旨既可由不同篇章來寄寓，相同或類似意旨亦可借不同篇章來反覆強化表達，故聯章詠物比單篇詠物具有更廣的包容性。

其二，就時代所造成的清遺民之特殊性而言，晚清民國爲三千年未有之大轉型時代，清朝滅亡，傳統文化亦伴隨傳統政治秩序的解體而受到前所未有的衝擊，清遺民既傷故國，又痛斯文，大多兼具政治遺民與文化遺民的雙重身份。反映到作品中，固然有鮮明的政治傾向，但所感慨者並不限於單純的政治寓託，更有超越政治的文化與歷史內涵。

﹝註2﹞陳衍《石遺室詩話》卷十引陳曾壽《落花》（早知零落付微塵）一首，《石遺室詩話》，第159頁。
﹝註3﹞錢仲聯《夢苕盦詩話》，第74頁。
﹝註4﹞龔鵬程《文化、文學與美學》，第492～493頁。

其三，就所詠對象而言，常言說「人生一世，草木一秋」，人生與植物生命原有可類比性，而花作為天地間極為輕靈美好的事物，開時人喜落時悲，從開放到凋零的短暫過程猶如人類從生到死之過程的縮影，觀花惜花之餘，頗能引起觀者對於人類生命存在的諸多感受。同寫生命存在感受，迷深者而後悟徹，「高高山頂立」的超越也往往是在「深深海底行」的沉潛之後〔註5〕。清遺民處於大變局漩渦的中心，紛紜複雜的世相交替於目前，應接不暇，進退失據，極度迷亂彷徨中，若有兼具深摯之情與超逸之度者，偶然透世網而觀迷局，開天眼而覷紅塵，雖同樣以落花寄寓家國之思與身世之慨，卻能以一己之心感通他人之心，以一人之言道出所屬群體之共感。此類作品不但包含政治詩學與文化詩學，更是生命詩學與心靈詩學，乃至於超越歷史與政治、個人身世與家國興亡之上，而與宗教、哲學精神相貫通。

由上述分析可知，清遺民聯章體落花詩的意蘊十分深隱複雜，蒼虹落花詩正兼具以上特點。深隱複雜，並不是說這類作品是不可解的詩迷，若聯繫寫作背景，在知人論世的基礎上結合典故出處以循詩之脈絡，讀者仍可對詩之多重意蘊有所聯想與發掘，只是未必可以一一實指而已。

從寫作背景來看，陳曾壽這兩組詩分別寫於清帝遜位與丁巳復辟兩次事變之後的第二年，當不是一種巧合。陳氏本人既曾是清王朝舊臣，又曾參與丁巳復辟，可謂兩次事變的局中人。這兩次事變對作為「局中人」的晚清遺民影響至深：清朝滅亡意味著兩千年治統的斷絕與包括作者在內的故都臣子們仕宦理想的破滅，從此，一些舊臣成為勝國遺民，從熟悉的既定秩序中被拋入大變局中而成為風裏落花。此後民國肇建，政體不穩、政局混亂，種種傷心慘目處

〔註5〕　胡曉明《落花之詠：陳寶琛王國維吳宓陳寅恪之心靈詩學》一文認為：「悲與樂」作為「兩個抒情維度」，「悲」即「憂生憂世」，「樂」即「雅量高致」，而「雅量高致與憂生憂世的結合，是天、人相會，是深深海底行與高高山上立的結合」。安徽師範大學學報（人文社會科學版），2014年9月第5期。

不亞於遜清末季，而「數千年綱常之大變」尤其令遺民們痛心疾首，也進一步反激了某些遺民的復辟之夢。然而時過境遷，復辟在二十世紀初的中國業已失去賴以支撐的時代因素與心理基礎，曇花一現後終歸沈寂，遺民們的「中興之夢」再一度破滅，復辟失敗可視爲清遺民的第二次被拋。如果說前次被拋後尚有退守之地，此次被拋後被很多人視爲沉渣泛起、違逆潮流的「亡清餘孽」〔註6〕，無以自解的處境更爲尷尬。前一次是沒有大動干戈的「遜位」，三百年來家國在相對平順的過渡中瞬息間成爲歷史；這一次復辟雖拉開戰局，卻很快潰不成軍，甚至不戰自潰，僅僅維持了短短的十幾天。方生即死，方開即落。慘烈的廝殺固然令人心悸，而這種未歷驚濤駭浪旋即雲散煙消的結局或許更令遺臣們鬱塞悽惶。「暗芳開墮靜無聲，人天都未覺，心動自堪驚」（陳曾壽《臨江仙》），如暗夜中自開自謝無聲委地的落花，無人得見，更談不上得到同情和理解，可在局中人心中，看似輕飄墜落的瞬間卻別有驚心動魄的切膚之痛與千鈞之重。痛定思痛，也勢必在相隔一段不可太長也不能太短的時間之後。相隔太久，眞切的體驗會被歲月鈍化消磨；相隔太近，則尚未從迷局中完全走出，也不能對所歷事變產生深刻的反思與觀照。這兩組落花詩分別寫於兩次事變後的次年，一定間隔的時光淘洗使歷史迷霧漸漸散開，頭腦亦趨於清明理性；而情感餘波依舊激蕩難平，於是見落花而根觸難平之舊恨，滔滔汩汩，發爲聯章之作，以抒其鬱塞難譴之情。是爲以上兩組落花詩的寫作背景。

如此背景及身世，則這兩組詩之主旨，當與兩次事變有關。詠物詩中多有寄託，如吳宓所謂：「古今人所爲落花詩，蓋皆感傷身世。其所懷抱之理想，愛好之事物，以時衰俗變，悉爲潮流卷蕩以去，不可

〔註6〕林志宏《民國乃敵國也——政治文化轉型下的清遺民》一書第二章「出或處：政治抉擇及其象徵性儀式」之第四節「主張帝制與復辟」以及第五章「『國故』和『遺老』：學術的挑戰及去神聖化」均探討了復辟失敗後社會輿論對清遺民的種種不利以及清遺民所遭遇的前所未有之困境。北京：中華書局，2013年版。

復睹。乃假春殘花落，致其依戀之情。」〔註7〕深切的追懷憑弔之情是
貫穿這兩組落花詩的共通情感，其中較顯見的寄託是遺民傷悼故國與
自傷身世之感。《落花十首》因寫於丁巳復辟之後，其中更包括對復辟
的反思。這只是就兩組詩中可能寄託的時事之大者而言，也就是所謂
的「今典」。如《落花十首》其一之「身來舊院玄都改，名署仙班碧落
空」二句，以仙界「玄都」隱指京華故都、以「名署仙班」隱指曾列
朝班的意味顯而易見，「玄都改」且「碧落空」，桑田滄海，轉瞬成空，
舊事猶如一夢，則舊臣之失落可知。再如其三之「不盡相思瀉御溝，
恨來欲挽海西流」二句，以宮人傾注無盡相思題詩紅葉而付與御溝，
寫自己對故國相思難盡，乃至有知其不可爲而爲之的癡念。義山詩曰：
「何日桑田俱變了，不教伊水更東流」〔註8〕，「恨來」句似由此化出。
海之西流可使人聯想到時代大潮，而逆時代潮流的丁巳復辟正是爲這
種癡念所驅使的行動。以上所引諸句中，如「玄都」、「仙班」、「御溝」
等詞語，均有一些對故都、故國等比較顯而易見的指向，讀者只要稍
知作者生平，即可以此爲線索推知詩中遺民情感的寄託。與歷代遺民
詩相比，上引之句體現出的遺民情感並無特別之處。但晚清到民國並
非一般的改朝換代，清遺民的處境也不同於歷代遺民的處境，況且蒼
虬閣詩向以「志深而味隱」〔註9〕著稱，所以這兩組詩尚有更爲豐富也
更爲深隱的意蘊。胡曉明先生論前人詠花之作，曾標舉「文化意蘊」
一詞，並以之與「今典」比較，認爲二者共同點在於「都是詩中所蘊
藏的寄託」，不同之處在於，「今典」更多「指涉具体的人事」，而「文
化意蘊」則更多是「詩中隱含的大的時代精神感受，更具詩與思的相
關性」〔註10〕。深入探討蒼虬落花詩的文化意蘊，才是本文所欲解決

〔註7〕 吳宓著，吳學昭整理：《吳宓詩集》，北京：商務印書館，2004 年版，
　　　　第 173 頁。
〔註8〕 李商隱《寄遠》，《李商隱詩歌集解》，第 1777 頁。
〔註9〕 陳三立《蒼虬閣詩集序》曰：「仁先格異而意度差相比，所謂志深而
　　　　味隱者耶？」《蒼虬閣詩集》附錄二，第 487 頁。
〔註10〕 胡曉明《落花之詠：陳寶琛王國維吳宓陳寅恪之心靈詩學》，安徽師
　　　　範大學學報（人文社會科學版），2014 年 9 月第 5 期。

的問題。然篇幅所限，本文亦不可能首首通篇解讀，但擇其要者，溯其相關古典，並結合可能有的本事，聯繫清末民初的特殊時代與清遺民的特殊處境，來探討這兩組詩中更為深隱豐富的文化意蘊。

第二節　陳曾壽落花詩的文化意蘊

一、空前變局中的時代感受

　　晚近社會是傳統秩序隨舊制度的滅亡而全面崩解的時代，也是一個花果飄零的時代。前所未有的急驟變遷是蒼虬對當時社會的總體感受。

　　《落花四首》其一曰：「海竭天荒有別離，義山腸斷未曾知」。義山《落花》曰：「腸斷未忍掃，眼穿仍欲稀」；詠「甘露事變」之《曲江》曰：「天荒地變心雖折，若比傷春意未多」，蒼虬此處並用其意：當初義山因國家變亂而心折神傷，也曾對落花而斷腸。但義山眼縱欲穿而猶有所望；而晚清之衰亂遠甚於晚唐——天既已「荒」，海亦已「竭」，故義山傷則極傷矣，然較今日之「傷春」「傷別」恐怕猶是「意未多」也。

　　這種變亂不但前所未有，而且迅疾激烈。《落花四首》其二曰：「一片俄驚萬點新，更勞車馬碾成塵。」前句將杜甫《曲江》之「一片花飛減卻春，風飄萬點正愁人」二句和而用之。蓋少陵原詩將「一片」花飛與「萬點」飄零先後分開來寫，縱使衰萎得如此迅疾，仍可在停頓中使得情感稍作緩衝；而蒼虬此詩將「一片」之落與「萬點」飄零濃縮於一句中，中間銜以「俄驚」二字：方訝其微損，旋驚其殆盡，剎那之間，不遑喘息，一切已成陳跡。如此還不罷休，「吹作雪」後再「碾成塵」，勢必要將殘存之美好摧傷研磨以至於無形而後已。

　　類似者再如《落花十首》其四：「生小凝妝不自前，忽驚飛絮共蹁躚。殘脂未淨還過雨，飄雪難蹤更化煙。隔日樓臺成隱秀，早時天

地入中年……」。該詩以女子喻花，從「生小凝妝」的修容自飾、深
閨獨坐的退避自守，到忽然捲入絮亂絲繁、天翻地覆的世界，從此風
雨頻來，風雨中來不及從容應對，風雨後亦未能稍作休整，便再次捲
入新一場風雨，多年精心養成的美好也便在頻頻驟至的風雨飄搖中被
衝擊席捲如雲散煙消、無蹤無際。待驚魂稍定，已人到中年，曾經熟
悉珍愛、託身寄命的一切已成明日黃花，隔著歷史的煙塵，如海市蜃
樓般飄渺。這幾句借一個女子從少小到中年的人生經歷比擬落花從含
苞到零落的過程，卻隱然可使人聯想到近代中國社會與思想文化的變
遷：起初閉關自守、迷昧於天朝上國昔日榮光的幻象，至鴉片戰爭爆
發，西方文明挾堅船利炮駸駸東來，驚破數千年殘夢，古老帝國驟然
捲入世界大潮後應接不暇，從此禍不旋踵而節節敗退；與之相應，思
想文化亦隨傳統制度的崩潰而逐漸失去立足點，最終枝枯葉落、花果
飄零。短短一首詩，猶如一部中國近代史的縮影。

　　全面崩解帶來的整體飄零是蒼虬落花詩中對其所處時代的空間
感受。

　　王駕《雨晴》詩也寫落花：「雨前初見花間蕊，雨後全無葉底花。
蜂蝶紛紛過牆去，卻疑春色在鄰家」（註11），小園經雨花殘，此間已
無春色，但一牆之隔，蜂蝶對鄰家春色尚留有一分然疑不定的希望，
於是紛紛赴之。蒼虬筆下則連這點懸想的希望也一併質疑，《落花四
首》其四曰：「一樹穠盈酬夜雨，諸天縹渺共斜暉。紛紛蜂蝶休猜怨，
莫是東皇杜德機？」一雨花殘，一日將終，莫問鄰家尚餘春色否，十
方三界均已籠罩在四面包籠而來的蒼然暮色中。身處此境，覓春蜂蝶
「怨」固徒然，「猜」亦不過癡想。於是作者不禁推測：莫非司春之
神「東皇」有意封存並杜絕了一切生機滋長的可能（註12）？在傳統中

────────────

〔註11〕《千家詩》，北京：中華書局，2009年版，第38頁。
〔註12〕《莊子・應帝王》：「壺子曰：『鄉吾示之以地文，萌乎不震不正。是
　　　殆見吾杜德機也。』」成玄英疏：「杜，塞也；機，動也。」又：《莊
　　　子・天地》：「物得以生，謂之德。」「杜德機」，即杜絕生機之意。

國，人倫綱常等均有天道宇宙論作為背景依託，天不變道亦不變的觀念深入人心，幾千年來維繫人心並支撐信仰。至近代，天崩地坼，由動搖枝葉到侵蝕根本，由人間秩序的坍塌到宇宙秩序的質疑，自外而內，由表及裏，是一種全局、通體的危機。散原筆下「淫霖」侵蝕百花而使其「生意剝洩」，也是因「蝕入地底殭根荄」﹝註13﹞之故，「根荄」既僵死，源頭被截斷，生機也就隨之斷絕。散原之「殭根荄」與蒼虬之「杜德機」乃是類似的時代感受。因身處根本動搖與整體凋零的時代，蒼虬筆下落花已不再如前代詩人那樣止於眼前之一樹一林，乃至一國一土：「微暈春衣寸角風，依然三界落花中」——這是瀰漫於六合內外無邊剎土的飄零。

如果說全面崩解帶來的整體飄零是蒼虬落花詩中對其所處時代的空間感受，「世界黑夜」降臨之前的日暮途遠之感則是他對所處時代的時間感受。

早在清亡之前，年輕的作者就已經敏感覺察到帝國逐漸逼近的黃昏氣息，如果說「便恐輕陰成日暮」﹝註14﹞還只是一種隱憂，待黃昏降臨：「小子來何暮，落日空蒼然」﹝註15﹞，青春奮發的志氣已擋不住沒落王朝的沉沉暮氣。這種暮氣在清亡後的兩組落花詩中更加瀰漫開來：「尋知池館來何暮」、「猶傍殘陽片影紅」、「日夕懷人人未歸」、「夕陽留影只平蕪」、「易成薄暝愁朝暮」等等無不如此。「來何暮」字面上出自《後漢書・廉范傳》之「廉叔度，來何暮」，乃稱頌地方官德政之辭，在蒼虬詩中卻流露出生當末世、不得其時的遺憾與自惜意味，精神本質實與《九歌・山鬼》之「余處幽篁兮終不見天，路險

﹝註13﹞ 陳三立《余寓園經去歲積潦花木盡萎獨海棠數小株盛開感賦》，陳三立著、李開軍校點《散原精舍詩文集》上冊，上海古籍出版社 2003年版，第45～46頁。

﹝註14﹞ 陳曾壽《武昌舟中》，《蒼虬閣詩集》卷一，第2頁。

﹝註15﹞ 陳曾壽《乙巳二月赴湘長沙湘陰武岡為先高祖金門公舊治遺愛在民至今父老猶能言之時先曾祖秋舫公官京朝常忽忽不樂明發之懷形諸篇什舟夜不寐感懷先德夢中得長歌明發篇浩歎京國年十字醒成之》，《蒼虬閣詩集》卷一，第1頁。

難兮獨後來」相通〔註16〕。王逸釋此二句曰：「言所處既深，其路險阻又難，故來晚暮，後諸神也。」〔註17〕蒼虬生值中國傳統社會最後一個王朝的末期，不但清王朝的黃金時期康乾盛世早成陳跡，幾千年的傳統社會與文化也走到劫盡變窮的尾聲，爲此精神文化所凝聚之人，老成凋零殆盡，典型亦將斷絕。既已失去建功立業的時機與施展抱負的舞臺，追慕先賢流風餘韻，難免有類似於「來晚暮」而「後諸神」的日暮途遠之憾〔註18〕。無獨有偶，荷爾德林所謂「世界黑夜」的預言，也正以上帝及諸神遁逃、神性光輝黯淡消隱爲其表徵，其詩曰：「吁嗟吾儕，來兮何暮。彼蒼者天，諸神遠處。」〔註19〕也是充滿「獨在諸神之後」的感歎。聯繫蒼虬兩組落花詩的創作背景，不但是中國近代史中急劇變亂的時期，也分別是第一次世界大戰的前夕與戰時，暮色正迅速蔓延於寰宇。蒼虬筆下落花往往與夕暉相伴，落花飄零於無邊無際的「三界」，夕暉也瀰漫於無窮無盡的「諸天」〔註20〕，日暮途遠，人間何世？神性漸隱，暗夜將臨，無處可免於飄零，無人可逃避黑暗。蒼虬落花詩中的黃昏氣息也正似「世界黑夜」的前奏。

二、空前變局中的個體感受

　　身處「花果飄零」〔註21〕的時代，清遺民身世亦如辭枝無主的落花。清末民初之際的價值失衡、混亂無序使得清遺民出處行藏的抉

〔註16〕蒼虬詩中多次用到《山鬼》此句，如《雨中諸眞長約同散叟郳庵遊雲棲寺》曰：「修修不見天，山鬼所宅窟。」；《散叟復圓先後來湖上同作富春之遊過滬與石欽下榻海日樓旬日別後皆有詩至作感懷六首寄答》其一曰：「山鬼不見天，嗒爾何問答。」

〔註17〕洪興祖《楚辭補注》，北京：中華書局1983年版，第80頁。

〔註18〕與《九歌》不同的是，此「神」非超現實的神靈，而是傳統文化精神以及這種精神所凝聚之傑出人物。

〔註19〕Friedrich Hölderlin: Brot und Wein · 7: Aber Freund! wir kommen zu spät. Zwar leben die Götter, Aber über dem Haupt droben in anderer Welt.

〔註20〕「依然三界落花中」恰可對應「諸天縹渺共斜暉」。

〔註21〕唐君毅先生有《說中華民族之花果飄零》一書，其中前兩篇文章分別《說中華民族之花果飄零》及《花果飄零及靈根自植》，此處借用其說，臺北：三民書局，1974年版。

擇尤其艱難，首先體現為東西、新舊之衝突所造成的內心矛盾與緊張。

《落花十首》其二曰：「巾因奉佛餘心結，衣為留仙有皺裾」：前句用《楞嚴經》中釋迦佛將「劫波羅天所奉華巾」綰「結」以開示阿難之典，原典以「巾結」之「解」喻人心之解脫，側重在「解」；蒼虯化無情之「巾結」為有情之「心結」，旨在心結之難解，並特意強調原典中輕輕帶過、並無深意的「奉」與「巾結」之關聯：奉有奉獻、交託之意，「巾因奉佛」而成「心結」，蒼虯本人何嘗不因仕清而與清王朝以及與之相關的一切結下不可解之深緣〔註22〕？正因與舊者關聯甚深，當面對新舊衝突時才格外彷徨，故接下來一句用《飛燕外傳》之典傳達出此意：帝臨太液池，后「歌舞歸風送遠之曲」，「中流歌酣，風大起」，后揚袖曰：「仙乎仙乎，去故而就新，寧忘懷乎？」帝遣馮無方持后裾，風止，裾為之縐。他日宮姝「或襞裾為縐，號曰『留仙裾』。」蒼虯「衣為留仙有皺裾」句即用此典，表面寫飛燕之衣因人持裾挽留而成皺，意旨則在風起持裾之際飛燕「去故而就新乎」一歌中所傳達的內心之矛盾徘徊，「裾」之「皺」乃是持裾人與風之較量的結果，亦是飛燕內心在去留之際矛盾掙扎的外化。該句曲折傳達出蒼虯自己在時代新舊大潮衝擊下出處去留的艱難抉擇。與淵明《擬古九首》其六中所謂「行行停出門」之際內心矛盾相類似，只不過因借助典故而更加含蓄隱晦。

這種艱難也表現為進無可據、退無可守的窘迫處境。

人無論進還是退，均須有一個比較恒定的標準作為依據。「忠義」是傳統社會中遺民所當持守的最基本也是最重要的標準，往代遺民只要在國變後居貞自守，不仕新朝，便有了聊可自慰的基本心理支撐。可是作為清遺民，「民主共和」時代的來臨動搖了「不事二姓」理念的原有意義，傳統的忠君思想也因此失去依憑，遺民處境出現了古來

〔註22〕胡先驌謂此二句曰：「蓋既委贄為臣，自當生死以之」，以「委贄為臣」釋「奉佛」，甚是。見《評陳仁先〈蒼虯閣詩存〉》，《胡先驌詩文集》下冊，第462～463頁。

未有的尷尬，失去光環的「忠」成爲無所附麗的孤忠，盡忠便也只剩下「斷斷惟思一個臣」（陳曾壽《舟中》）的爲盡而盡，但盡本分。同是盡忠，往代遺民可以盡得慷慨激昂、得其所哉；晚清遺民卻顯得悽惶寥落、無所適從。新舊破立之際的混亂無序使得固有標準被打亂，如楊鈞所謂：「事之成敗，固在認眞」，而「國變之後，局勢全非」，「即欲認眞，無眞可認，雖諸葛復生，亦無良法。」〔註23〕亂局不斷加劇之下，「後劇」甚於「前劇」〔註24〕，有據亦成無據，進退失據的處境使清遺民倍感迷惘。如《落花四首》其三曰：「溝水參差西復東，誰憐無主淺深紅」，此二句用卓文君《白頭吟》之「蹀躞御溝上，溝水東西流」及李商隱《代應》二首其一之「溝水分流西復東」，二人各以溝水分流寫人之分離，此則以無定之水襯無主之花：落花辭枝便失去主宰，隨水西東，脫離舊有秩序的個體被拋入各種思想交鋒碰撞的近代，無力自主、無所適從。故同賦落花，王船山可以說「意北意南心自得」〔註25〕，無論飄到何處都是心安理得；而蒼虬筆下之落花卻只能隨水西東，飄到哪裏都是迷惘。

　　所持標準、固有立場乃至於行爲動機既受到社會上廣泛的質疑，自我辯解反而易被視爲遮人眼目的文過飾非，這必然造成清遺民不同程度的孤立與失語之感，也使得他們對眞正同道的渴望格外強烈。

　　蒼虬落花詩中隨處可見這種渴望，如「一往清狂曾不悔，百年惆悵與誰同？」「清狂」與「惆悵」用義山《無題》「直道相思了無益，未妨惆悵是清狂」之意。張相釋義山二句曰：「清狂爲不慧或白癡之義。言即使相思無益，亦不妨終抱癡情耳。」〔註26〕此明知無益卻執著不已之癡情與蒼虬對故國之情極爲相似。自家固然甘願爲故國拋擲

〔註23〕楊鈞《草堂之靈》長沙：嶽麓書社 1985 年版，272 頁。
〔註24〕見陳曾壽《後劇》。另外，陳曾壽在 1922 年所寫《張忠武公挽詩》中曰：「進退能無據？危疑有至難」，雖謂張勳，實兼自道甘苦；其晚年有《和李佩秋》詩曰：「失據飄流何所居」，亦有此慨。
〔註25〕王夫之《正落花詩》其八，《王船山詩文集》，北京：中華書局 1962 年版，第 406 頁。
〔註26〕《李商隱詩歌集解》，第 1454～1455 頁。

癡情，然而在故國被視爲腐朽、舊文化被視爲過時的時代，此情又有幾人諒解認同？再如「曲奏涼州客未歸，海天幾樹望依稀」，二句字面無花，卻暗用前人與花相關之句：前句用丁澎《聞笛》「入破一聲花盡落，不知誰按小涼州」二句點出花之落，後句用蘇軾《和蔡景繁海州石室》「倚天照海花無數」之句，暗寫當年花開之繁盛：當年倚天照海，如今依稀難辨，相形之下，失落可見；花已落而人不歸，人不歸仍望眼欲穿地等待，則其懷想之深可知矣。「日夕懷人人未歸，難憑孤注送殘菲」二句與此類似，只是若聯繫下文，前引「曲奏涼州」一詩所「望」之「未歸客」似有專指意味〔註27〕，而此詩所懷之人更有鄰於理想的意味，似可視爲孤立無援之境中對眞相知的渺茫期待。

與勢單力孤相伴隨的是話語權的消解。

《落花十首》其六曰：「隱忍風前笑不成，可憐珍重未分明」。「隱忍」句合用李商隱《鏡檻》「隱忍陽城笑」及杜牧《贈別二首》其二「多情卻似總無情，唯覺樽前笑不成」之意，「可憐」句用杜甫《風雨看舟前落花戲爲新句》之「吹花困懶傍舟楫，水光風力俱相怯。赤憎輕薄遮入（一作人）懷，珍重分明不來接」幾句，杜詩此處原指落花自我「珍重」，唯恐被視爲輕薄而分明「不肯近人」〔註28〕，蒼虬反用之，曰「珍重不分明」，乃謂此花雖一如杜甫筆下落花之自我珍重，卻未能做到態度分明，決然避嫌遠謗，此誠可憐憫也。故即使有傾城之姿，風力之下，身不由己，隱忍之際，大有不得已者存焉。若聯繫清遺民之處境，無論對自己之修身品節還是故國與舊文化，他們何嘗不十分珍重？然而當故國遺臣被視爲亡清餘孽，有恆堅守被視爲頑固

〔註27〕該首領聯「香寒舊夢仍留枕，鏡掩濃羞竟換衣」等句，頗似以「換衣」指出仕民國，以「留枕」指仍戀故清。蒼虬對清舊臣仕民國者態度不同，對於繆荃孫等所謂「勸進美新」者始終不能諒解，對雖仕民國卻仍戀舊朝者則態度緩和。揆全詩意脈，似有義山「城中獵犬憎蘭佩，莫損幽芳久不歸」之諷勸意味。故首聯「曲奏涼州客未歸，海天幾樹望依稀」二句，正是望此輩來歸、與我同群之意。

〔註28〕《杜詩詳注》，第 2051 頁。

不化、抱殘守缺的時代背景下，他們無法明確無遺地表達自己的立場，既不能分明去趨近所愛，亦不能分明去避嫌遠謗。亡清以異族入主中原，其早期的血腥鎮壓及後期的腐敗失政有目共睹，綱常禮教的舊文化存在弊端、民主共和的新潮流更爲先進亦有目共睹，面對和以往遺民不同的歷史評價甚至嘲笑譏諷，他們無法公然無忌地爲亡清辯護，亦無力大義凜然地爲自己辯護，這種處境在復辟失敗後更加惡化，正所謂「笑啼俱不敢，幾欲是吞聲」（李商隱《代越公房妓嘲徐公主》）。這種失語處境在《落花十首》其五的「惜芳片偈無題處，夢斷楞伽變相廊」二句中體現得更爲明顯。二句乃用《壇經》之典：「五祖堂前有步廊三間，擬請供奉盧珍畫楞伽經變相及五祖血脈圖流傳供養。神秀作偈成已，數度欲呈，行至堂前，心中恍惚，遍身汗流，擬呈不得，前後經四日，一十三度呈偈不得。」〔註29〕此處借神秀本欲題偈卻極度逡巡彷徨之態寫出自己「蹇盡人天言語」（陳曾壽《慶宮春・七月返湖廬》）的尷尬處境，張炎《八聲甘州》詞曰：「一字無題處，落葉都愁」，並非長廊竟不能容題隻言片語，時代的滾滾激流已不容許「腸斷看花」的「舊日人」〔註30〕坦蕩從容地哀挽其百般珍惜的舊事物，這種失語的窘迫乃是清遺民在民國新語境中的共同困境。

三、困境中尋求自我安頓的努力

危機發生之處才有尋求突圍的渴望，渴望程度與危機程度成正比。空前危機中的清遺民並非如落花那樣完全被動地高下隨風或東西隨水〔註31〕，而是始終在危機中試圖安頓，在不自由中尋覓自由。

〔註29〕宗寶編《六祖大師法寶壇經》行由第一，大正新修大藏經，第48冊。

〔註30〕陳寅恪《甲午嶺南春暮憶燕京崇孝寺牡丹及青松紅杏卷子有作》其二曰：「紅杏青松盡已陳，興亡遺恨尚如新。山河又送春歸去，腸斷看花舊日人」。《陳寅恪集・詩集：附唐簣詩存》，北京：生活・讀書・新知三聯書店，2001年版，第104頁。

〔註31〕陳寶琛《陰圩疊落花前韻四首索和己未及今十年矣感而賦此》其四曰：「縱橫滿地誰能掃？高下隨風那自由。」見《滄趣樓詩文集》上冊第266頁，陳曾壽《落花四首》其三曰：「溝水參差西復東，誰憐無主淺深紅」。

這種安頓首先體現為在變局漩渦中心進退兩難時仍選擇以退守為主的基本立場。

如《落花十首》其一：遍布「三界」的整體凋零使落花有「天迴地轉」的「飄泊」〔註32〕，而幾經流轉後，風中落花仍選擇與「殘陽」相依傍，夕陽在清遺民作品中往往具有傳統社會與傳統文化的象徵意蘊，故「天迴地轉愁飄泊，猶傍殘陽片影紅」之句自有其濃厚的遺民保守色彩。再如《落花十首》其二，前引該詩「巾因奉佛餘心結，衣為留仙有皺裾」二句，已分析了後句中飛燕「去故而就新」之歌詞內容隱約折射出新舊思潮碰撞中遺民出處抉擇的矛盾與緊張，接下來二句則進一步寫果然「去故而就新」後的可能性結果：「碧海青天存怨府，綠陰幽草付閒居」，前句「碧海青天」用李商隱《嫦娥》詩「嫦娥應悔偷靈藥，碧海青天夜夜心」之意，承接上句之抉擇困惑，言一旦果然去故就新，如嫦娥服食靈藥而離開人間永居月宮，則新赴之所必將成為積怨之地。後句「閒居」相對於趨新之奔競，有退而守靜的意味；「綠陰幽草」用王安石《初夏即事》「晴日暖風生麥氣，綠陰幽草勝花時」之意，字面取「綠陰幽草」，本意則在「勝花時」之比較：若放棄奔競之念而安心退守一廬，閒遣歲月，縱然花已零落，「綠陰幽草」亦未嘗不佳。前句言就新之患，後句言守故之得，相形之下，傾向自見。類似傾向還體現於《落花十首》其九「陌路相看憐故蝶，煙竿直上笑靈烏」二句中，前句言故侶猶可戀，後句言未來不可期，均含蓄流露出在莫測的時局中退守的意味。保守立場之所以可稱為清遺民自我安頓的一種方式，是因為生值亂象紛呈、變幻莫測的時代，若輕易隨社會風勢潮流而轉，極易誤判方向而迷失自我。而舊傳統乃是「自過去至今日之生命存在之所依所根」，「橫通縱貫其心靈生活」之方方面面，「唯守而後存者不亡」，「唯守而後有操，有操而後有德，

〔註32〕這種「飄泊」之愁在該詩中間二聯得以展開：因舊制度瓦解而失去舊位與依託——「舊院玄都改」與「仙班碧落空」；既失其位後邊緣化的孤立處境——「百年惆悵與誰同」。

以成其人格」〔註33〕對進退失據的清遺民來說，「變」需要理由，而「守」本身即是意義，儘管這種意義在近代受到空前的質疑。

　　自我安頓還體現於如何面對舊秩序、舊文化的全面崩解所帶來的失重與虛無感。舊秩序、舊文化的崩解使清遺民無所附麗而懸於虛空，如海德格爾所謂：當「給世界以基礎的基礎」消隱，缺乏支撐的時代便「懸於深淵之中」〔註34〕，此時需要真正有擔當之人敢於進入淵底並直面虛無，亦即禪宗與宋明儒所說的「直下承當」〔註35〕。但「直下承當」在近代亂局中談何容易？清遺民面對著一個「与之极其牴牾」卻又遙遙無期「不能逃離」的世界，極易因絕望而眼穿心死，「贅疣」感是他們較普遍的一種存在感受〔註36〕。梁鼎芬易簀前對曾壽所謂「人心死盡，我輩心不可死，盡一分算一分」〔註37〕的叮囑，正出於節庵自己對處此時局極易「心死」的切身體悟，而這句話果然對蒼虬產生了巨大影響，也成為他日後歷劫卻心不死的重要支撐，這種不死之心正是可以直面虛無的根本。

　　蒼虬落花詩中也借落花寫到類似困境與面對方式。比如《落花四首》其二，前四句寫面對落花番番漸緊之凋零的無可奈何：「一片俄驚萬點新，更勞車馬碾成塵。費聲林際催歸鳥，負手闌干獨立人。」從「一片」飄飛的小有損傷到風飄「萬點」的元氣大傷，再到「碾成塵」那樣化為齏粉的徹底毀滅，既是落花的命運，也是近代中國傳統社會與文化的命運。在杜宇「不如歸去」的聲聲催促中，逝者已無法

〔註33〕唐君毅《說中華民族之花果飄零》，三民書局版，第20、22頁。

〔註34〕成窮譯海德格爾《詩人何為》，《繫於孤獨之途：海德格爾詩意歸家集》，天津：天津人民出版社，2009年版，第101頁。

〔註35〕禪宗語錄如《景德傳燈錄》、《五燈會元》等以及朱熹、王守仁等人均曾用此句開示他人。

〔註36〕遺民詩詞中以贅疣自比者甚多，羅惇曧索性以「癭公」為號，癭即贅也。

〔註37〕陳曾壽《書梁文忠公遺詩後》有「傳心一語終難滅，病榻微聞細似絲」之句，並自註曰：「（節庵）易簀前，謂曾壽曰：『人心死盡，我輩心不可死，盡一分算一分』，聲細如絲。」《蒼虬閣詩集》卷九，第256頁。

招魂，徒勞費聲，而珍愛之人面對著殘紅落盡後一樹樹陌生的無情新碧，深悲極痛中反而激出一種類似局外旁觀者的冷靜：「負手」者，反手於背，非漠不關心，實乃無所措手，無能為力；「獨立」者，既有孤木難支的寂寥與無助，又有獨善其身的自守與自持，此句看似至冷，實有至痛，痛到極處，反能空際轉身，以超逸之筆寫沉摯之情：「願以虛空為息壤」，「息壤」可指棲息歸隱之地，落花辭枝即失去根蒂，於是尋找新的皈依之所，然而所依憑之背景唯有虛空。既然不能逃離也不能沉淪，那索性面對虛空、安住虛空，《阿彌陀經》中所謂的佛國淨土豈不就是「晝夜六時」長飄花雨，又何嘗有飄零之痛？此心所安，當下即是。對落花而言，若已然辭枝，就不必再尋故枝；若此刻飄零，就永遠飄零，當飄零成為常態，虛空即是故鄉。由直面困境而超越自我、絕處逢生，此句與里爾克《秋日》最後幾句消息潛通〔註38〕。蒼虯《題馮君木逃空圖》詩中「一笑人間萬劫忙，虛空能住更無鄉。神焦鬼爛無逃處，虎倒龍顛亦道場」四句與此命意類似：既然無處遁逃，不如直面當下，將亂世作為磨練身心之所；正因原無可逃，亂世本即是磨練身心之地。這種不逃避不萎靡，「在場體味嚴肅生命的痛苦」，以個人獨自面對蒼茫世界並「獨自承擔的勇氣與力量」〔註39〕，正是現代意味比較鮮明的一種自我安頓方式。

此外，「息壤」還有另一含義，因此該句也可有另一種解讀。《山海經》云：「鯀竊帝之息壤以堙洪水。」郭璞注曰：「息壤者，言土自長息無限，故可以塞洪水也。」〔註40〕故息壤不但可指歸棲之所，亦果然有土壤之意，而且非一般土壤，乃可自行生息之奇壤。故「願以虛空為息壤」亦可使人產生另一聯想：欲為因辭枝而斷絕生命源頭之落花另尋可以生根託命之所。正如陳弢庵落花詩所云：「返生香豈人

〔註38〕馮至譯曰：「誰這時沒有房屋，就不必建築；誰這時孤獨，就永遠孤獨」。

〔註39〕見胡曉明《落花之詠：陳寶琛王國維吳宓陳寅恪之心靈詩學》一文。

〔註40〕袁珂校注《山海經校注》卷十三，成都：巴蜀書社1992年版，第536頁。

間有？」花之零落即意味著非尋常力量所能起死回生，而「息壤」所具有的生生不已之魔力則成爲花果飄零之絕境中愛花人望其靈根再植的渺茫期待。由上述分析可知，該句可供讀者聯想之意蘊極爲深厚，絕非僅僅就花詠花。或許可以這樣說：「地獄不空誓不成佛」，此宗教家之大願；「獨握天樞以爭剝復」，此思想家之大願；「大道之行天下爲公」，此政治家之大願；「願以虛空爲息壤」，此理想主義詩人之大願，卻同時融合了哲思、詩情、用世抱負與宗教情懷爲一體。然而落花畢竟不能做到隨境所適、隨處生根，於是「偶迴庭砌聚殘春」，如屈子四方上下縱橫馳騁後仍「睠夫舊鄉」，落花終又飄回庭砌，與同類在殘春中偶聚片時。「無論其飄零何處，亦皆能自植靈根，亦必皆能隨境所適」〔註41〕，這樣的生命境界，在蒼虬落花詩中還僅僅是一個遙遠的理想。或者說，歷史彼時尚未給蒼虬一代遺民提供這樣的時代契機。

　　何以見得？「青天淡薄難充紙，欲寫芳悰跡已陳」，此句承接「願以虛空爲息壤」之句，「青天」亦是「虛空」，如果「落花」把「青天」視作書寫自己生命的紙張，則天淡而花輕，天虛曠而花無根，當凄豔的生命奮力劃過之後，甚至連一絲痕跡都不能留下。這種過往無痕還並非既已寫上後再逐漸漫漶脫落，而是欲寫未寫前原知其「難充紙」——根本就不能書寫，「芳悰未有託，暮景已西馳」（文徵明《春興》），於是，一段芬芳悱惻之懷，尚未書寫，便成陳跡。莊子曰「方生方死」，此則是未生先死。時過境遷之後，他們已不能成爲時代舞臺上的主角，在人皆日新的民初，漸已淡出主流視線之外。幽暗的帷幕之側，生命如此輕飄，他們終難劃出「充實而有光輝」的人生軌跡。而以不死之心直面這種失重與虛無，則是他們無可選擇中的選擇。

　　「懷抱之理想，愛好之事物，以時衰俗變，悉爲潮流卷蕩以去」既是繞不開的現實，當人果然能以不死之心直面這種困境乃至絕境時，一念精誠往往可以產生不可思議之偉力，貫通阻隔並超越有

─────────────────────

〔註41〕《說中華民族之花果飄零》，三民書局版，第61頁。

限，在刹那間所照亮的當下得與理想重新照面。超越感是安頓自我
的又一種方式。

　　這種超越有時由本事而興感，偏重於故君故國等政治內涵，如《落
花十首》其八從君臣感遇寫起，所謂「韓偓有身酬雨露，陶潛何病止
醇醨」，前句用多郎《辛酉歲冬十一月隨駕幸岐下作》詩中「雨露涵
濡三百載，不知誰擬殺身酬」二句，似以韓偓自比，寫自己原亦並非
沒有殺身殉清的勇氣〔註42〕，即王船山所謂「蹈死之道」〔註43〕；後
句借陶潛「止酒」寫自己復辟失敗後因痛心而「罷酒」〔註44〕之事。
正因自己原有蹈死之心，故接下來二句曰：「偏反一樹思何遠，萬一
金華殿裏逢。」前句用《論語》：「『唐棣之華，偏其反而。豈不爾思？
室是遠而。』子曰：未之思也，夫何遠之有？」而「金華殿」原指內
庭，爲君臣相見之所。聯繫前一聯，此聯或謂復辟失敗，君臣雖再見
難期，然而若一念精誠，則會心不遠，且暮遇之亦非絕無可能也。

　　這種超越有時未必確有具體本事，更偏重於文化內涵，相對於政
治，文化生命也更具有超越時空的性質。《落花十首》其五曰：「啼笑
難分態萬方，九迴腸後剩迴腸。餘妍猶作千春好，輕別重經小劫長。」
首句用李商隱《槿花二首》「殷鮮一相雜，啼笑兩難分」之句，指「新
開者与已萎者相雜，似笑似啼，難以區分」，可見槿花「開落之速」
〔註45〕，次句用李商隱《和張秀才落花有感》「迴腸九迴後，猶有剩
迴腸」之句，寫自己之百轉千回，相思難解，二句寫觀花人面對新英

〔註42〕 如張勳復辟事敗後，陳曾壽曾不顧危險，「每日至南池子忠武家，共
　　　　患難，及忠武避之荷蘭使館」後「乃離去」，見陳曾則《蒼虬兄家傳》，
　　　　《蒼虬閣詩集》附錄一，第437頁。
〔註43〕 《讀通鑒論》論韓偓曰：「人臣當危亡之日，介生死之交，有死之道
　　　　焉，有死之機焉。蹈死之道而死者，正也；蹈死之道而或不死者，
　　　　時之不偶也。」《讀通鑒論》卷二十七，北京：中華書局1975年版，
　　　　第998頁。揆蒼虬之所以借韓偓事自明非無死志，或爲間接回應復
　　　　辟失敗後社會輿論對參與復辟之人未能死節的種種譏評。
〔註44〕 陳曾壽於復辟失敗後有《虞美人》詞曰：「夢中池館畫中人，爲問連
　　　　朝罷酒是何因？」，《蒼虬閣詩集》第359頁。
〔註45〕 《李商隱詩歌集解》，第1603頁。

舊蕊的複雜感受，卻也可使人聯想到作者身處新舊交替時代的複雜感
受。三句呼應首句之「態萬方」，寫如此儀態萬方之美好生命，內蘊
既厚，綿延必久。正如聲之妙者，必有餘音；情之摯者，必有餘情；
色之穠者，亦必有餘妍。故即使已經零落，其流風餘韻亦將在綿延的
時間中無限展開。然今既零落，重逢難再，雖要經歷如釋、道所謂「小
劫」那樣漫長的等待，卻畢竟並非萬劫不復、銷沉不返。落花至此顯
然超越自身而有了寄寓文化生命的內涵。因為就某一朝代而言，亡國
後固然是復國難期；就中國文化而言，歷史上雖經歷多次扼殺摧傷乃
至毀滅性打擊，卻始終未曾斷絕。剝極而復，貞下起元。故置於歷史
長流來看，此別既非初別，離別後對重逢的期待亦非初經，而是「重
經」。接下來便是在無盡時空中的告白、憑弔與招魂：「香色有情甘住
著，虛空無盡極思量」，二句反用《金剛經》原意〔註46〕——不應執
著者偏欲執著，不可思量者更欲思量，背佛之教，知其不可為而為之，
正因無可解脫的執念與深愛之故。可當深情執著遍滿虛空無窮無盡
時，執著也便有了一定的超越意味。此外，如《落花四首》其一之「幾
回雨後仍相見，一爾風前便永期」，後句亦有如剎那永恆般的超越感。
《落花十首》其十收束整組詩，最後兩句亦曰：「昌昌春物尋銷歇，
芳意終然寄一枝」；陸凱《寄早梅》詩云：「江南無所有，聊贈一枝春」，
春將銷歇而芳意猶存，當一種生命芬芳可與天地貫通時，自然具有了
不逐四時凋的恆久性，於是即使在多難的人間，也終有一枝可以寄與
遠人或作為寄夢之所。這與前引蒼虯「餘妍猶作千春好」類似，絕非
源於一種簡單世俗、人云亦云的「樂觀精神」或故作曠達，而是源自
與生命本質、性情修養相貫通的恆久信念。而這種具有超越性的信念

〔註46〕《金剛經》曰：「復次須菩提，菩薩於法，應無所住，行於布施。所
　　　　謂不住色布施，不住聲香味觸法布施。須菩提，菩薩應如是布施，
　　　　不住於相。何以故？若菩薩不住相布施，其福德不可思量。須菩提，
　　　　於意云何？東方虛空，可思量不？不也，世尊。須菩提，南西北方、
　　　　四維上下虛空可思量不？不也，世尊。須菩提，菩薩無住相布施，
　　　　福德亦復如是，不可思量。須菩提，菩薩但應如所教住。」大正新
　　　　修大藏經本。

支撐顯然也是自我安頓的方式之一。

上文從時代感受、個體感受以及個體如何自我安頓等三方面對蒼虬落花詩所體現出的文化意蘊做了一番大致的梳理。個體歸屬於某類群體，群體生活於一定時代。所以，個體創作雖各具面目，佳者卻能道出所屬群體的某些共感，並進一步道出所屬時代的某些本質。當然，能做到這樣，對作者的性情、襟抱等方面必然有一定的要求。誠如劉彰華先生所云：「詠落花者詩家俱有，雖各有寄寓，而出色特難。」〔註47〕蓋詠人人時時處處皆可見之物，且前人所詠既夥，後來作者實難出新。詠花所寄寓，多爲時事、身世兩端。就前者而言，若無眞切深遠之關懷，國身通一之襟抱，則不能與國家民族命運息息相通，所作易流於浮泛；就後者而言，倘非兼有深摯之情與超逸之度，則很難突破小我之傷春怨別、恩怨浮沉等庸常的感歎，更不能以一己之心感通他人之心，以一人之言道出所屬群體之共感，所作易流於淺薄。況且落花本爲綺麗輕靈之物，即使詠花中別有深厚重大之寄託，亦須作者有舉重若輕的工夫。蒼虬恰恰是一位兼具以上條件的作者，他善於將社會變遷、家國興亡、群體處境及個體感受等複雜命題不著痕跡地融入落花意象，不獨抒寫出自己鮮活生動的生命體驗，而且一定程度上成爲所屬群體的代言人，以心靈史折射近代史，以輕靈綺麗之筆寫深沉厚重之思，發爲聯章之詠，纏綿往復，俳惻動人，無怪同屬遺民且已「學道耆顏哀樂淡」的馮煦見後竟仍至於「嗚咽失聲」〔註48〕，其感染力可見一斑。

最後需要指出的是，就蒼虬本人的政治傾向及其落花詩中所寄託的政治意蘊而言，無論懷念亡清還是主張復辟，即使在當時已被主流輿論視爲「逆流」〔註49〕，今日看來更是昧於天下大勢的徒勞之舉。

〔註47〕劉衍文《雕蟲詩話》，張寅彭主編《民國詩話叢編》第六冊，上海書店出版社，2002年版，第495頁。

〔註48〕見陳曾壽《懷人四首》其四及自注。《蒼虬閣詩集》卷九，第255頁。

〔註49〕復辟失敗後，參與復辟之人更成爲「眾謗所歸」，詳見林志宏《民國乃敵國也──政治文化轉型下的清遺民》，第111～113頁。

但在清遺民如陳曾壽者而言，卻視復辟為極神聖、極鄭重之事，因而復辟失敗給他們造成的打擊也格外沉重。多年來習慣對於歷史事件進行政治化解讀，並以政治傾向作為一刀切的衡量標準，做出先進光明與落後腐朽的截然劃分。其實，歷史事件本身十分複雜，局中人亦各有其不同立場與不同表現，評判起來遠非先進或落後這麼簡單。蒼虬挽當年復辟同儕劉廷琛詩曰：「違天復明闢，功罪兩何辭」〔註50〕：復辟一事，世人多以此為愚暗逆天之行，我輩獨以此為復政中興之舉——蒼虬將近代社會對丁巳復辟兩種截然相反的態度濃縮於「違天復明闢」五字之中，一句前後之間的悖謬正微妙傳達出復辟本身的複雜性。正因這種複雜性，若摘掉政治的有色眼鏡而看其心靈本質，則其精誠之情別有動人處。而且，藉由對這類作品的深入解讀，不但可以更加立體地瞭解清遺民群體的心路歷程，也可以更加全面地瞭解空前變局中的晚近社會。

餘論　「佛待修成是落花」

俞曲園曾以「花落春仍在」一句得曾文正公知賞，謂其「詠落花而無衰颯意」。彼時清朝雖經歷內憂外患的衝擊，然元氣猶存，故曲園詩句之實質，乃謂外在與局部的衰敗不妨礙內在與整體精神的生生不已，折射出中國文化充滿韌性與自我修復的生命力。近七十年過去，清王朝早已如「流水落花春去也」，在一個花落春空的季節，復辟失敗後蟄居滬上海日樓的沈乙庵老人傷心絕望中讀到蒼虬、惜仲二人的落花組詩，發出「花落春焉在」〔註51〕的質疑：花之於春，如毛之於皮，若毛落皮存，尚有重生之望；若皮亦朽壞，尚可復陽否？文風可覘世運，世運影響詩心，從「花落春仍在」到「花落春焉在」，輕靈的落花承載了近代中國世運人心交相影響之滄海桑田般的變遷。

〔註50〕陳曾壽《挽劉潛廬議政》，《蒼虬閣詩集》卷八，第218頁。
〔註51〕沈曾植《題蒼虬惜仲落花詩後》），錢仲聯校注《沈曾植集校注》，北京：中華書局2001年版，第1148頁。

　　靈山法會上，釋迦拈花而迦葉微笑，師徒靈犀一點，以心印心，清淨禪門的第一樁公案竟與綺麗之花結下因緣。《妙法蓮華經》有「華開蓮現」、「華落蓮成」之說，以「華」喻「跡」而以「蓮」喻「本」，「華落蓮成」即「廢跡立本」之意，如登岸捨筏，筏非最終目的，然捨之無以成就目的。《五燈會元》中或有問石霜「如何是佛法大意」者，答曰：「落花隨水去」〔註52〕。可見，落花實亦與生命體悟及宗教哲學有不解之緣，故蒼虬有詩曰：

　　　　春憐歸路迷芳草，佛待修成是落花。（《眾異寄和子裒歲
　　張園海棠詩次韻答之》）

　　對於深受傳統文化所化之人如沈曾植、陳曾壽等清遺民來說，對固有文化之堅定信念使他們內心深處不會果然以為春天真與落花同逝而不返，但彌望畢竟是一個根朽枝枯、花果飄零的世界。所以，希望與絕望交織於其落花之詠中，閃爍著離合不定之光。絕望時，「傷春傷別」之情與芳草「更行更遠還生」，連天「芳草」便遮蔽了「花外春來路」，他們在歧中又歧的路口迷失，徘徊悵望中惟有對逝去的一切致以無限深情的追懷與憑弔；重新燃起希望時，「春物」縱然「銷歇」，然「芳意」終不可磨滅，人間總歸有永不凋零的「一枝」可作為託身寄夢之所。可銷歇者，「跡」也；不可磨滅者，「本」也。既識本已，不復迷跡，則可成佛。如拈花微笑，會心無須言語；既識本已，仍迷舊跡，則為詩人，故長歌當哭，纏綿往復如九曲迴腸。蒼虬其人未能最終解脫以此，其落花詩之魅力亦在於此。

〔註52〕普濟著，蘇淵雷點校《五燈會元》，北京：中華書局 1984 年版，第288 頁。

結　語

　　凡世間眞賞，惟「知音」方能「見異」。深知蒼虬之人，多能注意到其詩歌有一種特異的氣質，而這種異境與蒼虬其人特殊的性情密切相關，「文學」畢竟是「人學」。

　　人之性情的養成離不開地域文化的滋養、家學師承的淵源等多種因素的影響，尤其是蘄水陳氏這樣原有深厚文化背景的世家，先輩之流風餘韻對蒼虬的影響更不容小覷，而頗具人格魅力的啓蒙師教及別具慧心的母教也是蒼虬早年性情之養成的重要助緣。諸種因緣影響而形成蒼虬之深情與超逸相統一的性情，並進一步促成其用世與出世相統一的理想構成。心光閃爍徘徊於深情與超越、用世與出世之間，正是蒼虬其人其詩最本質的特點。性烈情深而懷高舉遠引之思，蒼虬之生命本質原與楚文化之精神核心相貫通。情深者入乎其內，超逸者出乎其外；入乎其內者多執守不移，出乎其外者多達觀通變，蒼虬之思想體現爲變通與固守的統一，與其性情本質及理想構成相互表裏。

　　蒼虬師友多一時俊傑，其交遊圈既折射了晚清民國政局的風雲變幻，又關係到光宣以來詩壇的隆替興衰。尤其是與同光體執牛耳者陳散原及鄭海藏的交往，更是重中之重。蒼虬與散原之交往始終極爲深摯，二人各以同心知其所異，互賞對方異量之美，精誠直可超越生死。蒼虬與海藏之交往則一波三折，中道乖離而終又緩和。耐人尋味

的是，海藏去世後，陳爲鄭所寫諸詩中，多有含蓄迴護的意味。死亡如同一張濾網，在生者心中汰去塵滓而獨留精純。於是逝者生前種種不可容忍處變成可忍，而逝者生前可嘉許處則或被生者主觀強化而益加鮮明。此就當事人之友道而言，固可見人情之厚；就旁觀者之評價而言，則既要避免受當事人之情感傾向左右而影響客觀視角，盡可能還原該時代之歷史眞實；又不可不以同情之瞭解，體察當事人心路歷程之複雜委曲，盡可能還原當事人之心靈眞實。由於鄭曾出任僞滿洲國總理之職而早被蓋棺論定爲漢奸，故後來者論及鄭時常以批判視角爲主，本文則詳他人所略，通過對二人往還之作的分析探求其隱微曲折處，力求還原陳、鄭交誼之心靈眞實。

蒼虬雖不以論詩著稱，所論卻頗有獨到之見。其詩論總體上不偏不倚，圓融通達，同時又非簡單地折衷調和。取徑上著眼其大，兼收並蓄。風格上主張剛柔相濟，語言上主張文質相成；其「眞切」說主張在情、景、事與時、地、人的多重對應關係中綜合觀照「切」，較張之洞「清切」說更爲圓融，因而巧妙回應了鄭孝胥對張之洞「清切」說之質疑的著名詩壇公案。在審美方面。蒼虬偏愛「深婉有味」之作，其所賞之「味」與作者之情意心志密不可分，多蘊含有深廣的社會內涵與深沉的人生感慨，因而不但在有意無意間糾正了劉勰、鍾嶸之後以味論詩者傾向於空靈玄寂、脫離現實的偏頗，同時對世變刺激下因憂憤之深而激切抗烈的近代詩壇亦有補偏救弊之意義。

與其圓融通達的詩學觀相呼應，蒼虬在詩歌創作取徑上頗具開放胸襟，由騷選而入唐宋，博採唐宋菁華而不廢騷心選理。面對前代詩人豐富的遺產，每一位詩人都會有選擇地學習和繼承。選擇哪家，學習哪些方面，則有賴於相當程度的人格認同與審美認同。所以，某一前人之所以能對某一後人產生比較大的影響，往往首先取決於二人心靈本質有相通之處。但這種內在關聯一般比較隱微，故論影響與傳承者，較多著眼於風格及宗尚等較爲外在方面的相似。本文論蒼虬對歷代名家的承傳，在兼顧外在方面之比較的同時，更重其心靈本質的

比較，正是內在本質的微妙異同影響了詩歌外在風貌的異同。同樣學習前人，有形似神似之別，神似的前提是學習者本身自有壇宇、自成境界，如此方能在拓他人之境界爲自我之境界的同時保留自己的創作個性。蒼虬師法前代諸家，大抵如此；其詩境之所以能在轉益多師的基礎上有所拓展，亦正在於此。

作爲古典詩歌鏈條末端的晚近詩人，蒼虬廣泛借鑒前代諸家，「兼攬唐宋之長」，因而有別於「瘦勁有餘，麗澤不足」〔註1〕的近代宋詩派諸家；由於其內在自成境界，故能以自家境界融會他人境界而仍能保持自家本色，因而能夠避免樊增祥等人雖博採眾家卻被諸家淹沒而缺乏自家面目之失。這或許是蒼虬閣詩能在近代詩壇別具異彩而爲散原、弢庵等大家一致認可的原因之一。

蒼虬雖亦重詩歌技法層面，用字、句法、章法各有獨到處，然其眞正佳處卻在於技法與情意的渾然一體，散原所謂得之於「語言文字之外」，正以此故。學江西詩派而能從江西詩法中超越而出，自轉法華，這是蒼虬卓立於晚近詩壇而與一般宋詩派諸家不同的原因之二。

蒼虬論詩頗重音聲之道，自家作詩亦富於聲情之美。由於對聲與情之結合的深刻體悟，蒼虬閣詩大體能避免「宋調」易導致的「啞澀」之弊的同時，又未落入「唐音」由於過於和諧圓熟而易導致的俗爛之失，這是蒼虬閣詩在晚近詩壇別具一格的原因之三。

從廣度方面來看，蒼虬閣詩未能在傳統詩歌題材之外自拓疆域，然而由於其性情之獨至，若從深度方面來看，蒼虬在寫景、詠物、紀夢、贈答等題材中均有自己的拓展與深化，無論其寫景詩中所透出的超逸出塵之氣質與時代憂患之投影，其詠物詩所流露的用世胸襟、出世高致、遺民情結以及復歸平淡的修養，還是其紀夢詩的形而上色彩與自省意味，其贈答詩中熱烈深摯、超乎尋常的感情與超越世俗、乃至超越生死的境界，無不是其特殊性情、特殊遭際與特定時代、特

〔註1〕　錢仲聯《近百年詩壇點將錄》陳曾壽條，《夢苕盦論集》第362頁。

定情境相互碰撞的結果。

蒼虬論詩偏愛「深婉有味」之作，自家詩歌創作亦以「志深味隱」見長。其詩對近代社會由表及裏的方方面面多有反映，憂思深沉且關懷深廣；因其詩中理境多與平日切身體悟相關，故能於尋常寫景、狀物、言情中見其深邃精微之理境，如鹽入水，有味無痕。因其「結想欣戚」異於眾人，心靈之深幽亦異於眾人，故往往能打破人與境、人與我、內與外、醒與夢、生與死乃至於時與空的界限，呈現出一個即深情即超越、即入世即出世的頗具特異色彩的藝術世界。

由特異之性情造成別開生面之詩境，形成蒼虬的藝術個性。個性是作品的靈魂，陳弢庵論蒼虬詩所謂「性情於古差相類，世界疑天特爲開」云云，正是著眼於此。

同時還需要指出的是，蒼虬除了「同光體」詩人的身份之外，另一重要身份是清遺民，其生平寫有兩組意蘊非常豐富的落花詩，分別寫於清亡之後與丁巳復辟失敗之後的次年，集中體現了他的遺民情感。他將社會變遷、家國興亡、群體處境及個體感受等複雜命題不著痕跡地融入落花意象，以心靈史折射近代史，以輕靈綺麗之筆寫深沉厚重之思，藉由對這類作品的深入解讀，不但可以更加立體地瞭解清遺民群體的心路歷程，也可以更加全面地瞭解空前變局中的晚近社會。這是蒼虬閣詩之文學意義之外兼具的史學意義。

天性的幽憂之思與難言的身世隱痛交相影響，使蒼虬閣詩呈現出一種濃重的哀感。然而個性中同時存在的深情與超逸氣質不時打破這種隱痛沉哀，使其詩歌世界偶能得到天外靈光與人間溫情的燭照。十一年前，筆者寫畢論蒼虬詠花詞的碩士論文後，嘗寫有論詞絕句十九首，其十八曰：「天外諸天物外心，神光本事兩堪尋。依稀照與人間世，淚海枯時續苦吟」，即有感於此。

與陳弢庵「世界疑天特爲開」類似，宗白華先生《中國藝術意境之誕生》一文曰：

在一個藝術表現裏情和景交融互滲，因而發掘出最深

　　的情，一層比一層更深的情，同時也透入了最深的景，一
　　層比一層更晶瑩的景：景中全是情，情具象而爲景，因而
　　湧現了一個獨特的宇宙，嶄新的意象，爲人類增加了豐富
　　的想像，替世界開闢了新境。〔註2〕

　　讀陳曾壽《蒼虬閣詩》及《舊月簃詞》，我經常感受到的正是類
似這種美。

〔註 2〕宗白華《藝境》，北京：商務印書館 2011 年版，第 185 頁。

參考文獻

著述類（以著者姓氏拼音爲序）

A

1. 愛新覺羅·溥儀著：《我的前半生》，北京：群眾出版社，1959 年版。

C

1. 〔宋〕程頤撰：《易程傳》，上海：商務印書館，1936 年版。

2. 〔宋〕陳與義撰，白敦仁校箋：《陳與義集校箋》，上海：上海古籍出版社，1990 年版。

3. 〔宋〕陳師道撰，〔宋〕任淵注，冒廣生補箋，冒懷辛整理：《後山詩注補箋》，北京：中華書局，1995 年版。

4. 〔清〕陳沆著：《白石山館詩》，沈雲龍主編：《近代中國史料叢刊續編》第二輯，臺北：文海出版社，1974 年版。

5. 〔清〕陳沆著：《詩比興箋》，上海：上海古籍出版社，1980 年版。

6. 〔清〕陳沆著：《簡學齋詩存 簡學齋詩刪》，《續修四庫全書》集部·別集類，第 1512 冊，上海：上海古籍出版社，2002 年版。

7. 〔清〕陳沆著，張文校點：《近思錄補注》，上海：華東師範大學出版社，2015 年版。

8. 〔清〕陳曾壽著：《蒼虬閣詩》，庚辰（1940 年）刻本。

9. 〔清〕陳曾壽著：《蒼虬閣詩續集》，己丑（1949 年）鉛印本。

10. 〔清〕陳曾壽著，張寅彭、王培軍校點：《蒼虬閣詩集》，上海：上海古籍出版社，2009 年版。

11. 〔清〕陳曾壽著：《蒼虬詩話》手稿，未刊。

12. 〔清〕陳曾壽纂：《古今戰事圖說‧平定粵匪之部》，光緒二十五年鉛印本。

13. 〔清〕陳衍著，鄭朝宗、石文英校點：《石遺室詩話》，北京：人民文學出版社，2004 年版。

14. 〔清〕陳三立著，李開軍校點：《散原精舍詩文集》，上海：上海古籍出版社，2003 年版。

15. 〔清〕陳寶琛著，劉永翔、許全勝校點：《滄趣樓詩文集》，上海：上海古籍出版社，2006 年版。

16. 〔清〕陳曾則著：《御詩樓續稿》，紐約：柯捷出版社，2011 年版。

17. 〔清〕陳曾則著：《雙桐一桂軒續稿》，紐約：柯捷出版社，2011 年版。

18. 〔清〕陳曾則著：《海雲樓文集》，紐約：柯捷出版社，2012 年版。

19. 〔清〕陳曾矩著：《強志齋詩文存稿》自印本。

20. 陳寅恪著：《陳寅恪集‧詩集‧附唐篔詩存》，北京：生活‧讀書‧新知三聯書店，2001 年版。

21. 陳寅恪著：《陳寅恪集‧寒柳堂集》，北京：生活‧讀書‧新知三聯書店，2001 年版。

22. 陳寅恪著：《陳寅恪集‧金明館叢稿二編》，北京：生活‧讀書‧新知三聯書店，2001 年版。

23. 陳巨來著：《安持人物瑣憶》，上海：上海書畫出版社，2011 年版。

24. 陳邦炎著：《臨浦樓論詩詞存稿》，上海：上海古籍出版社，2008 年版。

25. 陳伯海主編，查清華等編撰：《唐詩學文獻集粹》，上海：上海古籍出版社，2016 年版。

D

1. 〔唐〕杜甫著，〔清〕仇兆鰲注：《杜詩詳注》，北京：中華書局，1979 年版。

2. 〔清〕多祺纂輯：《蘄水縣志》，清光緒庚辰年（1880）年刻本。

F

1. 〔唐〕房玄齡等撰：《晉書》，北京：中華書局，1974 年版。

2. 〔清〕方東樹著，汪紹楹校點：《昭昧詹言》，北京：人民文學出版社，1961 年版。

G

1. 〔明〕顧炎武撰，華忱之點校：《顧亭林詩文集》，北京：中華書局，1959 年版。

2. 〔清〕關棠著：《師二宗齋遺集》，民國四年鉛印本。

3. 郭紹虞編選，富壽蓀校點：《清詩話續編》，上海：上海古籍出版社，1983 年版。

4. 葛兆光著：《中國思想史》，上海：復旦大學出版社，2001 年版。

5. 龔鵬程著：《讀詩隅記》，臺北：華正書局，1987 年版。

6. 龔鵬程著：《文化、文學與美學》，時報文化出版企業有限公司，1988 年版。

H

1. 〔唐〕韓愈撰，〔清〕方世舉箋註，郝潤華、丁俊麗整理：《韓昌黎詩集編年箋註》，北京：中華書局，2012 年版。

2. 〔唐〕韓偓撰，吳在慶校注：《韓偓集繫年校注》，北京：中華書局，2015 年版。

3. 〔宋〕韓琦著：《安陽集》卷十四，明正德九年張士隆刻本。

4. 〔宋〕洪興祖撰，白化文等點校：《楚辭補注》，北京：中華書局，1983 年版。

5. 〔宋〕黃庭堅撰，任淵等註，劉尚榮校點：《黃庭堅詩集註》，北京：中華書局，2003 年版。

6. 〔宋〕黃庭堅著，劉琳、李勇先、王蓉貴校點：《黃庭堅全集》，成都：四川大學出版社，2001 年版。

7. 〔明〕胡應麟撰：《詩藪》，上海：上海古籍出版社，1958 年版。

8. 〔清〕何文煥輯：《歷代詩話》，北京：中華書局，1981 年版。

9. 胡先驌著，熊盛元、胡啓鵬編校：《胡先驌詩文集》，合肥：黃山書社，2013 年版。

10. 〔德〕海德格爾著，余虹、成窮等譯：《繫於孤獨之途：海德格爾詩意歸家集》，天津：天津人民出版社，2009 年版。

11. 黃霖著，王運熙、顧易生主編：《中國文學批評通史‧近代卷》，上海：上海古籍出版社，1996 年版。

12. 胡曉明著：《詩與文化心靈》，北京：中華書局，2006 年版。

13. 胡曉明著：《唐宋詩一百句》，上海：復旦大學出版社，2007 年版。

14. 胡迎建著：《陳三立與同光體詩派研究》，中國社會科學出版社，

2013 年版。

J

1. 〔宋〕姜夔著：《白石道人詩集》，上海：商務印書館，1937 年版。
2. 《金剛經》，大正新修大藏經本。

L

1. 〔南朝〕劉勰著，周振甫註：《文心雕龍注釋》，北京：人民文學出版社，1981 年版。
2. 〔唐〕李延壽著：《南史》，北京：中華書局，1975 年版。
3. 〔唐〕李商隱著，劉學鍇、余恕誠注：《李商隱詩歌集解》，北京：中華書局，1988 年版。
4. 〔唐〕李白著，〔清〕王琦注：《李太白全集》，北京：中華書局，1977 年版。
5. 〔清〕劉熙載著：《藝概》，上海：上海古籍出版社，1978 年版。
6. 〔清〕厲鶚輯撰：《宋詩紀事》，上海：上海古籍出版社，1983 年版。
7. 〔清〕李道平撰，潘雨廷點校：《周易集解纂疏》，北京：中華書局，1994 年版。
8. 〔清〕李宣龔著：《碩果亭詩》，沈雲龍主編：《近代中國史料叢刊》第九十一輯，臺北：文海出版社，1973 年版。
9. 〔清〕呂調元、劉承恩修：《湖北通志》，民國 10 年刻本。
10. 〔清〕梁鼎芬著：《節庵先生遺詩》，民國十二年（1923）刻本。
11. 〔清〕梁鼎芬著：《節庵先生遺詩續編》，民國間鉛印本。
12. 〔清〕梁啟超著：《飲冰室合集》，北京：中華書局 1989 年影印版。
13. 魯迅著：《魯迅全集》，北京：人民文學出版社，2005 年版。
14. 李瑞明著：《雅人深致——沈曾植詩學略論稿》，哈爾濱：黑龍江人民出版社，2009 年版。
15. 林志宏著：《民國乃敵國也——政治文化轉型下的清遺民》，北京：中華書局，2013 年版。

M

1. 繆鉞著：《詩詞散論》，上海：上海古籍出版社，1982 年版。
2. 馬衛中著：《光宣詩壇流派發展史論》，蘇州：蘇州大學出版社，2000 年版。

3. 馬亞中著：《中國近代詩歌史》，上海：復旦大學出版社，2011 年版。

O

1. 〔宋〕歐陽脩著，洪本健校箋：《歐陽脩詩文集校箋》，上海：上海古籍出版社，2009 年版。

P

1. 〔宋〕普濟著，蘇淵雷點校：《五燈會元》，北京：中華書局，1984 年版。

Q

1. 錢仲聯著：《夢苕盦詩話》，濟南：齊魯書社，1986 年版。
2. 錢仲聯著：《夢苕盦論集》，北京：中華書局，1993 年版。
3. 錢仲聯、錢學增選注：《清詩精華錄》，濟南：齊魯書社，1987 年版。
4. 錢基博著：《中國文學史》，北京：中華書局，1993 年版。
5. 錢鍾書著：《談藝錄》，北京：中華書局，1993 年版。
6. 錢穆著：《中國近三百年學術史》，北京：中華書局，1986 年版。

R

1. 任訪秋著：《中國近代文學史》，開封：河南大學出版社，1988 年版。

S

1. 〔漢〕司馬遷著：《史記》，北京：中華書局，1959 年版。
2. 〔唐〕釋惠能說，〔元〕宗寶編：《六祖大師法寶壇經》，大正新修大藏經本。
3. 〔唐〕司空圖著，郭紹虞集解：《詩品集解》，北京：人民文學出版社，1963 年版。
4. 〔宋〕蘇軾著，〔清〕馮應榴輯注，黃任軻、朱懷春校點：《蘇軾詩集合注》，上海：上海古籍出版社，2001 年版。
5. 〔宋〕蘇軾著，孔凡禮點校：《蘇軾文集》，北京：中華書局，1986 年版。
6. 〔清〕沈德潛選注：《唐詩別裁》，北京：商務印書館，1935 年版。
7. 〔清〕沈曾植著，錢仲聯校注：《沈曾植集校注》，北京：中華書局，2001 年版。
8. 申君著：《清末民初雲煙錄》，成都：四川人民出版社，1984 年版。

T

1. 〔晉〕陶潛著，袁行霈箋注：《陶淵明集箋注》，北京：中華書局，2003 年版。

2. 〔晉〕陶潛著，龔斌校箋：《陶淵明集校箋》，上海：上海古籍出版社，1996 年版。

3. 唐君毅著：《說中華民族之花果飄零》，臺北：三民書局，1974 年版。

W

1. 〔魏〕王弼注：《老子注》，北京：中華書局，1954 年版。

2. 〔魏〕王弼著，樓宇烈校釋：《王弼集校釋》，北京：中華書局，1980 年版。

3. 〔唐〕王維撰，陳鐵民校注：《王維集校注》，北京：中華書局，1997 年版。

4. 〔宋〕王令著，沈文倬校點：《王令集》，上海：上海古籍出版社，1980 年版。

5. 〔明〕王夫之著：《王船山詩文集》，北京：中華書局，1962 年版。

6. 〔明〕王夫之著：《讀通鑒論》，北京：中華書局，1975 年版。

7. 〔清〕吳之振、呂留良、吳自牧選：《宋詩鈔》，北京：中華書局，1986 版。

8. 汪辟疆著：《汪辟疆文集》，上海：上海古籍出版社，1988 年版。

9. 〔清〕王士禛著，張宗柟纂集、夏閎校點：《帶經堂詩話》，北京：人民文學出版社，1963 年版。

10. 〔清〕翁方綱著：《復初齋文集》，沈雲龍主編：《近代中國史料叢刊》第四十三輯，臺北：文海出版社，1969 年版。

11. 王蘧常著：《清末沈寐叟先生曾植年譜》，臺灣商務印書館股份有限公司，1982 年版。

12. 王國維著，謝維揚、房鑫亮主編：《王國維全集》，杭州：浙江教育出版社，2009 年版。

13. 汪辟疆撰，王培軍箋證：《光宣詩壇點將錄箋證》，北京：中華書局，2008 年版。

14. 吳宓著，吳學昭整理：《吳宓詩集》，北京：商務印書館，2004 年版。

X

1. 徐世昌輯：《晚晴簃詩匯》，民國退耕堂刻本。

2. 熊十力著：《熊十力全集》，武漢：湖北教育出版社，2001 年版。

3. 〔法〕謝和耐著：《中國社會文化史》，長沙：湖南教育出版社，1994年版。

Y

1. 〔唐〕姚思廉撰：《梁書》，北京：中華書局，1973年版。

2. 〔宋〕嚴羽著，郭紹虞校釋：《滄浪詩話校釋》，北京：人民文學出版社，1983年版。

3. 〔清〕永瑢等撰：《四庫全書總目》，北京：中華書局，1965年版。

4. 〔清〕袁枚著：《隨園詩話》，北京：人民文學出版社，1960年版。

5. 〔清〕嚴復著，王栻主編：《嚴復集》，北京：中華書局，1986年版。

6. 〔清〕葉燮著，霍松林校注：《原詩》，北京：人民文學出版社，1979年版。

7. 〔清〕楊鍾義撰集，劉承幹參校：《雪橋詩話續集》，北京：北京古籍出版社，1991年版。

8. 〔清〕袁思亮著，袁榮法編：《湘潭袁氏家集・蘉菴文集》，沈雲龍主編：《近代中國史料叢刊續編》第二十一輯，臺北：文海出版社，1975年版。

9. 〔清〕袁思亮著，袁榮法編：《湘潭袁氏家集・蘉菴詩集》，沈雲龍主編：《近代中國史料叢刊續編》第二十一輯，臺北：文海出版社，1975年版。

10. 〔清〕俞明震著，馬亞中校點：《觚庵詩存》，上海：上海古籍出版社，2008年版。

11. 葉恭綽纂：《廣篋中詞》，民國二十四年（1935）番禺葉氏鉛印本。

12. 嚴迪昌著：《清詩史》，杭州：浙江古籍出版社，2002年版。

13. 葉嘉瑩著：《迦陵論詩叢稿》，石家莊：河北教育出版社，1997年版。

14. 葉嘉瑩著：《王國維及其文學批評》，石家莊：河北教育出版社，1997年版。

15. 葉嘉瑩著：《杜甫秋興八首集說》，石家莊：河北教育出版社，1997年版。

16. 葉嘉瑩著：《我的詩詞道路》，石家莊：河北教育出版社，1997年版。

17. 楊義著：《楚辭詩學》，北京：人民出版社，1998年版。

Z

1. 〔周〕莊周著，郭象註：《莊子》，上海：上海古籍出版社，1989年版。

2. 〔南朝〕鍾嶸著，曹旭集注：《詩品集注》，上海：上海古籍出版社，

1994 年版。

3. 〔唐〕張九齡撰、熊飛校注：《張九齡集校注》，北京：中華書局，2008 年版。

4. 〔宋〕朱熹撰：《四書章句集注》，北京：中華書局，1983 年版。

5. 〔宋〕朱熹注：《詩集傳》，北京：中華書局，1958 年版

6. 〔宋〕真德秀編：《文章正宗・綱目》，影印文淵閣四庫全書本。

7. 〔宋〕鄭樵撰，王樹民點校：《通志二十略》，北京：中華書局，1995 年版。

8. 〔清〕趙翼著，霍松林、胡主佑校點：《甌北詩話》，北京：人民文學出版社，1963 年版。

9. 〔清〕曾國藩著：《曾文正公家訓》卷上，清光緒五年傳忠書局刻本。

10. 〔清〕朱孝臧著，白敦仁箋注：《彊村語業箋注》，成都：巴蜀書社，2002 年版。

11. 〔清〕鄭孝胥撰，勞祖德整理：《鄭孝胥日記》，北京：中華書局，1993 年版。

12. 〔清〕張之洞著，龐堅點校：《張之洞詩文集》增訂本，上海：上海古籍出版社，2015 年版。

13. 〔清〕周達著：《今覺盦詩》，民國二十九年（1940）鉛印本。

14. 〔清〕周達著：《今覺盦詩續》，民國間鉛印本。

15. 〔清〕鄭孝胥著，黃珅、楊曉波校點：《海藏樓詩集》，上海：上海古籍出版社，2003 年版。

16. 趙樸初著：《趙樸初韻文集》，上海：上海古籍出版社，2003 年版。

17. 周君亮著：《墜塵集》，臺北：臺灣商務印書館，1973 年版。

18. 周君適著：《偽滿宮廷雜憶》，成都：四川人民出版社，1981 年版。

19. 張寅彭主編：《民國詩話叢編》，上海：上海書店出版社，2002 年版。

20. 宗白華著：《藝境》，北京：商務印書館，2011 年版。

21. 周明之著：《近代中國的文化危機：清遺民的精神世界》，濟南：山東大學出版社，2009 年版。

22. 朱興和著：《現代中國的斯文骨肉——超社逸社詩人群體研究》，上海：上海三聯書店，2014 年版。

論文類（以發表時間為序）

期刊論文

1. 胡先驌:《評陳仁先〈蒼虬閣詩存〉》,《學衡》,1924 年第 25 期。
2. 陳邦炎:《陳沆詩初探》,《文學遺產》,1981 年第 3 期。
3. 劉學鍇:《李商隱的託物寓懷詩及其對古代詠物詩的發展》,《安徽師大學報》,1991 年第 1 期。
4. 卓維俠:《陳沆其人其詩》,《古典文學知識》,2002 年第 6 期。
5. 胡曉明:《落花之詠:陳寶琛王國維吳宓陳寅恪之心靈詩學》,安徽師範大學學報（人文社會科學版）,2014 年 9 月第 5 期。
6. 蕭功秦:《從中日兩場戰爭中汲取歷史警示》,《同舟共進》,2014 年第 12 期。
7. 李定廣:《論中國古代詠物詩的演進邏輯》中山大學學報（社會科學版）2015 年,第 4 期。
8. 周劍之:《論陸游記夢詩的敘事實踐——兼論古代詩歌記夢傳統的敘事特質》,《文學遺產》2016 年第 5 期。

學位論文

1. 李瑞明:《雅人深致——沈曾植詩學略論稿》,華東師範大學博士學位論文,2003 年。
2. 楊曉波:《鄭孝胥詩歌研究》,華東師範大學博士學位論文,2004 年。
3. 孫老虎:《陳三立詩學研究》,華東師範大學博士學位論文,2005 年。
4. 周薇:《陳衍詩學研究》,華東師範大學博士學位論文,2006 年。
5. 賀國強:《近代宋詩派研究》,蘇州大學博士學位論文,2006 年。
6. 曾慶雨:《末代遺民陳曾壽及其詠花詞》,南開大學碩士學位論文,2006 年。
7. 葛春蕃:《古今之際:晚清民國詩壇上的同光派》,復旦大學博士學位論文,2007 年。
8. 楊萌芽:《清末民初宋詩派文人群體研究——以 1895～1921 年為中心》,復旦大學博士學位論文,2007。
9. 朱興和:《超社逸社詩人群體研究》,華東師範大學博士學位論文,2009 年。
10. 孫艷:《同光體代表人物心路歷程研究》,蘇州大學博士學位論文,

2011 年。

11. 楊曦：《陳曾壽詩歌研究》，蘇州大學碩士學位論文，2011 年。

12. 王曉琳：《陳曾壽及其詩歌研究》，吉林大學碩士學位論文，2013 年。

13. 任聰穎：《湖上常留處士風——晚清民初的西湖隱逸文學研究》，華東師範大學博士學位論文，2015 年。